历朝通俗演义（插图版）——宋史演义 Ⅱ

靖康之难

蔡东藩 著

北方联合出版传媒(集团)股份有限公司

万卷出版公司

图书在版编目（CIP）数据

宋史演义 . 2, 靖康之难 / 蔡东藩著 . — 沈阳：万
卷出版公司 , 2015.1（2021.7 重印）
（历朝通俗演义）
ISBN 978-7-5470-3108-7

Ⅰ.①宋… Ⅱ.①蔡… Ⅲ.①章回小说—中国—现代
Ⅳ.① I246.4

中国版本图书馆 CIP 数据核字（2014）第 154359 号

出 品 人：王维良
出版发行：北方联合出版传媒（集团）股份有限公司
　　　　　万卷出版公司
　　　　　（地址：沈阳市和平区十一纬路 25 号　邮编：110003）
印 刷 者：河北盛世彩捷印刷有限公司
经 销 者：全国新华书店
幅面尺寸：168mm×233mm
字　　数：249 千字
印　　张：15
出版时间：2015 年 1 月第 1 版
印刷时间：2021 年 7 月第 4 次印刷
责任编辑：胡　利
责任校对：佟可竟
封面设计：向阳文化　吕智超
版式设计：范思越
ISBN 978-7-5470-3108-7
定　　价：35.00 元
联系电话：024-23284090
传　　真：024-23284448

目 录

第一回　　韩使相谏君论弊政　朱明府寻母竭孝思……………1

第二回　　弃边城抚臣坐罪　徙杭州名吏闲游………………7

第三回　　借父威竖子成名　逞兵谋番渠被虏………………14

第四回　　流民图为国请命　分水岭割地界辽………………20

第五回　　奉使命率军征交趾　蒙慈恩减罪谪黄州………………28

第六回　　伐西夏李宪丧师　城永乐徐禧陷殁………………36

第七回　　立幼主高后垂帘　拜首相温公殉国………………43

第八回　　分三党廷臣构衅　备六礼册后正仪………………49

第九回　　嘱后事贤后升遐　绍先朝奸臣煽祸………………55

第十回　　宠妾废妻皇纲倒置　崇邪黜正党狱迭兴………………62

第十一回　拓边防谋定制胜　窃后位喜极生悲………………69

第十二回　承兄祚初政清明　信阉言再用奸慝………………76

第十三回　端礼门立碑诬正士　河湟路遣将复西蕃………………83

第十四回　应供奉朱勔承差　得奥援蔡京复相………………90

第十五回　巧排挤毒死辅臣　喜招徕载归异族………………97

1

第十六回　　信道教诡说遇天神　筑离宫微行探春色……………104

第十七回　　挟妓纵欢歌楼被泽　屈尊就宴相府承恩……………110

第十八回　　造雄邦恃强称帝　通远使约金攻辽……………116

第十九回　　帮源峒方腊揭竿　梁山泊宋江结寨……………122

第二十回　　知海州收降及时雨　破杭城计出智多星……………130

第二十一回　　入深岩得擒叛首　征朔方再挫王师……………138

第二十二回　　夸功铭石艮岳成山　覆国丧身屠辽绝祀……………145

第二十三回　　启外衅胡人南下　定内禅上皇东奔……………152

第二十四回　　遵敌约城下乞盟　满恶贯途中授首……………160

第二十五回　　议和议战朝局纷争　误国误家京城失守……………169

第二十六回　　堕奸谋阉宫被劫　立异姓二帝蒙尘……………176

第二十七回　　承遗祚藩王登极　发逆案奸贼伏诛……………183

第二十八回　　宗留守力疾捐躯　信王榛败亡失迹……………190

第二十九回　　招寇侮惊驰御驾　胁禅位激动义师……………197

第三十回　　韩世忠力平首逆　金兀术大举南侵……………204

第三十一回　　巾帼英雄桴鼓助战　须眉豪气舞剑吟词……………211

第三十二回　　赵立中炮失楚州　刘豫降虏称齐帝……………219

第三十三回　　破剧盗将帅齐驱　败强虏弟兄著绩……………226

第一回

韩使相谏君论弊政
朱明府寻母竭孝思

却说苏辙系安石引用，在三司条例司中，检详文字。安石欲行青苗法，为辙所阻，数旬不言。嗣由京东转运使王广渊，上言农民播种，各苦无资，富家得乘急贷钱，要求厚利，乞留本道钱帛五十万，贷民取息，岁可获利二十五万。安石览到此文，不禁喜跃道："这便是青苗法呢，奈何不可行？"遂亟召广渊入都，与商青苗法。广渊一口赞成。安石乃奏请颁行，先从河北、京东、淮南三路开办，逐渐推广。有旨报可，自是从前常平通惠仓遗制，尽行变更。苏辙仍力持前说，再三劝阻，又与吕惠卿论多不合。惠卿遂进谗安石，谓辙有意阻挠。安石大怒，欲加辙罪。还是陈升之从旁劝解，乃罢辙为河南府推官。安石复荐惠卿为太子中允，崇政殿说书。司马光谓："惠卿恰巧，心术不正，安石误信惠卿，因致负谤中外，如何可以重用？"神宗不从，竟依安石所请。首相富弼见神宗信任安石，料想不能与争，托病求去，乃出判亳州，擢陈升之同平章事。

升之就职后，神宗问司马光道："近相升之，外议如何？"光对道："闽人狡险，楚人轻易，今二相皆闽人，曾公亮晋江人，陈升之建阳人，俱属闽地。二参政皆楚人，王安石临川人，赵抃西安人，俱属楚地。他日援引亲朋，充塞朝堂，哪里能培植风俗呢？"神宗道："升之颇有才智，晓畅民政。"光又道："才智非不可用，但必须旁有正士，隐为监制，方能无患。"神宗又问及王安石，光答道："外人言安石奸邪，未免过毁。但他性太执拗，不明事理，这也是一大病呢。"评论确当。神宗始终不听。

陈升之既经入相，颇欲笼络众望，请罢免三司条例司。这便是才智的见端。安石以为负己，又同他争论起来。升之称疾乞假，安石遂引枢密副使韩绛，制置三司条例。安石每奏事，绛亦随入，常奏称安石所陈，无不可用，安石大得臂助。绛复上言："青苗法便民，民间多愿贷用，乞遍下诸路转运使施行！"于是诏置诸路提举官，执掌贷收事件。提举官多方迎合，以多贷青苗钱为功，不论贫富，随户支配。又令贫富相兼，十人为保首。王广渊在京东，分民户为五等，上等户硬贷钱十五千，下等户硬贷钱一千，到限不还，即着悍吏敲比征呼，民间骚然。广渊入奏，反说百姓欢呼感德。谏官李常，御史程颢，劾论广渊强为抑配，掊克百姓，神宗不报。河北转运使刘庠，不放青苗钱，奏称百姓不愿借贷，神宗又不报。安石反恨恨道："广渊力行新法，偏遭弹劾，刘庠欲坏新法，不闻加罪，朝事如此，尚可望富强么？"依了你，反要贫弱，奈何？横渠人张载，与河南程颢、程颐兄弟，素相友善，平居共谈道学，归本六经。及出为邑宰，不假刑威，专务敦本善俗，民化一新。御史中丞吕公著，登诸荐牍，当由神宗召见，问以治道。载对道："为政必法三代，否则终成小道呢。"时安石方倡言古道，神宗亦有心复古，听了此言，还道张载亦安石一流，即留他在朝，命为崇文院校书。哪知张载所说的古法，与安石不同。他见安石托古病民，料难致治，竟称疾辞去。洁身自好，足称明哲。

前参政张方平，服阕还朝，受命为观文殿大学士判尚书省，安石以方平异己，极力排挤，因出知陈州。及陛辞，极言新法弊害，神宗亦怃然动容，随即召为宣徽北院使。又事事受安石牵制，坚请外调，乃复出判应天府。时已熙宁三年了。河北安抚使韩琦忽上疏请罢青苗法，略云：

臣准散青苗，诏书务在惠小民，不使兼并乘急，以邀倍息，而公家无所利其入。今所列条约，乃自乡户一等而下，皆立借钱贯数，三等而下，更许皆借。且乡户上等，并坊郭有物业者，乃从来兼并之家，今令借钱一千，纳一千三百，是官自放钱取息，与初诏相违。又条约虽禁抑勒，然不抑勒，则上户必不愿请；下户虽或愿请，请时甚易，纳时甚难，将必有督索同保均赔之患。陛下躬行节俭以化天下，自然国用不乏，何必使兴利之臣，纷纷四行，以致远迩之疑哉？乞罢诸路提举官，第委提刑点狱，依常平旧法施行！

神宗览到琦疏，亦稍有所悟，便将原疏藏在袖中，出御便殿，召辅臣等入议。曾公亮先入，神宗即从袖中，取出琦疏，递示公亮道："琦真忠臣，虽在外不忘王室。朕始谓青苗等法，可以利民，不料害民如此。且坊郭间何有青苗，乃亦强令借贷呢？"说至此，忽有一人趋进道："如果从民所欲，虽坊郭亦属何害？"神宗命曾公亮递示原疏，安石略略一瞧，不禁勃然道："似汉朝的桑弘羊，括取天下货财，供奉人主私用，乃可谓兴利之臣。今陛下修周公遗法，抑兼并，赈贫弱，并不是剥民自奉，如何说是兴利之臣呢？"神宗终以琦说为疑，沉吟不答。安石趋出，神宗乃谕辅臣道："青苗法既不便行，不如饬令罢免。"公亮道："待臣仔细访查，果不可行，罢免为是。"无非回护安石。神宗允准，公亮等方才退出。安石即上章称病，连日不朝。神宗乃命司马光草答琦诏，内有士夫沸腾，黎民骚动等语。安石闻知，上章自辩，神宗又转了一念，似觉薄待安石，过不下去，乃异辞婉谢，且命吕惠卿劝使任事。安石仍卧疾不出，神宗语赵抃道："朕闻青苗法多害少利，才拟罢免，并非与安石有嫌，他如何不肯视事？"赵抃道："新法都安石所创，待他销假，再与妥议，罢免未迟。"赵抃素称廉直，何亦有此因循？韩绛道："圣如仲尼，贤如子产，初入为政，尚且谤议纷兴，何怪安石？陛下如果决行新法，非留用安石不可！安石若留，臣料亦先谤后颂呢。"这一席话，又把神宗罢免青苗的意思，尽行丢去，仍敦促安石入朝。一面遣副都知张若水、押班蓝元振，出访民情。哪知这两人早受安石贿托，回宫复命，只说是民情称便。神宗益深信不疑，竟将琦奏付条例司，命曾布疏驳，刊石颁示天下。安石乃入朝叩谢，由神宗温词慰勉。安石自此执行新政，比前益坚。

文彦博看不过去，入朝面奏，力陈青苗害民。神宗道："朕已遣二中使亲问民间，均云甚便，卿奈何亦有此言？"彦博道："韩琦三朝宰相，陛下不信，乃信二宦官么？"神宗不觉变色，但因彦博系先朝宗臣，不忍面斥，唯有以色相示。彦博知言不见听，亦即辞出。韩琦闻原奏被驳，复连疏申辩，且言安石妄引周礼，荧惑上听，终不见答。琦遂请解河北安抚使，止领大名府一路。这疏一上，却立邀批准了。嗣是知审官院孙觉因指斥青苗法，被贬知广德军，御史中丞吕公著，亦因言新法不便，被贬知颍州。知制诰兼直学士院陈襄，推荐司马光、韩维、吕公著、范纯仁、苏轼等人，见忤安石，出知陈州。参知政事赵抃，自悔前时主持不力，致复行青苗法，上章劾论安石，并求去位，亦出知杭州。参政一缺，即命韩绛继任。那时又来了一个护法么么，姓李名定，曾为秀州判官，居然因附会安石，得擢为监察御史里行。定为安○弟子，自秀州被召，入京遇右正言李常。常问道："君从南方来，民谓青苗法如何？"定答道："民皆称便。"*弟子不可不从师。*常愕然道："果真么？举朝方争论是事，君勿为此言。"定与常别，即去谒见安石，且禀白道："青苗法很是便民，如何京师传言不便？"安石喜道："这便叫作无理取闹呢。改日入对，你须要明白上陈。"定唯唯遵命。安石即荐定可用。神宗即召定入问，定历言新法可行。及询至青苗法，定尤说得远近讴歌，舆情悉洽。神宗大悦，即命定知谏院，曾公亮等言查考故例，选人未闻为谏官，应请改命，乃拜监察御史里行。知制诰宋敏求、苏颂、李大临谓："定不由铨考，擢授朝列，不缘御史，荐置宪台，朝廷虽急欲用才，破格特赏，但紊乱成规，所益似小，所损实大。"遂封还制书。经神宗诏谕再三，颂等仍执奏不已。安石劾他累格诏命，目无君上，遂坐罪落职，时人称为熙宁三舍人。

未几，有监察御史陈荐劾定，说他为泾县主簿时，闻母仇氏丧，匿不为服，应声罪贬斥。定上书自辩，谓："实不知由仇氏所生，所以疑不敢服。"看官阅到此处，恐不能不下一疑问，定出应仕籍，并非三五岁的小孩儿，况他父名问，也曾做过国子博士，定并非生自空桑，难道连自己的生母，都未晓得么？说来也有一段隐情。仇氏初嫁民间，生子为浮屠，释名了元，相传是与苏轼结交的佛印禅师。后仇氏复为李问妾，生下一子，就是李定。寻又出嫁郜氏，生子蔡奴，工传神。*此妇所生之子，却都有出息。*定因生母改嫁，不愿再认，因此仇氏病死，他未尝持服。偏被陈荐寻出瘢点，将他弹劾，他只好含糊解说，自陈无辜。安石谊笃师生，极力庇护，反斥荐捕风捉影，劾免荐官，改任定为崇政殿说书。监察御史林旦、薛昌朝、范育复上言："定既不孝，怎可居劝讲地位？"并交论安石袒徒罪状。安石又入奏神宗，说他朋串为奸，应加惩处。神宗此时，已是百依百顺，但教安石如何说法，当即准行，林旦等又复落职，言路未免哗然。定也觉不安，自请解职，乃改授检正中书吏房，直舍人院。*总仗师力。*

宋室旧制，文选属审官院，武选属枢密院。安石又创出一篇议论，分审官为东西院，东主文，西主武。看官道他何意？原来文彦博正主枢密，与安石不合，安石欲夺他政权，所以想出此法。神宗依议施行，彦博入奏道："审官院兼选文武，枢密院还有何用？臣无从与武臣相接，不能妄加委任，陛下不如令臣归休罢！"神宗虽慰留彦博，但审官院分选如故。知谏院胡宗愈，力驳分选，且言李定非才，有诏斥宗愈内伏奸意，中伤善良，竟贬为通判真州。会京兆守钱明逸，报闻知广德军朱寿昌，弃官寻母，竟得迎归。有"孝行可嘉，亟待旌扬"等语。有李定之背母，复有朱寿昌之寻母，一孝一不孝，互勘益明。李定当日恐不免有瑜、亮并生之叹。寿昌，扬州人，父名巽，曾为京兆守，巽妾刘氏，生寿昌，年仅三岁，刘氏被出，改适党氏。《宋史·寿昌本传》，谓刘氏方娠即出，寿昌生数岁还家。但据王偁《东都事略》，苏轼《志林》皆云寿昌三岁出母，今从之。至寿昌年长，父巽病亡，他日夕思母，四处访求，终不可得。寿昌累知各州县，除办公外，辄委吏役探听生母消息，又遍贻同僚书函，托访母刘氏住址。不意愈久愈杳，越访越穷，他竟摒绝酒肉，戒除嗜欲，甚至用浮屠言，灼背烧顶，刺血书佛经，誓诸神明，得母方休。熙宁初年，授知广德军，他莅任数月，竟太息道："年已五十，尚未得见生母，如何为人？古人说得好：'求忠臣于孝子之门。'孝且未尽，怎好言忠？罢罢！我宁舍一官，再往寻母，好歹总要得一确音。万一我母西归，就使森罗殿上，我也要去探觅哩。"孝子忠臣多人做成，自呆。随即辞职，并与家人诀别道："我此行若不见母，我亦不回来了。"家人挽留不住，他竟背着行囊，飘然径去。在途跋山涉水，触暑冒寒，也顾不得什么辛苦，只是沿途探问，悉心侦察，好容易行入关中，到了同州，复逐村挨户地查问过去。恰巧有一老妇人，倚门立着，他竟向问刘母下落。那老妇却似有所晓，便令寿昌入内，盘问底细。寿昌一一陈明，老妇不禁流泪道："据你说来，你便是朱巽子寿昌么？"当下将自己如何被逐，后来如何改嫁，也说明情由。寿昌听了数语，已知情迹相符，遂不待辞毕，倒身下拜道："我的母亲，想杀儿了！"老妇亦对着寿昌，抱头同哭。哭了一会，又由寿昌自述寻母始末，更不禁破涕为笑。老妇道："我已七十多岁了，你亦五十有零，谁料母子尚得重逢？想是你至诚格天，因得如此哩。"言毕，复召入壮丁数人，与寿昌相见。这几个壮丁，乃是刘适党氏后，所生数子。寿昌问明来历，即以兄弟礼相待，大家暄叙一场。当由党氏家内，草草地备了酒肴，畅饮尽欢。越两日，寿昌即将老母刘氏，及党氏数子，悉数迎归。事闻于朝，一班老成正士，均说他孝行卓绝，须破格赐旌。奈王安石回护李定，不得不阻抑朱寿昌，仍请诸神宗，令还就原官。寿昌以养母故，求通判河中府，总算照准。士大夫作诗相赠，极为赞美。监官告院苏轼，亦赠寿昌诗，并有诗序一篇，阳誉寿昌，阴斥李定。定见诗及序，大加恚恨，后来遂有诬轼等事。寿昌判河中数年，母殁居忧，终日哭泣，几乎丧明。既葬，有白乌集于墓上，时人以为孝思所致。小子有诗咏道：

> 人生百行孝为先，寻母何辞路万千。
> 留得一篇《孝义传》，好教后世仰前贤。

寿昌仕至中散大夫而终。《宋史》列入《孝义传》，这且不必絮述。下回接入朝事，请看官续阅下文。

青苗法非必不可行，弊在立法未善耳。春贷秋还，本钱一千，须加息三百，利率何其重耶？愿借者固贷与之，不愿借者亦强令贷钱，勒派何其苛耶？坊郭本无青苗，乃亦放钱取息，是更名实未符，第借此以括民财而已。韩琦上疏，几已感格君心，乃复为邪党所误，韩绛等不足责，赵抃亦与有过焉。安石坚僻自是，顺己者虽奸亦忠，逆己者虽忠亦奸。不孝如李定，且始终回护之，矧在他人？唯既生李定，复生朱寿昌，造化小儿，恰亦故使同时，俾其互相比例，是得毋巧于撮弄欤？本回于韩琦奏牍，特行提叙，于朱寿昌行谊，又特行表明。劝忠教孝，寓有微忱，匪特就史述史已也。

第二回

弃边城抚臣坐罪
徙杭州名吏闲游

却说监察御史程颢，系河南人，与弟颐皆究心圣学，以修齐治平为要旨。颢尝举进士，任晋城令，教民孝悌忠信，民爱戴如父母。后入京为著作佐郎，吕公著复荐为御史。神宗素闻颢名，屡次召见。颢前后进对甚多，大要在正心窒欲，求贤育才。神宗亦尝俯躬相答。至新法迭兴，颢屡言不便，请罢青苗钱利息，及汰去提举官等。安石虽怀怒意，但颇敬他为人，不欲遽发。颢忍无可忍，复上疏极言，略云：

臣闻天下之理，本诸简易，而行之以顺道，则事无不成。故曰智者若禹之行水，行其所无事也。舍之面于险阻，则不足以言智矣。盖自古兴治，虽有专任独决，能就事功者，未闻辅弼大臣，人各有心，睽庆不一，致国政异出，名分不正，中外人情，交谓不可，而能有为者也。况于措制失宜，沮废公议，一二小臣，实预大计，用贱凌贵，以邪妨正者乎？凡此皆天下之理，不宜有成，而智者之所不行也。设令由此侥幸，事有小成，而兴利之臣日进，尚德之风日衰，尤非朝廷之福。矧复天时未顺，地震连年，四方人心，日益摇动，此皆陛下所当仰测天意，俯察人事者也。臣奉职不肖，议论无补，望早赐降责，以避官谤，不胜翘企之至！

疏入后，奉旨令诣中书自言。颢乃至中书处，适安石在座，怒目相视。颢恰从容说道："天下事非一家私议，愿平心听受，言可乃行，不可便否，何必盛气凌人？"安石闻言，不觉自愧，乃欠身请坐。颢方坐定，正欲开言，忽同僚张戬亦至。**无独有偶。**安石见他进来，又觉得是一个对头。他与台官王子韶，上疏论安石乱法，并弹劾曾公亮、陈升之、韩绛、吕惠卿、李定等，疏入不报，竟向中书处面争。时适天暑，安石手携一扇，对着张戬，竟用扇掩面，吃吃作笑声。**确有奸相。**戬竟抗声道："如戬狂直，应为公笑，但笑戬的不过公等两三人。公为人笑，恐遍天下皆是呢！"陈升之在旁道："是是非非，自有公论，张御史既知此理，也不必多来争执。"戬不待说完，便应声道："公亦不得为无罪。"升之也觉渐沮。安石道："由他去说，我等总有一定主意，睬他何为？"戬知无理可喻，转身自去。颢亦辞归，复上章乞罢。诏令颢出为江西提刑，颢又固辞，乃改授签书镇宁军节度使判官。戬与子韶亦求去，于是戬出知公安县，子韶出知上元县。还有右正言李常，因驳斥均输、青苗等法，比安石为王莽。安石怎肯相容，亦出常通判滑州。不数日间，台谏一空，安石却荐一谢景温为侍御史。谢与安石有姻谊，所以援引进去，且将制置条例司，归并中书，所有条例司掾属，各授实官。命吕惠卿兼判司农寺，管领新法事宜。枢密使吕公弼屡劝安石守静毋扰，安石不悦。公弼将劾安石，属稿甫就，被从孙吕嘉问窃去，持示安石。安石即先白神宗，神宗竟将公弼免官，出知太原府。吕氏赠嘉问美名，就是"家贼"两字，嘉问亦安然忍受，但邀安石欢心，也不管什么贼不贼了。**可谓无耻。**既而曾公亮因老求去，乃罢免相位，拜司空兼侍中，并集禧观使。当时以熙宁初年，五相更迭，有生、老、病、死、苦的谣言：安石生，曾公亮老，唐介死，富弼称病，赵抃叫苦。虽是一时诙谐，却也很觉确切呢。

安石正力排正士，增行新法，忽西陲呈报边警，夏主秉常，大举入寇，环庆路烽烟遍地了。安石遂自请行边，韩绛入奏道："朝廷方赖安石，何暇使行？臣愿赴边督军！"神宗大喜，便令绛为陕西宣抚使，给他空名告敕，得自除吏掾。绛拜命即行。**总道是马到成功，谁知骑梁不成，反输一跌。**先是建昌军司理王韶，尝客游陕西，访采边事，返诣阙下，上平戎三策。大略谓："西夏可取，欲取西夏须先复河湟，欲复河湟，须先抚辑沿边诸番。自武威以南，至洮、河、兰、鄯诸州，皆故汉郡县，地可耕，民可役，幸今诸羌瓜分，莫能统一，乘此招抚，收复诸羌，就是河西李氏，**即西**

夏。即在我股掌中。现闻羌种所畏，唯唃氏*即唃厮啰。*子孙，若结以恩信，令他纠合族党，供我指挥，我得所助，夏失所与，这乃是平戎的上策呢。"*此策非必不可用。*神宗以为奇计，即召王安石入议。安石也极口赞许，乃命韶管干秦凤经略司机宜文字，一面封唃厮啰子董毡为太保，*董毡一译作董戬，系唃厮啰三子。*仍袭职保顺军节度使，且封董毡母乔氏为安康郡太君，董毡因遣使入谢。至王韶到了秦凤，收降青唐蕃部俞龙珂，遂请筑渭、泾上下两城，屯兵置戍；并抚纳洮河诸部。秦凤经略使李师中，反对韶议，安石以师中阻挠，令罢帅事。王韶又上言："渭源至秦州，废田多至万顷，愿置市易司，笼取商利，作为垦荒经费。"安石正要行市易法，哪有不从之理？即请旨转饬李师中，给发川交子，*即钞票之类。*易取货物，并令韶领市易事。师中又上言："韶所指田，系极边弓箭手地，不便开垦。市易司转足扰民，恐所得不补所亡。"*看官！你想安石肯听从师中么？*当下奏罢师中，徙知舒州，另命窦舜卿知秦州，与内侍李若愚，往查闲田所在。哪知仅得地一顷，还是另有地主，舜卿、若愚只好据实奏报。安石又说舜卿掩蔽，把他贬谪，令韩缜往代。缜遂报无为有，顺安石意。*要想保全官职，也不得不尔。*乃进韶为太子中允，寻复令主洮河安抚司事。*看官记着！*为了王韶倡议平戎，不但吐蕃境内，从此多事。就是宋、夏交涉，也因此决裂，竟先闹出战事来。

熙宁三年五月，夏人筑闹讹堡，*一译作诺和堡。*屯兵甚众，知庆州李复圭，闻朝廷有意平夏，竟欲出师邀功。当遣神将李信、刘甫等，率蕃、汉兵三千，往袭该堡。偏被夏人得知，一阵驱杀，大败信等，信等逃归。复圭不觉自悔，却想了一计，把无故兴兵的罪状，都推在李信、刘甫身上，斩首徇军，复由自己领兵，追袭夏人，杀了老弱残兵二百名，即上书告捷。*真好法子。*夏人不肯干休，乘着秋高马肥，大举入环庆州，攻扑大顺城及柔远等寨。钤辖郭庆、高敏等战死。及韩绛巡边，在延安开设幕府，选蕃兵为七军。绛不习兵事，措置乖方，且起用种谔为鄜延钤辖，知青涧城，命诸将皆受谔节制，蕃兵多怨望。绛与谔谋取横山，安抚使郭逵道："谔一狂生，怎知军务？朝廷徒以种氏家世，赐荫子孙，若加重用，必误国事。"绛甚不谓然。适陈升之因母丧去位，两个同平章事，去了一双。*一即曾公亮。*神宗擢用两人，做了接替，一个便是王安石，一个偏轮着韩绛。*安石为首相，即就此带叙。*绛在军中，有诏遥授为同平章事。绛兴高采烈，即劾郭逵牵制军情。逵奉敕召还，谔遂率兵二万人，袭破罗兀，筑城拒守，进筑永乐川、赏逮岭二寨。又分遣都监赵璞、燕达等，修葺抚宁故城，及分荒唯三泉、吐浑川、开光岭、葭芦川四寨，相去各四十余里。韩绛方保荐种谔，盛叙功绩，不意夏人已入顺宁寨，进围抚宁。是时边将折继世、高永能等，方驻兵细浮图，去抚宁不过数里。罗兀城兵势尚厚，且有赵璞、燕达等防守抚宁。谔在绥德闻报，惊惶得了不得，拟作书召回燕达，偏偏口不应心，提起了笔，那笔尖儿好似作怪，竟管颤动，不能成字。适运判李南公在旁，看他这般情形，不禁好笑，他却掷笔旁顾道："什么好？什么好？"说了两个好字，竟眼泪鼻涕，一齐流将出来。穷形尽相。南公劝解道："大不了弃掉罗兀城，何必害怕哩？"谔一言不发，尚是涕泪不已。及南公趋退，那警报杂沓进来，所有新筑诸堡，陆续被陷，将士战殁千余人。谔束手无策，绛亦无可隐讳，只得上书劾谔，且自请惩处。有诏弃罗兀城，贬谔为汝州团练副使，安置潭州。绛亦坐罢，徙知邓州。夏人既得罗兀城，却也收兵退去。

唯王安石转得独相，把揽大权，新任参政冯京、王珪。珪曲事安石，仿佛王氏家奴，京虽稍稍腹诽，但也未敢直言。翰林学士司马光、范镇，依次罢去。神宗新策贤良方正，太原判官吕陶，台州司户参军孔文仲，对策直言，已登上第，为安石所阻，饬孔文仲仍还故官，吕陶亦止授通判蜀州。于是保甲法，免役法，次第举行。并改诸路更戍法，更定科举法，朝三暮四，任意更张。小子于保甲、免役诸法，已在上文约略说明，所有更戍法系太祖旧制，太祖惩藩镇旧弊，用赵普策，分立四军，京师卫卒称禁军，诸州镇兵称厢军，在乡防守称乡军，保卫边塞称藩军。禁军更番戍边，厢军亦互相调换，兵无常帅，帅无常师，所以叫作更戍。时议以兵将不相识，缓急无所恃，不如部分诸路将兵，总隶禁旅，使兵将相习，有训练的好处，无番戍的烦劳。安石称为良策，乃改订兵制，分置诸路将副。京畿、河北、京东西路，置三十七将，陕西五路，置四十二将，每将麾下，各有部队将训练官等数十人，与诸路旧有总管钤辖都监监押等。设官重复，虚糜廪禄，并且饮食嬉游，养成骄惰，是真所谓弄巧反拙了。

宋初取士，多仍唐旧，进士一科，限年考试，所试科目，即诗赋、杂文及帖经、墨义等条。仁宗时，从范仲淹言，有心复古，广兴学校，科举须先试策论，次试诗赋，除去帖经、墨义。及仲淹既去，仍复旧制。安石当国，欲将科举革除，一意兴学，当由神宗饬令会议。苏轼谓："仁宗立学，徒存虚名，科举未尝无才，不必变更。"神宗颇以为然。安石以科法未善，定欲更张。当由辅臣互为调停，以经义、论策取士，罢诗赋、帖经、墨义。后来更立太学生三舍法，注重经学。安石且作《三经新义》，注释《诗》《书》《周礼》，颁行学官。无论学校科举，只准用王氏《新义》，所有先儒传注，概行废置。安石的势力，总算膨胀得很呢。这两条不第解释新法，即宋初成制，亦借此叙明。苏轼见安石专断，甚觉不平，尝因试进士发策，拟题命试，题目是："晋武平吴，独断而克；苻坚代晋，独断而亡。齐桓专任管仲而霸，燕哙专任子之而败。事同功异为问。"这是明明借题发挥，讥讽安石。安石遂挟嫌生衅，奏调轼为开封府推官，轼决断精敏，声闻益著，再上疏指斥新法，略云：

臣之所欲言者，三言而已：愿陛下结人心，厚风俗，存纪纲。人主所恃者，人心也。自古及今，未有和易同众而不安，刚果自用而不危者。祖宗以来，治财用者不过三司。今陛下又创制置三司条例司，使六七少年，日夜讲求于内，使者四十余辈，分行营干于外。以万乘之主而言利，以天子之宰而治财。君臣宵旰，几有年矣，而富国之功，茫如捕风。徒闻内帑出数百万缗，祠部度五千余人耳。以此为术，人皆知其难也。汴水浊流，自生民以来，不以种稻。今欲陂而清之，万顷之稻，必用千顷之陂，一岁一淤，三岁而满矣。陛下使相视地形所在，凿空访寻水利，堤防一开，水失故道，虽食议者之肉，何补于民？自古役人，必用乡户。徒闻江、浙之间，数郡雇役，而欲措之天下，自杨炎为两税，租调与庸，既兼之矣，奈何复欲取庸？青苗放钱，自昔有禁，今陛下始立成法，每岁常行，虽云不许抑配，而数世之后，暴官污吏，陛下能保之乎？昔汉武以财力匮竭，用桑弘羊之说，买贱卖贵，谓之均输。于是商贾不行，盗贼滋炽，几至于乱。臣愿陛下结人心者此也。国家之所以存亡者，在道德之浅深，不在乎强与弱；时数之所以长短者，在风俗之厚薄，不在乎富与贫。臣愿陛下务崇道德而厚风俗，不愿陛下急于有功而贪富强。仁宗持法至宽，用人有序，专务掩覆过失，未尝轻改旧章。考其成功，则曰未至。言乎用兵，则十出而九败；言乎府库，则仅足而无余。徒以德泽在人，风俗向义，故升退之日，天下归仁。议者见其末年，吏多因循，事多不振，乃欲矫之以苛察，济之以智能，招来新进勇锐之人，以图一切速成之效。未享其利，浇风已成，欲望风俗之厚，岂可得哉？臣愿陛下厚风俗者此也。祖宗委任台谏，未尝罪一言者，纵有薄责，旋即超升，许以风闻而无官长。言及乘舆，则天子改容，事关廊庙，则宰相待罪。台谏固未必皆贤，所言亦未必皆是。然须养其锐气，而借之重权者，将以折奸臣之萌也。臣闻长老之谈，皆谓台谏所言，常随天下公议。今者物议沸腾，怨讟交至，公议所在，亦知之矣。臣恐自兹以往，习惯成风，尽为执政私人，以致人主孤立，纲纪一废，何事不生？臣愿陛下存纲纪者此也。事关重大，用敢直言，伏乞陛下裁察！

这疏一上，安石愈加愤怒，使御史谢景温妄奏轼罪，穷治无所得，方才寝议。轼乞请外调，因即命他通判杭州。轼字子瞻，眉山人。父洵，尝游学四方，母程氏亲授诗书。及弱冠，博通经史，善属文，下笔辄数千言。仁宗嘉祐二年，就试礼部，主司欧阳修，得轼文，拟擢居冠军，嗣恐由门客曾巩所为，但置第二，复以春秋对义列第一。嗣入直史馆，为安石所忌，迁授判官告院。至是又徙判杭州。杭城外有西湖，山水秀丽，冠绝东南，轼办公有暇，即至湖上游览，所有感慨，悉托诸吟咏，一时文士，多从之游。又仿唐时白居易遗规，浚湖除葑，在湖中筑土成堤，植桃与柳，点缀景色。后人以白居易所筑的堤，称为白堤，苏轼所筑的堤，称为苏堤。相传苏轼有妹名小妹，亦能诗。适文士秦观，字少游，与轼唱和最多。轼又与佛印作方外交，与琴操作平康友，闲游湖上，诗酒联欢，这恐是附会荒唐，不足凭信。轼有弟名辙，与兄同登进士科，亦工诗文，曾任三司条例司检详，以忤安石意被黜，事见上文。小妹不见史乘，秦观曾任学士，与轼为友。佛印、琴操，稗乘中间有记载，小子也无暇详考了。尝有一诗咏两苏云：

　　蜀地挺生大小苏，后人称轼为大苏，辙为小苏。才名卓绝冠皇都。

　　昭陵试策曾称赏，可奈时艰屈相儒。仁宗初，读两苏制策，退而喜曰："朕为子孙得两宰相。"

苏轼外调，安石又少一对头，越好横行无忌了。本回就此结束，下回再行续详。

本回以程疏起手，以苏疏结局，前后呼应，自成章法。中叙宋、夏交涉一段，启衅失律，仍自王安石致之。有安石之称许王韶，乃有韩绛之误用种谔。谔议虽非不可行，然无故开衅，曲在宋廷。绛、谔坐罪，而安石逍遥法外，反得独揽政权，神宗岂真愚且蠢者？殆以好大喜功，堕安石揣摩之术耳。程颢为道学大家，以言不见用而求去。苏轼为文学大家，以言反遭忌而外调。特录两疏，与上回之韩疏相映，盖重其人乃重其文，笔下固自有斟酌也。

第三回

借父威竖子成名
逞兵谋番渠被虏

却说苏轼外徙以后，又罢知开封府韩维，及知蔡州欧阳修，并因富弼阻止青苗，谪判汝州。王安石意犹未足，比弼为鲧与共工，请加重谴。居然自命禹、皋。还是神宗顾念老成，不忍加罪。安石因宁州通判邓绾，贻书称颂，极力贡谀，遂荐为谏官。绾籍隶成都，同乡人留宦京师，都笑绾骂绾。绾且怡然自得道："笑骂由他笑骂，好官总是我做了。"为此一念，误尽世人。绾既为御史，复兼司农事，与曾布表里为奸，力助安石，安石势焰益横。御史中丞杨绘，奏罢免役法，且请召用吕诲、范镇、欧阳修、富弼、司马光、吕陶等，被出知郑州。监察御史里行刘挚，陈免役法有十害，被谪监衡州盐仓。知谏院张璪，因安石令驳挚议，不肯从命，亦致落职。又去了三个。吕诲积忧成疾，上表神宗，略言"臣无宿疾，误被医生用术乖方，寖成风痹，祸延心腹，势将不起。一身不足恤，唯九族无依，死难瞑目"云云。这明明是以疾喻政，劝悟神宗的意思。奈神宗已一成不变，无可挽回。至诲已疾亟，司马光亲往探视，见诲不能言，不禁大恸。诲忽张目顾光道："天下事尚可为，君实勉之！"言讫遂逝。诲，开封人，即故相吕端孙，元祐初，追赠谏议大夫。既而欧阳修亦病殁颍州。修四岁丧父母，郑氏画荻授书，一学即能；至弱冠已著文名，举进士，试南宫第一。与当世文士游，有志复古。累知贡举，厘正文体。奉诏修《唐书》纪、志、表，自撰《五代史》，法严词约，多取春秋遗旨。苏轼尝作序云："论大道似韩愈，论事似陆贽，记事似司马迁，诗赋似李白。"时人叹为知言。修本籍庐陵，晚喜颍川风土，遂以为居。初号醉翁，后号六一居士。殁赠太子太师，谥文忠。**大忠大奸，必叙履历，其他学术优长，亦必标明，是著书人之微旨。又死了两个。**

安石有子名雱，幼甚聪颖，读书常过目不忘，年方十五六，即著书数万言。举进士，调旌德尉，睥睨自豪，不可一世。居官未几，因俸薄官卑，不屑小就，即辞职告归。家居无事，作策二十余篇，极论天下大事。又作《老子训解》，及《佛书义解》，亦数万言。他本倜傥不羁，风流自赏，免不得评花问柳，选色征声。所有秦楼楚馆，诗妓舞娃，无不知为王公子。安石虽有意沽名，侈谈品学，但也不能把雱约束，只好任他自由。况且他才华冠世，议论惊人，就是安石自思，也觉逊他一筹。由爱生宠，由宠生怜，还管他什么浪迹？什么冶游？当安石为参政时，程颢过访，与安石谈论时政。正在互相辩难的时候，忽见雱囚首丧面，手中执一妇人冠，憪然出庭。闻厅中有谈笑声，即大踏步趋将进去。见了程颢，也没有什么礼节，但问安石道："阿父所谈何事？"安石道："正为新法颁行，人多阻挠，所以与程君谈及。"雱睁目大言道："这也何必多议！但将韩绛、富弼两人枭首市曹，不怕新法不行。"**其父行劫，其子必且杀人。**安石忙接口道："儿说错了。"颢本是个道学先生，瞧着王雱这副形状，已是看不过去，及听了雱语，更觉忍耐不住，便道："方与参政谈论国事，子弟不便参预。"雱闻言，气得面上青筋，一齐突出，几欲饱程老拳。还是安石以目相示，方怏怏退出。到了安石秉国，所用多少年，雱遂语父道："门下士多半弹冠，难道为儿的转不及他么？"安石道："你只知其一，不知其二，执政子不能预选馆职，这是本朝定例，不便擅改哩。"**你尚知守法么？**雱笑道："馆选不可为，经筵独不可预么？"安石被他一诘，半晌才说道："朝臣方谓我多用私人，若你又入值经筵，恐益滋物议了。"**你尚知顾名么？**雱又道："阿父这般顾忌，所以新法不能遽行。"安石又踌躇多时，方道："你所做的策议，及《老子训解》，都藏着否？"雱应道："都尚藏着。"安石道："你去取了出来，我有用处。"雱遂至中书室中，取出藏稿，携呈安石。安石叫过家人，令付手民镂版，印刷成书，廉价出售。**未免损价。**都下相率购诵，辗转间流入大内，连神宗亦得瞧着，颇为叹赏。邓绾、曾布正想讨好安石，遂乘机力荐，说雱如何大才，如何积学，差不多是当代英豪，一时无两。

15

于是神宗召雱入见，雱奏对时，无非说是力行新法，渐致富强。神宗自然合意，遂授太子中允，及崇政殿说书。雱生平崇拜商鞅，尝谓不诛异议，法不得行，至是入侍讲筵，往往附会经说，引伸臆见。神宗益为所惑，竟创置京城逻卒，遇有谤议时政，不问贵贱，一律拘禁。都人见此禁令，更敢怒不敢言。

安石遂请行市易法，委任户部判官吕嘉问为提举。**家贼变为国贼。**继行保马法，令曾布妥定条规，遍行诸路。又继行方田法，自京东路开办，逐渐推行。用巨野县尉王曼为指教官。枢密使文彦博，副使吴充，上言保马法不便施行，均未见从。枢密都承旨李评，又诋毁免役法，并奏罢阁门官吏，安石说他擅作威福，必欲加罪。神宗虽然照允，许久不见诏命。且因利州判官鲜于侁，上书指陈时事，隐斥安石，神宗竟擢他为转运副使。安石入问神宗，神宗言："侁长文学，所以超迁。"并出原奏相示。安石不敢再言。利州不请青苗钱，安石遣使诘责，侁复称："民不愿借，如何强贷？"安石无法，遂想出一个辞职的法儿，面奏神宗，情愿外调。**好似妓女常态。**神宗道："自古君臣，如卿与朕，相知极少，朕本鄙钝，素乏知识，自卿入翰林，始闻道德学术，心稍开悟。天下事方有头绪，卿奈何言去？"安石仍然固辞。神宗又道："卿得毋为李评事，与朕有嫌？朕自知制诰知卿，属卿天下事，如吕诲比卿为少正卯、卢杞，朕且不信，此外尚有何人，敢来惑朕？"安石乃退。次日，又赍表入请，神宗未曾展览，即将原表交还，固令就职。安石才照常视事。乃创议开边，三路并进。一路是招讨峒蛮，命中书检正官章惇为湖北察访使，经制蛮方。一路是招讨泸夷，命戎州通判熊本为梓、夔察访使，措置夷事。一路便是洮河安抚使王韶，招讨西羌，进兵吐蕃诸部落。这三路中唯羌人狡悍，不易收服，所有蛮、夷两路，没甚厉害，官兵一至，当即敛迹。安石遂据为己功，仿佛是内安外攘，手造升平，这也足令人发噱呢。

小子逐路叙明，先易后难，请看官察阅！西南多山，土民杂处，历代视为化外，呼作蛮夷，不置官吏。唯令各处酋长，部落土人，使自镇抚。宋初，辰州瑶人秦再雄，武健多谋，为蛮人所畏服。太祖召至阙下，面加慰谕，命为辰州刺史，赐予甚厚，使自辟吏属，给一州租赋。再雄感恩图报，派选亲校二十人，分使诸蛮，招降各部，数千里无边患。嗣后各州虽稍有未靖，不久即平。仁宗时，溪州刺史彭仕羲，自号如意大王，纠众作乱，经官军入讨，仕羲遁去。宋廷遣使传谕，许他改过自归，仕羲乃出降，仍奉职贡，嗣为子师彩所弑。师彩兄师晏，攻杀师彩，献纳誓表。神宗乃命师晏袭职，管领州事。蛮众列居，向分南北江，北江有土州二十，俱属彭氏管辖。南江有三族，舒氏、田氏，各领四州，向氏领五州，皆受宋命。既而峡州峒酋舒光秀，刻剥无度，部众不服，湖北提点刑狱赵鼎，据实上闻，辰州布衣张翘，又献策宋廷，言诸蛮自相仇杀，可乘势剿抚，夷为郡县。宋廷遂遣章惇为湖北察访使，经制南北。章惇既至湖北，先招纳彭师晏，遣诣阙下，授礼宾副使，兼京东州都监，北江遂定。再由惇劝谕南江各族，向永晤奉表归顺，献还先朝所赐剑印。舒光秀、光银等亦降，独田元猛自恃骁勇，不肯从命。惇率轻兵进讨，攻破元猛，夺据懿州。南江州峒，闻风而下，遂改置沅州，即以懿州新城为治所。尚有梅山峒蛮苏氏，及诚州峒蛮杨氏，亦相继纳土。惇创立城寨，于梅山置安化县，隶属邵州。又以诚州属辰州，寻又改称靖州，蛮人平服，章惇还朝。一路了。

再说泸夷在西南徼外，地近泸水，置有泸州，因名泸夷。仁宗初年，夷酋乌蛮王得盖，居泸水旁，部族最盛。附近有姚州城，废置已久，得盖奉表宋廷，乞仍赐州名，辑抚部落，效顺天朝。仁宗准奏，仍建姚州，授得盖刺史，铸印赐给。得盖死后，子孙私号"罗氏鬼主"。但势日衰弱，不能驭诸族。乌蛮有二酋，一名晏子，一名箇恕，素属得盖孙仆夜管辖。仆夜号令不行，二酋遂纠众思逞，擅劫晏州山外六姓，及纳溪二十四姓生夷，归他役属。六姓夷遂受二酋嗾使，入扰宋边。戎州通判熊本，素守边郡，熟识夷情，因受命为察访使，得便宜行事。本知夷人内扰，多恃村豪为向导，遂用金帛诱致村豪百余人，到了泸川，一并斩首，当下悬竿徇众，各姓股栗，愿效死赎罪。独柯阴一酋不至，本遣都监王宣，招集晏州降众，及黔州义军，授以强弓毒矢，进击柯阴。柯阴酋居然迎敌，哪禁得弩弓迭发？一经着体，立即仆地，夷众大溃。王宣追至柯阴，其酋无法可施，只得降顺马前。宣报知熊本，本驰至受俘，尽籍丁口土田，及重宝善马，悉数归官。晏子、箇恕，闻官军这般厉害，哪里还敢倔强？当下遣人犒师，并悔过谢罪。罗氏鬼主仆夜，本是个没用人物，当然拜表归诚。于是山前后十郡诸夷，皆愿世为汉官。本一一奏闻，乃命仆夜知姚州，箇恕知归徕州，晏子未受王命，已经身死，子名沙取禄路，亦得受官巡检。泸夷亦平，本还都。神宗嘉他不伤财，不害民，擢为集贤殿修撰，赐三品冠服。嗣又出讨渝州獠，破叛酋木斗，收溱州地五百里，创置南平军，本奏凯班师，入为知制诰，蛮、夷均皆就范围了。**两路了。**唯王韶既收降俞龙珂，且为龙珂请赐姓氏，龙珂自言中国有包中丞，忠清无比，愿附姓为荣。神宗乃赐姓包氏，易名为顺。**应前回。**包顺导韶深入，韶遂与都监张守约，就古渭寨驻戍，定名通远军，作为根本。然后西向进兵，入图武胜。蕃酋抹耳、**一译作穆尔。**水巴**一译作舒克巴。**等，据险来争。韶躬环甲胄，督兵迎战，大破羌众，斩首数百级，焚庐帐数座。唃厮罗长孙木征，来援抹耳，又被击退。看官！欲知木征的来历，还须约略表明。唃厮罗初娶李氏，生瞎毡**一译作瞎戬。**及磨毡角，又娶乔氏，生董毡。乔氏有姿色，大得唃宠，遂将李氏斥逐为尼，并李氏所生二子，尽锢置廓州。二子不服，潜结母党李巴全，窃母奔宗哥城。**一译作宗噶尔。**磨毡角抚有城众，就此居住。瞎毡别居冤谷。于是唃氏土地，分作三部。唃厮罗死后，妻乔氏与子董毡，居历精城，有众六、七万，号令严明，人不敢犯。既受宋封，尚称恭顺。**见前回。**唯磨毡角与瞎毡，相继病死。磨毡角子瞎撒欺丁，孤弱不能守，仍归属董毡部下。瞎毡有子二，长名木征，次名瞎吴叱。**一译作瞎乌尔戬。**木征居河州，瞎吴叱居银川，木征恐董毡往讨，曾乞内附，至是因宋军入境，同族乞援，乃率众反抗王韶。偏被韶军击败，退守巩令城。当遣别酋瞎药，**一译作恰约克。**助守武胜，哪知韶军已长驱捣入，瞎药抵挡不住，只好弃城遁走。武胜遂为韶有，因择要筑城，建为镇洮军，一面连章报捷。朝议创置熙河路，即升镇洮军为熙州，授韶经略安抚使，兼知熙州事，及通远军；并领河、洮、岷三州。时三州实未规复，由韶遣僧智圆，潜往河州，赍金招诱，自率轻骑尾随。适瞎药败还河州，与智圆晤谈，得了若干金银，即愿归顺。待韶军已至，导入河州，杀死老弱数千名，连木征妻子，尽被擒住。木征在外未归，那巢穴已被捣破了。韶复进攻洮、岷，木征还据河州，韶又回军击走木征，河州复定。岷州首领木令征，闻风献城，洮州亦降。还有宕、叠二州，均来归附，总计韶军行五十四日，涉千八百里，得州五，斩首数千级，获牛羊马万余头。捷书上达，神宗御紫宸殿受贺，解佩带赐王安石，进韶左谏议大夫，兼端明殿学士。韶乃留部将分守，自率军入朝，不意韶甫还都，边警随至，知河州景思立竟战死踏白城。**羌人多诈，宋将枉死。**原来木征虽已败窜，心总未死，复诱合董毡别将青宜结、**一译作青伊克结。**鬼章**一译作果庄。**等，入扰河州。景思立麾军出战，羌众佯败，追至踏白城，遇伏而亡。木征势焰复张，进寇岷州。刺史高遵裕令包顺往击，战退木征。木征又转围河州。是时王韶已奉诏还镇，行至兴平，闻河州被围，亟与按视鄜延军官李宪，日夜奔驰，直抵熙州，选兵得二万人，令进趋定羌城。诸将入禀道："河州围急，宜速往救，奈何不趋河州，反往定羌城？"韶慨然道："你等怎知军谋？木征敢围河州，无非恃有外援，我先攻他所恃，河州自然解围了。"却是妙计。乃引兵至定羌城，破西蕃，结河川族，断夏国通路，进临宁河，分命偏将入南山，截木征后路。木征果然解围，退保踏白城。韶军已绕出城后，出其不意，突入羌营，焚帐八十，斩首七千。木征无路可归，没奈何带领酋长八十余人，诣军门乞降。韶即遣李宪押送木征，驰入京师，正是：

欲建战功因略远，幸操胜算得擒渠。

未知木征能否免死，容待下回说明。

既有王安石之立异沽名，复有王雱之矜才傲物，非是父不生是子，幸其后短命死耳。否则误国之祸，不且较乃父为尤烈耶？史称安石之力行新法，多自雱导成之，是误神宗者安石，误安石者即其子雱。本回特别表出，志祸源也。王韶创议平戎，而章惇、熊本相继出使，虽抚峒蛮，平泸夷，诸羌亦畏威乞降，渠魁如木征，且槛至阙下，然亦思劳师几何？费饷几何？捷书屡上，而仅得荒僻之地若干里，果何用乎？功不补患，胜益长骄，谁阶之厉？韶实尸之！故本回以章惇、熊本为宾，而以王韶为主，语有详略，意寓抑扬。若王安石则尤为主中之主者，叙笔固亦不肯放松也。

第四回

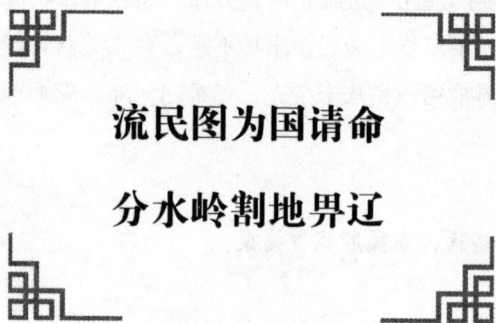

流民图为国请命
分水岭割地界辽

　　却说王韶受木征降，仍将木征解京，朝右称为奇捷，相率庆贺。*丑态如绘。*先是景思立战死，羌势复炽，朝议欲仍弃熙河，神宗亦为之旰食，屡下诏戒韶持重。韶竟轻师西进，卒俘木征。那时神宗喜出望外，御殿受俘，特别加恩，命木征为营州团练使，赐姓名赵思忠，授韶观文殿学士，兼礼部侍郎。未几，又召为枢密副使，总算是破格酬庸，如韶所愿了。*句中有刺。*安石本主张韶议，得此边功，自然意气洋洋，诩为有识。会少华山崩，文彦博谓为民怨所致，安石大加反对，彦博遂决意求去，乃出为河东节度使，判河阳，寻徙大名府。安石复用选人李公义，及内侍黄怀信言，造成一种浚川耙，说是浚河利器。看官道是什么良法？他是用巨木八尺为柄，下用铁齿，约长二尺，形似耙状，用石压下，两旁系大船，各用滑车绞木，谓可扫荡泥沙，哪知水深处耙不及底，仍归无益，水浅处齿碍沙泥，初时尚觉活动，后被沙泥淤住，用力猛曳，齿反向上。这种器具，有什么用处？安石偏视为奇巧，竟赏怀信，官公义，将耙法颁下大名。文彦博奏言耙法无用，安石又说他阻挠，令虞部郎范子渊，为浚河提举，置司督办，公义为副。子渊是个蔑片朋友，专会敲顺风锣，只说耙法可行，也不管成功不成功，乐得领帑取俸，河上逍遥。*目前之计，无过于此。*

　　提举市易司吕嘉问，复请收免行钱，令京师百货行，各纳岁赋。又因铜禁已弛，奸民常销钱为器，以致制钱日耗。安石创行折二钱，用一当二，颁行诸路。嗣是罔利愈甚，民怨愈深。熙宁六年孟秋，至八年孟夏，天久不雨，赤地千里，神宗忧虑得很，终日咨嗟，宫廷内外，免不得归咎新法。惹得神宗意动，亦欲将新法罢除。安石闻得此信，忙入奏道："水旱常数，尧汤时尚且不免，陛下即位以来，累年丰稔，至今始数月不雨，当没有什么大害。如果欲默迓天麻，也不过略修人事罢了。"神宗蹙然道："朕正恐人事未修，所以忧虑，今取免行钱太重。人情恣怨，自近臣以及后族，无不说是弊政，看来不如罢免为是。"参政冯京，时亦在侧，便应声道："臣亦闻有怨声。"安石不俟说毕，即愤愤道："士大夫不得逞志，所以訾议新法。冯京独闻怨言，便是与若辈交通往来，否则臣亦有耳目，为什么未曾闻知呢？"**看这数句话，安石实是奸人。**神宗默然，竟起身入内。安石及京，各挟恨而退。未几，即有诏旨传出，广求直言，诏中痛自责己，语极恳切，相传系翰林学士韩维手笔。神宗正在怀忧，忽由银台司呈上急奏，当即披阅，内系监安上门郑侠奏章，不知为着何事？忙将前后文略去，但阅视要语道：

去年大蝗，秋冬亢旱，麦苗焦槁，五种不入，群情惧死；方春斩伐，竭泽而渔，草木鱼鳖，亦莫生遂，灾患之来，莫之或御。愿陛下开仓廪，赈贫乏，取有司掊克不道之政，一切罢去。冀下召和气，上应天心，延万姓垂死之命。今台谏充位，左右辅弼，又皆贪狠近利，使夫抱道怀识之士，皆不欲与之言。陛下以爵禄名器，驾驭天下忠贤，而使人如此，甚非宗庙社稷之福也。窃闻南征北伐者，皆以其胜捷之势，山川之形，为图来献，料无一人以天下之民，质妻鬻子，斩桑坏舍，遑遑不给之状上闻者。臣仅以逐日所见，绘成一图，但经眼目，已可涕泣，而况有甚于此者乎？如陛下行臣之言，十日不雨，即乞斩臣宣德门外，以正欺君之罪。

神宗览到此处，即将附呈的图画，展开一阅。但见图中绘著，统是流民惨状，有的号寒，有的啼饥，有的嚼草根，有的茹木实，有的卖儿，有的鬻女，有的尫瘠不堪，还有身带锁械，有的支撑不住，已经奄毙道旁；另有一班悍吏，尚且怒目相视，状甚凶暴，可怜这班垂死人民，都觉愁眉双锁，泣涕涟涟。**极力写照。**神宗瞧了这幅，又瞧那幅，反复谛视，禁不住悲惨起来。当下长叹数声，袖图入内，是夜辗转吁

轸念流民

嗟，竟不成寐。翌日临朝，特颁谕旨，命开封府酌收免行钱，三司察市易，司农发常平仓，三卫裁减熙河兵额，诸州体恤民艰，青苗免役，权息追呼，方田保甲，并行罢免。共计有十八事，中外欢呼，互相庆贺。那上天恰也奇怪，居然兴云作雾，蔽日生风，霎时间电光闪闪，雷声隆隆，大雨倾盆而下，把自秋至夏的干涸气，尽行涤尽。淋漓了一昼夜，顿觉川渠皆满，碧浪浮天。辅臣等乘势贡谀，联翩入贺，神宗道："卿等知此雨由来否？"大家齐声道："这是陛下盛德格天，所以降此时雨。"*越会贡谀，越觉露丑。* 神宗道："朕不敢当此语。"说至此，便从袖中取出一图，递示群臣道："这是郑侠所上的流民图，民苦如此，哪得不干天怒？朕暂罢新法，即得甘霖，可见这新法是不宜行呢。"安石忿不可遏，竟抗声道："郑侠欺君罔上，妄献此图，臣只闻新法行后，人民称便，哪有这种流离惨状呢？"*门下都是媚子，哪里得闻怨声？* 神宗道："卿且去察访底细，再行核议！"安石怏怏退出，因上章求去，疏入不报。嗣是群奸切齿，交嫉郑侠，遂怂恿御史，治他擅发马递罪。侠，福清人，登进士第，曾任光州司法参军，所有谳案，安石悉如所请。侠感为知己，极思报效。会秩满入都，适新法盛行，乃进谒安石，拟欲谏阻。安石询以所闻，侠答道："青苗、免役、保甲、市易数事，与边鄙用兵，愚见却未以为然呢。"安石不答。侠退不复见，但尝贻安石书，屡言新法病民。安石本欲辟为检讨，因侠一再反对，乃使监安上门。侠见天气亢旱，百姓遭灾，遂绘图加奏，投诣阁门，偏被拒绝不纳，乃托言密急，发马递呈入银台司。向例密报不经阁中，得由银台司直达，所以侠上流民图，辅臣无一得闻。及神宗颁示出来，方才知晓。*详叙原委，不没忠臣。* 大众遂设法构陷，当将擅发马递的罪名，付御史谳治。御史两面顾到，但照章记过罢了。

吕惠卿、邓绾复入白神宗，请仍行新法。神宗沉吟未答，惠卿道："陛下近数年来，忘寝废餐，成此美政，天下方讴歌帝泽。一旦信狂夫言，罢废殆尽，岂不可惜。"言已，涕泣不止。邓绾也陪着下泪。*小人女子，同一丑态。* 神宗又不禁软下心肠，顿时俯允。两人领旨而出，复扬眉吐气，饬内外仍行新法，于是苛虐如故，怨恣亦如故。太皇太后曹氏，也有所闻，尝因神宗入问起居，乘间与语道："祖宗法度，不宜轻改，从前先帝在日，我有闻必告，先帝无不察行，今亦当效法先帝，方免祸乱。"神宗道："现在没有他事。"太皇太后道："青苗、免役各法，民间很是痛苦，何不一并罢除？"神宗道："这是利民，并非苦民。"太皇太后道："恐未必然。我闻各种新法，作自安石，安石虽有才学，但违民行政，终致民怨，如果爱惜安石，不如暂令外调，较可保全。"神宗道："群臣中唯安石一人，能任国事，不应令去。"太皇太后尚思驳斥，忽有一人进来道："太皇太后的慈训，确是至言，皇上不可不思！"神宗正在懊恼，听了这语，连忙回顾，来人非别，乃是胞弟昌王颢，当下勃然大怒道："是我败坏国事么？他日待汝自为，可好否？"*为了安石一人，几至神宗不孝不友，安石焉得无罪？*颢不禁涕泣道："国事不妨共议，颢并不有什么异心，何至猜嫌若此？"太皇太后也为不欢，神宗自去。过了数日，神宗又复入谒，太皇太后竟流涕道："王安石必乱天下，奈何？"神宗方道："且俟择人代相，把他外调便了。"安石自郑侠上疏，已求去位，及闻知这个风声，乞退愈力。神宗令荐贤自代，安石举了两人，一个就是前相韩绛，一个乃是曲意迎合的吕惠卿。*荆公夹袋中，只有此等人物。*神宗乃令安石出知江宁府，命韩绛同平章事，吕惠卿参知政事。韩、吕两人，感安石恩，自然确守王氏法度，不敢少违，时人号绛为传法沙门，惠卿为护法善神。

三司使曾布，与惠卿有隙，又因提举市易司吕嘉问，恃势上陵，遂奏言："市易病民，嘉问更贩盐鬻帛，贻笑四方。"神宗览疏未决，惠卿即劾布阻挠新法。于是布与嘉问，各迁调出外。惠卿又用弟和卿计策，创行手实法，令民间田亩物宅，资货畜产，据实估价，酌量抽税，隐匿有罚，讦告有赏。那时民家寸椽尺土，都应输资，就是鸡豚牛羊，亦须出税，百姓更苦不胜言了。郑侠见国事日非，辅臣益坏，更激动一腔忠愤，取唐朝宰相数人，分为两编，如魏徵、姚崇、宋璟等，称为正直君子，李林甫、卢杞等，号为邪曲小人；又以冯京比君子，吕惠卿比小人，援古证今，汇呈进去。看官！你想惠卿得此消息，如何不愤？遂劾侠讪谤朝廷，以大不敬论。御史张璪，时已复职，竟承惠卿旨，也劾京与侠交通有迹。*不附安石，即附惠卿，想因前时落职，连气节都吓去了。*侠因此得罪，被窜英州，京亦罢去参政，出知亳州。安石弟安国，任秘阁校理，素与乃兄意见不合，且指惠卿为佞人，此次也坐与侠交，放归田里。*安国不愧司马牛。*

惠卿黜退冯京、郑侠等，气焰越盛，索性横行无忌，连那恩师王安石，亦欲设法陷害，挤入阱中。*居然欲学逢蒙。*会蜀人李士宁，自言知人休咎，且与安石有旧交，惠卿竟欲借此兴狱，亏得韩绛暗袒安石，从中阻挠。至士宁杖流永州，连坐颇众，绛恐惠卿先发制人，亟密白神宗，复用安石。神宗恰也记念起来，即召安石入朝。安石奉命，倍道前进，七日即至，进谒神宗，复命为同平章事。御史蔡承禧，即上论惠卿欺君玩法，立党肆奸。中丞邓绾，亦言惠卿过恶。安石子雱，又深憾惠卿。三路夹攻，即将惠卿出知陈州。三司使章惇也为邓绾所劾，说与惠卿同恶相济，出知潮州，**反复无常，险哉小人！** 韩绛本密荐安石，嗣因议事未合，也托疾求去，出知许州，安石复大权独揽了。

是时契丹主宗真早殁，庙号兴宗，子洪基嗣立，**系仁宗至和二年事，此处乃是补叙。** 复改国号，仍称为辽，**此后亦依史称辽。** 与宋朝通好如前。神宗熙宁七年，遣使萧禧至宋，请重订边界。神宗乃遣太常少卿刘忱等偕行，与辽枢密副使萧素，会议代州境上，彼此勘地，争论未决。看官！试想辽宋已交好有年，画疆自守，并无龃龉，此番偏来议疆事，显见是借端生衅，乘间侵占的狡谋。**一语断尽。** 辽使萧禧来京，谓宋、辽分界，应在蔚、朔、应三州间，分水岭土垄为界，且诘宋增寨河东，侵入辽界。及刘忱往勘，并无土垄，萧素又坚称分水岭为界。凡山统有分水，萧素此言，明明是含糊影射，得错便错。刘忱当然与辩，至再至三，萧素仍执己意，不肯通融。**辽人已经如此，无怪近今泰西各国。** 忱奏报宋廷，神宗令枢密院详议，且手诏判相州韩琦，司空富弼，判河南府文彦博，判永兴军曾公亮，核议以闻。韩琦首先上表，略云：

臣观近年朝廷举事，似不以大敌为恤，彼见形生疑，必谓我有图复燕南之意，故引先发制人之说，造为衅端。臣尝窃计，始为陛下谋者，必曰治国之本，当先聚财积谷，募兵于农，庶可鞭笞四夷，复唐故疆。故散青苗钱，设免役法，置市易务，新制日下，更改无常，而监司督责，以刻为明。今农怨于畎亩，商叹于道路，长吏不安其职，陛下不尽知也。夫欲攘斥四夷，以兴太平，而先使邦本困摇，众心离怨，此则为陛下始谋者大误也。臣今为陛下计，具言向来兴作，乃修备之常，岂有他意？疆土素定，悉如旧境，不可持此造端，以隳累世之好。且将可疑之形，因而罢去。益养民爱力，选贤任能，疏远奸谀，进用忠鲠，使天下悦服，边备日充。若其果自败盟，则可一振威武，恢复故疆，摅累朝之宿忿矣。谨具议上闻！

富弼、文彦博、曾公亮亦先后上书，大致与韩琦略同，神宗不能遽决。那辽主复遣萧禧来致国书，只说是忱等迁延，另乞派员会议。神宗再命天章阁待制韩缜，与萧禧叙谈，两下仍各执一词，毫无结果。禧且留馆不去，自言必得所请，方可回国。宋廷不便驱逐，乃先遣知制诰沈括报聘。括至枢密院，查阅故牍，得前时所议疆地书，远不相符，即奏称："宋、辽分境，本以古长城为界，今所争在黄嵬山，相差三十余里，如何可让？"神宗也不觉叹息道："大臣不考本末，几误国事。"遂赐括白金千两，令即启行。括至辽都，辽相杨遵勖，与议至六次，括终不屈。遵勖道："区区数里，不忍界我，莫非自愿绝好么？"又欲恫吓。括奋然道："师直为壮，曲为老，北朝弃信失好，曲有所归，我朝有什么害处？"因辞辽南归，在途考察山川关塞，风俗民情，绘成一图，返献神宗。神宗恐疆议未成，意图北伐，王安石谓战备未修，且俟缓举。此外一班辅臣，主战主和，意见不一。神宗入禀太皇太后，太皇太后道："储蓄赐与，已备足否？士卒甲仗，已精利否？"神宗茫然答道："这是容易筹办的。"太皇太后道："先圣有言，吉凶悔吝生乎动，若北伐得胜，不过南面受贺，万一挫失，所伤实多。我想辽果易图，太祖、太宗，应早收复，何待今日？"神宗才悟着道："敢不受教！"既退尚有所疑，拟再使问魏国公韩琦。不料琦竟病逝。遗疏到京，乃辍朝发哀，追赠尚书令，予谥忠献，配享英宗庙庭。琦字稚圭，相州人，策立二帝，历相三朝，宋廷倚为社稷臣。殁前一夕，大星陨州治，枥马皆惊。及殁，远近震悼。韩魏公身殁，不可不志，故借此叙过。神宗无可与商，只得再问王安石。安石道："将欲取之，必姑与之，这是老氏遗训，何妨照行。"神宗乃诏令韩缜，允萧禧议，就分水岭为界，计东西丧地七百里，萧禧欣然辞去，小子有诗叹道：

外交原不仗空谈，我弱人强固未堪。

独怪宋辽同一辙，胡为弃地竟心甘？

辽事既了，交趾忽大举入寇，究竟如何启衅，请看官续阅下回。

神宗权罢新法，天即大雨，是或会逢其适，非必天心感应，果有若是之神且速者。但如郑侠之上流民图，足为《宋史》中第一忠谏，神宗几被感悟，罢新法至十有八事。古人视君若天，侠其果有回天之力耶？乃稍明复昧，仍沮群阴，安石、惠聊迭为进退，至辽使以勘界为名，借端索地，廷议不一，而安石却援欲取姑与之说，荧惑主听，卒至东西丧地七百里。试问终宋之世，能取偿尺寸否耶？后人称安石为政治家，吾正索解无从矣。

第五回

奉使命率军征交趾

蒙慈恩减罪谪黄州

　　却说交趾自黎桓篡国，翦灭了丁氏世祚，宋廷不遑讨罪，竟将错便错，封桓为交趾郡王。桓死，子龙钺嗣，龙钺弟龙廷，杀兄自立，入贡宋廷，宋仍封他为王，且赐名至忠。*不有兄弟，何有君臣？* 既而交州大校李公蕴，又弑了龙廷，遣使入贡，依然受宋封册，嗣又晋封南平王。公蕴传子德政，德政传子日尊，均袭南平王原爵。日尊又传子乾德，神宗封他为郡王，乾德修贡如故。适章惇收峒蛮，熊本平泸夷，王韶又克河州，边功迭著，恩赏从隆。于是知邕州萧注，也艳羡起来，居然欲南平交趾，献策徼功。及神宗召他入问，他又一味支吾，说不出什么方法。*徒知迎合，有何良策？* 偏度支判官沈起，大言不惭，竟视南交为囊中物。*硬要来出风头。* 神宗以为有才，便命他出知桂州。起既抵任，遣使入溪峒募集土丁，编为保伍，令出屯广南。派设指挥二十员，分督部众，又在融州强置城寨，杀交人千数。交趾王乾德，奉表陈诉，神宗也觉无理可说，只好归咎沈起，把他罢职，另调知处州刘彝，往代起任。彝到桂州，虽奏罢广南屯兵，恰仍遣枪杖手，分戍边隘。复听偏校言论，大造戈船，似乎有立平南交的意思。交人入境互市，被他拒绝，又沿途派置巡逻，不准交趾通表，*一蟹不如一蟹。* 于是交人大愤，竟分三道入寇。一自广府，一自钦州，一自昆仑关，连陷钦、濂二州，杀死土丁八千人。宋廷接到边警，把彝除

28

名，并再贬沈起，安置郢州。初则所用非人，致启边衅，继则后先加罚，益张寇焰，是谓一误再误。交人不肯罢手，竟入逼邕州。知州苏缄，悉力拒守，一面向各处乞援。哪知附近州吏，统是一班行尸走肉的人物，袖手旁观，坐听成败，缄虽日夕抵御，究竟寡不敌众。看看粮竭矢穷，料已不能再守，乃命家属三十六人，先行自尽，一一埋置坎中，然后纵火自焚。城中兵民，感缄忠义，无一降寇。至交人攻入，所有城内五万八千余人，被交人屠戮殆尽。这都是沈、刘二人所害。这一番失败，非同小可，神宗得了消息，不胜惊悼，有诏赠缄奉国节度使，赐谥忠勇，授天章阁待制赵卨为招讨使，宦官领嘉州防御使李宪为副，往讨交趾。

卨与宪议事不合，因上言："宪系内侍，不便掌兵，请另行简命！"神宗乃召卨入问道："李宪既不便偕行，由卿另举一人便了。"卨对道："据臣愚见，莫如宣徽使郭逵，他熟识边情，定能胜任。臣才不及逵，伏乞命逵为使。臣愿为副！"颇能让贤。神宗准奏，改易诏命。及郭逵陛辞，请调鄜延、河东旧吏士，随军南下，亦奉谕照允，并赐宴便殿，特给中军旗章剑甲，借示威宠。逵申谢即行，与赵卨一同前往。会交人露布，传达汴都，略言"中国遂行新法，大扰民生，因特地出兵，来相救济"等语。王安石见了此言，很是恚怒，至亲草敕牒，极力诋斥，且令郭逵檄谕占城、占腊即真腊国。二国，夹击交州。逵率军行至长沙，依令驰檄，并遣裨将往攻钦、廉，自与卨西向进发，将至富良江，接到钦、廉捷报，两州已克复了。逵乘势进兵，到了江边，遥见敌舰纷至，帆樯如林，舰中满载兵甲，来势甚锐，倒不禁疑虑起来。当下与赵卨商议道："南蛮狡悍，鼓锐前来，急切难与争锋，看来我军是不能速渡哩，应如何设法，方可破敌？"卨答道："不如先造攻具，毁坏蛮船，再出奇兵逆击，无虑不胜。"逵欣然道："就照此办理罢！请君督行便是。"卨唯唯而出，即分遣将吏，登山伐木，制成机械，运至江滨，用石发机，抛击如雨。蛮船未曾预防，遭此一击，统害得帆折樯摧，七颠八倒。卨已备着大筏，选锐卒万人，乘筏急攻。交人正虑船破，修补不及，怎禁得宋军驶至，乱砍乱剁，霎时间各船大乱，纷纷溃散。伪太子洪真，尚拟勒兵截杀，亲登船楼，指挥左右，不料一箭飞来，正中要害，当即堕船毙命。蛇无头不行，兵无主越乱，大家逃命要紧，除晦气的蛮兵，杀死溺死，其余都奔回交州去了。

宋军夺住战船数十艘，斩首数千级，各返报军门，献功陈绩。卨一一记录，转达郭逵。逵飞章告捷，又与卨面商道："此次战胜，贼应丧胆，正好乘势入攻，无如我军远来，触犯烟瘴，非死即病。昨由我派吏查核，我军本有八万名，现已死亡逾万，有一半也是病疫，这却如何是好哩？"赵卨道："既如此，且缓渡富良江，就在江北略地，借此示威。若李乾德肯来谢罪，我等就得休便休罢！"逵点首道："我也这般想呢。"乃勒兵不渡，只分兵略定广源州、门州、思浪州、苏茂州及桄榔县。李乾德却也震惧，遣使奉表，诣军门纳款。郭逵、赵卨遂与来使议和，班师还朝。廷臣又相率称贺，神宗谕改广源州为顺州，赦乾德罪，复治沈起、刘彝开衅罪状，安置随、秀二州。*讨好反跌一交，我替二人呼枉。*既而乾德遣使来贡，并归所掠兵民，廷议以乾德悔罪投诚，赐还顺州，寻复还他二州六县，交趾算不复叛了。*他本无叛意，因激之使成，谁生厉阶，枉死若干兵士？*

交事就绪，王安石也即罢相。原来吕惠卿既出知陈州，王雱尚欲倾害，事被惠卿所闻，即上讼安石方命矫令，罔上要君，并及雱构陷情状。神宗取示安石，安石为子辩诬，及退归问雱。雱却并不抵赖，且言必致死惠卿，方能泄恨。顿时父子相争，惹起一场口角。雱盛年负气，郁郁成疾，背上陡生巨疽，竟尔绝命。安石又悲不自胜，屡请解职。御史中丞邓绾，恐安石一去，自己失势，力请慰留安石，赐第京师。神宗心滋不悦，转语安石。安石颇揣知上意，即还奏道："绾为国司直，乃为宰臣乞恩，大伤国体，应声罪远斥为是。"神宗遂责绾论事荐人，不循守分，斥知虢州。*可为逢迎者鉴。*看官！试想邓绾是安石心腹，安石指斥邓绾罪状，明明是尝试神宗，可巧弄假成真，教安石如何过得下去？当下申请辞职，神宗亦即允奏，以使相判江宁府，寻改集禧观使。安石既退处金陵，往往写"福建子"三字。福建子是指吕惠卿，或竟直言吕惠卿误我。惠卿再讦告安石，附陈安石私书，有"无使上知"，及"勿令齐年知"等语。神宗察知齐年二字，系指冯京一人，京与安石同年，自神宗览到此书，方以京为贤，召知枢密院事。复因安石女夫吴充，素来中立，不附安石，特擢为同平章事。王珪亦由参政同升。充乃乞召司马光、吕公著、韩维及荐孙觉、李常、程颢等数十人。神宗乃召吕公著知枢密院事，复进程颢判武学。颢自扶沟县入京，任事数日，即由李定、何正臣，劾他学术迂阔，趋向僻异。神宗又疑惑起来，竟命颢仍还原官。吕公著上疏谏阻，竟不得请。且擢用御史中丞蔡确为参政。蔡确由安石荐用，得任监察御史，初时很谄事安石，至安石罢相，他即追论安石过失，示不相同，*即此一端，*

已见阴险。并排去知制诰熊本，中丞邓润甫，御史上官均，自己遂得代任御史中丞。神宗反加信任，竟命为参政。士大夫交口叱骂，确反自喜得计。吴充欲稍革新法，他又说是萧规曹随，宜遵前制，因此各种新法，仍旧履行。*既论王安石，复劝吴充遵行新法，反复无常，一至于此。*

会中丞李定、御史舒亶，劾奏知湖州苏轼怨谤君父，交通戚里，有诏逮轼入都，下付台狱。看官道苏轼如何得罪？由小子约略叙明。轼自杭徙徐，自徐徙湖，平居无事，每借着吟咏，讥讽朝政，尝咏青苗云：“赢得儿童语音好，一年强半在城中。”咏课吏云：“读书万卷不读律，致君尧舜终无术。”咏水利云：“东海若知明主意，应教斥卤变桑田。”咏盐禁云：“岂是闻韶解忘味，迩来三月食无盐。”数诗传诵一时。李定、舒亶因借端进谗，坐他诽谤不敬的罪名，竟欲置诸死地。适太皇太后不豫，由神宗入问慈安，太皇太后道：“苏轼兄弟，初入制科，仁宗皇帝尝欣慰道，吾为子孙得两宰相。今闻逮轼下狱，莫非由仇人中伤么？且文人咏诗，本是恒情，若必毛举细故，罗织成罪，亦非人君慎狱怜才的道理，应熟察为是。”神宗闻言，总算唯唯受教。及退，复得吴充奏章，为轼力辩，乃不忍加轼死罪，拟从末减。既而同修起居注王安礼，复从旁入谏道：“自古以来，宽仁大度的主子，不以言语罪人。轼具有文才，自谓爵禄可以立致，今碌碌如此，不无怨望，所以托为讽咏，自写牢骚。一旦逮狱加罪，恐后世谓陛下不能容才呢！”神宗道：“朕固不欲深谴，当为卿贳他罪名。但轼已激成众怒，恐卿为轼辩，他人反欲害卿，愿卿勿漏言，朕即有后命。”*生杀大权，操诸君相之手，何惮何忌，乃戒他勿泄耶？*同平章事王珪，闻神宗有赦轼意，又举轼咏桧诗，有“根到九泉无曲处，世间唯有蛰龙知”二语，遂说他确系不臣，非严谴不足示惩。神宗道：“轼自咏桧，何预朕事？卿等勿再吹毛索瘢哩。”*文字不谨，祸足杀身，幸神宗尚有一隙之明，轼乃得侥幸不死。*舒亶又奏称驸马都尉王诜辈，与轼交通声气，居然朋比。还有司马光、张方平、范镇、陈襄、刘挚等，托名老成正士，实与轼等同一举动，隐相联络，均非严惩不可。神宗不从，但谪轼为黄州团练副使，本州安置。轼弟辙及王诜，皆连坐落职。张方平、司马光、范镇等二十二人俱罚铜。

先是轼被逮入都，亲朋皆与轼绝交，未闻过视。至道出广陵，独有知扬州鲜于侁，亲自往见。台吏不许通问，侁乃叹息而去。扬州属吏劝侁道：“公与轼相知有素，所有往来文字书牍，宜悉毁勿留，否则恐遭延累，后且得罪。”侁慨然道：“欺

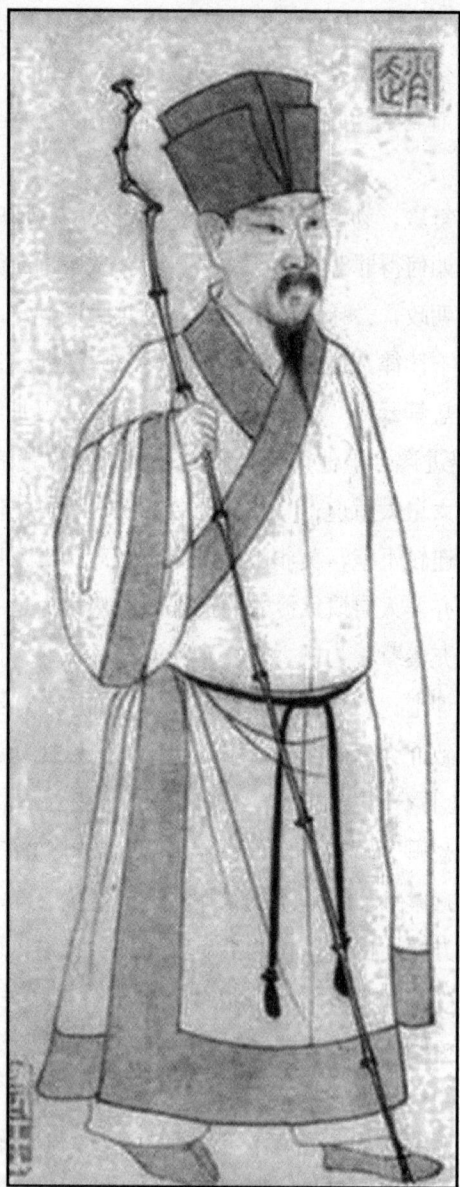

东坡策杖

君负友，佚不忍为，若因忠义获谴，后世自有定评，佚亦未尝畏怯呢。"至是佚竟坐贬，黜令主管西京御史台。轼出狱赴黄州，豪旷不异往日，尝手执竹杖，足踏芒鞋，与田父野老，优游山水间。且就东坡筑室自居，因自号东坡居士。每有宴集，笑谈不倦，或且醉墨淋漓，随吟随书。人有所乞，绝无吝色。就是供侍的营妓，索题索书，无不立应，因此文名益盛。神宗以轼多才，拟再起用，终为王珪等所阻。一日视朝，语王珪、蔡确道："国史关系，至为重大，应召苏轼入京，令他纂成，方见润色。"珪答道："轼有重罪，不宜再召。"神宗道："轼不宜召，且用曾巩。"乃命巩充史馆修撰。巩进太祖总论，神宗意尚未惬，遂手诏移轼汝州。诏中有"苏轼黜居思咎，阅岁滋深，人才实难，不忍终弃"等语。轼受诏后，上书自陈贫士饥寒，唯有薄田数亩，坐落常州，乞恩准徙常，赐臣余年云云。神宗即日报可，轼乃至常州居住。这是后话。

且说神宗在位十年，俱号熙宁，至十一年间，改为元丰元年。苏轼被谪，乃是元丰二年间事。补叙岁序。未几，宫中即遇大丧，太皇太后曹氏，升遐而去。有司援刘后故例，拟定尊谥，乃是慈圣光献四字。神宗素具孝思，服事太皇太后，无不曲意承欢，太皇太后亦慈爱性成，闻退朝稍晚，必亲至屏扆间候瞩，或且持膳饷帝，因此始终欢洽，毫无间言。旧例外家男子，不得入谒，太皇太后有弟曹佾，曾任同中书门下平章事，神宗常入白太皇太后，可使入见。太皇太后道："我朝宗法，怎敢有违？且我弟得跻贵显，已属逾分，所有国政，不应令他干涉，亦不准令他入宫。"密示防嫌，确是良法。神宗受教而退。及太皇太后违豫，乃由神宗申禀，得引佾入谒，谈未数语，神宗先起，拟暂行退出，俾佾得略迹言情。不意太皇太后已语佾道："此处非汝所得久留，应随帝出去！"这两语不但使佾伸舌，连神宗听着，也为竦然。至太皇太后病剧，神宗侍疾寝门，衣不解带，竟至匝旬。太皇太后崩，神宗哀慕逾恒，几至毁瘠。一慈一孝，也可算作《宋史》的光荣了。特笔从长。嗣复推恩曹氏，进佾中书令，官家属四十余人，其间不无过滥，但为报本起见，不必苛议。力重孝字。况且曹佾有官无权，终身不闻侈汰，这也由曹氏一门犹知秉礼，所以除贤后外，尚有这贤子弟呢。极褒曹氏。

元丰三年，神宗拟改定官制，饬中书置局修订，命翰林学士张璪，枢密副承旨张诚一，主领局事。先是宋初官制，多承唐旧，但亦间有异同。三师太师、太傅、太保。三公太尉、司徒、司空。不常置，以同平章事为宰相，另置参知政事为副，中书、门下，并列于外。别在禁中设置中书，与枢密院对持文武二柄，号为二府。天下财赋，悉隶三司。所有纠弹等事，仍属御史台掌管。他如三省尚书令、侍中、中书令。六部吏、户、礼、兵、刑、工。九寺太常、宗正、光禄、卫尉、太仆、大理、鸿胪、司农、大府。六监国子、少府、将作、军器、都水、司天等，往往由他官兼摄，不设专官。草诏属知制诰及翰林学士两职。知制诰掌外制，翰林学士掌内制，号为两制。修史属三馆，便是昭文馆、史馆、集贤院。首相尝充昭文馆大学士，次相或充集贤院大学士。有时设置三相，即分领三馆。馆中各员，多称学士，必试而后命。一经此职，遂号名流。又有殿阁等官，亦分大学士及学士名称，唯概无定员，大半由他官兼领虚名。**前文未尝叙明官制，此段原不可少。**自经两张改订后，凡旧有虚衔，一律罢去，杂取唐、宋成规，自开府仪同三司。至将仕郎，分二十四阶，如领侍中、中书令、同平章事等名，改为开府仪同三司。领左右仆射，改为特进，以下递易有差。**换汤不换药，济什么事？**神宗以新官制将行，欲兼用新旧二派，尝语辅臣道："御史大夫一职，非用司马光不可。"时吴充已罢，唯王珪、蔡确两人，相顾失色。原来神宗时代，朝右分新旧两党，新党以王安石为首领，珪与确等，统传安石衣钵，与旧党积不相容。旧党便是富弼、文彦博等一班老成，司马光亦居要领，还有研究道学诸儒，也是主张守旧，与司马光等政论相同。道学一派，由胡瑗、周敦颐开宗。胡瑗，泰州人，字翼之，湛深经学，范仲淹曾聘为苏州教授，令诸子从学，知湖州滕宗谅，亦聘为教授，尝立经义、治事二斋，注重实学。嘉祐中，擢为太子中允，与孙复同为国子监直讲。嗣因老疾致仕，还家旋殁，世称孙复为泰山先生，胡瑗为安定先生。周敦颐，濂溪人，字茂叔，历任县令、州佐，所至有治绩，平素爱莲，因居莲花峰下。南安通判程珦与瑗交好，令二子颢、颐受业，颢尝谓吾见濂溪先生，得吟风弄月以归，几有吾与点也的乐趣，熙宁六年病殁。同时有河南人邵雍，字尧夫，苦学成名，尤精易理，宋廷屡征不至。程颢曾与雍议论数日，叹为内圣外王的学问。但性甘恬退，自名居室曰"安乐窝"。熙宁十年逝世，后来追谥康节。至若横渠先生张载，字子厚，前文亦已提及，一出为官，见新法不善，即托疾归家，著有《正蒙》《西铭》等书，广谈性理，与邵雍同岁病终。这数人多反对新党，所以屏迹终身。二程兄弟，实得真传，**叙入此段，志道学诸儒之缘起。**且与司马光友善。王珪恐司马光起用，旧派将连类同升，故与蔡确同一惊悼。及退朝后，珪尚怏怏不乐，那蔡确默筹一番，竟不禁大笑道："有了！有了！"奸状如绘。正是：

> 毕竟憸人多谲智，全凭巧计作安排。

欲知蔡确的妙策，请看下回便知。

交趾屡行篡逆，宋廷未闻加讨，至李公蕴篡国后，已历三传，乾德修贡，未尝失职，乃独欲出兵南征，开边启衅，创议者为萧注，为沈起，为刘彝，实则皆误于王安石，而成于神宗。邕州之陷，苏缄阖门殉难，兵民被屠，至五万八千余口，谁为为之，一至于此？及神宗既厌安石，复擢用王珪、蔡确，曾亦忆珪、确两人，为谁氏所引用耶？安石尚有好名之心，而珪与确则悍然不顾，隐嗾同党，文致轼罪，微太皇太后言，虽有吴充、王安礼，恐亦难为轼解。是则免轼于死者，实出自太皇太后，于神宗无与也。然能受慈训而赦才士，犹不失为孝思。著书人褒贬从严，有恶必贬，有善必扬，其寓劝世之意也深矣。回后附入两片段文字，关系政治学术，阅者亦幸勿滑过可也。

第六回

伐西夏李宪丧师
城永乐徐禧陷殁

　　却说蔡确想就一法，便笑语王珪道："公恐司马光入用，究为何意？"珪答道："司马光来京，必将参劾我辈，恐相位且不保了。"*无非为此，确是鄙夫。*确便道："主上久欲收复灵武，公能任责，相位便能终保，尚惮一司马光么？"*为个人计，劳师费财，蔡确实是可杀。*珪乃转忧为喜，一再称谢，乃荐俞充知庆州，使上平西夏策。神宗果然专心戎事，不暇召光，乃用冯京为枢密使，薛向、孙固、吕公著为枢密副使，诏民畜马，拟从事西征。向初赞成畜马议，旋恐民情不便，致有悔言。御史舒亶，遂劾他反复无常，失大臣体，竟斥知颍州。冯京亦因此求去，有诏允准，即命孙固知枢密院事，吕公著、韩缜同知院事。嗣复接俞充奏牍，略言："夏将李清，本属秦人，曾劝夏主秉常，以河西地来归。秉常母梁氏得悉，幽秉常，杀李清，我朝应兴师问罪，不可再延，这乃千载一时的机会呢。"神宗览奏大喜，即命熙河经制李宪等，准备伐夏，并召鄜延副总管种谔入问。谔本是个言不顾行的人物。既至阙下，便大声道："夏国无人，秉常小丑，由臣等持臂前来便了。"*看时容易做时难。*

　　神宗乃决计西征，召集辅臣，会议出师。孙固入谏道："发兵容易，收兵很难，还乞陛下三思后行！"神宗道："夏有衅不取，将为辽人所据，此机断不可失。"固答道："必欲用兵，应声罪致讨，幸得胜夏，亦当分裂夏地，令他酋长自守。"神宗笑道："这乃汉郦生的迂论，卿奈何亦作此言？"固复道："陛下以臣为迂，臣恐尚未必制胜，试问今日出兵，何人可做统帅？"神宗道："朕已托付李宪了。"固奋然道："伐夏大事，乃使阉人为帅，将士果肯听命么？"*此言最是。*神宗面有愠色。固知不便再谏，随即趋退。既而由王珪、蔡确等，议定五路出师，固复约吕公著入谏。固先启奏道："今议五路进兵，乃无大帅统率，就使成功，必致兵乱。"神宗道："内外无统帅材，只好罢休。"吕公著即进谏道："既无统帅，不若罢兵。"固又接口道："公著言甚是。请陛下俯纳！"神宗沉着脸道："朕意已决，卿等不必多言。"孙固、吕公著复撞了一鼻子灰，相偕出朝。神宗遂命李宪出熙河，种谔出鄜延，高遵裕出环庆，刘昌祚出泾原，王中正出河东，分道并进。又诏吐蕃首领董毡集兵会征，于是鼙鼓喧天，牙旗蔽日，又闹出一场大战争来。*何苦乃尔？*

　　李宪统领熙秦七军，及董毡兵三万，突入夏境，破西市新城，袭据女遮谷，收复古兰州，居然筑城开幕，设置帅府。种谔也攻克米脂城，高遵裕夺还清远军，王中正率河东兵入宥州，刘昌祚进次磨啰隘，遇夏众扼险拒守。他却凭着一股锐气，横冲过去，夏军纷纷败走，遁还灵州。五路捷报，陆续入都，神宗很是喜慰，即诏令李宪统率五路，直捣夏都。哪知诏书才下，败耗旋闻，各路将士，不是溺死，就是冻死、饿死；剩了若干将死未死的疲卒，幸全生命，狼狈逃归。*一场空欢喜。*原来夏人闻宋师大举，未免惊惶，当由秉常母梁氏召集诸将，共议防御方法。年少气盛的将士，无不主战。一老将独献策道："宋师远来，利在速战。我军不必拒敌，但教坚壁清野，诱他深入，一面在灵夏聚集劲兵，以逸待劳，再遣轻骑抄袭敌后，断他饷运，他已不战自困，恐退兵都来不及哩。"*勿谓夏无人。*梁氏大喜，依计而行。因此宋军五路并进，夏兵未与酣斗，尽管退走。及刘昌祚既薄灵州，乘胜猛攻，城几垂克，偏高遵裕忌他成功，飞使禁止。昌祚旧属遵裕部辖，不敢违命，只好按甲以待。等到遵裕到来，城中守备已固，围攻至十有八日，尚不能下。夏人且潜至灵州南面，决黄河七级渠，灌入宋营。宋军不意水至，溺毙多人；并因时值隆冬，就是凫水逃生，也是拖泥带水，寒冷不堪，可怜又死了若干名。当下遵裕、昌祚两军，丧亡大半，陆续溃归。在途又被夏人追杀一阵，十成中剩得两三成，得还原汛。*两路败退。*那时种谔从米脂进发，破石堡城，直指夏州，驻军索家坪，忽闻后面辎重，被夏人截住，兵士顿哗噪起来。大校刘归仁，竟先溃遁，余军随走。适大雪漫天，兵不得食，沿途倒毙，不可胜计。出兵时共九万三千，还军时只剩三万人。*一路未败即退。*王中正自宥州行至奈王井，粮食亦尽，六万人饿死二万，亦奔还庆州。*一路亦未败而退。*独李宪领兵东上，立营天都山下，焚去西夏的南牟内殿，并毁馆库，夏将仁多唆丁，*一作新都喇卜丹。*率众来援，由宪驱军夜袭，杀败夏兵，擒住百人，进次葫芦河，闻各路兵已经退归，不敢再进，当即班师。*还是知机。*

先是五路大兵，共约至灵州会齐，各路共至灵州境内，唯李宪不至。军报迭达京师，神宗始叹息道："孙固前曾谏朕，朕以为迂谈，今已追悔无及了。"*谁叫你黩武用兵？*乃按罪论罚，贬高遵裕为郢州团练副使，本州安置。种谔、王中正、刘昌祚并降官阶，唯不及李宪。孙固又入奏道："兵法后期者斩，况各路皆至灵州，宪独不至，这岂尚可赦罪么？"神宗以宪有开兰会功。*即古兰州，唐名会州。*不忍加罪，但诘他何故擅还？宪复称："馈饷不继，只好退归，且整备兵食，再图大举。"神宗又为宪所惑，竟授宪泾原经略安抚制置使，兼知兰州，李浩为副。*方悔不用孙固言，谁知又复入迷？*吕公著再上书谏阻，仍不见从。公著引疾求去，遂出知定州。时官制已一律订定，改同中书门下平章事，为左右仆射，参知政事，为门下中书侍郎尚书左右丞。即命王珪为尚书左仆射，蔡确为尚书右仆射，章惇为门下侍郎，张璪为中书侍郎，蒲宗孟为尚书左丞，王安礼为尚书右丞。*一王安礼独如宋皇何？*

神宗有志开边，屡不见效，帝闷闷不乐。平时召见辅臣，有人才寥落等语。蒲宗孟出班奏道："人才半为司马光邪说所坏。"神宗瞪目注视，半晌方道："蒲宗孟乃不取司马光么？从前朕令光入枢密院，光一再固辞，自朕即位以来，独见此一人，他人虽令去位，亦未肯即行呢。"*借神宗口中，补叙前事，且以神宗之迷，见贤而不能举，何以为君？何以为国？*宗孟闻言，不禁面颊发赤，俯首归班。神宗又问辅臣道："李宪请再举伐夏，究靠得住否？"王珪对道："向患军用不足，所以中阻，今议出钞五百万缗，当必足用，不致再有前患了。"王安礼接入道："钞不可啖，必转易为钱，钱又必易为刍粟，辗转需时，哪能指日成事？"神宗道："李宪奏称有备，渠一宦官，犹知豫备不虞，卿等乃独无意么？朕闻唐平淮蔡，唯裴度谋议，与宪宗同。今乃不出自公卿，反出自阉寺，朕却很觉可耻哩。"安礼道："唐讨淮西三州，相有裴度，将有李光颜、李愬，尚穷竭兵力，历年后定。今西夏势强，非淮蔡比，宪及诸将，才度又不及二李，臣恐未能副圣志呢。"*明白了解，尚无以唤醒主迷，奈何？*神宗不答，随即退朝。

未几，得种谔奏议，乃是用知延州沈括言，拟尽城横山，俯瞰平夏，取建瓴而下的形势，且主张从银州进兵。神宗览奏后，即命给事中徐禧，及内侍李舜举，往鄜延会议。王安礼又入谏道："徐禧志大才疏，恐误国事，请陛下另简妥员！"神宗不从。李舜举却往见王珪道："古称四郊多垒，乃卿大夫之辱。今相公当国，举边事属诸二内臣，内臣止供禁廷洒扫，难道可出任将帅么？"不以人废言。珪也自觉抱愧，没奈何随口敷衍，说了"借重"二字。舜举遂与徐禧偕行，既至鄜延，见了种谔。谔拟城横山，禧独拟城永乐，两人争议不决。当将两议上达都中，神宗独从禧议，竟令禧带领诸将，往城永乐，命沈括为援应。陕西转运判官司饷运，凡十四日竣工，赐名银川寨，留鄜延副总管曲珍居守，禧与括等俱退还米脂。这银川寨距故银州二十五里，地当银州要冲，为夏人必争地。从前种谔反对禧议，正恐夏人力争，未易保守。果然不出十日，即有铁骑数千，前来攻城，曲珍忙报知徐禧。禧遂与李舜举、李稷等，统兵往援，令沈括留守米脂。禧等至银川寨，夏人亦倾国前来，差不多与蜂蚁相似。

大将高永能献策道："虏来甚众，请乘他未阵，即行掩击，或可取胜。"徐禧怒叱道："你晓得什么？王师不鼓不成列！"竟欲效宋襄公耶？言已，拔刀出鞘，麾兵出战。夏人耀武扬威，进薄城下，曲珍距河列阵，见军士皆有惧色，便语禧道："珍见众心已摇，不应与战，战必致败，不如收兵入城，徐图良策。"禧笑道："君为大将，奈何遇敌先退呢？"乃以七万人列阵城下。夏人纵铁骑渡河，曲珍又急白禧道："来的是铁鹞子军，不易轻敌，须乘他半济，袭击过去，杀他一个下马威。若渡河得地，东冲西突，乃是无人敢当呢？"禧又大言道："王师堂堂正正，用不着什么诡计。"迂腐之论。曲珍退回本阵，忍不住长叹道："我军无死所了！"说着，夏兵前队，已渡河东来。曲珍忙率兵拦阻，已有些招架不住。及铁骑尽行过河，纵横驰骤，如入无人之境。曲珍部下先已胆寒，还有何心恋战，顿时纷纷退还，自蹂后阵。徐禧至此，亦手忙脚乱，急切顾不及王师，拍转马头，飞跑回城。何如何如？李舜举、李稷等也是没法，相率奔回，军士大溃。曲珍亟收集余众，逃入城中，夏人尽力围城，环绕数匝，且据住水寨，断绝城内的汲道。徐禧束手无策，只仗曲珍部卒，昼夜血战，勉强守住。怎奈城中无水可汲，四处掘井，俱不及泉，军士多半渴死，危急万分。有溺死鬼，有冻死饿死鬼，不意还有渴死鬼。沈括与李宪援兵，又都被夏人遮断。种谔且怨禧异议，不发救兵，可怜银川寨内的将士，几不异瓮中鳖，釜中鱼。会夜半大雨，夏人环城急攻，守兵不及抵御，竟被陷入。徐禧、李舜举、李稷、高永能等，俱死乱军中。唯珍弃甲裸跣，幸得走免。将校死数百人，士卒役夫丧亡至二十余万。夏人追至米脂，沈括忙阖门固守，总算未曾失陷。由夏人攻扑数次，随即退去。总计自熙宁以来，用兵西陲，已是数次，所得只葭芦、吴堡、义合、米脂、浮图、塞门六城，兵士已伤亡无数。钱谷银绢，尤不胜计。永乐一役，损失更多。神宗接得败报，也不禁痛悼，甚至不食，追赠徐禧等官，禧死有余辜，岂宜追赠？贬沈括为均州团练副使，安置随州，降曲珍为皇城使。咎不在沈括、曲珍，所罚亦误。自是无意西征，每临朝叹息道："王安礼尝劝朕勿用兵，吕公著亦屡陈边民困苦，都是朕误信边臣，害到这般。"事过乃悔，事后又忘，都由利令智昏所致。

　　既而夏人又入寇兰州，夺据两关门，副使李浩，除困守外无他计。亏得钤辖王文郁，夜率死士七百余人，缒城潜下，各持短刀搠入夏营。夏人猝不及防，竟被冲破，吓得东逃西躲，鼠窜而去。当时比文郁为唐尉迟敬德，经廷议优叙，擢知州事。夏人又转寇各路，均遭击退，兵力亦敝，乃由西南都统昂星嵬名济，一译作茂锡克额不齐。移书泾原总管刘昌祚，略云：

　　中国者礼乐之所存，恩信之所出，动止猷为，必适于正。若乃听诬受间，肆诈穷兵，侵人之土疆，残人之黎庶，是亦乖中国之体，为外邦之羞。昨日朝廷暴兴甲兵，大穷侵讨，盖天子与边臣之议，为夏国方守先誓，宜出不虞，五路进兵，一举可定。故去年有灵州之役，今秋有永乐之战。然较其胜负，与前日之议为何如哉？落得嘲笑。朝廷于夏国，非不经营之，五路进讨之策，诸边肆扰之谋，皆尝用之矣；知侥幸之无成，故终于乐天事小之道。况夏国提封万里，带甲数十万，南有于阗，作我欢邻，北有大燕，为我强援，若乘间伺便，角力竞斗，虽十年岂得休哉？即念天民无辜，受此涂炭之苦，国主自见伐之后，夙夜思念，以为自祖宗以来，事中国之礼，无或亏怠，而边吏幸功，上聪致惑，祖宗之盟既阻，君臣之分不交，存亡之机，发不旋踵，朝廷当不恤哉？至于鲁国之忧，不在颛臾，隋室之变，生于杨感，此皆明公得于胸中，不待言而后喻。何不进说言，辟邪议，使朝廷与夏国欢好如初，生民重见太平！

岂独夏国之幸，乃天下之幸也。书中虽未免自夸，然诘问宋廷颇中要窾，故特录之。

昌祚得书上闻，神宗亦无可驳斥，即令昌祚答使通诚。夏乃复遣使上表，有"乞还侵地，仍效忠勤"等语，乃特赐诏命云：

顷以权强敢行废辱，朕用震惊，令边臣往问，匿而不报。只好推到幽主上去。王师徂征，盖讨有罪，今遣使造庭，辞礼恭顺，仍闻国政悉复故常，益用嘉纳。实是所答非所请。已戒边吏毋辄出兵，尔亦慎守先盟，毋再渝约！

夏使得诏自去。再命陕西、河东经略司，所有新复城寨，逻卒毋出二三里外。岁赐夏币，悉如前额。已而夏主复上书乞还侵疆，神宗不许，于是夏人仍有贰心。中丞刘挚，劾奏李宪贪功生事，遗祸至今，不可不惩，乃贬宪为熙河安抚经略都总管。越年为元丰七年，夏人又大举入寇，号称八十万，围攻兰州。云梯革洞，百道并进，阅十昼夜，城守如故，敌粮尽引还。这一次总算由李宪先事预防，守备甚严，所以不至陷落。一长必录。及夏人再寇延州德顺军、定西城，并熙河诸寨，均不得逞。未几又围定州城，为熙河将秦贵击退。夏人方卷甲敛师，稍稍歇手了。

神宗罢免蒲宗孟，用王安礼为尚书左丞，李清臣为尚书右丞，调吕公著知扬州。且因司马光上《资治通鉴》，授资政殿学士。这《资治通鉴》一书，上起周威烈王二十三年，下终五代，年经国纬，备列事目，又参考群书，评列异同，合三百五十四卷，历十九年乃成。神宗降诏奖谕道："前代未闻有此书，得卿辛苦辑成，比荀悦《汉纪》好得多了。"荀悦，汉季颍阴人，曾删定《汉书》，作帝纪二十篇，所以神宗引拟司马光。小子也有诗咏道：

不经鉴古不知今，作史原垂世主箴。
十九年来成巨帙，爱君毕竟具深忱。

转眼间已是元丰八年，神宗有疾，竟要从此告终了。看官少待，试看下回接叙。

夏无可伐之衅，乃以司马光之将召，启蔡确西讨之谋，俞充为蔡确腹心，上书一请，出师五道。孙固、吕公著等力谏不从，且任一刑余腐竖，付之重权，就令得胜，尚足为中国羞。况伊古以来，断未有阉人统军，而可以成功者。多鱼漏师，竖刁为祟，相州溃败，朝恩监军，神宗宁独未闻耶？灵州一败，李宪尚不闻加罚，且复令经略泾原，再图大举，一之为甚，乃至于再。不待沈括、徐禧之生议，而已知其必败矣。要之兵不可不备，独不可常用。富郑公当熙宁初年，奉诏入对，已请二十年口不言兵，老成人固有先见之明，惜乎神宗之不悟也。

第七回

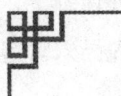

立幼主高后垂帘
拜首相温公殉国

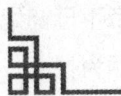

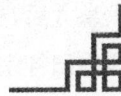

却说元丰八年正月，神宗不豫，命辅臣代祷景灵宫。及群臣分祷天地宗庙社稷，均不见效，反且加剧，辅臣等入宫问疾，就请立皇太子，并皇太后权同听政。神宗已无力答言，只略略点首罢了。查神宗本有十四子，长名佾，次名仅，三名俊，四名伸，五名僩，六名傭，七名价，八名偶，九名佖，十名伟，十一名佶，十二名俣，十三名似，十四名偲。佾、仅、俊、伸、僩、价、偶、伟均早亡，要算第六子傭，挨次居长，神宗已封他为延安郡王，但年龄尚止十岁。

当拟立皇太子时，职方员外郎邢恕，想立异邀功，竟往谒蔡确道："国有长君，乃社稷幸福，公何不从岐、嘉二王中，择立一人？既可安国，复可保家，岂不是两全其美吗？"蔡确踌躇半晌，方道："君言亦是，但不知太后意见如何？"邢恕道："岐、嘉二王，皆太后所出，母子恩情，当必逾常，公还有什么疑虑？"<small>一厢情愿。</small>确喜道："且与高氏商量，免生枝节。"邢恕道："恕先去密议，包管成功。"言毕辞出，遂往见太后侄儿高公绘兄弟。公绘迎入，恕寒暄数语，即与附耳密谈。公绘摇首不答，恕复道："延安幼冲，何若岐、嘉？况岐、嘉本皆称贤王呢。"公绘道："这是断不便行，君难道欲贻祸我家么？"恕碰了一个钉子，未免乘兴而来，败兴而返。

看官道岐、嘉二王是何人？便是神宗胞弟昌王颢及乐安郡王頵。颢徙封岐王，頵进封嘉王，两王因神宗寝疾，尝入问起居，高太后恰也防着，命他不必屡入，并阴敕中人梁惟简妻，预制一十岁儿可穿的黄袍，密教他怀藏进呈。偏邢恕心尚未死，再与蔡确密谋，拟约王珪入问帝疾，暗使知开封府蔡京，外伏剑士，胁迫王珪，倘珪持异议，即将珪枭首。哪知珪命不该绝，未待蔡确与约，先已入宫定议，册立延安郡王。确迟了一步，计不得行。*满腹奸刁，至此也输人一筹。*

三月朔日，延安郡王傭，立为太子，赐名煦，皇太后高氏权同处分军国重事。越五日，神宗驾崩，年三十有八。总计神宗在位，改元二次，共十八年。太子煦即皇帝位，尊皇太后高氏为太皇太后，皇后向氏为皇太后，帝生母德妃朱氏为皇太妃，是为哲宗皇帝。追尊先帝庙号曰神宗，葬永裕陵。晋封叔颢为扬王，頵为荆王，弟佶为遂宁郡王，佖为太宁郡王，俣为咸宁郡王，似为普宁郡王，尚书左仆射王珪为岐国公，潞国公文彦博为司徒，王安石为司空，余官一律加秩，赐致仕各官服带银帛有差。

太皇太后首先传旨，遣散修京城役夫，止造军器，及禁庭工技，戒中外无苛敛，宽民间保甲马，人民欢悦。王珪等并未预闻，及中旨传出，方得闻知。*一经出手，便见高后贤明。*过了数日，复下诏道：

> 先皇帝临御十有八年，建立政事以泽天下，而有司奉行失当，几于烦扰，或苟且文具，不能布宣实惠，其申谕中外协心奉令，以称先帝惠爱元元之意！

这诏一下，都中卿大夫，已知太皇太后的命意，是欲改烦为简，易苛从宽了。蔡确恐朝政一新，自己或致失位，遂因上朝议政时，面奏太皇太后，请复高遵裕官。看官道遵裕是何人？乃是太皇太后的从父。蔡确此奏，明明是借此求媚，固宠希荣的意思。*真会献谀。*太皇太后偏凄然道："灵武一役，先皇帝中夜得报，环榻周行，彻旦不能寐，自是惊悸，驯至大故。追原祸始，实自遵裕一人。先帝骨肉未寒，我岂敢专徇私恩，不顾公议么？"*理正词严。*确惶悚而退。太皇太后又诏罢京城逻卒，及免行钱，废浚河司，蠲免逋赋，驿召司马光、吕公著入朝。

光居洛十五年，田夫野老，无不尊敬，俱称为司马相公；就是妇人女子，亦群仰大名。神宗升遐，光欲入临，因自避猜嫌，不敢径行。适程颢在洛，劝光入京，光乃启程东进，将近都门，卫士见光到来，均额手相庆道："司马相公来了！司马相公来了！"**两语重叠，益饶意味。**沿途人民，亦遮道聚观，各朗声道："司马相公，请留相天子，活我百姓，勿遽归洛。"光见他一唱百和，反觉疑惧起来，竟从间道归去。太皇太后闻他入都，正要询问政要，偏待久不至，乃遣内侍梁惟简驰问。光请大开言路，诏榜朝堂。至惟简复命，蔡确等已探悉光言，先创六议入奏，大旨是："阴有所怀，犯非其分，或扇摇重机，或迎合旧令，上则侥幸希进，下则眩惑流俗，有一相犯，立罚无赦。"太皇太后见了此议，又遣使示光。光愤然道："这是拒谏，并非求谏；人臣只好不言，一经启口，便犯此六语了。"乃具论以闻。太皇太后即改诏颁行，言路才得渐开。

嗣召光知陈州，并起程颢为宗正寺丞。颢正拟就道，偏偏二竖缠身，竟而去世。颢与弟颐受学周门，以道自乐，平时有涵养功，不动声色。既卒，士大夫无论识否，莫不衔哀。文彦博采取众论，题颢墓曰"明道先生"。唯光受命赴陈州，道经阙下，正值王珪病死，辅臣等依次递升，适空一缺。太皇太后即留光辅政，命为门下侍郎。蔡确等只恐光革除新法，又揭出三年无改的大义，传布都中。光独指驳道："先帝所行的法度，如果合宜，虽百世亦应遵守，若为王安石、吕惠卿所创，害国病民，须当亟改，似救焚拯溺一般。况太皇太后以母改子，并不是以子改父哩。"**与强词夺理者不同。**众议自是少息。

太皇太后又召吕公著为侍读，公著自扬州进京，擢授尚书左丞。京东转运使吴居厚，前继鲜于侁后任，大兴盐铁，苛敛横征，至是被言官交劾，谪置黄州，仍用鲜于侁为转运使。司马光语同列道："子骏甚贤，不应复使居外，但朝廷欲救京东困弊，非得子骏不可。他实是个一路福星呢。当今人才甚少，怎得似子骏一百人，散布天下呢！"原来子骏即侁表字，侁既到任，即奏罢莱芜、利国两冶，及海盐依河北通商，人民大悦，有口皆碑。于是司马光、吕公著两人，同心辅政，革除新法，罢保甲，罢保马，罢方田，罢市易。削前市易提举吕嘉问三秩，贬知淮阳军，吕党皆坐黜，并谪邢恕出知随州。越年，改为元祐元年，右司谏王觌，极论蔡确、章惇、韩缜、张璪等朋邪害正，章至数十上。右谏议大夫孙觉，侍御史刘挚，左司谏苏辙，御史王岩叟、朱光庭、上官均，又连章劾论确罪，乃免确相位，出知陈州。当下擢司马光为尚书左仆射兼门下侍郎，吕公著为门下侍郎，李清臣、吕大防为尚书左右丞，李常为户部尚书，范纯仁同知枢密院事。

光时已得疾，因青苗、免役诸法，尚未尽革，西夏议亦未决，不禁叹息道："诸害未除，我死不瞑目了。"遂折简与吕公著，略言："光以身付医，以家事付愚子，只国事未有所托，特以属公。"公著为白太皇太后，有诏免光朝觐，许乘肩舆，三日一入省。光不敢当，且上奏道："不见天子，如何视事？"乃改诏令光子康扶掖入对，且命免拜跪礼。光遂请罢青苗、免役二法，青苗钱罢贷，仍复常平旧法，诸大臣没甚异议。独免役法议罢后，光请仍复差役法，章惇力言不可，与光辩论殿前，语甚狂悖。太皇太后亦不免动恼，逐惇出知汝州。会苏轼已奉诏入都，任中书舍人，独请行熙宁初给田募役法，条陈五利。监察御史王岩叟，谓五利难信，且有十弊，轼议遂沮。群臣又各是其是，诏令资政殿大学士韩维，及吕大防、范纯仁等，详定上闻。轼本与司马光友善，竟往见光道："公欲改免役为差役，轼恐两害相均，未见一利。"光问道："请言害处！"轼答道："免役的害处，是掊敛民财，十室九空，敛从上聚，下必常患钱荒，这害已经验过了。差役的害处，是百姓常受役官府，无暇农事，贪吏猾胥，且随时征比，因缘为奸，岂不是异法同病么？"光又道："依君高见，应该如何？"轼复道："法有相因，事乃易成。事能渐进，民乃不惊。从前三代时候，兵农合一，至秦始皇乃分作两途，唐初又变府兵为长征卒。农出粟养兵，兵出力卫农，天下称便。虽圣人复起，不能变易了。今免役法颇与此相类，公欲骤罢免役，改行差役，正如罢长征，复民兵，恐民情反多痛苦呢。"光终未以为然，只淡淡地答了数语，轼即辞出。越日，光至政事堂议政，轼复入白此事，光不觉作色。轼从容道："昔韩魏公刺陕西义勇，公为谏官，再三劝阻，韩公不乐，公亦不顾。轼尝闻公自述前情，难道今日作相，不许轼尽言么？"<small>以子之矛，刺子之盾，坡公可谓善言。</small>光始起谢道："容待妥商。"范纯仁亦语光道："差役一事，不应速行，否则转滋民病。愚意愿公虚心受言，所有谋议，不必尽从己出。若事必专断，恐奸人邪士，反得乘间迎合了。"光尚有难色，纯仁道："这是使人不得尽言呢。纯仁若徒知媚公，不顾大局，何如当日少年时，迎合王安石，早图富贵哩！"<small>语亦透彻。</small>光乃令役人悉用现数为额，衙门用坊场河渡钱，均用雇募。先是光决改差役，以五日为限，僚属俱嫌太急促，独知开封府蔡京如约，面复司马光。光喜道："使人人奉法如君，有何不可？"待京辞退后，光乃信为可行，拟坚持到底。其实蔡京是个大奸巨猾，专事揣摩迎合，初见蔡确得势，就附蔡确，继见司马光入相，就附司马光。这种反复小人，最足误人国事。司马光忠厚待人，哪里晓得他暗中机巧呢？**为后文蔡京倾宋张本。**

王安石宦居金陵，闻朝廷变法，毫不为意，及闻罢免役法，愕然失声道："竟一变至此么？"良久复道："此法终不可罢，君实辈亦太胡闹了。"既而病死，太皇太后因他是先朝大臣，追赠太傅，后人称他为王荆公。乃是元丰三年，曾封安石为荆国公，所以沿称至今。**了王安石。**安石既死，余党依次贬谪，范子渊贬知陕州，韩缜罢知颍昌，李宪、王中正等，罚司宫观。邓绾、李定放居滁州，吕惠卿贬为光禄卿，分司南京，再贬为建宁军节度副使，安置建州。相传再贬吕惠卿草诏，系出苏轼手笔，内有精警语数联，传诵一时。其文云：

吕惠卿以斗筲之才，穿窬之智，谄事宰辅，同升庙堂，乐祸贪功，好兵喜杀，以聚敛为仁义，以法律为诗书，首建青苗，次行助役。**即免役法。**均输之政，自同商贾，手实之祸，下及鸡豚，苟可蠹国害民，率皆攘臂称首。先皇帝求贤如不及，从善若转圜，始以帝尧之仁，姑试伯鲧，终焉孔子之圣，不信宰予。尚宽两观之诛，薄示三苗之窜。此谕！

还有贬范子渊草制，亦由轼所拟，内称"汝以有限之才，兴必不可成之役，驱无辜之民，置之必死之地"四语，亦脍炙人口，称为名言。新法党相继罢黜，吕公著进任尚书右仆射，兼中书侍郎，韩维为门下侍郎。司马光又上言："文彦博宿德耆臣，应起为硕辅。"太皇太后拟用为三省长官，言官以为不可，乃命平章军国重事。六日一朝，一月两赴经筵，班宰相上，恩礼从优。文彦博此时，年已八十有一了。**老成俱老，宋祚安得不老？**光又与吕公著，交章荐程颢弟颐，遂有旨召为秘书郎。及颐入对，改授崇政殿说书，且命修定学制。于是诏举经明行修的士子，及立十科举士法：（一）行义纯固，可作师表；（二）节操方正，可备献纳；（三）智勇过人，可备将相；（四）公正聪明，可备监司；（五）经术精通，可备讲读；（六）学问该博，可备顾问；（七）文章典丽，可备著述；（八）善听狱讼，尽公得实；（九）善治财赋，公私俱便；（十）练习法令，能断清谳。这十科条例，统由司马光拟定，请旨颁令。

光见言听计从，越觉激发忠忱，誓死报国。无论大小政务，必亲自裁决，不舍昼夜，海内亦喁喁望治。就是辽、夏使至，俱必问光起居，且严敕边吏道："中国已相司马公了，勿轻生事，致开边衅呢！"**国有贤相，不战屈人。**无如天不佑宋，梁栋寝颓。光因政体过劳，日益清瘦，同僚举诸葛亮食少事烦，作为劝戒，光慨然道："死生有命，一息尚存，怎敢少懈呢！"嗣是光老病愈甚，竟致不起。弥留时尚呓语不绝，细听所谈，皆关系国家事。及卒，年六十八。光生平孝友忠信，恭俭正直，居处有法，动作有礼。在洛时，每往夏县展墓，必至兄室。兄名旦，年将八十，光奉若严父，爱若婴儿，自少至老，未尝妄语。尝谓吾无过人处，唯一生作事，无不可对人言。陕、洛间闻风起敬，居民相劝为善，稍有过恶，便私自疑惧道："君实得无闻知否？"既殁，远近举哀，如丧考妣。**略述行谊，为后人作一榜样。**太皇太后亦为之恸哭，与哲宗亲临光丧，赠太师温国公。诏户部侍郎赵瞻，内侍省押班冯宗道，护丧归陕州夏县原籍。予谥文正，赐碑曰"忠清粹德"，都人罢市往奠。岭南封州父老，亦相率具祭，到了归丧以后，都下及四方人民，尚画像以祀，饮食必祝，这可见遗德及民，无远勿届呢。小子有诗咏道：

> 到底安邦恃老成，甫经借手即清平。
> 如何天不延公寿？坐使良材一旦倾。

光殁后，当然是吕公著继任，欲知后事如何，且至下回续表。

本回叙高后垂帘，及温公入相，才一改制，即见朝政清明，人民称颂。可知前时王、吕、蔡、章等之所为，实是拂民之性，强行己意，百姓苦倒悬久矣。饥者易为食，渴者易为饮，此所以一经着手，不啻来苏，宜乎海内归心，讴歌不已也。但司马光为一代正人，犹失之于蔡京，小人献谀，曲尽其巧。厥后力诋司马光者，即京为之首，且熙丰邪党，未闻诛殛，以致死灰复燃。人谓高后与温公，嫉恶太严，吾谓其犹失之宽。后与公已年老矣，为善后计，宁尚可姑息为乎？读此回犹令人不能无慨云。

第八回

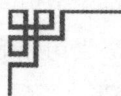

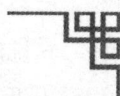

分三党廷臣构衅
备六礼册后正仪

却说司马光病殁以后，吕公著独秉政权，一切黜陟，仍如光意。进吕大防为中书侍郎，刘挚为尚书右丞，苏轼为翰林学士。轼奉召入都，仅阅十月，三迁清要，寻兼侍读。每入值经筵，必反复讲解，期沃君心。一夕值宿禁中，由中旨召见便殿，太皇太后问轼道："卿前年为何官？"轼对道："常州团练副使。"太皇太后复道："今为何官？"轼对道："待罪翰林学士。"太皇太后道："为何骤升此缺？"轼对道："遭遇太皇太后及皇帝陛下。"太皇太后道："并不为此。"轼又道："莫非由大臣论荐么？"太皇太后又复摇首。轼惊愕道："臣虽无状，不敢由他途希进。"太皇太后道："这乃是先帝遗意，先帝每读卿文章，必称作奇才奇才，但未及进用卿哩。"轼听了此言，不禁感激涕零，哭至失声。士伸知己，应得一哭。太皇太后亦为泣下。哲宗见他对哭，也忍不住呜咽起来。十余岁童子，当作此状。还有左右内侍，都不禁下泪。大家统是哭着，反觉得大廷岑寂，良夜凄清。太皇太后见了此状，似觉不雅，即停泪语轼道："这不是临朝时候，君臣不拘礼节，卿且在旁坐下，我当询问一切。"言毕，即命内侍移过锦墩，令轼旁坐，轼谢恩坐下。太皇太后问语片时，无非是国家政要。轼随问随答，颇合慈意，特赐茶给饮。轼谢饮毕，太皇太后复顾内侍道："可撤御前金莲烛，送学士归院。"一面说，一面偕哲宗入内。轼向虚座前申谢，拜跪毕仪，当由两内侍捧烛导送，由殿至院，真个是旷代恩荣，一时无两。**确是难得。**

轼感知遇恩，尝借言语文章，规讽时政。卫尉丞毕仲游贻书诫轼道："君官非谏官，职非御史，乃好论人长短，危身触讳。恐抱石救溺，非徒无益，且反致损呢。"轼不能从。时程颐侍讲经筵，毅然自重，尝谓："天下治乱系宰相，君德成就责经筵。"因此入殿进讲，色端貌庄。轼说他不近人情，屡加抗侮。当司马光病殁时，适百官有庆贺礼，事毕欲往吊，独程颐不可，且引《鲁论》为解。谓："子于是日哭则不歌。"或谓："哭乃不歌，未尝云歌即不哭。"轼在旁冷笑道："这大约是枉死市的叔孙通，新作是礼呢。"**谐语解颐，但未免伤忠厚。**颐闻言，很是介意。**是不及乃兄处。**轼发策试馆职，问题有云："今朝廷欲师仁宗之忠厚，惧百官有司，不称其职，而或至于偷。欲法仁宗之励精，恐监司守令，不识其意，而流入于刻。"右司谏贾易，右正言朱光庭，系程颐门人，遂借题生衅，劾轼谤讪先帝。轼因乞外调。侍御史吕陶上言："台谏当秉至公，不应假借事权，图报私隙。"左司谏王觌亦奏言："轼所拟题，不过略失轻重，关系尚小，若必吹毛求疵，酿成门户，恐党派一分，朝无宁日，这乃是国家大患，不可不防。"范纯仁复言轼无罪。太皇太后乃临朝宣谕道："详览苏轼文意，是指今日之百官有司，监司守令，并非讥讽祖宗，不得为罪。"于是轼任事如故。

会哲宗病疮疹，不能视朝，颐入问吕公著道："上不御殿，太皇太后不当独坐。且主子有疾，宰辅难道不知么？"越日，公著入朝，即问帝疾。太皇太后答言无妨。为此一事，廷臣遂嫉颐多言。御史中丞胡宗愈，给事中顾临，连章劾颐，不应令直经筵。谏议大夫孔文仲，且劾颐污下憸巧，素无乡行，经筵陈说，僭横忘分，遍谒贵臣，勾通台谏，睚眦报怨，沽直营私，应放还田里，以示典刑。**诬谤太甚，孔裔中胡出此人？**乃罢颐出管勾西京国子监。自是朝右各分党帜，互寻仇隙。程颐以下，有贾易、朱光庭等，号为洛党；苏轼以下，有吕陶等，号为蜀党。还有刘挚、梁焘、王岩叟、刘安世等，与洛、蜀党又不相同，别号朔党，交结尤众。三党均非奸邪，只因意气不孚，遂成嫌怨。哪知熙丰旧臣，非窜即贬，除著名诸奸人外，连出入王、吕间的张璪、李清臣，亦均退黜。若辈恨入骨髓，阴伺间隙，这三党尚自相倾轧，自相挤排，这岂非螳螂捕蝉，不顾身后么？**插入数语，隐伏下文。**

文彦博屡乞致仕，诏命他十日一赴都堂，会议重事。吕公著亦因老乞休，乃拜为司空，同平章军国事。授吕大防、范纯仁为左右仆射，兼中书门下侍郎，孙固、刘挚为门下中书侍郎，王存、胡宗愈为尚书左右丞，赵瞻签书枢密院事。大防朴直无党，范纯仁务从宽大，亦不愿立党。二人协力佐治，仍号清明。右司谏贾易，因程颐外谪，心甚不平，复劾吕陶党轼，语侵文彦博、范纯仁。太皇太后欲惩易妄言，还是吕公著替他缓颊，只出知怀州。胡宗愈尝进君子无党论，右司谏王觌偏上言宗愈不应执政。**前说不应有党，此时复因宗愈进无党论，上言劾论，自相矛盾，殊不可解。**太皇太后又勃然怒道："文彦博、吕公著亦言王觌不合。"范纯仁独辩论道："朝臣本无党，不过善恶邪正，各以类分。彦博、公著，皆累朝旧人，岂可雷同罔上？从前先臣仲淹，与韩琦、富弼同执政柄，各举所知，当时蜚语指为朋党，因三人相继外调，遂有一网打尽的传言。**本王拱辰语。**此事未远，幸陛下鉴察！"随复录欧阳修朋党论，呈将进去。太皇太后意未尽解，竟出觌知润州。门下侍郎韩维，亦被人谗诉，出知邓州。太皇太后初欲召用范镇，遣使往征。镇年已八十，不欲再起，从孙祖禹，亦从旁劝止，乃固辞不拜。诏授银紫光禄大夫，封蜀郡公。元祐三年，病殁家中。镇字景仁，成都人，与司马光齐名，卒年八十一，追赠金紫光禄大夫，谥忠文。

越年二月，司空吕公著复殁，太皇太后召见辅臣，流涕与语道："国家不幸，司马相公既亡，吕司空复逝，为之奈何？"言毕，即挈帝往奠，赠太师，封申国公，予谥正献。公著字晦叔，系故相吕夷简子，自少嗜学，至忘寝食，平居无疾言遽色。暑不挥扇，寒不亲火。父夷简早目为公辅，至是果如父言。范祖禹曾娶公著女，所以公著在朝，始终引嫌。尝从司马光修《资治通鉴》，在洛十五年，不事进取，至富弼致仕居洛，杜门谢客，独祖禹往谒，无不接见。神宗季年，弼疾笃，曾嘱祖禹代呈遗表，极论王安石误国，及新法弊害，旁人多劝阻祖禹，不应进呈，祖禹独不肯负约，竟自呈入。廷议却不与为难，赠弼太尉，谥文忠。**富弼亦一代伟人，前文未曾叙及，故特于此处补出。**哲宗即位，擢为右正言，避嫌辞职，寻迁起居郎，又召试中书舍人，皆不拜。及公著已殁，始任右谏议大夫，累陈政要，多中时弊。旋加礼部侍郎，闻禁中觅用乳媪，即与左谏议大夫刘安世，上疏谏阻，大旨："以帝甫成童，不宜近色，理应进德爱身。"又乞太皇太后保护上躬，言甚切至。太皇太后召谕道："这是外间的谣传，不足为信。"祖禹对道："外议虽虚，亦应预防，天下事未及先言，似属过虑。至事已及身，言亦无益。陛下宁可先事纳谏，勿使臣等有无及的追悔呢。"**恰是至言。**太皇太后很是嘉纳。

　　既而知汉阳军吴处厚，上陈蔡确游车盖亭诗，意在讪上。台谏等遂相率论确，乞正明刑。有旨令确自行具析，刘安世等言确罪甚明，何待具析，乃贬确为光禄卿，分司南京。谏官尚以为罪重罚轻，啧有烦言。范祖禹亦上言确有重罪，应从严议。于是文彦博、吕大防等，拟窜确岭峤，独范纯仁语大防道："此路自乾兴以来，荆棘丛生，近七十年，倘自我辈创行此例，恐四方震悚，转致未安。"大防乃不再言。越六日，又下诏再贬确为英州别驾，安置新州。纯仁复入白太皇太后道："圣朝宜从宽厚，不应吹求文字，窜诛大臣。譬如猛药治病，足损真元，还求详察。"蔡确罪大，诛之不得为过，纯仁亦未免太柔。太皇太后不从。会知潞州梁焘，奉召为谏议大夫，道出河阳，与邢恕相晤。恕言确有策立功，托焘入朝时声明。焘允诺，及入京，即据邢恕言入奏。太皇太后出谕大臣道："皇帝是先帝长子，分所应立，确有什么策立功，似此欺君罔上。他日若再得入朝，恐皇帝年少，将为所欺，必受大害。我不忍明言，特借讪上为名，把他窜逐，借杜后患，这事关系国计，虽奸邪怨谤，我也不暇顾了。"司谏吴安诗与刘安世等，遂疏劾纯仁党确，吕大防亦言蔡确党盛，不可不治。纯仁因力求罢政，出知颍州。尚书左丞王存，本确所举，亦出知蔡州。胡宗愈已早为谏官所劾，罢尚书右丞。乃擢刘挚为尚书右仆射，兼中书侍郎，苏颂为尚书左丞，苏辙为尚书右丞。会赵瞻、孙固，先后并逝，即进韩忠彦同知枢密院事，王岩叟签书枢密院事，复召邓润甫为翰林学士承旨。润甫曾阿附王、吕，出知亳州，至是被召，梁焘、刘安世、朱光庭等，连疏弹劾，俱不见报。焘等乃力请外补，竟出焘知郑州，光庭知亳州，安世提举崇福宫。文彦博因老疾致仕。右司谏杨康国奏劾苏辙兄弟，文学不正。贾易复入为侍御史，与御史中丞赵君锡，先后论轼。轼出知颍州，寻改扬州，易与君锡一并外用。刘挚峭直，与吕大防议论朝政，辄致龃龉。殿中侍御史杨畏，方附大防，遂劾挚结党营私，联络王岩叟、梁焘、刘安世、朱光庭等为死友，觊觎后福，且与章惇诸子往来，交通匪人。太皇太后即面谕刘挚，挚惶恐退朝，上章自辩。梁焘、王岩叟果上疏论救。太皇太后愈觉动疑，出挚知郓州，王岩叟亦出知郑州。嗣复召程颐入直秘阁，兼判西京国子监，为苏辙所阻，颐亦辞不就职。这便是三党交攻，更迭消长的情形呢。一语结束，可见上文并叙，寓有深意。

　　元祐七年，哲宗年已十七了，太皇太后留意立后，曾历采世家女子百余人，入宫备选。就中有眉州防御使兼马军都虞候孟元孙女，操行端淑，秉质幽娴。太皇太后及皇太后两人，教以女仪，格外勤慎，因此益得两后欢心。时年十六，与哲宗年龄相当，即由太皇太后宣谕宰臣，略言："孟氏后能执妇道，应正位中宫。唯近代礼仪，多从简略，应命翰林台谏给舍与礼官等，妥议册后六礼以闻！"这谕下来，那廷臣自有一番忙碌，彼斟古，此酌今，议论了好几日，方草定一篇仪制，呈入政事堂。吕大防等又详细核订，略行损益，再进慈览。太皇太后传旨许可，当由司天监择定吉日，准备大婚。先期数日，命尚书左仆射吕大防充奉迎使，尚书左丞苏颂充发策使，尚书右丞苏辙充告期使，皇伯祖高密郡王宗晟充纳成使，吏部尚书王存时王存复调入内用。充纳吉使，翰林学士梁焘充纳采问名使。六礼分司，各有专职，正使以外，且省副使，当以旧尚书省为皇后行第，先纳采、问名，然后纳吉、纳成、告期。五月戊戌日，哲宗戴通天冠，服绛纱袍，临轩发册，行奉迎礼。百官相率入朝，吕大防等首先趋入，东西鹄立。典仪官奉上册宝，置御座前。大防率百官再拜，乃由宣诏官传谕道："今日册孟氏为皇后，命公等持节展礼！"大防等又复拜命，典仪官捧过册宝，交与大防。大防接奉册宝，复率百官再拜。宣诏官又传太皇太后制命道："奉太皇太后制，命公等持节奉迎皇后！"大防等拜辞出殿，即至皇后行第，当有傧介接待，导见后父。大防入内宣制道：

礼之大体，钦顺重正。其期维吉，典图是若。今遣尚书右仆射吕大防等以礼奉迎，钦哉维命！

后父跪读毕，敬谨答道：

使者重宣中制，今日吉辰备礼，以迎蝼蚁之族，猥承大礼，忧惧战悸，钦率旧章，肃奉典制。

答罢，即再拜受制。于是保姆引皇后登堂，大防等向后再拜，奉上册宝。后降立堂下，再拜受册，当由内侍接过册宝，转呈与后。大防等退出，后升堂。后父升自东阶，西向道："戒之戒之！夙夜无违命！"语已即退。后母进自西阶，东向施衿结悦，并嘱后道："勉之戒之！夙夜无违命！"后乃出堂登舆，及出大门，大防等导舆至宣德门，百官宗室列班拜迎，待后入门，钟鼓和鸣。再入端礼门，穿过文德殿，进内东门，至福宁殿，后降舆入次小憩。哲宗仍冠服御殿，尚宫引后出次，谐殿阶东西向立。尚仪跪请皇帝降座礼迎，哲宗遂起身至殿庭中，揖后入殿，导升西阶，徐步入室，各就榻前并立。尚食跪陈饮具，帝、后乃就座。一饮再饮用爵，三饮用卺，合卺礼成。尚宫请帝御常服，尚寝请后释礼服，然后入幄，侍从依次毕退。是夜龙凤联欢，鸳鸯叶梦，毋庸细述。历叙礼节，见得哲宗册后，格外郑重，为下文被废反笔。次日朝见太皇太后、皇太后，并参皇太妃，一如旧仪。越三日，诣景灵宫行庙见礼，归后再谒太皇太后。太皇太后语哲宗道："得贤内助，所关不小，汝宜刑于启化，媲美古人，方不负我厚望了。"及帝、后俱退，太皇太后又叹息道："此人贤淑，可无他虞，但恐福薄，他日国家有事，不免由她受祸哩。"既知孟后福薄，何必定要册立？此等处殊难索解。大婚礼成，宫廷庆贺兼旬，才得竣事。唯孟后容不胜德，姿色不过中人，哲宗少年好色，未免心怀不足。可巧御侍中有一刘氏女，生得轻秾合度，修短适宜，面滟滟若芙蓉，腰纤纤如杨柳，夷嫱比艳，环燕输姿。哲宗得此尤物，怎肯放过？便教她列入嫔御，进封婕好，这一番有分教：

贯鱼已夺宫人宠，飞燕轻贻祸水来。

看官欲知后事，且待下回分解。

朋党林立，为国家之大患，不意于元祐间见之。元祐之初，高后垂帘，群贤并进，此正上下泰交，拔茅汇征之象。且熙丰时各遭摈斥，同病相怜，一朝遇主，携手入朝，乐何如之？奈何程、苏交哄，洛、蜀成嫌，二党倾轧之不足，而复有所谓朔党者，与之鼎足而三耶？然则元祐诸君子，殆不能辞其过矣。若夫册后一事，已成常制，本书于前后各文，俱不过数语而止，独于孟后之立，纪载从详。盖自有宋以来，唯哲宗册立孟后，仪文特备，高后恐哲宗年少，易昵私爱，故特隆之以六礼，重之以宰执大臣，且亲嘱之曰："得贤内助，所关非细。"是其为哲宗计者，至周且挚，初不意后之竟背前训也。《宋史》中曾大书曰："始备六礼立皇后孟氏，正为后文废后反照。"故本书亦不敢从略，所以存史意也。

第九回

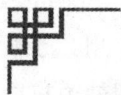

嘱后事贤后升遐
绍先朝奸臣煽祸

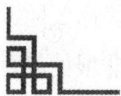

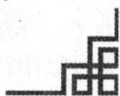

却说范纯仁外调后，尚书右仆射一缺，尚属虚位，太皇太后特擢苏颂为尚书右仆射，兼中书侍郎，苏辙为门下侍郎，范百禄即范镇子。为中书侍郎，梁焘、郑雍为尚书左右丞，韩忠彦即韩琦子。知枢密院事，刘奉世签书枢密院事。嗣又因辽使入贺，问及苏轼。乃复召轼为兵部尚书，兼官侍读。原来轼为翰林学士时，每遇辽使往来，应派为招待员。时辽亦趋重诗文，使臣多文学选，每与轼谈笑唱和，轼无不立应，惊服辽人。会辽有五字属对，未得对句，遂商诸副介，请轼照对。看官道是什么难题？乃是"三光日月星"五字。轼即应声道："'四诗风雅颂'，这是天然对偶，你不必说是我对，但说你自己想着便了。"副介如言答辽使，辽使方在叹愕，轼又出见辽使道："'四德元亨利，'难道不对么？"辽使欲起座与辩，轼便道："你道我忘记一字么？你不必多疑。两朝为兄弟国，君是外臣，仁庙讳亦应知晓。"仁宗名祯，这是苏髯诙谐语，不可作正语看。辽使闻言，亦为心折。旋复令医官对云："六脉寸关尺。"辽使愈觉敬服，随语轼道："学士前对，究欠一字，须另构一语。"适雷雨交作，风亦大起，轼即答道："'一阵风雷雨'，即景属对，可好么？"辽使道："敢不拜服。"遂欢宴而散。至哲宗大婚，辽使不见苏轼，反觉怏怏，太皇太后乃召轼内用，寻又迁礼部兼端明侍读二学士。

御史董敦逸、黄庆基，又劾轼曾草吕惠卿谪词，隐斥先帝，轼弟辙相为表里，紊乱朝政。*想又是洛党中人。*吕大防替轼辩驳，且言近时台官，好用蜚语中伤士类，非朝廷之福。辙亦为兄讼冤。太皇太后语大防道："先帝亦追悔往事，甚至泣下。"大防道："先帝一时过举，并非本意。"太皇太后道："嗣主应亦深知。"乃罢董、黄二人为湖北、福建路转运判官。未几，轼亦罢知定州。苏颂保荐贾易，谓易系直臣，不宜外迁，与大防廷争。侍御史杨畏、来之邵即劾颂庇易。颂上书辞职，因罢为观文殿大学士。范百禄与颂友善，亦为杨畏所劾，出知河南府。梁焘亦因议政未合，遂称疾乞休，乃再召范纯仁为尚书右仆射，兼中书侍郎。杨畏、来之邵复上论纯仁不可再相，乞进用章惇、安焘、吕惠卿，疏入不报。吕大防欲引畏为谏议大夫，纯仁谓："畏非正人，怎可重用？"大防微笑道："莫非恨他劾奏相公么？"纯仁尚莫名其妙，苏辙在旁，即读畏弹文。纯仁道："这事我尚未闻，但公不负畏，恐畏且负公！"*隐伏下文。*大防不信，竟迁畏礼部侍郎。*畏劾范纯仁，且请用章、吕等人，其隐情已可窥见，何大防尚未悟耶？*元祐八年八月，太皇太后寝疾，不能听政，吕大防、范纯仁入宫问视，太皇太后与语道："我病将不起了。"吕、范齐声道："慈寿无疆，料不致有意外情事。"太皇太后道："我今年已六十二岁，死亦不失为正命，所虑官家*宫中称皇帝为官家。*年少，容易受迷，还望卿等用心保护！"吕、范又同声道："臣等敢不遵命！"太皇太后顾纯仁道："卿父仲淹，可谓忠臣，在明肃垂帘时，唯劝明肃尽母道，至明肃上宾，唯劝仁宗尽子道，卿当效法先人，毋忝所生！"纯仁亦涕泣受命。*高后岂亦虑哲宗之难恃耶？*太皇太后复道："我受神宗顾托，听政九年，卿等试言九年间，曾加恩高氏否？我为公忘私，遗有一男一女，我病且死，尚不得相见哩。"*时嘉王颙已薨，高后子只留一颗，徙封徐王，故尚未相见。*言讫泪下，喘息了好一歇，复嘱吕、范二人道："他日官家不信卿言，卿等亦宜早退，令官家别用一番人。"说至此，顾左右道："今日正值秋社，可给二相社饭。"吕、范二人，不敢却赐，待左右将社饭备齐，暂辞出外，至别室草草食讫，复入寝门内拜谢。太皇太后呜咽道："明年社饭时，恐二卿要记念老身哩。"*太后既预知哲宗心性，当力戒哲宗，奈何对吕、范二人，徒作颓唐语，亦令人难解！*吕、范劝慰数语，随即告退。越数日，太皇太后竟崩。后听政九年，朝廷清明，华夏绥定，辽主尝戒群臣道："南朝尽行仁宗旧政，老成正士，多半起用，国势又将昌盛哩，汝等幸勿生事！"因此元祐九年，毫无边衅。夏主来归永乐所俘，乞还侵地，太皇太后有志安民，诏还米脂、葭芦、浮屠、安疆四寨，夏人遂谨修职贡，不复生贰。有司请循天圣故事，两宫同御殿，太皇太后不许。又请受册宝于文德殿，太皇太后道："母后当阳，非国家之美事，况文德殿系天子正衙，岂母后所当御？但就崇政殿行礼便了！"太皇太后侄元绘、元纪，终元祐世，只迁一秩，还是哲宗再三申请，方得特许。中外称为女中尧、舜。礼臣恭上尊谥，乃是"宣仁圣烈"四字。

哲宗乃亲政，甫经着手，即召内侍刘瑗等十人，入内给事。翰林学士范祖禹入谏道："陛下亲政，未闻访一贤臣，乃先召内侍，天下将谓陛下私昵近臣，不可不防。"哲宗默然，好似不见不闻一般。侍讲丰稷，亦以为言，反将他出知颖州。出手便弄错。范祖禹忍无可忍，复接连上疏，由小子略述如下：

熙宁之初，王安石、吕惠卿造立新法，悉变祖宗之政，多引小人以误国，勋旧之臣，屏弃不用，忠正之士，相继远引。又用兵开边，结怨外夷，天下愁苦，百姓流徙。赖先帝觉悟，罢逐两人，而所引群小，已布满中外，不下二十万，可复去。蔡确连起大狱，王韶创取熙河，章惇开五溪，沈起扰交管，沈括、徐禧、俞充、种谔兴造西事，兵民死伤，皆不先帝临朝悼悔，谓朝廷不得不任其咎，以至吴居厚行铁冶之法于京东，王子京行茶法于福建，蹇周辅行盐法于江西，李稷、陆师闵行茶法市易于西川，刘定教保甲于河北，民皆愁痛嗟怨，比屋思乱，赖陛下与先后起而救之，天下之民，如解倒悬。唯是向来所斥逐之人，窥伺事变，妄意陛下不以修改法度为是，如得至左右，必进奸言，万一过听而误用之，臣恐国家自此陵迟，不复振矣。

这疏大意，是防哲宗召用熙丰诸臣。还有一疏，仍系谏阻近幸，略云：

汉有天下四百年，唐有天下三百年，及其亡也，皆由宦官，同一轨辙。盖与乱同事，未有不亡者也。汉自元帝任用石显，委以政事，杀萧望之、周堪，废刘向等，汉之基业，坏于元帝。唐自明皇使高力士省决章奏，宦官遂盛，李林甫、杨国忠皆自力士以进。唐亡之祸，基于开元。熙宁、元丰间，李宪、王中正、宋用臣辈，用事总兵，权势震灼，中正兼干四路，口敕募兵，州郡不敢违，师徒冻馁，死亡最多；宪陈再举之策，致永乐再陷；用臣兴土木之兵，无时休息，罔市井之微利，为国敛怨，此三人者虽加诛戮，未足以谢百姓。宪虽已亡，而中正、用臣尚在。今召内臣十人，而宪、中正之子，皆在其中，则中正、用臣必将复用，臣所以敢极言之，幸陛下垂察焉！

两疏呈入，哲宗仍然不省。范纯仁、韩忠彦等亦面请效法仁宗，均不见纳。吕大防受命为山陵使，甫出国门，杨畏即首叛大防，上言："神宗更立旧制，垂示万世，乞赐讲求，借成继述美名。"哲宗便召畏入对，并问："先朝旧臣，孰可召用？"畏举章惇、安焘、吕惠卿、邓润甫、李清臣等，各加褒美，且言："神宗建立新政，与王安石创行新法，实是明良交济，足致富强。今安石已殁，只有章惇才学，与安石相似，请即召为宰辅。"哲宗却很是信从，当下传出中旨，复章惇、吕惠卿官。寻用李清臣为中书侍郎，邓润甫为尚书左丞。至宣仁太后葬毕，吕大防回都，闻侍御史来之邵，已有弹章，即上书辞职，哲宗立即准奏。拔去首辅，好算辣手。于是彼言继志，此言述事，哄得这位哲宗皇帝，居然想对父尽孝，一心一意地绍述神宗。元祐九年三月，廷试进士李清臣，发策拟题，题云：

今复词赋之选，而士不知劝；罢常平之官，而农不加富；可差可募之说杂，而役法病；或东或北之论异，而河患滋；赐土以柔远也，而羌夷之患未弭；弛利以便民也，而商贾之路不通。夫可则因，否则革。唯当之为贵，圣人亦何有必焉！

原来元祐变政，曾禁用王氏经义字说，科试仍用诗赋，补上文所未及。所以李清臣发策，看作甚重。第一条便驳斥词赋，第二条阴主青苗法，第三条指免役，第四条论治河，第五条斥还夏四寨事，第六条讥盐铁弛禁事。门下侍郎苏辙抗言上奏道：

伏见策题历诋行事，有诏复熙宁、元丰之意。臣谓先帝设施，盖有百世不可易者。元祐以来，上下奉行，未尝失坠，至于事或失当，何世无之？父作于前，子救于后，前后相继，此则圣人之孝也。汉武帝外事四夷，内兴宫室，财用匮竭，于是修盐铁榷酤均输之政，民不堪命，几至大乱。昭帝委任霍光，罢去烦苛，汉室乃定。光武、显宗，以察为明，以谶决事，上下恐惧，人怀不安。章帝深鉴其失，代之宽厚，恺悌之政，后世称焉。本朝真宗天书，章献临御，揽大臣之议，藏之梓宫，以泯其迹，仁宗听政，绝口不言。英宗濮议，朝廷汹汹者数年，先帝寝之，遂以安静。夫以汉昭帝之贤，与吾仁宗、神宗之圣，岂其薄于孝敬而轻事变易也哉？陛下若轻变九年已行之事，擢任累岁不用之人，怀私忿而以先帝为辞，则大事去矣。

哲宗接阅奏章，竟勃然大怒道："辙敢比先帝为汉武么？"*我谓神宗尚不及汉武。*言下即欲逐辙。辙下殿待罪，众莫敢救。范纯仁从容进言道："武帝雄才大略，史家并无贬词，辙引比先帝，不得为谤。陛下甫经亲政，待遇大臣，也不当似奴仆一般，任情呵斥。"正说着，有一人越次入奏道："先帝法度，都被司马光、苏辙等坏尽。"纯仁视之，乃是新任尚书左丞邓润甫，遂抗声道："这语是说错了。法本无弊，有弊必改。"哲宗道："秦皇、汉武，古所并讥。"纯仁便接奏道："辙所论是指时事言，非指人品言。"哲宗颜色少霁，乃不复发语，当即退朝。辙前时曾附吕大防，与纯仁议多不合，至是方谢纯仁道："公乃佛地位中人，辙仗公包涵久了。"纯仁道："公事公言，我知有公，不知有私。"*名副其实，是乃谓之纯仁。*辙又申谢而退。越日，竟下诏降辙官职，出知汝州。

及进士对策，考官评阅甲乙，上第多主张元祐。嗣经杨畏复勘，悉移置下第，把赞成熙丰的策议，拔置上列。第一名乃是毕渐，竟比王、吕为孔、颜，仿佛王、吕二人的孝子顺孙。自是绍述两字，喧传中外，曾布竟用为翰林学士，张商英进用为右正言。未几，即任章惇为尚书左仆射，兼门下侍郎。章惇既相，恁人当道，还管什么时局？什么名誉？贬苏轼知英州，寻复安置惠州。罢翰林学士范祖禹，出知陕州。范纯仁当然不安，连章求去，也出知颍昌府。召蔡京为户部尚书，安石婿蔡卞为国史修撰，林希为中书舍人，黄履为御史中丞。先是元丰末年，履曾官中丞，与蔡确、章惇、邢恕相交结。惇与确有所嫌，即遣恕语履。履尽情排击，不遗余力，时人目为四凶，因被刘安世劾奏，降级外调。惇再得志，立即引用，那时报复私怨，日夕罗织，元祐诸君子，都要被他陷入阱中了。*去恶务尽，元祐诸贤，不知此义，遂致受殃。*

当下由曾布上疏，请复先帝政事，下诏改元，表示意向。哲宗准奏，即于元祐九年四月，改称绍圣元年，半年都不及待，何性急乃尔？遂复免役法，免行钱、保甲法，罢十科举士法，令进士专习经义，除王氏字说禁令。黄履、张商英、上官均、来之邵等，乘势修怨，迭毁司马光、吕公著妄改成制，叛道悖理。章惇、蔡卞且请掘光、公著墓冢。适知大名府许将，内用为尚书左丞，哲宗问及掘墓事。许将对道："掘墓非盛德事，请陛下三思！"哲宗乃止，唯追夺司马光、吕公著赠谥，仆所立碑。贬吕大防为秘书监，刘挚为光禄卿，苏辙为少府监，并分司南京。章惇复钩致文彦博等罪状，得三十人，列籍以上，请尽窜岭表。李清臣独进言道："变更先帝法度，虽不能无罪，但诸人多累朝元老，若从惇言，恐大骇物听，应请从宽为是！"哲宗点首。看官阅过前文，应知李清臣是主张绍述，仇视元祐诸臣，为何反请哲宗从宽呢？原来清臣本思为相，至章惇起用，相位被他夺去，于心不甘，所以与惇立异，有此奏请。哲宗乃颁诏道："大臣朋党，司马光以下，各以轻重议罚，余悉不问，特此布告天下。"

会章惇复荐用吕惠卿，诏命知大名府，惇未以为然。监察御史常安民上言："北都重镇，惠卿且未足胜任，试思惠卿由王安石荐引，后竟背了安石，待友如此，事君可知。今已颁诏命，他必过阙请对，入见陛下，臣料他将泣述先帝，感动陛下，希望留京了。"哲宗也似信非信。及惠卿到京，果然请对，果然述先朝事，作涕泣状，哲宗正色不答。惠卿只好辞退，出都赴任。惇闻此事，隐恨安民。可巧安民复劾论蔡京、张商英，接连数奏，末疏竟斥章惇专国植党，乞收回主柄，抑制权奸。惇挟嫌愈甚，潜遣亲信进语道："君本以文学闻名，奈何好谈人短，甘心结怨？能稍自安静，当以高位相报。"安民正色呵斥道："尔乃为当道做说客么？烦尔传语，安民只知忠君，不知媚相。"*傲骨棱棱。*看官！试想章惇不立排安民，尚是留些余地，有意笼络，偏安民一味强硬，教章惇如何相容？遂嗾使御史董敦逸，弹斥安民，说他与苏轼兄弟，素作党援，安民竟被谪滁州，令监酒税。门下侍郎安焘上书救解，毫不见效，反为惇所谗间，出知郑州。蔡卞重修神宗实录，力翻前案，前史官范祖禹，及赵彦若、黄庭坚等，并坐诋诬降官，安置永、澧、黔州，并因吕大防尝监修神宗实录，亦应连坐，徙至安州居住。范纯仁请释还大防，大忤章惇，竟贬纯仁知随州。惇且记念蔡确，惜他已死，嘱确子渭叩阍诉冤，即追复确官，并赠太师，予谥忠怀。一面与蔡京定计，勾通阉寺，密结刘婕妤为内援，把灭天害理的事情，逐渐排布出来。小子有

诗叹道:

> 宵小无非误国媒,胡为视作济时才?
> 堪嗟九载宣仁力,都被奸邪一旦摧。

究竟章惇等作何举动,容至下回表明。

宋代贤后,莫如宣仁,元祐年间,号称极治,皆宣仁之力也。但吾观宣仁弥留时,乃对吕、范二大臣,丁宁呜咽,劝以宜早引退,并谓明年社饭,应思念老身。意者其豫料哲宗之不明,必有蔑弃老成,更张新政之举耶?且哲宗甫经亲政,奸党即陆续进用,是必其少年心性,已多暗昧。宣仁当日,有难言之隐,不过垂帘听政,大权在握,尚足为无形之防闲;至老病弥留,不忍明言,又不忍不言,丁宁呜咽之时,盖其心已不堪酸楚矣。宣仁固仁,而哲宗不哲,吕、范退,章、蔡进,宋室兴衰之关键,意在斯乎!意在斯乎!

第十回

宠妾废妻皇纲倒置
崇邪黜正党狱迭兴

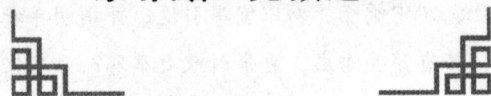

却说刘婕妤专宠内庭，权逾孟后，章惇、蔡京即钻营宫掖，恃婕妤为护符，且追溯范祖禹谏乳媪事，指为暗斥婕妤，坐诬谤罪，并牵及刘安世。哲宗耽恋美人，但教得婕妤欢心，无不可行，遂谪祖禹为昭州别驾，安置贺州，安世为新州别驾，安置英州。刘婕妤阴图夺嫡，外结章惇、蔡京，内嘱郝随、刘友端，表里为奸，渐构成一场冤狱，闹出废后的重案来。*奸人得势，无所不至。*

婕妤恃宠成骄，尝轻视孟后，不循礼法。孟后性本和淑，从未与她争论短长。唯中宫内侍，冷眼旁窥，见婕妤骄倨无礼，往往代抱不平。会后率妃嫔等朝景灵宫，礼毕，后就坐，嫔御皆立侍，独婕妤轻移莲步，退往帘下。孟后虽也觉着，恰未曾开口。*申说二语，见后并非妒妇。*偏侍女陈迎儿，口齿伶俐，竟振吭道："帘下何人？为什么亭亭自立？"婕妤听着，非但不肯过来，反竖起柳眉，怒视迎儿。忽又扭转娇躯，背后立着。*形态如绘。*迎儿再欲发言，由孟后以目示禁，方不敢多口。至孟后返宫，婕妤与妃嫔等，随后同归，杏脸上还带着三分怒意。既而冬至节届，后妃等例谒太后，至隆祐宫，太后尚未御殿，大众在殿右待着，暂行就坐。向例唯皇后坐椅，朱漆金饰，嫔御不得相同，此次当然循例。偏刘婕妤立着一旁，不愿坐下。内侍郝随，窥知婕妤微意，竟替她易座，也是髹朱饰金，与后座相等，婕妤方才就坐。突有一人传呼道："皇太后出来！"孟后与妃嫔等，相率起立，刘婕妤亦只好起身。哪知伫立片时，并不见太后临殿，后妃等均是莲足，不能久立，复陆续坐下。刘婕妤亦坐将下去，不意坐了个空，一时收缩不住，竟仰天跌了一交。<u>却是好看。</u>侍从连忙往扶，已是玉山颓倒，云鬓蓬松。<u>恐玉臀亦变成杏脸。</u>妃嫔等相顾窃笑，连孟后也是解颐。看官！试想此时的刘婕妤，惊忿交集，如何忍耐得住？可奈太后宫中，不便发作，只好咬住银牙，强行忍耐，但眼中的珠泪，已不知不觉地迸将下来。她心中暗忖道："这明明是中宫使刁，暗嘱侍从设法，诈称太后出殿，诱我起立，潜将宝椅撤去，致令仆地，此耻如何得雪？我总要计除此人，才出胸中恶气。"<u>后阁中人，原太促狭，但也咎由自取，如何不自反省？</u>当下命女侍替整衣饰，代刷鬓鬟，草草就绪，那向太后已是出殿，御座受朝。孟后带着嫔妃，行过了礼，太后也没甚问答，随即退入。

后妃等依次回宫，刘婕妤踉跄归来，余恨未息。郝随从旁劝慰道："娘娘不必过悲，能早为官家生子，不怕此座不归娘娘。"婕妤恨恨道："有我无她，有她无我，总要与她赌个上下。"说着时，巧值哲宗进来，也不去接驾，直至哲宗近身，方慢慢地立将起来。哲宗仔细一瞧，见她泪眦荧荧，玉容寂寂，不由得惊讶逾常，便问道："今日为冬至令节，朝见太后，敢是太后有什么斥责？"婕妤呜咽道："太后有训，理所当从，怎敢生嗔？"哲宗道："此外还有何人惹卿？"婕妤陡然跪下，带哭带语道："妾、妾被人家欺负死了。"哲宗道："有朕在此，何人敢来欺负？卿且起来！好好与朕说明。"婕妤只是哭着，索性不答一言。<u>这是妾妇惯技。</u>郝随即在旁跪奏，陈述大略，却一口咬定皇后阴谋。<u>主仆自然同心。</u>哲宗道："皇后循谨，当不至有这种情事。"<u>也有一隙之明。</u>婕妤即接口道："都是妾的不是，望陛下撵妾出宫。"说到"宫"字，竟枕着哲宗足膝，一味娇啼。古人说得好："儿女情长，英雄气短。"自古以来，无论什么男儿好汉，钢铁心肠，一经娇妻美妾，朝诉暮啼，无不被她熔化。况哲宗生平宠爱，莫如刘婕妤，看她愁眉泪眼，仿佛一枝带雨梨花，哪有不怜惜的道理？于是软语温存，好言劝解，才得婕妤罢哭，起侍一旁。哲宗复令内侍取酒肴，与婕妤对饮消愁，待到酒酣耳热，已是夜色沉沉，接连吃过晚膳，便就此留寝。是夕，除艳语浓情外，参入谗言，无非是浸润之谮，肤受之愬罢了。

会后女福庆公主，偶得奇病，医治无效，后有姊颇知医理，尝疗后疾，以故出入禁中，无复避忌。公主亦令她诊治，终无起色。她穷极无法，别觅道家治病符水，入治公主。后惊语道:"姊不知宫中禁严,与外间不同么?倘被奸人谣诼,为祸不轻。"遂令左右藏着,俟哲宗入宫,具言原委。哲宗道:"这也是人生常情,她无非求速疗治,因有此想。"后即向左右取出原符,当面焚毁,总道是心迹已明,没甚后患,谁料宫中已造谣构衅,啧有烦言。想就是郝随等人捏造出来。未几,有后养母听宣夫人燕氏,及女尼法端,供奉官王坚,为后祷祠。郝随等方捕风捉影,专伺后隙,一闻此信,即密奏哲宗,只说是中宫厌魅,防有内变。哲宗也不察真伪,即命内押班梁从政与皇城司苏珪,捕逮宦官、宫妾三十人,彻底究治。梁、苏两人,内受郝随嘱托,外由章惇指使,竟滥用非刑,把被逮一干人犯,尽情榜掠,甚至断肢折体。孟后待下本宽,宦妾等多半感德,哪肯无端妄扳?偏梁从政等胁使诬供,定要归狱孟后。有几个义愤填胸,未免反唇相讥,骂个爽快。梁、苏大怒,竟令割舌。结果是未得供词,全由梁、苏两人,凭空架造,捏成冤狱,入奏哲宗。有诏令侍御史董敦逸复录罪囚。敦逸奉旨提鞫,但见罪人登庭,都是气息奄奄,莫能发声,此时触目生悲,倒也秉笔难下。恻隐之心,人皆有之。敦逸虽是奸究,究竟也有天良。郝随防他翻案,即往见敦逸,虚词恫吓。敦逸畏祸及身,不得已按着原谳,复奏上去。一念萦私,便入阿鼻地狱。哲宗竟下诏废后,令出居瑶华宫,号华阳教主玉清静妙仙师,法名冲真。是时为绍圣三年孟冬,天忽转暑,阴翳四塞,雷霆交下。董敦逸自觉情虚,复上书谏阻,略云:

中宫之废,事有所因,情有可察。诏下之日,天为之阴翳,是天不欲废后也。人为之流涕,是人不欲废后也。臣尝奉诏录囚,仓猝复奏,恐未免致误,将得罪天下后世,还愿陛下暂收成命,更命良吏复核真伪,然后定谳。如有冤情,宁谴臣以明枉,毋污后而贻讥,谨待罪上闻!

哲宗览毕,自语道:"敦逸反复无常,朕实不解。"次日临朝,谕辅臣道:"敦逸无状,不可更在言路。"曾布已闻悉情由,便奏对道:"陛下本因宫禁重案,由近习推治,恐难凭信,特命敦逸录问,今乃贬录问官,如何取信中外?"此奏非庇护敦逸,乃是主张成案。哲宗乃止。旋亦自悔道:"章惇坏我名节。"照此说看来,是废后之举,章惇必有密奏。嗣是中宫虚位,一时不闻继立。刘婕妤推倒孟后,眼巴巴地望着册使，偏待久无音，只博得一阶，晋封贤妃。

贼臣章惇，一不做，二不休，既构成孟后冤狱，还想追废宣仁，因急切无从下手，乃再从元祐诸臣身上，层加罪案，谋达最后的问题。二省长官，统是章惇党羽，惇便教他追劾司马光等，说是："诋毁先帝，变易法度，罪恶至深，虽或告老或已死，亦应量加惩罚，为后来戒！"那时昏头磕脑的哲宗皇帝，竟批准奏牍，追贬司马光为清远军节度使，吕公著为建武军节度副使，王岩叟为雷州别驾，夺赵瞻、傅尧俞赠谥，追还韩维、孙固、范百禄、胡宗愈等恩诏。寻又追贬光为朱崖军司户，公著为昌化军司户。各邪党兴高采烈，越觉猖狂，适知渭州吕大忠，系大防兄，自泾原入朝，哲宗与语道："卿弟大防，素性朴直，为人所卖，执政欲谪徙岭南，朕独令处安陆，卿可为朕寄声问好，二三年后，当再相见！"大忠叩谢而退。章惇正在阁中，闻大忠退朝，即出与相见，并问有无要谕。大忠心直口快，竟将哲宗所嘱，一一告知，章惇佯作惊喜道："我正待令弟入京，好与他共议国是，难得上意从同，我可得一好帮手了。"至大忠去后，即密唆侍御史来之邵，及三省长官，奏称："司马光叛道逆理，典刑未及，为鬼所诛。独吕大防、刘挚等，罪与光同，尚存人世。朝廷虽尝惩责，尚属罚不称愆，生死异置，恐无以示后世。"乃复贬大防为舒州团练副使，安置循州，刘挚为鼎州团练副使，安置新州，苏辙为化州别驾，安置雷州，梁焘为雷州别驾，安置化州，范纯仁为武安军节度副使，安置永州，刘奉世为光禄少卿，安置柳州，韩维落职致仕，再贬均州安置，王觌谪通州，韩川谪随州，孙升谪峡州，吕陶谪衡州，范纯礼谪蔡州，赵君锡谪亳州，马默谪单州，顾临谪饶州，范纯粹谪均州，孔武仲谪池州，王钦臣谪信州，吕希哲谪和州，吕希纯谪金州，吕希绩谪光州，姚缅谪衢州，胡安诗谪连州，秦观谪横州，王汾落职致仕，孔平仲落职知衡州，张耒、晁补之、贾易并贬为监当官，朱光庭、孙觉、赵卨、李之纯、李周均追夺官秩，嗣复追贬孔文仲、李周为别驾。这道诏命，系是中书舍人叶涛主稿，文极丑诋，中外切齿。那章惇、蔡京等，才把元祐诸臣，一网打尽，无论洛党、蜀党、朔党，贬窜得一个不留，大宋朝上，只剩得一班魑魅魍魉了。君子尚能容小人，小人断不能容君子，于此可见。

先是左司谏张商英，曾有一篇激怒君相的奏牍，内言："陛下无忘元祐时，章惇无忘汝州时，安焘无忘许州时，李清臣、曾布无忘河阳时。"为这数语，遂令哲宗决黜旧臣，章惇等誓复旧怨，遂兴起这番大狱。韩维子上书陈诉，略言："父维执政时，尝与司马光未合，恳请恩赦！"得旨免行。纯仁子亦欲援例，拟追述前时役法，父言与光议不同，可举此乞免。纯仁摇首道："我缘君实荐引，得致宰相，从前同朝论事，宗旨不合，乃是为公不为私，今复再行提及，且变做为私不为公。与其有愧而生，宁可无愧而死？"随命整装就道，怡然启行。僚友或说他好名，纯仁道："我年将七十，两目失明，难道甘心远窜么？不过爱君本心，有怀未尽，若欲避好名的微嫌，反恐背叛朝廷，转增罪戾呢。"**忠臣信友，可谓完人。**诸子因纯仁年老，多愿随侍，途次冒犯风霜，辄怨詈章惇，纯仁必喝令住口。一日，舟行江中，遇风被覆，幸滩水尚浅，不致溺死。纯仁衣履尽湿，旁顾诸子道："这难道是章惇所使么？君子素患难，行乎患难，何必怨天尤人。"**纯仁可与言道。**既至永州，仍夷然自若，无戚戚容，以此尚得保全。吕大防病殁途中。梁焘至化州，刘挚至新州，均因忧劳成疾，相继谢世。

张商英又劾文彦博背国负恩，朋附司马光，因降为太子少保。及诏命到家，彦博亦已得病，旋即身逝，年九十二岁。彦博居洛，尝与司马光、富弼等十三人，仿白居易九老会故事，置酒赋诗，筑堂绘像，号为洛阳耆英会，迄今留为佳话。徽宗初追复太师，赐谥忠烈。

会哲宗授曾布知枢密院事，林希同知院事，许将为中书侍郎，蔡卞、黄履为尚书左右丞。卞与惇同肆罗织，尚欲举汉、唐故事，请戮元祐党人。**凶险之至。**哲宗询及许将，将对道："汉、唐二代，原有此事，但本朝列祖列宗，从未妄戮大臣，所以治道昭彰，远过汉、唐哩。"**许将亦奸党之一，但尚有良心。**哲宗点首道："朕意原亦如此。"将即趋退。章惇更议遣吕升卿、董必等察访岭南，将尽杀流人。哲宗召惇入朝，面谕道："朕遵祖宗遗志，未尝杀戮大臣，卿毋为已甚！"惇虽唯唯应命，心中很是不快，暗中致书邢恕，令他设法诬陷。恕在中山，得书后，设席置酒，招高遵裕子士京入饮，酒过数巡，乃私问道："君知元祐年间，独不与先公推恩否？"士京答言未知。恕又问道："我记得君有兄弟，目今尚在否？"士京答称有兄士充，现已去世。恕又道："可惜！可惜！"士京惊问何事？恕便道："今上初立时，王珪为相，他本意欲立徐王，曾遣令兄士充，来问先公。先公叱退士充，珪计不行，所以得立今上。"**一派鬼话。**士京又答言未知。恕复道："令兄已殁，只有君可作证，我有事需君，君肯相从，转眼间可得高官厚禄，但事前切勿告人！"士京莫名其妙，但闻"高官厚禄"四字，不禁眉飞色舞，当即答称如命。饮毕，欢谢而别。恕即复书章惇，谓已安排妥当。惇即召恕入京，三迁至御史中丞。恕遂诬奏司马光、范祖禹等，曾指斥乘舆，又令王珪为高士京作奏，述先臣遵裕临死，曾密嘱诸子，有讪退士充，乃立今上等事。再嗾使给事中叶祖洽，上言册立陛下时，王珪尝有异言。三面夹攻，不由哲宗不信，遂追贬王珪为万安军司户，赠遵裕秦国军节度使。

　　自是天怒人怨，交迫而至。太原地震，坏庐舍数千户，太白星昼见数次，火星入舆鬼，太史奏称贼在君侧。哲宗召太史入问，贼主何人？太史答道："谗慝奸邪，皆足为贼，愿陛下亲近正人，修德格天！"此语颇为善谏，可惜未表姓名。哲宗乃避殿减膳，下诏修省。何不黜逐奸党？绍圣五年元日，免朝贺礼。章惇、蔡京恐哲宗另行变计，又想出一条奇谋，蛊惑君心。小人入朝，无非蛊君。看官道是何事？乃是咸阳县民段义，忽得了一方玉印，镌有"受命于天，既寿永昌"八字，呈报地方长官。官吏称是秦玺，遣使赍京，诏令蔡京等验辨。看官听着！这玺来历，明明是蔡京等授意秦吏，现造出来，此时教他考验，如何说是不真？且附上一篇贺表，称作天人相应，古宝呈祥。哲宗大喜，命定此玺名称，号为天授传国受命宝。择日御大庆殿受玺，行朝会礼。仿佛儿戏。并召段义入京，赐绢二百匹，授右班殿直，骤然升官发财，未知段义交什么运？一面颁诏改元，以绍圣五年为元符元年，特赦罪犯，唯元祐党人不赦，且反逮文彦博子及甫下狱，锢刘挚、梁焘子孙于岭南，勒停王岩叟诸子官职，当时称为同文馆狱。原来文彦博有八子，皆历要官，第六子名及甫，尝入直史馆。因与邢恕友善，为刘挚所劾，出调外任。时吕大防、韩忠彦等尚秉国政，及甫迁怨辅臣，曾致书邢恕，有"司马昭之心，路人皆知，又济以粉昆，可为寒心"等语。司马昭隐指大防，粉昆隐指忠彦，忠彦弟嘉彦，曾尚淑寿公主，英宗第三女。俗号驸马为粉侯，因称忠彦为粉昆。恕曾将及甫书，示确弟硕，至是恕令确子渭上书，讼挚等陷害父确，阴谋不轨，谋危宗社，引及甫书为证。乃置狱同文馆，逮问及甫，令蔡京讯问，佐以谏议大夫安惇。安惇本迎合章、蔡，因得此位，遂潜告及甫，令诬供刘挚、王岩叟、梁焘等人。及甫如言对簿，诡称："乃父在日，尝称挚为司马昭，王岩叟面白，乃称为粉，梁焘字况之，况字右旁从兄，乃称为昆。"京、惇因据供上陈，遂言："挚等大逆不道，死有余辜，不治无以治天下。"哲宗问道："元祐诸臣，果如是么？"

京、惇齐声道："诚有是心,不过反形未著啰。"含血喷人。乃诏锢挚、焘子孙,削岩叟诸子官。及甫系狱数日,竟得释放,进安惇为御史中丞,蔡京只调任翰林学士承旨。京与卞系是兄弟,卞已任尚书左丞,由曾布密白哲宗,兄弟不应同升,因止转官阶,不得辅政。嗣被京探悉,引为深恨,遂与布有隙,格外谄附章惇。惇怨范祖禹、刘安世尤深,特嘱京上章申劾,竟将祖禹再窜化州,安世再窜梅州。嗣惇又擢王豪为转运判官使,令暗杀安世。豪立即就道,距梅州约三十里,呕血而死,安世乃得免。祖禹竟病殁贬所。惇又与蔡卞、邢恕定谋,拟将元祐变政,归罪到宣仁太后身上,竟欲做出灭伦害理的大事来。小子有诗叹道:

贼臣当国敢无天,信口诬人祸众贤。

不信奸邪如此恶,且连圣母上弹笺。

欲知章惇等如何画策,俟至下回叙明。

章惇乃第一国贼,蔡卞等特其爪牙耳。惇不入相,则奸党何由而进?冤狱何由而兴?人谓刘婕妤意图夺嫡,乃有孟后之废,吾谓婕妤何能废后?废后者非他,贼惇是也。人谓绍述之议,创自杨畏、李清臣,由绍述而罪元祐诸臣,乃有钩党之祸,吾谓杨畏、李清臣,何能尽逐元祐诸臣?逐元祐诸臣者非他,贼惇是也。废后不足,尽黜诸贤,妨贤不足,且欲上诬宣仁,是可忍,孰不可忍乎?呜呼章惇,阴贼险狠,较莽、操为尤甚,欲穷其罪,盖几罄竹难书矣。故读此回而不发指者,吾谓其亦无人心。

第十一回

拓边防谋定制胜
窃后位喜极生悲

　　却说章惇、蔡卞等，欲诬宣仁太后，遂与邢恕、郝随等定谋，只说司马光，刘挚、梁焘、刘大防等，曾勾通崇庆宫内侍陈衍，密谋废立。崇庆宫系宣仁太后所居，陈衍为宫中干役，时已得罪，发配朱崖。尚有内侍张士良，从前亦与衍同职，外调郴州。章惇遣使召还，令蔡京、安惇审问。京、惇高坐堂上，旁置鼎镬刀锯，非常严厉，方召士良入讯，大声语道：“你肯说一有字，即还旧职，若讳有为无，国法具在，请你一试！”全是胁迫。士良仰天大哭道：“太皇太后不可诬，天地神祇不可欺，士良情愿受刑，不敢妄供！”京等胁逼再三，士良抵死不认。好士良。京与惇无供可录，只奏衍疏隔两宫，斥逐随龙内侍刘瑗等人，翦除人主心腹羽翼，谋为大逆，例应处死！哲宗神志颠倒，居然批准下来，章惇、蔡卞遂擅拟草诏，呈入御览，议废宣仁为庶人。哲宗在灯下展览，正在迟疑未决，忽有内侍宣太后旨，传帝入见。哲宗即往谒太后，太后道：“我曾日侍崇庆宫，天日在上，哪有废立的遗言？我刻已就寝，猝闻此事，令我心悸不休。试想宣仁太后，待帝甚厚，尚有不测的变动，他日还有我么？”言下带着惨容。哲宗连称不敢，既而退还御寝，即将惇、卞拟诏，就灯下毁去。郝随在旁窥见，即往告惇、卞。次日，惇、卞再行具状，坚请施行，哲宗不待阅毕，已勃然怒道：“汝等不欲朕入英宗庙么？”撕奏掷地，事乃得寝。既知惇、卞虚诬，奈何尚不加罪？这且慢表。

且说哲宗元符元年，夏主秉常病殂，子乾顺嗣立，遣使至汴都告哀。哲宗仍册封乾顺为夏王，乾顺申谢封册，并归永乐俘虏。当时曾给还四寨，令彼此画界自守，夏人得步进步，屡思侵轶界外，所以画界问题，始终未定。不过元祐年间，宋廷称治，夏人尚不敢深扰，至绍圣改元，屡求塞门二寨，愿以兰州边境为易，廷议不许。绍圣三年，乾顺奉母梁氏，**秉常母姓梁，乾顺母亦姓梁。**率众五十万，大入鄜延，西自顺宁招安寨，东自黑水、安定，中自塞门、龙安、金明以南，二百里间，烽烟不绝。乾顺子母，亲督桴鼓，纵骑四掠，前队攻金明，后队驻龙安，宋将调集边兵，掩击夏人，反为所败，金明被陷，守兵二千五百人，尽行陷没，只五人得脱。城中粮五万石，草十万束，统被掠去，将官张舆战死。时吕惠卿调任鄜延经略使，正拟请诸路出兵，往援金明，忽由夏人放还俘卒，颈上置有一书，两手尚被缚着。当经惠卿左右，替他解缚，并取来书呈上。惠卿当然展阅，但见书中略云：

> 夏国昨与朝廷议疆场事，唯小有不同，方行理究，不意朝廷改悔，却于坐团铺处立界。本国以恭顺之故，亦黾勉听从，亦于境内立数堡以护耕。而鄜延出兵，悉行平荡，又数数入界杀掠，国人共愤，欲取延州。终以恭顺，止取金明一寨，以示兵锋，终不失臣子之节也。**调侃语。**

惠卿览毕，问明还卒，方知夏人已经退去，乃将来书赍送枢密院，院吏匿不上闻。越年，知渭州章楶，献平夏策，请筑城葫芦河川，扼据形胜，严拒夏人。楶与章惇同宗，接得此书，称为奇计。当即请命哲宗，依议施行。**与宰相同宗，自有好处。**楶遂檄令熙河、秦凤、环庆、鄜延四路人马，缮理他寨数十所，佯示怯弱，自率兵备齐板筑，竟出葫芦河川，造起两座城墙；一座在石门峡江口，一座在好水河北面。端的是据山为城，因河为池。夏人闻章楶筑寨，即来袭击，被章楶设伏掩杀，驱退夏人。二旬又二日，筑城告竣，取名平夏城灵平寨，当下拜表上闻。章惇遂请绝夏人岁赐，命沿边诸路，择视要隘，次第筑城，共五十余所。**总不免劳民伤财。**于是鄜延经略使吕惠卿，乘势图功，疏请诸路合兵，出讨夏罪。哲宗立即批准，并饬河东、环庆各军，尽听惠卿节制。惠卿遣将官王愍，攻夺宥州，嗣复奏筑威戎、威羌二城。诏进惠卿银紫光禄大夫，其余筑城诸将士，爵赏有差。到了元符元年冬季，夏人复寇平夏城，章楶仍用埋伏计，就城外十里间，三覆以待，命偏将折可适带领前军，向前诱敌，只准败，不准胜。夏将嵬名阿理，**一译作咸明阿密**。素有勇名，仗着一身膂力，超跃而来。折可适率军拦截，不到数合，便即奔回。嵬名阿理不知是计，急麾军追赶，后队的夏监军，名叫妹勒都逋，**一译作穆尔图卜**。闻先锋得胜，也鼓勇随来。章楶在山冈遥望，见夏兵被折可适诱入，已到第二层伏兵境内，当即燃炮为号，一声爆响，伏兵齐起，把夏兵冲作数段。嵬名阿理尚不知死活，只管舞动大刀，东挑西拨，宋军奋力兜拿，一时恰不能近身。章楶命弓弩手一齐注射，箭如飞蝗，饶你夏先锋力大无穷，熬不住数支箭镞，顿时中矢落马，被宋军活捉住了。妹勒都逋也被第三层伏兵围住，舍命冲突，竟不能脱，只好束手受擒。夏兵大败，死亡过半。**章楶好算能军**。这次战胜夏人，所有夏国精锐，多半陷没，夏人为之气夺。

章楶飞书奏捷，哲宗御紫宸殿受贺。章惇请乘胜平夏，令章楶便宜行事。楶乃创设西安州，并添筑荡羌、天都、临羌、横岭诸寨，及通会、宁韦、定戎诸堡，着着进逼。夏主乾顺不禁畏惧，复值国母梁氏身亡，越觉乏人主张，遂遣使向辽乞援。辽遣签书枢密院事萧德崇至宋，代为议和，诏令郭知章持书复辽，略言："夏人若果出至诚，悔过谢罪，应当予以自新，再修前好。"于是夏主遣使告哀，上表谢过，朝议许夏通好，令再进誓表，仍给岁赐，西陲少安。

未几，又有吐蕃战事。自王韶倡复河湟，蒵归木征，因功封枢密副使后，旋与王安石有隙，出知洪州，未几遂死。韶将死时，生一背疽，终日闭目奄卧，尝延医就诊，医请开眼鉴色，韶谓一经开眼，即有许多斩头截脚等人，立在眼前，所以眼中无病，也不敢开。医生知为果报，勉强用药，敷衍数日，疽溃而亡。**为好杀者戒，故特补叙**。时人闻韶暴死，相戒开边。唯元祐二年，岷州将种谊复洮州，执吐蕃部族鬼章等，**鬼章一译作果庄**。槛送京师。鬼章本熙河首领，王韶定熙河，尝请封鬼章为刺史，鬼章总算投诚。会保顺军节度使董毡病卒，养子阿里骨嗣位。**阿里骨一译作额尔古**。阿里骨诱使鬼章，入据洮河。至鬼章被擒，哲宗加恩赦宥，遣居秦州，令招子结吒龊，及部属自赎。阿里骨颇也知惧，上表谢罪，诏令照常纳贡，不再加兵。阿里骨旋死，传子辖征，**一译作辖戬**。辖征暴虐，部曲携贰，大酋沁牟钦毡**一译作星摩沁占**。等，阴蓄异谋，虑辖征叔父苏南党征，雄武过人，不为所制，遂日进谗言，哄动辖征加罪叔父。辖征昏愦异常，竟将叔父杀死，且翦灭余党，独篯罗结—一译作沁鲁克节。投奔溪巴温。—一译作希卜温。溪巴温系董毡疏族，曾居陇逋部，役属土人，篯罗结奔至，为溪巴温设法略地，与他长子杓栎，攻入辖征属境，夺据溪哥城。辖征出兵掩讨，攻杀杓栎，篯罗结转奔河州。洮西安抚使兼知河州王赡，收为臂助，密议攻取青唐，献策朝廷。章惇正贪功黩武，力言此议可行，于是王赡遂引军趋邈川。邈川为青唐要口，辖征虽设兵防守，猝闻王赡军至，不及预防，吓得仓皇失措。王赡督兵攻城，并射书招降。守兵知不可支，情愿投顺，遂开城迎纳赡军。辖征在青唐闻报，慌忙调兵抵敌，哪知号令不灵，无人听命，他穷急无法，不得已单身潜出，竟至邈川乞降。赡收纳辖征，露布奏捷，诏命胡宗回统领熙河，节制诸部。王赡以功由己立，不蒙特赏，反来一胡宗回，权出己上，心中很是不平，乃逗兵不进。沁牟钦毡等竟迎溪巴温入青唐，立木征子陇栎—一译作隆咱尔。为主，势焰复炽。宗回督赡进攻，赡尚未肯受命，寻由朝旨催促，赡乃进薄青唐。陇栎及沁牟钦毡，因急切无从固守，勉强出降。为后文伏笔。赡遂入据青唐城，驰书奏闻，诏改青唐为鄯州，命王赡知州事。邈川为湟州，命王厚知州事。当时中外智士，已料二酋乞降，非出本心，将来必有变动，不但青唐不能久据，就是邈川亦恐不可守。王赡等但顾目前，未遑后计，哪里防到后文这一着哩？这且待后再详。

且说哲宗废去孟后，未免自悔，蹉跎三年，未闻继立中宫。刘贤妃日夕觊望，格外献媚，终不得册立消息，再嘱内侍郝随、刘友端，并首相章惇，内外请求，亦不见允，累得这位刘美人，徬徨忧虑，怅断秋波，就中只有一线希望，乃是后宫嫔御，未育一男，哲宗年早逾冠，尚乏储嗣，若得诞生麟儿，这中宫虚悬的位置，不属刘妃，将属何人？天下事无巧不成话，那刘妃果然怀妊，东祷西祀，期得一子，至十月满足，临盆分娩，竟产下一位郎君，这番喜事，非同小可，刘妃原是心欢，哲宗亦甚快慰。于是宫廷章奏，一日数上，迭请立刘妃为后。哲宗乃命礼官备仪，册立刘氏为皇后，右正言邹浩，抗疏谏阻道：

立后以配天子，安得不审？今为天下择母，而所立乃贤妃，一时公议，莫不疑惑，诚以国家自有仁宗故事，不可不遵用之尔。盖郭后与尚美人争宠，仁宗既废后，并斥美人，所以示公也。及立后则不选于妃嫔，而卜于贵族，所以远嫌，所以为天下后世法也。陛下之废孟氏，与郭后无以异，果与贤妃争宠而致罪乎？抑亦不然也？二者必居一于此矣。孟氏垂废之初，天下孰不疑立贤妃为后，及请诏书，有"别选贤族"之语，又闻陛下临朝慨叹，以为国家不幸。至于宗景立妾，怒而罪之，于是天下始释然不疑，今竟立之，岂不上累圣德？臣观白麻所言，不过称其有子，及引永平、祥符事以为证，臣请论其所以然：若曰有子可以为后，则永平贵人，未尝有子也，所以立者，以德冠后宫故也。祥符德妃，亦未尝有子，所以立者，以钟英甲族故也。又况贵人实马援之女，德妃无废后之嫌，迥与今日事体不同，顷年冬，妃从享景灵宫，是日雷变甚异，今宣制之后，霖雨飞霆，自奏告天地宗庙以来，阴霾不止。上天之意，岂不昭然？考之人事既如彼，求之天意又如此，望不以一时致命为难，而以万世公议为可畏。追停册礼，如初诏行之。

哲宗览奏至此，即召邹浩入问道："这也是祖宗故事，并非朕所独创哩。"浩对道："祖宗大德，可法甚多，陛下未尝遵行，乃独取及小疵，恐后世难免遗议呢。"哲宗闻言变色，至邹浩退朝，再阅浩疏，踌躇数四，若有所思，因将原疏发交中书，饬令复议。看官！试想废后立后，多半是章惇构成，此次幸已成功，偏来了一个邹浩，还想从旁挠阻，哪得不令惇忿恨？当下极端痛诋，力斥邹浩狂妄，请加严惩！哲宗本是个没主意的傀儡，看到惇疏，又觉邹浩多言，确是有罪，遂将他削职除名，羁管新州。尚书右丞黄履入谏道："浩感陛下知遇，犯颜纳忠，陛下反欲置诸死地，此后盈廷臣子，将视为大戒，怎敢与陛下再论得失呢？愿陛下改赐善地，毋负孤忠！"强盗也发善心么？哲宗不从，反出履知亳州。

先是阳翟人田画，为前枢密使田况从子，议论慷慨，与邹浩友善，互相砥砺。元符中，画入监京城门，往语浩道："君为何官？此时尚作寒蝉仗马么？"浩答道："待得当进言，勉报君友。"至刘后将立，画语僚辈道："志完再若不言，我当与他绝交了。"志完即邹浩表字，及浩以力谏得罪，画已病归许邸，闻浩出京，力疾往迎。浩对他流涕，画正色道："志完太没气节了。假使你隐默不言，苟全禄位，一旦遇着寒疾，五日不出汗，便当死去，岂必岭海外能死人么？古人有言：'烈士徇名。'君勿自悔前事，恐完名全节的事情，尚不止此哩。"浩乃爽然谢教。浩有母张氏，当浩除谏官时，曾面嘱道："谏官责在规君，你果能竭忠报国，无愧公论，我亦喜慰，你不必别生顾虑呢。"宗正寺簿王回，闻浩母言，很是感叹。及浩南迁，人莫敢顾，回独集友醵资，替浩治装，往来经理，且慰安浩母。逻卒以闻，被逮系狱。回从容对簿，御史问回曾否通谋？回慨然道："回实与闻，怎敢相欺？"遂诵浩所上章疏，先后约二千言，狱上除名。回即徒步出都，坦然自去。浩有贤母，并有贤友，亦足自慰。

哲宗因册后诏下，择日御文德殿，亲授刘后册宝。礼成，宫廷庆贺，欢宴数日。蛾眉不肯让人，狐媚竟能惑主，数年怨忿，一旦销除，正是吐气扬眉，说不尽的快活。哪知福兮祸伏，乐极悲生，刘后生子名茂，才经二月有余，忽生了一种奇疾，终日啼哭，饮食不进，太医都不能疗治，竟尔夭逝。刘后悲不自胜，徒唤奈何。人力尚可强为，天命如何挽救？偏偏福无双至，祸不单行，皇子茂殇逝后，哲宗也生起病来，好容易延过元符二年，到了三年元日，卧床不起，免朝贺礼。御医等日夕诊视，参苓杂进，龟鹿齐投，用遍延龄妙药，终不能挽回寿数。正月八日，哲宗驾崩，享年只二十有五。总计哲宗在位，改元二次，阅一十五年。小子有诗叹道：

> 治乱都缘主德分，不孙不子不成君。
> 宫闱更乏刑于化，宋室从兹益泯棼。

哲宗已崩，尚无储贰，不得不请出向太后，定议立君。究竟何人嗣位，待至下回说明。

夏主乾顺，冲年嗣立，即奉母梁氏，率兵五十万寇边，其藐宋也实甚。纵还俘卒，贻书惠卿，语多调侃，彼心目中岂尚有上国耶？章楶定计筑寨，连破夏众，擒悍寇，翦夏卒，虽不免劳师费财，而夏人夺气，悔罪投诚，西陲得无事者数年，楶之功固有足多者。若夫王赡之议取青唐，情形与西夏不同，夏敢寇边，其曲在夏，青唐虽自相残害，于宋无关得失，贸贸然兴兵出塞，据邈川，入青唐，侥幸取胜，曾亦思取之甚易，守之实难乎？然则章楶、王赡同一用兵，而功过之辨，固自判然，正不待下文之得而复失，始知其未克有成也。刘妃专宠，竟得册立，邹浩力谏不从，为刘氏计，乐何如之？然子茂遽天，哲宗旋逝，天下事以阴谋窃取，侥幸成功者，终未能长享幸福，人亦何不援以自鉴耶？吉凶祸福，凭之于理，世有循理而乏善报者，未有蔑理而成善果者也。

第十二回

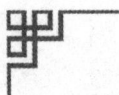

承兄祚初政清明
信阉言再用奸慝

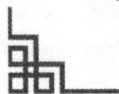

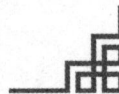

　　却说哲宗驾崩，向太后召入辅臣，商议嗣君。因泣对群臣道："国家不幸，大行皇帝无嗣，亟应择贤继立，慰安中外。"章惇抗声道："依礼律论，当立母弟简王似。"向太后道："老身无子，诸王皆神宗庶子，不能这般分别。"惇复道："若欲立长，应属申王佖。"太后道："申王有目疾，不便为君，还是端王佶罢。"惇又大言道："端王轻佻，不可君天下。"轻佻二字，恰是徽宗定评，不得以语出章惇，谓为诬妄。曾布在旁叱惇道："章惇未尝与臣等商议，如皇太后圣谕，臣很赞同。"蔡卞、许将亦齐声道："合依圣旨。"太后道："先帝尝谓端王有福寿，且颇仁孝，若立为嗣主，谅无他虞。"哲宗原是不哲，向太后亦失人了。章惇势处孤立，料难争执，只好缄口不言。乃由太后宣旨，召端王佶入宫，即位枢前，是为徽宗皇帝。曾布等请太后权同处分军国重事，太后谓嗣君年长，不必垂帘。徽宗泣恳太后训政，移时乃许。徽宗系神宗第十一子，系陈美人所生，神宗崩，陈氏尝守陵殿，哀毁致亡。徽宗既立，追尊为皇太妃，并尊先帝后刘氏为元符皇后，授皇兄申王佖为太傅，进封陈王，皇弟莘王俣为卫王，简王似为蔡王，睦王偲为定王，特进章惇为申国公，召韩忠彦为门下侍郎，黄履为尚书左丞，立夫人王氏为皇后，后系德州刺史王藻女，元符二年归端邸，曾封顺国夫人。于是徽宗御紫宸殿，受百官朝觐。韩忠彦首陈四事：

（一）宜广仁恩；（二）宜开言路；（三）宜去疑似；（四）宜戒用兵。太后览疏，很是嘉许。适值吐蕃复叛，青唐、邈川相继失守，太后感忠彦言，不愿穷兵，遂决计弃地，贬黜边臣。

原来王赡留守青唐，纵兵四掠，羌众都有怨言。沁牟钦毡纠众谋叛，被赡击破，尽戮城中诸羌，积尸如山。篯罗结因此生贰，诡言归抚本部，赡信以为真，听他自去，他遂招集千余人，围攻邈川，一面向夏乞援。夏人即发兵助攻，邈川危甚，青唐亦受影响。赡恐被叛羌隔断，遽弃了青唐，率兵东归。王厚亦守不住邈川，飞章告警。那朝旨接连颁下，先谪王赡至昌化军，继谪王厚至贺州，连胡宗回亦夺职知蕲州，仍将鄯州即青唐。给还木征子陇枒，授河西军节度使，赐姓名曰赵怀德。陇枒弟赐名怀义，为廓州团练使，同知湟州。即邈川。加辖征校尉太傅，兼怀远军节度使。王赡以前功尽弃，且遭贬窜，免不得悔愤交迫，惘惘然行到穰县，自觉程途辛苦，越想越恼，竟投缳自尽了。死由自取，夫复谁尤？

未几，已是暮春时候，司天监步算天文，谓四月朔当日食，诏求直言。筠州推官崔鸥上书言事，略云：

比闻国家以日食之异，询求直言，伏读诏书，至所谓"言之失中，朕不加罪"。盖陛下披至情，廓圣度，以求天下之言如此，而私秘所闻，不敢一吐，是臣子负陛下也。方今政令烦苛，民不堪扰，风俗险薄，法不能胜，未暇——陈之，而特以判左右之忠邪为本。臣生于草莱，不识朝廷之士，但闻左右有指元祐诸臣为奸党者，必邪人也，使汉之党锢，唐之牛、李之祸，将复见于今日，可骇也。夫毁誉者朝廷之公议，故责授朱崖军司户司马光，左右以为奸，而天下皆曰忠；今宰相章惇，左右以为忠，而天下皆曰奸。此何理也？夫乘时抵巇以盗富贵，探微揣端以固权宠，谓之奸可也。苞苴满门，私谒踵路，阴交不轨，密结禁廷，谓之奸可也。以奇技淫巧荡上心，以倡优女色败君德，独操刑赏，自报恩怨，谓之奸可也。蔽遮主听，排斥正人，微言者坐以刺讥，直谏者陷以指斥，以杜天下之言，掩滔天之罪，谓之奸可也。凡此数者，光有之乎？惇有之乎？夫以佞为忠，必以忠为佞，于是乎有谬赏乱罚，赏谬罚滥，佞人徜徉，如此而国不乱，未之有也。光忠信直谅，闻于华夷，虽古名臣未能过，而谓之奸，是欺天下也。至如惇狙诈凶险，天下士大夫呼曰惇贼，贵极宰相，人所具瞻，以名呼之，又指为贼，岂非以其孤负主恩，玩窃国柄，忠臣痛愤，义士不服，故贼而名之耶？京师语曰："大惇小惇，殃及子孙。"谓惇与御史中丞安惇也。小人譬之蝮蝎，其凶忍害人，根乎天性，随遇必发，天下无事，不过贼陷忠良，破碎善类，至缓急危疑之际，必有反复卖国，跋扈不臣之心。比年以来，谏官不论得失，御史不劾奸邪，门下不驳诏令，共持喑默以为得计。昔李林甫窃相位，十有九年，海内怨痛，而人主不知，顷邹浩以言事得罪，大臣拱手观之，同列无一语者，又从而挤之。夫以股肱耳目，治乱安危所系，而一切若此，陛下虽有尧舜之聪明，将谁使言之？谁使行之？夫日阳也，食之者阴也，四月正阳之月，阳极盛，阴极衰之时，而阴干阳，故其变为大。唯陛下畏天威，听民命，大运乾纲，大明邪正，毋违经义，毋郁民心，则天意解矣。若夫伐鼓用币，素服彻乐，而无修德善政之实，非所以应天也。臣越俎进言，固知忌讳，陛下怜其愚诚而俯采之，则幸甚！

徽宗览毕，顾左右道："鷗一微官，乃能直言无隐，倒也不可多得呢。"**备录鷗疏，亦见此意。**遂下诏嘉奖，擢鷗为相州教授，复进龚夬为殿中侍御史，召陈瓘、邹浩为左右正言。安惇入奏道："邹浩复用，如何对得住先帝？"徽宗勃然道："立后大事，中丞不言，独浩敢言，为什么不可复用呢？"**初志却是清明。**惇失色而退。陈瓘遂劾惇诳惑主听，妄骋私见，若明示好恶，当自惇始，乃出安惇知潭州。复哲宗废后孟氏为元祐皇后，自瑶华宫还居禁中。升任韩忠彦为尚书右仆射，兼中书侍郎，李清臣为门下侍郎，蒋之奇同知枢密院事。

忠彦请召还元祐诸臣，诏遣中使至永州，赐范纯仁茶药，传问目疾，并令徙居邓州。纯仁自永州北行，途次复接诏命，授观文殿大学士。制词中有四语云："岂唯尊德尚齿，昭示宠优，庶几鲠论嘉谋，日闻忠告。"纯仁泣谢道："上果欲用我呢，死有余责。"至纯仁已到邓州，又有诏促使入朝。纯仁乞归养疾，乃诏范纯礼为尚书右丞。苏轼亦自昌化军移徙廉州，再徙永州，更经三赦，复提举玉局观，徙居常州。未几，轼即病殁。轼为文如行云流水，虽嬉笑怒骂，尽成文章，当时号为奇才。唯始终为小人所忌，不得久居朝列，士林中尝叹息不置。徽宗又诏许刘挚、梁焘归葬，录用子孙，并追复文彦博、司马光、吕公著、吕大防、刘挚、王珪等三十三人官阶。用台谏等言，贬蔡卞为秘书少监，分司池州，安置邢恕于舒州。向太后见徽宗初政，任贤黜邪，内外无事，遂决意还政，令徽宗自行主持，乃于七月中撤帘。总计训政期间，不过六月，好算一不贪权势、甘心恬退的贤后了。<u>应加褒美。</u>

宋室成制，每遇皇帝驾崩，必任首相为山陵使，章惇例得此差，八月间哲宗葬永泰陵，灵舆陷泥淖中，越宿乃行。台谏丰稷、陈次升、龚夬、陈瓘等，劾惇不恭，乃罢知越州。惇既出都，陈瓘申劾："惇陷害忠良，备极惨毒，中书舍人蹇序辰，及出知潭州安惇，甘作鹰犬，肆行搏噬，应并正典刑。"诏除蹇序辰、安惇名，放归田里，贬章惇为武昌节度副使，安置潭州。蔡京亦被劾夺职，黜居杭州。林希也连坐削官，徙知扬州。韩忠彦调任首相，命曾布继忠彦任，布初附章惇，继与惇异趋，力排绍圣时人，因此得为宰辅。时议以元祐、绍圣，均有所失，须折衷至正，消释朋党，乃拟定年号为建中，复因建中为唐德宗年号，不应重袭，特于建中二字下，添入靖国二字；遂颁诏改元，以次年为建中靖国元年。到了正月朔日，徽宗临朝受贺，百官跄跄济济，齐立朝班，正在行礼的时候，忽有一道赤气，照入殿庑，自东北延至西南，仿佛与电光相似，赤色中复带着一股白光，缭绕不已，大家统是惊讶。至礼毕退朝，各仰望天空，赤白气已是将散，只旁有黑祲，还是未退，于是群相推测，议论纷纷。独右正言任伯雨，谓年当改元，时方孟春，乃有赤白气起自空中，旁列黑祲，恐非吉兆。遂夤夜缮疏，极陈阴阳消息的理由，大旨谓："日为阳，夜为阴，东南为阳，西北为阴，赤为阳，黑与白为阴，朝廷为阳，宫禁为阴，中国为阳，夷狄为阴，君子为阳，小人为阴，今天象告变，恐有宫禁阴谋，以下犯上；且赤散为白，白色主兵，或不免夷狄窃发等事。望陛下进忠良，黜邪佞，正名分，击奸恶，务使上下同心，中外一体，庶几感格天心，灾异可变为休祥了。"<u>暗为后文写照。</u>次日拜本进去，没有什么批答出来。那宫禁中却很是忙碌，探问内侍，系是向太后遇疾，已近弥留，伯雨乃不复申奏。过了数日，向太后竟尔归天，寿五十有六。太后素抑置母族，所有子弟，不使入选，徽宗追怀母泽，推恩两舅，一名宗良，一名宗回，均加位开府仪同三司，晋封郡王，连太后父向敏中以上三世，亦追授王爵，这也是非常恩数呢。太后既崩，尊谥钦圣宪肃，葬永裕陵，复追尊生母陈太妃为皇太后，亦上尊谥曰钦慈。唯哲宗生母尚存，徽宗奉事唯谨，再越一年方卒，谥曰钦成皇后，与陈太后同至永裕陵陪葬，这却不必叙烦。

且说向太后升遐时，范纯仁亦病殁家中，由诸子呈入遗表，尚是纯仁亲口属草，劝徽宗清心寡欲，约己便民，杜朋党，察邪正，毋轻议边事，毋好逐言官，并辨明宣仁诬谤，共计八事。徽宗览表叹息，诏赙白金三十两，赠开府仪同三司，赐谥忠宣。范仲淹四子中，纯仁德望素著，卒年七十五。**褒美贤臣，备详生卒。**先是徽宗召见辅臣，尝问纯仁安否，以不得进用为憾。至纯仁已逝，任伯雨追论纯仁被黜，祸由章惇，应亟寘重典，内有最紧要数语云：

> 章惇久窃朝柄，迷国罔上，毒流播绅，乘先帝变故仓卒，辄逞异志，向使其计得行，将置陛下与皇太后于何地？若贷而不诛，则天下大义不明，大法不立矣。臣闻北使言，去年辽主方食，闻中国黜惇，放箸而起，称善者再。谓南朝错用此人，北使又问何为只若是行遣？以此观之，不独孟子所谓国人皆曰可杀，虽蛮貊之邦，莫不以为可杀也。

这疏上去，总道徽宗即加罪章惇，不意静待数日，尚不见报。伯雨接连申奏，章至八上，仍无消息，**徽宗已易初志。**乃与陈瓘、陈次升等商议，令他联衔具奏，申论惇罪。两陈即具疏再进，乃贬惇为雷州司户参军。从前苏辙谪徙雷州，不许占居官舍，没奈何赁居民屋，惇又诬他强夺民居，下州究治，幸赁券所载甚明，无从锻炼，因得免议。至惇谪雷州，也欲向民僦居，州民无一应允。惇诘问原因，州民道："前苏公来此，为章丞相故，几破我家，所以不敢再允。"惇惭沮而退。**自作自受，便叫作现世报。**方惇入相时，妻张氏病危，语惇道："君作相，幸勿报怨。"**七字可作座右铭。有善必录，是书中本旨。**惇不能从。及张氏已殁，惇屡加悲悼，且语陈瓘道："悼亡不堪，奈何？"瓘答道："徒悲无益，闻尊夫人留有遗言，如何不念？"惇不能答，至是已追悔无及。旋改徙睦州，病发即死。

曾布本主张绍述，不过与惇有嫌，坐视贬死，嗫不一言。既得专政，当然故态复萌，仍以绍述为是。任伯雨司谏半年，连上一百零八篇奏疏，布恨他多言，调伯雨权给事中，并遣人密劝伯雨，少从缄默，当令久任。伯雨不听，抗论益力，且欲上疏劾布。布预得消息，即徙伯雨为度支员外郎。尚书右丞范纯礼，沈毅刚直，为布所惮，乃潜语驸马都尉王诜道："上意欲用君为承旨，范右丞从旁谏阻，因此罢议。"诜遂衔恨胸中。会辽使来聘，诜为馆待员，纯礼主宴，及辽使已去，诜遂借端进谗，诬纯礼屡斥御名，见笑辽使，失人臣礼。徽宗也不问真假，竟出纯礼知颍昌府。嗣又罢左司谏江公望，及权给事中陈瓘，连李清臣也为布所嫌，罢门下侍郎，朝政复变，绍述风行，又引出一位大奸巨慝，入紊皇纲，看官道是何人？就是前翰林学士承旨蔡京。京被徙至杭州，正苦无事，日望朝廷复用，适来了一个供奉官，姓童名贯，为杭州金明局主管，奉诏南下。京遂与他结纳，联为密友，朝征暮逐，狼狈相依。徽宗性好书画，及玩巧诸物，贯承密旨采办，京能书工绘，遂刻意加工，画就屏障扇带，托贯进呈，并代购名人书画，加入题跋，或竟冒己名。一面赂贯若干财帛，乞他代为周旋。贯遂密表揄扬，谓京实具大才，不应放置闲地。至返都后，复联络太常博士范致虚，及左阶道录徐知常，代京说项。知常尝挟符水术，出入元符皇后宫中，因得谒侍徽宗，屡言京有相才。贯又替京遍赂宦官宫妾，大家得些好处，自然交口誉京，不由徽宗不信，乃起京知定州，改任大名府。继而曾布与韩忠彦有嫌，至欲引京自助，乃荐京仍为翰林学士承旨。京入都就职，私望很奢，意欲将韩、曾二相一律排斥，自己方好专政。会邓绾子洵武入为起居郎，与京有父执谊，因串同一气，日夕往来。可巧徽宗召对，洵武遂乘间进言道："陛下乃神宗子，今相忠彦，乃韩琦子，神宗变法利民，琦尝以为非，今忠彦改神宗法度，是忠彦做了人臣，尚能绍述父志，陛下身为天子，反不能绍述先帝么？"牵强已极。徽宗不觉动容。洵武复接口道："陛下诚继志述事，非用蔡京不可。"徽宗道："朕知道了。"洵武趋退后，复作一爱莫能助之图以献。图中分左右两表，左表列元丰旧臣，蔡京为首，下列不过五六人。右表列元祐旧臣，如满朝辅相公卿百执事，尽行载入，差不多有五六十人。徽宗以元祐党多，元丰党少，遂疑及元祐诸臣，朋比为奸，竟欲出自特知，举蔡京为宰辅了。正是：

宿雾渐消天欲霁，层阴复沍日重霾。

徽宗欲重用蔡京，当然有一番黜陟，待至下回表明。

牝鸡司晨，唯家之索，而宋独反是。有宣仁太后临朝，而始得哲宗之初政。有钦圣太后临朝，而始得徽宗之初政。是他史以母后临朝为忧，而《宋史》独以母后不久临朝为憾，是亦一奇事也。徽宗亲政，虽黜逐首恶，而曾布尚存，恶未尽去。且欲调和元祐、绍圣诸臣，以致贤奸杂进，曾亦思薰莸异器，泾渭殊流，天下无贤奸并立之理，贤者或能容奸，而奸人断不能容贤乎？蔡京结纳童贯，赂托宫廷，内外俱为揄扬，尚不过迁调北镇，至布嫉忠彦，欲引京自助，乃入为翰林学士承旨，人谓进蔡京者童贯，吾谓进蔡京者实曾布也。导狼入室，必为狼噬，布亦可以已乎！

第十三回

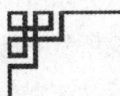

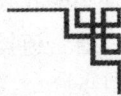

端礼门立碑诬正士
河湟路遣将复西蕃

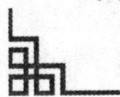

　　却说徽宗既信邓洵武言，欲重用蔡京，且因京入都陈言，力请绍述，遂再诏改元，定为"崇宁"二字，隐示尊崇熙宁的意思。擢洵武为中书舍人给事中，兼职侍讲，复蔡卞、邢恕、吕嘉问、安惇、蹇序辰官，罢礼部尚书丰稷，出知苏州，再罢尚书左仆射韩忠彦，出知大名府，追贬司马光、文彦博等四十四人官阶，籍元祐、元符党人，不得再与差遣。又诏司马光等子弟，毋得官京师。进许将为门下侍郎，许益为中书侍郎，蔡京为尚书左丞，赵挺之为尚书右丞。自韩忠彦去位，唯曾布当国，力主绍述，因此熙丰邪党，陆续进用。蔡京亦由布引入，但京本与布有隙，反日夜图布，阴作以牛易羊的思想，布亦稍稍觉着，怎奈京已深得主眷，一时无从摈逐，只好虚与委蛇。京得任尚书左丞，居然在辅政地位，所有一切政事，布欲如何，京必反抗，所以常有龃龉。会布拟进陈佑甫为户部侍郎，佑甫系布婿父，与布为儿女亲家，京遂乘隙入奏道："爵禄乃是公器，奈何使宰相私给亲家？"语甚中听。布愤然道："京与卞系是兄弟，如何亦得同朝？佑甫虽系布亲家，但才足胜任，何妨荐举。"京冷笑道："恐未必有才呢。"布益怒道："京以小人心，度君子腹，怎见得佑甫无才呢？"同一小人，何分彼此？说至此，声色俱厉。温益从旁叱布道："布在上前，怎得无礼？"布尚欲还叱温益，但见徽宗已面带愠色，拂袖退朝，乃悻悻趋出。殿中侍御史钱俶，即于次日呈入弹文，略言："曾布援元祐奸党，挤绍圣忠贤。"当有诏罢布为观文殿大学士，出知润州。布初由王安石荐引，阿附安石，胁制廷臣，至哲宗亲政，始助章惇，继排章惇；徽宗嗣立，章惇被逐，布为右揆，欲并行元祐、绍圣诸政，乃逐蔡京。嗣与韩忠彦有隙，又引京自助，至是终为京所排，落职出外。时人谓杨三变后，无过曾布。看官道杨三变为何人？就是前文所叙的杨畏。畏在元丰间，附安石等，元祐间，附吕大防等，绍圣间，附章惇等，后被谏官孙谔所劾，号他为杨三变，出知虢州。插入杨畏，补上文所未逮。布始终奸邪，机变益多，且曾居宰辅，比杨三变尤为厉害，《宋史》编入奸臣传，与二惇、二蔡并列，也算是名不虚传呢。力斥奸邪。

布既被斥，蔡京当然入相，即受命为尚书左仆射，兼中书侍郎。京入谢，徽宗赐坐延和殿，并面谕道："神宗创法立制，先帝继志述事，中遇两变，国是未定，朕欲上述父兄遗志，卿将何以教朕？"教你亡国何如？京避座顿首道："敢不尽死。"京既得志，遂禁用元祐法，复绍圣役法，仿熙宁条例司故事，就在都省置讲议司，自为提举讲议，引用私党吴居厚、王汉之等十余人为僚属，调赵挺之为尚书左丞，张商英为尚书右丞，凡一切端人正士，及与京异志，概目为元祐党人，尽行贬斥。就是元符末年疏驳绍述等人，亦均称为奸党，一律镌名刻石，立碑端礼门，这碑叫作"党人碑"，内列一百二十人，乃是蔡京请徽宗御书，照刊石上。姓名列下：

司马光	文彦博	吕公著	吕公亮	吕大防	刘挚
范纯仁	韩忠彦	王珪	梁焘	王岩叟	王存
郑雍	傅尧俞	赵瞻	韩维	孙固	范百禄
胡宗愈	李清臣	苏辙	刘奉世	范纯礼	安焘
陆佃					

上列为曾任宰执以下等官

苏轼	范祖禹	王钦臣	姚勔	顾临	赵君锡
马默	王蚡	孔文仲	孔武仲	朱光庭	孙觉
吴安持	钱勰	李之纯	赵彦若	赵卨	孙升
李用	刘安世	韩川	吕希纯	曾肇	王觌

范纯粹　王畏　　吕陶　　王古　　陈次升　丰稷

谢文瓘　鲜于伋　贾易　　邹浩　　张舜民

上列为待制以上等官

程颐　　谢良佐　吕希哲　吕希绩　晁补之　黄庭坚

毕仲游　常安民　孔平仲　司马康　吴诗安　张耒

欧阳棐　陈瓘　　郑侠　　秦观　　徐常　　汤戫

杜纯　　宋保国　刘唐老　黄隐　　王巩　　张保源

汪衍　　余爽　　常立　　唐义问　余卞　　李格非

商倚　　张庭坚　李祉　　陈祐　　任伯雨　朱光裔

陈郛　　苏嘉　　龚夬　　欧阳中立　吴俦　　吕仲甫

刘当时　马琮　　陈彦　　刘昱　　鲁君贶　韩跂

上列为杂官

张士良　鲁焘　　赵约　　谭稹　　王偁　　陈询

张琳　　裴彦臣

上列为内官

王献可　张巽　　李备胡

上列为武官

　　还有元符末，日食求言，当时应诏上书，不下数百本，由蔡京及私党检阅，定为正上、正中、正下三等，邪上、邪中、邪下三等。于是钟世美以下四十一人为正等，尽加旌擢，范柔中以下五百余人为邪等，降责有差，且降责人不得同州居住。**比章惇执政时，还要厉害。**从此小人道长，君子道消。昌州判官冯澥，窥伺朝旨，竟越俎上书，谓元祐皇后，不当复位，这一书正中蔡京心怀，他本由童贯贿赂宫中，密结刘后心腹，互为称扬，因得进用，孟后复位，刘后很是不快，内侍郝随等更滋疑惧，此次乘蔡京执政，重复哲宗旧规，遂暗托京再废孟后。京以事关重大，一时也不便发言，只好待机而动，凑巧冯澥呈上此议，即面请徽宗，乞交辅臣台官复奏。看官！试想这时候的辅臣台官，多半是蔡京爪牙，哪个不顺从京意？当下由御史中丞钱遹，殿中侍御史石豫、左肤等奏称"韩忠彦等，复瑶华废后，掠流俗虚美，物议本已沸腾，今至疏远小臣，亦效忠上书，天下公议，可想而知，望询考大臣，断以大义，勿为俗议所牵，致累圣朝"等语。**说不出孟后坏处，乃反谓有累圣朝，试问为何事致累耶？**蔡京遂邀集许将、温益、赵挺之、张商英数人，联衔上疏，大旨如钱遹等言。徽宗本不欲再废孟后，因被蔡京等胁迫，没奈何依议施行，撤消元祐皇后名号，再遣孟氏出居瑶华宫，且降贬韩忠彦、曾布官，追贬李清臣为雷州司户参军，黄履为祁州团练副使，安置翰林学士曾肇，御史中丞丰稷，谏官陈瓘、龚夬等十七人于远州，因他同议复后，所以连坐，擢冯澥为鸿胪寺主簿。

刘皇后私恨邹浩，复嘱郝随密语蔡京，令罪邹浩。浩自徽宗初召还，诏令入对，徽宗问谏立后事，奖叹再三，嗣复询谏草何在？浩答言："已经焚去。"及浩退朝，转告陈瓘。瓘惊语道："君奈何答称焚去，倘他时查问有司，奸人从中舞弊，伪造一缄，那时无从辨冤，恐君反因此得祸了。"**瓘有先见之明。**浩至此亦自悔失言，但已不及挽回，只好听天由命。蔡京受刘后密嘱，即令私党捏造浩疏，内有"刘后夺卓氏子，杀母取儿，人可欺，天不可欺"等语，因入呈徽宗，斥他诬瓘刘后，并及先帝。徽宗即视作真本，暴邹浩罪，立窜昭州。追册刘后子茂为太子，予谥献愍，并尊元符皇后刘氏为皇太后，奉居崇恩宫。

蔡京弟卞，以资政殿学士，擢知枢密院事。二蔡同握大权，黜陟予夺，任所欲为，复追论任伯雨等罪状，安置伯雨于昌化军，陈瓘徙连州，龚夬徙化州，陈次升徙循州，陈师锡徙郴州，陈瓘徙澧州，李深徙复州，江公望徙安南军，常安民徙温州，张舜民徙商州，马涓徙吉州，丰稷徙台州，张庭坚亦编管象州，赵挺之升中书侍郎，张商英、吴居厚为尚书左右丞，安惇复入副枢密院。既而商英与京议不合，为京所嫉，罢知亳州，排入元祐党籍。**商英得入元祐党，恐英以为辱，我以为荣。**京又自书党人姓名，分布郡县。统令刻石。有长安石工安民，充刻字役，辞不承差。府官问他情由。安民道："小民甚愚，本识立碑的命意，但如司马相公，海内统称为正直，今乃指为首奸，令小民无从索解，所以不忍镌刻呢。"**是乃所谓天下公议。**府官怒叱道："你晓得什么？朝廷有命，我等且不敢违，你既为石工，应该充役，难道敢违反朝廷么？"说至此，即旁顾皂役，命取大杖过来。安民泣禀道："被役不敢辞，但小民的姓名，乞免镌石末。"府官又叱道："你的姓名，有什么用处？哪个要你镌入？"安民乃勉强遵刻，工竣，痛哭而去。**天下之良工也。**

京乃更盐钞法，铸当十大钱，令天下坑冶金银，悉输内藏，创置京都大军器所，聚敛以示富，耀兵以夸武，遂又荐王厚、高永年为边帅，谋复湟、鄯、廓三州。自陇桴兄弟，沐赐姓名，分辖青唐、邈川等地，尚称恭顺，应前回。唯溪巴温子溪赊罗撒，一译作希卜萨罗桑。席权怙势，诱结羌众，胁逼陇桴。陇桴奔避河南。辖征也不自安，表求内徙，有诏令入居邓州。羌人多罗巴，一译作都尔本。遂拥溪赊罗撒为主，号令诸部，蟠踞西番。蔡京正欲假功张威，即上言：“王厚本有将才，前因韩忠彦等甘弃湟州，冤诬王厚，因致落职，今宜还他原秩，令复故地。还有河东蕃官高永年，足为副将，请一并录用，定卜成功。”徽宗准奏，当命王厚安抚洮西，合兵十万，指日西征。京又保举内客省使童贯，说他尝使陕右，熟悉五路事宜，及诸将能否，乞仿前朝用李宪故事，饬令监军。徽宗亦即照允，诏令童贯出监洮西军务。贯拜命就道，耀武扬威地到了湟州。王厚、高永年已调集边兵，待童贯出发，贯与王厚等会晤，遂定期出师。适禁中太乙宫失火，徽宗恐天象告警，不应用兵，即下手札止贯，飞驿递去。贯接阅后，遽纳靴中，王厚在旁问故。贯微笑道：“没甚要事，不过促使成功呢。”此即宦官擅权之渐。厚乃率军西行，途次闻多罗巴大集众羌，据险固守，遂与高永年定议，佯命驻兵中途，自偕永年带着轻骑，从间道驰入。适遇多罗巴三子，各踞要害，被王厚、高永年两路杀进，猝不及防，三子中死了二人，唯少子阿蒙，带箭而逃，还亏多罗巴来援，随与俱遁。厚遂进拔湟州，驰报捷音。

徽宗大喜，进蔡京官三等，蔡卞以下二等恩赏，追论前时弃湟州罪，贬韩忠彦为磁州团练副使，安焘为祁州团练副使，曾布为贺州别驾，范纯礼为静江军节度副使，夺蒋之奇三秩，凡曾经预议等人，俱贬黜有差。一面令熙河、兰会诸路，宣布德音，再饬王厚督大军西进。厚分军为三，命高永年将左军，别将张诚将右军，自将中军，三路并发，约会宗噶尔川，群羌列阵拒战，背临宗水，面倚北山，气势颇盛。溪赊罗撒登高指挥，居然张黄屋，建大旆，威风凛凛，单望着中军旗鼓，麾众冲来。厚号令军中，不得妄动，只准用强弓迭射，拒住羌人。羌人三进三退，锐气渐衰，厚乃潜率轻骑，从山北杀上，攻击溪赊罗撒背后。溪赊罗撒见部众不能取胜，正在心焦，拟驱马下山亲攻宋营，不防宋军从山后杀到，大呼羌酋速来受死，谷声震应，聚成一片。溪赊罗撒不知有若干人马，惊得手足无措，慌忙逃窜。羌众见主子骇奔，也即一哄而走，渡水逃生。张诚也带领右军，越川奋击，可巧天起大风，飞沙走石，宋军顺风追赶，羌众欲回头迎敌，扑面都是沙泥，连两目都被迷住，不能开眼，只好四散奔逃。厚与永年，驱兵芟薙，斩首四千三百余级，俘三千余人，溪赊罗撒单骑窜去，厚拟乘夜穷追，童贯以为不能及，乃收军扎营。次日进薄鄯州，溪赊罗撒知不可守，复子身远逸。其母龟慈公主，带着诸酋，开城迎降。厚再率大兵趋廓州，羌酋落施军令结，**一译作喇什钧棱节。**亦率众投诚，于是鄯、湟、廓三州，一并克复。

捷书迭达都中，蔡京率百官入贺，当由徽宗下诏赏功，授蔡京为司空，晋封嘉国公，童贯为景福殿使，兼襄州观察使，王厚为武胜军节度观察留后，高永年、张诚等，亦进秩有差，送陇拶至京师，封安化郡王。京自恃有功，越觉趾高气扬，罢讲议司，令天下有事，直达尚书省。旧有讲议官属，依制置三司条例司旧例，尽行迁官。自张康国以下，得官几四十人。**可以专断，无烦讲议。**毁景灵宫内司马光等绘像，禁行三苏及范祖禹、黄庭坚、秦观等文集，另图熙宁、元丰功臣于显谟阁。且就都城南大筑学宫，列屋千八百七十二楹，赐名辟雍，广储学士，研究王氏《经义字说》。辟雍中供俸孔孟诸图像，以王安石配享孔子，位次孟轲下。重籍邪党姓名，得三百有九人，刻石朝堂。许将稍有异议，即由京嘱使中丞朱谔，劾将首鼠两端，罢知河南府。擢赵挺之、吴居厚为门下中书侍郎，张康国、邓洵武为尚书左右丞，召胡师文为户部侍郎，调陶节夫经制陕西、河东五路。师文系蔡京姻家，最工掊克，陶节夫系蔡京私党，本为鄜延总管，屡在无关紧要的地方，增筑堡寨，虚报经费，所有中饱，悉赂蔡京，因得入任枢密直学士；至是又出任五路经略，统是蔡京一手提拔。节夫遂诱致土蕃，贿令纳土，得邦、叠、潘三州，只报称远人怀德，奉土归诚，奏中极力誉京，益坚徽宗信任。京又欲用童贯为熙河、兰湟、秦凤路制置使，令图西夏，盈庭都是京党，当然不敢异词。偏乃弟蔡卞，谓用宦官守疆，必误边计，京竟诋卞怀私，卞即求去，遂出知河南府。**兄弟间犹相冲突，况在他人？**卞娶王安石女为妇，号为七夫人，颇知书能诗。卞入朝议政，必先受教闺中，因此僚属，尝互相嘲谑道："今日奉行各事，想就是床第余谈呢。"**既已知之，何乃无耻？**及入知枢密院事，家中设宴张乐，伶人竟扬言道："右丞今日大拜，都是夫人裙带。"卞明有所闻，不敢诘责伶人。平居出入兄门，归家时或述兄功德，七夫人冷笑道："你兄比你晚达。今位出你上，你反向他巴结，可羞不可羞呢？"为这一语，遂令卞与兄有嫌，所以二府政议，常有不合，至此终为兄所排，出调外任。小子有诗叹道：

甘将骨肉作仇雠，构祸都因与妇谋。

天怒人愁多不畏，入闱只畏一娇羞。

卞既外调，童贯遂出任经略，又要与西夏开衅了。欲知后事，试看后文。

王安石之后有章惇，章惇之后有蔡京，所谓一蟹不如一蟹，宋室元气，能经几回斫丧耶？党人碑之立，如石工安民，犹不忍刻君实名，京犹人耳，胡必排斥旧臣，作一网打尽之计？彼以为专擅大权，无人掣肘，可以任所欲为，不知人之云亡，邦国殄瘁，国已亡矣，京能独存乎？或谓鄯、湟、廓三州之克复，实自京造成之，夫取其人不足以为民，得其地不足以为利，徒自劳师，已属无谓，况以六军之血战，为权佞之荣身，京得封公拜爵，而孤人子，寡人妻，布莫倾筋，哭望天涯者，已不知凡几矣。且自河湟幸胜，狃于用兵，卒酿成异日辽、夏之祸，所得者一，所失者十，小人之不可与议国是也，固如此哉！

第十四回

应供奉朱勔承差
得奥援蔡京复相

却说童贯由蔡京保荐，任熙河、兰湟、秦凤路经略安抚制置使，阴图西夏。京复嘱令王厚，招诱夏卓罗右厢监军仁多保忠，令他内附。厚奉命招致，颇已说动保忠，奈保忠部下，无人肯从，只好迁延过去。京再四促厚，厚据实报闻，哪知京反责厚延宕，定要限期成功。厚不得已遣弟赍书，往劝保忠，途次被夏人捉去，机谋遂泄。夏主因召还保忠，厚复报明情形，且言："保忠即不遇害，亦必不能再领军政，就使脱身来降，不过得一匹夫，何益国事？"这数语是知难而退，得休便休。偏蔡京贪功性急，硬要王厚招致保忠，如若违命，当加重罪。*正是强词夺理。*一面饬令边吏，能招致夏人，不论首从，赏同斩级。于是夏国君臣，怒宋无理，遂号召兵民，入寇宋边。适辽遣成安公主，嫁与夏主乾顺，乾顺恃与辽和亲，声言向辽乞援，并贻书宋使，争论曲直。童贯搁置不答，陶节夫且讨好蔡京，大加招诱，不惜金帛。*徒以金帛动人，就使为所招诱，亦岂足恃？*夏复上表婉请，并函诘节夫。节夫拒绝来使，反将夏国牧卒，杀死多名。夏人愤怒已极，遂简率万骑，入镇戎军，掠去数万口，一面与羌酋溪赊罗撒合兵，逼宣威城。时高永年正知鄯州，发兵驰援，行三十里，未见敌骑，天色将昏，乃择地扎营，安食而寝。到了夜半时候，蓦闻胡哨齐鸣，羌兵大至，高永年惊起帐中，正拟勒兵抵敌，不防羌众前后杀入，顿将营寨攻破，宋军大溃。永年手下亲兵，亦不顾主将，纷纷乱窜，那时永年惊惶失措，突被一槊刺来，不及闪避，竟刺中左胁，晕倒地上，羌众将他擒去。至永年醒来，已身在虏帐中，但见一酋高坐上面，语左右道："这人杀我子，夺我国，令我宗族失散，居无定所，老天有眼，俾我擒住，我将吃他心肝，借消前恨。"说至此，即起身下座，拔出佩刀，对着永年胸膛，猛力戳入，再将刀上下一划，鲜血直喷，横尸倒地。那羌酋即挽取心肝，和血而食。看官道这酋为谁？就是羌人多罗巴。多罗巴既杀死高永年，遂拥众尽毁大通河桥，湟、鄯大震。徽宗闻报，不觉大怒，**是蔡京叫了他来，何必动怒？** 亲书五路将帅刘仲武等十八人姓名，敕御史侯蒙，往秦州逮治。蒙至秦州，刘仲武等囚服听命，蒙与语道："君等统是侯伯，无庸辱身狱吏，但据实陈明，蒙当为君等设法挽回。"仲武等乃一一实告，蒙即奏乞敕罪，内有数语，最足动人。略云：

> 汉武帝杀王恢，不如秦穆公赦孟明，子玉缢而晋侯喜，孔明亡而蜀国轻，今羌杀吾一都护，而使十八将由之以死，是自戕其肢体也，欲身不病得乎？

徽宗览这数语，也觉有所感悟，遂释罪不治。唯王厚坐罪逗留，贬为郢州防御使。未几，夏人复入寇，为鄜延将刘延庆所败，才行退军。自是边境连兵，数年不息，蔡京反得进尚书左仆射，兼门下侍郎，用赵挺之为尚书右仆射，兼中书侍郎。挺之与京比肩，遂欲与京争权，屡次入白，陈京奸恶。京方得徽宗宠任，怎肯信及挺之？挺之上章求去，因即罢免。京仍得独相，居然欲效法周公，制礼作乐，粉饰承平，置礼制局，命给事中刘昺为总领，编成五礼新仪，订新乐章，命方士魏汉津为总司，定黄钟律，作大晟乐，又创制九鼎，奉安九成宫。蔡京为定鼎礼仪使，导徽宗亲至鼎旁，行酌献礼，鼎各一殿，四周环筑垣墙，安设中央曰帝鼎，北曰宝鼎，东曰牡鼎，东北曰苍鼎，东南曰冈鼎，南曰彤鼎，西南曰阜鼎，西曰晶鼎，西北曰魁鼎。徽宗一一酌献，挨次至北方宝鼎，酌酒方毕，忽听得一声爆响，不由得吓了一跳。**此时幸无炸弹，否则必疑为鼎中藏弹了。** 及仔细审视，鼎竟破裂，所酌的酒醴，竟汩汩地流溢出来，大家都惊异不置。徽宗也扫兴而归。时人多半推测，谓为北方将乱的预兆，这也似隐关定数呢。蔡京一意导谀，反说是北鼎破碎，系主辽邦分裂，与宋无关，且藉此可收复北方，亦未可知，引得徽宗皇帝，转惊为喜，亲御大庆殿，受百官朝贺。

赐魏汉津号虚和冲显宝应先生。未几，汉津病死，追封嘉成侯，诏就铸鼎地方，作宝成宫，置殿祀黄帝、夏禹、周成王、周公旦、召公奭，置堂祀唐李良及魏汉津。

自九鼎告成，徽宗心渐侈汰，由逸生骄。某日，召辅臣入宴，令内侍出玉瑮玉卮，指示群臣道："朕欲用此物，恐言路又要喧哗，说朕太奢。"蔡京起奏道："臣前时奉使北朝，辽主尝持玉盘玉卮，向臣夸示，谓此系石晋时物，恐南朝未必有此，臣想番廷尚挟此居奇，难道我堂堂中国，反不及他么？但因陛下素怀俭德，不敢率陈，今既得此佳制，正好奉觞上寿，哪个敢说是不宜用呢？"徽宗道："先帝作一小台，言官已连章奏阻，朕早制就此器，正恐人言复兴，所以不便轻示。"徽宗尚知顾忌京又答道："事苟当理，何畏人言？古人说得好：'唯辟作福，唯辟作威，唯辟玉食。'陛下富有四海，正当玉食万方，区区酒器，何足介怀？"逢君之恶，其罪大徽宗闻言，不禁喜逐颜开，心满意足，至兴酣宴罢，群臣皆散，独留京商议多时，京始退出。

越宿即传出中旨，命朱勔领苏、杭应奉局，及花石纲于苏州。先是蔡京过苏，拟修建僧寺，务求壮观，预估材料，价约巨万。京不虑乏财，但虑无人督造，适寺僧保荐一人，姓朱名冲，乃是本郡人氏，京即令僧召至，与冲面商。冲一力担承，才阅数日，即请京诣寺度地。京偕冲到寺，但见两庑堆积大木，差不多有数千章。京已觉惊异，及经营裁度，所言统如京意。京极口奖许，即命监造。冲有子名勔，干练不亚乃父，父子一同督理，匝月即成。京往寺游览，果然规模闳丽，金碧辉煌，乃复温言褒赏，令朱冲父子，随同入都。当下替他设法，将他父子姓名，列入童贯军籍中，只说是积有军功，应给官阶。这是官场通弊自是朱冲父子，居然紫袍金带，做起官来。好运气徽宗性好珍玩，尤喜花石，京令冲采取苏、杭珍异，随时进献。第一次觅得黄杨三本，高可八九尺，确是罕见奇品，献入后大得睿赏。嗣后逐件献入，无物不奇，徽宗更觉心欢。至是蔡京遂密保朱勔，令在苏州设一应奉局，专办花石，号为"花石纲"。勔既得此美差，内帑由他使用，每一领取，辄数十百万，于是搜岩剔薮，索隐穷幽，凡寻常士庶家，间有一木一石，稍堪玩赏，即令健卒入内，用黄封表识，指为贡品，令该家小心护视，静待搬运，稍一不谨，便加以大不敬罪。到了发运的时候，必撤屋毁墙，辟一康庄大道，恭异而出。士庶偶有异言，鞭笞交下，惨无天日。因此民家得一异物，共指为不祥，相率毁去。不幸漏泄风声，为所侦悉，往往中家破产，

应奉花石

穷民至卖儿鬻女，供给所需，或既经毁去，被他察觉，又硬指他藏宝不献，勒令交出，可怜苏、杭人民，无端罹此督责，真是冤无从诉，苦不胜言。而且叱工驱役，掘山堑石，就使穷崖削壁，亦指使搬取，不得推诿，或在绝壑深渊，也百计采取，必得乃止。及运物载舟，无论商船市舶，一经指定，不得有违，篙工柁师，倚势贪横，凌轹州县，道路侧目。朱勔假势作威，更了不得凶横。会从太湖取一巨石，高广俱约数丈，用大舟装运，水陆牵挽，凿城断桥，毁堤坼埔，历数月方达汴京。役夫劳敝，民田损害，几乎说不胜说。勔奏报中，反谓不劳民，不伤财，如此巨石，安抵都下，乃是川渎效灵，得此神捷，因此宫廷指为神运石。后来万岁山成，即将此石运竖山上，作为奇峰，下文再表。

且说赵挺之辞右相后，心恨蔡京不置，每与僚友往来，必谈蔡京过恶。户部尚书刘逵，与挺之最称莫逆，尝言有日得志，必奏黜蔡京。崇宁五年，春正月，彗星出现西方，光长竟天。徽宗因星象告警，避殿损膳，挺之与吴居厚请下诏求言，当即降旨准奏，且擢居厚为门下侍郎，逵为中书侍郎，逵遂乞碎元祐党人碑，宽上书邪籍禁令。徽宗亦俯如所请，夜半遣黄门至朝堂，毁去碑石。次日蔡京入朝，见党碑被毁，即入问徽宗。徽宗道："朕意宜从宽大，所以毁去此碑。"京厉声道："碑可毁，名不可灭呢！"这一语声彻朝堂，朝臣都觉惊异，连徽宗亦向京一瞧，微露怒容。敢怒不敢言，亦觉可怜。既而退朝，不到半日，即呈入刘逵奏牍，极陈"蔡京专横，目无君父，党同伐异，陷害忠良，兴役扰民，损耗国帑，应亟加罢黜，安国定民"等语。徽宗览奏未决，嗣司天监奏称太白昼见，应加修省，乃赦一切党人，尽还所徙，暂罢崇宁诸法，及诸州岁贡方物，并免蔡京为太乙宫使，留居京师。复用赵挺之为尚书右仆射，兼中书侍郎。挺之入对，徽宗道："朕见蔡京所为，一如卿言，卿其尽心辅朕！"既知蔡京罪恶，何不罢黜他方？挺之顿首应命。自是与刘逵同心夹辅，凡蔡京所行悖理虐民的事情，稍稍改正，且劝徽宗罢兵息民。

一日，徽宗临朝谕大臣道："朝廷不应与四夷生隙，衅端一开，兵连祸结，生民肝脑涂地，这岂是人主爱民至意？卿等如有所见，不妨直陈！"挺之接奏道："西夏交兵，已历数年，现在尚未告靖，不如许夏和成，得抒边衅。"徽宗点首道："卿且去妥议方法，待朕施行。"挺之退语同列道："皇上志在息兵，我辈应当将顺。"同列应声称是，不过数人，余多从旁冷笑。看官不必细猜，便可知是蔡京旧党，尚遍列朝班呢。挺之归，属刘逵补登奏疏，大旨是罢五路经制司，黜退陶节夫，开诚晓谕夏人等事。奏入后，大旨照准，徙陶节夫知洪州，遣使劝谕夏主，夏主也应允罢兵，仍修岁贡如初。

唯蔡京为刘逵所排，愤怨已极，必欲将逵除去，聊快私忿。当下与同党密商，御史余深、石公弼等道："上意方向用赵、刘，一时恐扳他不倒，须另行设法为是。"京便道："我意也是如此，现已设有一法，劳诸君为后劲，何如？"余深问是何计？京作鸱鸮笑道："由郑入手，由公等收场，赵、刘其如予何？"王莽学过此调，蔡公亦欲摹仿耶！余、石等已知京意，齐声赞成。揖别后，即分头安排，专待好音。看官听着！这由郑入手一语，乃是隐指宫中的郑贵妃，及中书舍人兼直学士院的郑居中。郑贵妃系开封人，父名绅，曾为外官，绅女少入掖庭，侍钦圣向太后，秀外慧中，得列为押班。徽宗时为端王，每日问太后起居，必由押班代为传报。郑女善为周旋，能得人意，况兼她一貌如花，哪得不引动徽宗？虽无苟且情事，免不得目逗眉挑。至徽宗即位，向太后早窥破前踪。即将郑女赐给，尚有押班王氏，也一同赐与徽宗。徽宗得偿初愿，便封郑女为贤妃，王女为才人。郑氏知书识字，喜阅文史，章奏亦能自制，徽宗更爱她多才，格外嬖呢。王皇后素性谦退，因此郑氏得专房宠，晋封贵妃。《宋史·郑皇后传》有端谨名，故本书亦无甚贬词。居中系郑贵妃疏族，自称为从兄弟，贵妃以母族平庸，亦欲倚居中为重，所以居中恃有内援，颇得徽宗信用。蔡京运动内侍，令进言贵妃，请为关说，一面托郑居中乘间陈请。居中先使京党密为建白，大致为："蔡京改法，统禀上意，未尝擅自私行，今一切罢去，恐非绍述私意。"徽宗虽未曾批答，但由郑贵妃从旁窥视，已觉三分许可。贵妃复替京疏通，淡淡数语，又挽回了五六分。于是居中从容入奏道："陛下即位以来，一切建树，统是学校礼乐，居养安济等法，上足利国，下足裕民，有什么逆天背人，反要更张，且加威谴呢？"徽宗霁颜道："卿言亦是。"居中乃退，出语礼部侍郎刘正夫。正夫也即请对，语与居中适合。徽宗遂疑及赵、刘，复欲用京。最后便是余、石两御史，联衔劾逵，说他："专恣反复，陵蔑同列，引用邪党。"一道催命符，竟将刘逵驱逐，出知亳州。赵挺之亦罢为观文殿大学士祐神观使。再授蔡京尚书左仆射，兼门下侍郎。京请下诏改元，再行绍述。乃以崇宁六年，改为大观元年，所有崇宁诸法，继续施行。吴居厚与赵、刘同事，不能救正，亦连坐罢职。用何执中为中书侍郎、邓洵武、梁子美为尚书左右丞，三人俱系京党，自不消说。

郑居中因蔡京复相，多出己力，遂望京报德。京也替他打算，得任同知枢密院事。偏内侍黄经臣，与居中有嫌，密告郑贵妃，谓："本朝外戚，从未预政，应以亲嫌为辞，借彰美德。"黄经臣想未得略，故有此语。郑贵妃时已贵重，不必倚赖居中，且想借此一请，更增主眷，也是良法。遂依经臣言谏阻。徽宗竟收回成命，改任居中为太乙宫使。居中再托京斡旋，京为上言："枢府掌兵，非三省执政，不必避亲。"政权不应畀外戚，兵权反可轻畀么？疏入不报。居中反疑京援己不力，遂有怨言。京也无可如何，只好装着不闻。徽宗恐不从京言，致忤京意，乃将京所爱宠的私人，擢为龙图阁学士，兼官侍读。正是：

> 权奸计博君王宠，子弟同侪清要班。

究竟何人得邀擢用，且看下回便知。

人主之大患，曰喜谀，曰好侈，曰渔色，徽宗兼而有之。因喜谀而相蔡京，因好侈而用朱勔，因渔色而宠郑贵妃。蔡京大憝也，朱勔小丑也，郑贵妃虽有端谨之称，然观其援引蔡京，倚庇郑居中，亲信黄经臣，均无非为固宠起见，女子与小人为难养也，宣圣岂欺我哉？赵挺之、刘逵未尝不与邪党为缘，第争权夺利，致与京成嫌隙，崇宁诸法之暂罢，岂其本心，不过借此以倾京耳。然京之邪尤甚于赵、刘，倏伏倏起，一进一退，爵禄为若辈播弄之具，国事能不大坏耶？而原其祸始，徽宗实尸之。徽宗若果贤明，宁有此事？读此回窃不禁为之三叹曰："为君难！"

第十五回

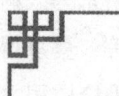

巧排挤毒死辅臣
喜招徕载归异族

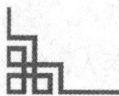

却说徽宗再相蔡京，复用京私亲为龙图阁学士，兼官侍读，看官道是何人？乃是京长子蔡攸。攸在元符中，曾派监在京裁造院，徽宗尚在端邸，每退朝遇攸，攸必下马拱立，当经端邸左右，禀明系蔡京长子，徽宗嘉他有礼，记忆胸中，即位后，擢为鸿胪丞，赐进士出身，进授秘书郎，历官集贤殿修撰。此时复升任学士，父子专宠，势益薰人。攸毫无学术，唯采献花石禽鸟，取悦主心，京亦仍守故智，专以诱致蛮夷，捏造祥瑞，哄动徽宗侈心。边臣暗承京旨，或报称某蛮内附，或奏言某夷乞降，其实统是金钱买嘱，何曾是威德服人？还有什么黄河清，什么甘露降，什么祥云现，什么灵芝瑞谷，什么双头莲，什么连理木，什么牛生麒麟，禽产凤凰，外臣接连入奏，蔡京接连表贺。都是他一人主使。既而都水使者赵霆，自黄河得一异龟，身有两首，赍呈宫廷，蔡京即入贺道："这是齐小白所谓象罔，见者主霸，臣敢为陛下贺。"齐小白所见，乃是委蛇，并非象罔，且徽宗已抚有中国，降而为霸，亦何足贺？徽宗方喜谕道："这也赖卿等辅导呢。"京拜谢而退。忽郑居中入奏道："物只一首，今忽有二，明是反常为妖，令人骇异。京乃称为瑞物，居心殆不可问呢！"一语已足。徽宗转喜为惊道："如卿言，乃是不祥之物。"说至此，即命内侍道，速将两首龟抛弃金明池，不要留置大内。内侍领旨，携龟自去。越日，竟降旨一道，命郑居中同知枢密院事。**好官想到手了。**蔡京闻悉情形，很是快快。

过了数月，又有人献上玉印，长约六寸，上有篆文，系是"承天福延万亿永无极"九字。**龟不可欺，再用秦玺故智。**徽宗赐名镇国宝，复选良工，另铸六印，仿合秦制天子六玺成数，与元符时所得秦玺，共称八宝。进蔡京为太尉。至大观二年元日，徽宗御大庆殿，祇受八宝，赦天下罪囚，文武进位一等。蔡京得晋爵太师，童贯竟加节度使，宣抚如故。未几，贯复奏克复洮州，诏授贯为检校司空。**宦官得授使相，以此为始。**又擢京私党林摅为中书侍郎，余深为尚书左丞。先是河南妖人张怀素，自言能知未来事，与蔡京兄弟秘密交通。至怀素谋为不轨，事发被诛，狱连蔡京兄弟，并及邓洵武诸人。洵武坐罪免官，蔡卞亦落职，京亦非常忧虑，亏得御史中丞及开封尹林摅同治是狱，替京掩覆，京乃免坐。由是京与余、林两人，结为死友，极力援引，遂得辅政。

是时尚书左丞张康国，已进知枢密院事，他本由蔡京荐引，不次超迁，及既任枢密，又与京互争权势，各分门户，有时入谒徽宗，免不得诋毁蔡京。徽宗也觉京骄横，密令康国监伺，且谕言："卿果尽力，当代京为相。"康国喜跃得很，日伺蔡京举动，稍有所闻，即行密报。**翻手为云覆手雨，是小人常态。**蔡京也已察悉，遂引吴执中为中丞，嘱令弹劾康国。哪知康国已得消息，竟尔先发制人，趁着徽宗视朝，亟趋入，跪奏道："执中今日入对，必替京论臣，臣情愿避位，免受京怨。"徽宗道："朕自有主张，卿毋多虑！"康国退值殿庐，执中果然进见，面陈康国过失。徽宗不待词毕，便怒目道："你敢受人唆使，来进谗言么？朕看你不配做中丞，与我滚出去罢！"执中撞了一鼻子灰，叩首退朝，面如土色。是夕，即有诏谴责执中，出知滁州。**做蔡家狗应该如此。**看官试想！这阴谋诡计的蔡京，遭此挫，怎肯干休？于是千方百计地谋害康国。康国恰也小心防备，无如明枪易躲，暗箭难防，就使凡百慎密，保不住有一疏。一日，康国入朝，退趋殿庐，不过饮茗一杯，俄觉腹中大痛，狂叫欲绝。不到半时，已是仰天吐舌，好似牛喘一般。殿庐直役的人，慌忙舁他至待漏院，甫经入室，两眼一睁，顿觉呜呼哀哉，大命告终。廷臣闻康国暴死，料知中毒，但也不便明言。徽宗闻报，暗暗惊异，表面上只好照例优恤，追赠开府仪同三司，且给他一个美谥，叫作文简，算是了局，**语带双敲，莫非讽刺。**所有康国遗缺，即命郑居中代任，别用管师仁同知院事。

会集英殿胪唱贡士，当由中书侍郎林摅，传报姓名，贡士中有姓甄名盎，摅却读甄为烟，读盎为央。徽宗方御殿阅册，不禁笑语道："卿误认了。"摅尚以为是，并不谢过。字且未识，奈何入任中书？同列在旁匿笑，摅且抗声道："殿上怎得失仪！"大众闻了此言，很是不平，当由御史劾他寡学，并且倨傲不恭，失人臣礼。乃罢摅职，降为提举洞霄宫。用余深为中书侍郎，薛昂为尚书左丞。昂亦京党，举家不敢言京字，倘或误及，辄加笞责。昂自误说，即自批颊。京喜他恭顺，荐擢是职。唯郑居中既秉权枢府，与蔡京本有夙嫌，暗地里指使台谏，陈京罪恶。中丞石公弼，殿中侍御史张克公等，受居中嘱托，挨次劾京，连上数十本，尚未见报。又经居中卖通方士郭天信密陈日中有黑子，为宰辅欺君预兆，徽宗正宠信天信，不免惊心，乃罢京为太乙宫使，改封楚国公，朔望入朝。殿中侍御史洪彦升、毛注等，申论京罪，请立遣出都。太学生陈朝老等，又上陈京恶，共积十四款，由小子揭纲如下：

| 渎上帝 | 罔君父 | 结奥援 | 轻爵禄 | 广费用 | 变法度 | 妄制作 |
| 喜导谀 | 箝台谏 | 炽亲党 | 长奔竞 | 崇释老 | 穷土木 | 矜远略 |

结末数语，是引用《左传》成文，有"投诸四裔，以御魑魅"等词。徽宗只命京致仕，仍留京师，用何执中为尚书左仆射，兼门下侍郎。陈朝老又上言执中才不胜任，徽宗不从。到了大观四年夏季，彗星出现奎娄间、徽宗援照旧例，避殿减膳，令侍从官，直陈阙失。有名无实，终归无益。石公弼、毛注等遂极论京罪，张克公说京不轨不忠，多至数十事，因贬京为太子少保，出居杭州。余深失一党援，心不自安，亦上疏乞罢，出知青州。

时张商英调知杭州，过阙赐对，语中颇不直蔡京，暗合帝意，遂留居政府，命为中书侍郎。商英因将京时苛政，奏改数条，中外颇以为贤。徽宗遂进商英为尚书右仆射，可巧彗星隐没，久旱逢雨，一班趋炎附热的狗官，称为天人相应，归功君相，连徽宗亦欣慰异常，亲书商霖二字，作为赐品。传说恐未必如此。商英益怀感激，大加改革，将蔡京所立诸法，次第罢除，并劝徽宗节华侈，息土木，抑侥幸，一时推为至言。为节取计，亦应嘉许。徽宗初甚信任，后来觉得不甚适意，渐渐地讨厌起来。主德之替，即误于此。左仆射何执中，本是蔡京同党，所有一切主张，概从京旧，偏商英硬来作梗，大违初心，遂与郑居中互为勾结，想把商英推翻，便好由居中接任；且因王皇后崩逝，已隔二年，王后崩逝，在大观二年秋季，此处乃是补笔。眼见得中宫位置，是郑贵妃接替。居中与贵妃同宗，更多一重希望，所以与执中联同一气，日攻商英短处。果然大观四年十月，郑贵妃竟受册为后。居中以为时机已熟，稍稍着手，便好将商英挤去，稳稳的做右相了。不料郑皇后密白徽宗言：“外戚不当预政，必欲用居中，宁可改任他职。”徽宗竟毅然下诏，罢居中为观文殿大学士，以吴居厚知枢密院事。居中接诏大惊，明知郑后恃宠沽名，因此改任，但为此一激，越觉迁怒商英，先令言官劾他门下客唐庚，由提举京畿常平仓，窜知惠州，再由中丞张克公劾奏商英与郭天信往来，致触动徽宗疑忌，竟免商英职，出知河南府，寻复贬为崇信军节度使。天信亦安置单州。原来徽宗在潜邸时，天信曾说他当居天位，嗣因所言果验，因得上宠。此时恐商英亦有异征，为天信所赏识，乃将他二人相继黜逐，免滋后患。其实统是辅臣争宠，巧为排挤，有什么意外情事呢！商英免职，似不甚惜，但何执中等且不若商英，岂不可叹？

商英既去，何执中仍得专政，蔡京贻书执中，请他援引。执中却也有意，但又恐蔡京入都，未免掣肘，因此踌躇未决。可巧检校司空童贯奉命使辽，带了一个辽臣马植，回至汴都，竟将马植荐做大官，一面召还蔡京，复太师衔，做一个好帮手，闹出那助金灭辽、引金亡宋的大把戏来。好笔仗。小子于辽邦情事，已有好几回未曾谈及，此处接叙宋、辽交涉，理应补叙略迹，以便前后接洽。自神宗信王安石言，割新疆地七百里畀辽，辽人才无异议。辽主洪基，有后萧氏，才貌超群，工诗文，好音乐，颇得主宠。偏北院枢密使耶律乙辛，一译作耶律伊逊。专权怙势，忌后明敏，阴与宫婢单登等定谋，诬后与伶官赵惟一私通。洪基不辨真伪，即将赵惟一系狱，嘱耶律乙辛审问。病鬼碰着阎罗王，还有什么希望？三木交逼，屈打成招，当由乙辛冤枉定谳，将惟一置诸极刑，连家族一并骈戮。那时害得这貌赛西施、才侔道韫的萧皇后，不明不白，无处伸诉，只好解带自经，死于非命。可怜可悯。萧后生子名浚，已立为太子，乙辛恐他报复，密令私党萧霞抹一作萧萨满。进妹为后，谗间东宫。洪基正在怀疑，那护卫耶律查剌查剌一译作扎拉。因乙辛嘱委，诬告都宫使耶律撒剌撒剌一译作萨喇。及忽古一译作和尔郭。等，密谋废立。洪基又信为实事，废浚为庶人，徙锢上京。乙辛确是凶狠，待浚就道，竟遣力士行刺途中，可怜浚与妃子萧氏同被杀死。浚子延禧未曾随徙，幼育宫中，乙辛又欲谋害，亏得宣徽使萧兀纳、一作乌纳。夷离毕、一作伊勒希巴。萧陶隗隗一作海。等，密谏洪基，请保护皇孙，为他日立嫡地步。洪基犹豫未决，会出猎黑山，见扈从官属，多随乙辛马后，方有些猜忌起来，遂改任乙辛知南院大王事。乙辛入谢，洪基即令出居兴中府，并逐乙辛余党，追谥萧后为宣懿皇后，浚为昭怀太子，封延禧为梁王。延禧年仅六岁，洪基令甲士为卫，格外保育。后来闻乙辛私鬻禁物，擅藏兵甲，即将他削职幽禁，已而伏诛。

徽宗元年，辽主洪基病死，孙延禧嗣立，自称为天祚帝，与宋仍修旧好。延禧时已逾冠，在位荒淫，不问国事。东北有女真部，乘机崛起，势焰日张。女真旧为靺鞨，属通古斯族，世居混同江东部，素为小夷，与中国不通闻问。唐开元中，部酋始通译入朝，拜为勃利州刺史。五季时，始称女真。辽兴北方，威行朔漠，女真已分南北两部，南部属辽，称熟女真，北部不为辽属，号生女真。生女真中有完颜部酋长名乌古乃，一作乌古鼐。雄鸷过人，役属附近部落，辽欲从事羁縻，命为生女真节度使。自是始置官属，修弓矢，备器械，渐致盛强。乌古乃死，子劾里钵嗣。劾里钵一译作合理博。劾里钵死，弟颇剌淑嗣。颇剌淑一译作蒲拉舒。颇剌淑复传弟盈哥。一译作盈格。盈哥勇武，兼得兄子阿骨打一译作阿骨达，系乌古乃次子。为辅，威声渐震。徽宗崇宁元年，辽将萧海里一译哈里。谋叛，亡入女真阿典部。阿典一译作阿克占。遣族人斡达剌一译作乌达喇。往见盈哥，约同举兵。盈哥不从，竟将斡达剌囚住，转报辽主。辽主延禧已遣兵追捕海里，因接盈哥来使，遂命他夹攻，勿得纵逸。盈哥乃募兵千余人，率同阿骨打，进击海里，既至阿典部，见海里正与辽兵交战，辽兵纷纷退后，势将败走。盈哥遂语阿骨打道："辽称大国，为何兵士这般无用？"见笑大方。阿骨打答道："不若令他退兵，我看取海里首如囊中物，让我去打一仗罢！"盈哥乃登高呼道："辽兵且退，待我军独擒海里。"辽兵正苦不能支，蓦闻有人呼退，当即勒兵却回。阿骨打即麾众上前，一场厮杀，把海里部下打得七颠八倒。海里见不可敌，策马返奔，哪知背后一声箭响，急欲闪避，已经中颈，当时忍不住痛，翻身落马。部下正想趋救，但见一大将跃马过来，左手执弓，右手舞刀，刀光闪闪生芒，哪个还敢近前？大将不慌不忙，跳下了马，把海里一刀两段，割取首级，上马自去。看官不必细问，便可知是阿骨打。笔亦有芒。阿骨打既杀死海里，余众自然溃散，当由盈哥函海里首，献与辽主。辽主大喜，赏赉从优。但辽兵疲弱的情形，已被女真瞧破机关，看得不值一战了。

未几盈哥又死，兄子乌雅束继立，乌雅束一作乌雅舒，系乌古乃长子。东和高丽，北收诸部，渐有与辽争衡的状态。童贯镇西已久，稍稍得志西羌，遂以为辽亦可图，因表请愿为辽使，借觇虚实。时徽宗又改元政和，正想出点风头，点缀国庆，便遣端明殿学士郑允中充贺辽主生辰使，童贯为副。两使道出芦沟，遇着辽人马植，自言曾为光禄卿，因见辽势将亡，不得不去逆效顺。甘背祖国，其心可知。贯与语大悦，至入贺礼毕，即栽植俱归，令易姓名为李良嗣，登诸荐书。植本辽国大族，确是做过光禄卿，不过由他品行卑污，且有内乱情事，因此不齿人类。贯视为奇才，即令他献灭燕策略，谓：“辽主荒淫失道，女真恨辽人切骨，若天朝自莱登涉海，结好女真，与约攻辽，不怕辽不灭亡。”徽宗令辅臣会议，有反对的，有赞同的，彼此相持不决。乃复召植入朝，由徽宗亲询方略。植对道：“辽国必亡，陛下若代天谴责，以治攻乱，眼见得王师一出，辽人必壶浆来迎，既可拯辽民困苦，又可复中国旧疆，此机一失，恐女真得志，先行入辽，情势便与今不同了。”徽宗很是心欢，即面授秘书丞，赐姓赵氏，都人因呼他为赵良嗣。未几又擢为右文殿修撰，寖加宠眷。小子有诗叹道：

> 无端引得敌臣来，异类宁皆杞梓材。
> 莫道图燕奇策在，须知肇祸已成胎。

良嗣既用，蔡京复来，宋廷又闹个不休，容小子至下回陈明。

徽宗即位以后，所用宰辅，除韩忠彦外，无一非小人。蔡京固小人之尤者也，何执中、张康国、郑居中，张商英等，皆京之具体耳。何执中始终善京，固不必说，张康国、郑居中、张商英三人，始而附京，继而攻京，附京者为干禄计，攻京者亦曷尝不为干禄计耶？小人不能容君子，并且不能容小人，利欲之心一胜，虽属同类，亦必排击之而后快。徽宗忽信忽疑，正中小人揣摩之术，彼消则此长，彼长则此消，同室操戈，而国是已不可复问矣。童贯以刑余腐竖，居然授之节钺，厕列三公，艺祖以来，宁有是例？彼方沾沾然狙于小捷，侈言图辽，而不齿人类之马植，遂得幸进宋廷，黉缘求合。试思小人且不能容小人，而岂能用君子耶？公相有蔡京，媪相有童贯，虽欲不亡，宁可得哉？

第十六回

信道教诡说遇天神
筑离宫微行探春色

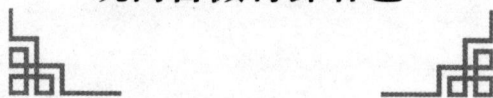

却说童贯与蔡京，本相友善，京得入相，半出贯力，至是贯自辽归朝，又为京极力帮忙，劝徽宗仍召京辅政。徽宗本是个随东到东、随西到西的人物，听童贯言，又记念蔡京的好处，当即遣使驰召。京趱程入都，徽宗闻京至都下，即日召对，并就内苑太清楼，特赐宴饮，仍复从前所给官爵，赐第京师。京再黜再进，越觉献媚工谀，无微不至。徽宗因大加宠眷，比前日尤为优待。且令京三日一至都堂，商议国政。京恐谏官复来攻击，特想出一法，所有密议，概请徽宗亲书诏命，称作御笔手诏。从前诏敕下颁，必先令中书门下议定，乃命学士草制，盖玺即行。至熙宁时，或有内降诏旨，不由中书门下共议，但亦由安石专权，从中代草。蔡京独请御笔，一经徽宗写定，立即特诏颁行，如有封驳等情，即坐他违制罪名。廷臣自是不敢置喙，后来至有不类御书，也只好奉行无违。炀蔽已极。贵戚近幸，又争仿所为，各去请求。徽宗日不暇给，竟令中书杨球代书，时人号为书杨。蔡京又复生悔，但已作法自毙，无从禁制了。

京又欲仿行古制，改置官名，以太师、太傅、太保，古称三公，不应称作三师，宜仍称三公，以真相论。司徒、司空，周时列入六卿，太尉乃秦时掌兵重官，并非三公，宜改置三少，称为少师、少傅、少保，以次相论。左右仆射，古无此名，应改称太宰、少宰，仍兼两省侍郎，罢尚书令，及文武勋官，以太尉冠武阶，改侍中为左辅，中书令为右弼，开封守臣为尹牧，府分六曹，士、户、仪、兵、刑、工。县分六案，内侍省识，悉仿机廷官号，称作某大夫。这一条想是由童贯主议。修六尚局，尚食、尚药、尚酝、尚衣、尚舍、尚辇。建三卫郎。亲卫、勋卫、翊卫。京任太师，总治三省事，童贯进职太尉，掌握军权。美人亦可教战，媪相应当典兵。追封王安石为舒王，安石子雱为临川伯，从祀孔庙。熙宁新法，一律施行。

京又恐徽宗性敏，或再烛察奸私，致遭贬斥，乃更想一蛊惑的方法，令徽宗堕入术中，愈溺愈迷。看官道是何术？乃是恍恍无凭的道教。是一件亡国祸阶，不得不特笔提出。自徽宗嗣统后，初宠郭天信，继信魏汉津，天信被斥，汉津老死，内廷几无方士踪迹。可巧太仆卿王寊，荐一术士王老志，有旨召他入京。老志，濮州人，事亲颇孝，初为小吏，不受赂遗，旋遇异人，自称为钟离先生，授丹服药，遂弃妻抛子，结庐田间，为人决休咎，语多奇中。至奉召入都，京即邀入私第，馆待甚优。老志入对，呈上密书一函，徽宗启视，系客岁秋中，与乔、刘二妃燕好情词，不由得暗暗称奇，乃赐号洞微先生。老志谢退后，归至蔡第，朝士多往问吉凶，他却与作笔谈，辄不可解。大众似信非信，至日后，竟多奇验。于是其门似市。京恐蹈张商英覆辙，因与老志熟商，禁绝朝士往来，但令上结主知，便不负职。老志遂创制乾坤鉴，赍献徽宗，谓帝后他日恐有大难，请时坐鉴下，静观内省，借弭灾变。又劝京急流勇退，毋恋权位，老志颇识玄机。京不能从。老志见时政日非，渐萌退志，留京一年，托言遇师谴责，不应溺身富贵，乃上书乞归。徽宗不许，他即生起病来，再三请去。至奉诏允准，便霍然起床，步行甚健，即日出都，归濮而死。徽宗赐金赙葬，追赠正议大夫。

唯蔡京本意，欲借王老志蒙蔽主聪，偏老志独具见解，反将清心寡欲的宗旨，作为劝导，当然与京不合。京乃舍去王老志，别荐王仔昔。仔昔籍隶洪州，尝操儒业，自言曾遇许真人，即晋许逊。得大洞隐书豁落七元各法，出游嵩山，能道人未来事。京得诸传闻，遂列入荐牍。以人事君，果如是耶？徽宗又复召见，奏对称旨，赐号冲隐处士。会宫中因旱祷雨，遣小黄门索符，日或再至。仔昔与语，道今日皇上所祷，乃替爱妃求疗目疾，我且疗疾要紧，你可持符入呈。言至此，即用硃砂篆符，焚符入汤，令黄门持去，并语道："此汤洗目疾，可立愈。"黄门以未奉旨意，惧不敢受，仔昔笑道："如或皇上加责，有我仔昔坐罪，你何妨直达？"黄门乃持汤返报。徽宗道："朕早晨赴坛，曾为妃疾默祷求瘥，仔昔何故得知？他既有此神奇，何妨一试。"遂命宠妃沃目。不消数刻，果见目翳尽撤，仍返秋眸，乃进封仔昔为通妙先生。*想是学过祝由科，若知妃目疾，恐由内侍所传，揣摩适合耳。*嗣是徽宗益信道教，便命在福宁殿东，创造玉清和阳宫，奉安道像，日夕顶礼。

政和三年长至节，祀天圜丘，用道士百人，执杖前导，命蔡攸为执绥官。车驾出南薰门，徽宗向东眺望，不觉大声称异。攸问道："陛下所见，是否为东方云气？"徽宗道："朕不特见有云气，且隐隐有楼台复杂，这是何故？"*莫非作梦？*攸即答道："待臣仔细看来。"言毕下车，即趋向东方，择一空旷所在，凝眺片刻，便回奏徽宗道："臣往玉津园东面，审视云物，果有楼殿台阁，隐隐护着，差不多有数里迤长，且皆去地数十丈，大约是上界仙府哩。"*海市耶？蜃楼耶？*徽宗道："有无人物？"攸即对道："有若干人物，或似道流，或似童子，统持幢幡节盖，出入云间，眉目尚历历可辨。想总由帝德格天，因有此神明下降呢。"*满口说谎。*徽宗大喜，待郊天礼毕，即以天神降临，诏告百官，并就云气表见处，建筑道宫，取名迎真，御制天真降灵示现记，刊碑勒石，竖立宫中，并敕求道教仙经于天下。越年，又创置道流官阶，有先生处士等名，秩比中大夫，下至将仕郎，凡二十六级。嗣复添设道官二十六等，有诸殿侍宸校籍授经等官衔，仿佛与待制修撰直阁相似。于是黄冠羽客，相继引进，势且出朝臣上。王仔昔尤邀恩宠，甚至由徽宗特命，在禁中建一圆象徽调阁，畀他居住。一班卑琐龌龊的官僚，常奔走伺候，托他代通关节，希附宠荣。

中丞王安中看不过去，上疏谏诤，略谓："自今以后，招延术士，当责所属切实具保，宣召出入，必察视行径，不得与臣庶交通。"结末，又言蔡京引用匪人，欺君害民数十事。徽宗颇为嘉纳。安中再疏京罪，徽宗只答了"知道"二字，已为蔡京伺觉，令子攸泣诉帝前，说是安中诬劾。徽宗乃迁安中为翰林学士。未几，又命为承旨。安中工骈文，妃黄俪白，无不相当，所以徽宗特别器重，不致远斥，且因此猜疑仔昔，渐与相疏。怎奈仔昔宠衰，又来了一个仔昔第二，比仔昔还要刁狡，竟擅宠了五六年。这人姓甚名谁？乃是温州人氏林灵素。*道流也有兴替，无怪朝臣。*

灵素少入禅门，受师笞骂，苦不能堪，遂去为道士。善作妖幻，往来淮、泗间，尝丐食僧寺。寺僧复屡加白眼，以此灵素甚嫉视僧徒。左阶道箓徐知常，因王仔昔失宠，即荐灵素入朝。知常前引蔡京，此时又荐林灵素，名为知常，实是败常。至召对时，灵素便人言道："天有九霄，神霄最高。上帝总理九霄事务，以神霄为都阙，号称天府。所有下界圣主，多系上帝子姓临凡。现在上帝长子玉清王，降生南方，号称长生大帝君，就是陛下。次子号青华帝君，降生东方，摄领东北。陛下能体天行道，上帝自然眷顾，宁有亲为父子，不关痛痒么？"一派胡言。徽宗不觉惊喜道："这话可真么？"灵素道："臣怎敢欺诳陛下？陛下若非帝子降生，哪能贵为天子？就是臣今日得见陛下，亦有一脉相连，臣本仙府散卿，姓褚名慧，因陛下临凡御世，所以臣亦随降，来辅陛下宰治哩。"越发荒唐。徽宗闻了此言，即命灵素起身，赐令旁坐，又问答了一番。灵素自言，能呼风唤雨，驱鬼役神，徽宗大喜。会当盛暑，宫中奇热，徽宗出居水殿，尚苦炎燠，乃命灵素作法祈雨。灵素道："近日天意主旱，不能得雨，但陛下连日苦热，待臣往叩天阍，假一甘霖，为陛下暂时致凉罢。"徽宗道："先生既转凡胎，难道尚能升天么？"灵素道："体重不能上升，魂轻可以驾虚，臣自有法处置。"言已，即退入斋宫，小卧一时，复起身入奏道："四渎神祇，均奉上帝诰敕，一律封闭，唯黄河尚有路可通，但只可少借涓流，不能及远。"徽宗道："无论多少，能得微雨，也较为清凉呢。"灵素奉命，即在水殿门下，披发仗剑，望空拜祷，口中喃喃诵咒，左手五指捏诀，装作了一小时，果然黑云四集，蔽日成阴，他即向空撒手，但听得隆隆声响，阿香车疾驱而来。震雷甫应，大雨立施，约三五刻时候，雨即停止，依然云散天清，现出一轮红日。唯水殿中的炎热气，已减去一半。最可怪的，是雨点降下，统是浊流，徽宗已是惊异，忽由中使入报，内门以外，并无雨点，赫日自若，于是徽宗愈以为神，优加赏赉，赐号通真达灵先生。史称灵素识五雷法，大约祷雨一事，便用此诀。

先是徽宗无嗣，道士刘混康，以法箓符水，出入禁中，尝言："京师西北隅，地势过低，如培筑少高，当得多男之喜。"徽宗乃命工筑运，叠起冈阜，高约数仞。未几，后宫嫔御，相继生男，皇后也生了一子一女。徽宗始信奉道教。蔡京乘势献媚，即阴嗾童贯、杨戬、贾详、何诉、蓝从熙等中官，导兴土木。土木神仙，本是相连。遂于政和四年，改筑延福宫，宫址在大内拱辰门外，由童贯等五人，分任工役，除旧增新。五人又各为制度，不相沿袭，你争奇，我斗巧，专务侈丽高广，不计工财。及建筑告竣，又把花石纲所办珍品，派布宫中。这宫由五人分造，当然分别五位，东西配大内，南北稍劣，东值景龙门，西抵天波门，殿阁亭台，连属不绝，凿池为海，引泉为湖，鹤庄鹿砦，及文禽、奇兽、孔雀、翡翠诸栅，数以千计，嘉葩名木，类聚成英，怪石幽岩，穷工极胜。人巧几夺天工，尘境不殊仙阙。徽宗又自作延福宫记，镌碑留迹。后来又置村居野店，酒肆歌楼，每岁长至节后，纵民游观，昼悬彩，夕放灯，自东华门以北，并不禁夜。徙市民行铺，夹道傲居，花天酒地，一听自由。直至上元节后，方才停罢。寻又跨旧城修筑，布置与五位相同，号为延福第六位。复跨城外浚濠作二桥，桥下叠石为固，引舟相通。桥上人物，不见桥下踪迹，名曰景龙江。夹江皆植奇花珍木，殿宇对峙，备极辉煌。徽宗政务余闲，辄往宫中游玩，仰眺俯瞩，均足赏心悦目，几不啻身入广寒，飘飘若仙，当下快慰异常，旁顾左右道："这是蔡太师爱朕，议筑此宫，童太尉等苦心构成，亦不为无功。古时秦始、隋炀盛夸建筑，就使繁丽逾恒，恐未必有此佳胜哩。"左右道："秦、隋皆亡国主，平时所爱，无非声色犬马，陛下鉴赏，乃是山林间弃物，无伤盛德，有益圣躬，岂秦、隋所可比拟？"**一味逢君。**徽宗道："朕亦常恐扰民，只因蔡太师查核库余，差不多有五六千万，所以朕命筑此宫，与民同乐呢。"**哪知已为蔡太师所骗。**左右又谀颂一番，引得徽宗神迷心荡，越入魔境。

看官听着！人主的侈心，万不可纵，侈心一开，不是兴土木，就是好神仙，还有征歌选色等事，无不相随而起。徽宗宫中，除郑皇后素得帝宠外，有王贵妃，有乔贵妃，还有大小二刘贵妃，最邀宠幸，以下便是韦妃等人。二刘贵妃俱出单微，均以姿色得幸。大刘妃生子三人，曰棫，曰模，曰榛，于政和三年病逝。徽宗伤感不已，竟仿温成后故事，**温成事见仁宗时。**追册为后，谥曰明达。小刘妃本酒保家女，夤缘内侍，得入崇恩宫，充当侍役。崇恩宫系元符皇后所居，元符皇后刘氏自尊为太后后，常预外政，且有暧昧情事，为徽宗所闻，拟加废逐。诏命未下，先饬内侍诘责，刘氏羞忿不堪，竟就帘钩悬带，自缢而亡。**孟后尚安居瑶华，刘氏已不得其死，可见前时夺嫡，何苦乃尔？此即销纳法。**宫中所有使女，尽行放还。小刘妃不愿归去，寄居宦官何诉家。可巧大刘妃逝世，徽宗失一宠嫔，抑郁寡欢。内侍杨戬，欲解帝愁，盛称小刘美色，不让大刘，可以移花接木。徽宗即命杨戬召入，美人有幸，得近龙颜，天子无愁，重谐凤侣。更兼这位小刘妃，天资警悟，善承意旨，一切妆抹，尤能别出心裁，不同凡俗！每戴一冠，制一服，无不出人意表，精致绝伦。宫禁内外，竞相仿效。俗语说得好："酒不醉人人自醉，色不迷人人自迷。"况徽宗春秋鼎盛，善解温存，骤然得此尤物，比大刘妃还要慧艳，哪有不宠爱的情理？不到一两年，即由才人进位贵妃。嗣是六宫嫔御，罕得当夕，唯这小刘妃承欢侍宴，朝夕相亲，今日倒鸾，明日颠凤，一索再索三、四索，竟得生下三男一女。名花结果，未免减芳，那徽宗已入魔乡，得陇又要望蜀。会值延福宫放灯，竟带着蔡攸、王黼及内侍数人，轻乘小辇，微服往游。寓目无非春色，触耳尽是欢声，草木向阳，烟云夹道。联步出东华门，但见百肆杂陈，万人骈集，闹盈盈地卷起红尘，声细细地传来歌管。徽宗东瞧西望，目不暇接，突听得窗帘一响，便举头仰顾，凑巧露出一个千娇百媚的俏脸儿来，顿令徽宗目眙神驰，禁不住一齐喝采。酷似一出《挑帘》。曾记得前人有集句一联，可以仿佛形容，联句云：

　　杨柳亭台凝晚翠，芙蓉帘幕扇秋红。

　　毕竟徽宗有何奇遇，且看下回便知。

　　王老志也，王仔昔也，林灵素也，三人本属同流，而优劣却自有别。老志所言，尚有特识，其讽徽宗也以自省，其劝蔡京也以急退，盖颇得老氏之真传，而不专以隐怪欺人者。迨托疾而去，翛然远引，盖尤有敝屣富贵之思焉。王仔昔则已出老志下矣，林灵素狡狯逾人，荒唐尤甚。祷雨一事，虽若有验，然非小有异术，安能幸结主知？孔子谓攻乎异端，斯害也已，灵素固一异端也，奈何误信之乎？且自神仙之说进，而土木兴，土木之役繁，而声色即缘之以起。巫风、淫风、乱风，古人所谓三风者，无一可犯，一弊起而二弊必滋，此君子所以审慎先几也。

第十七回

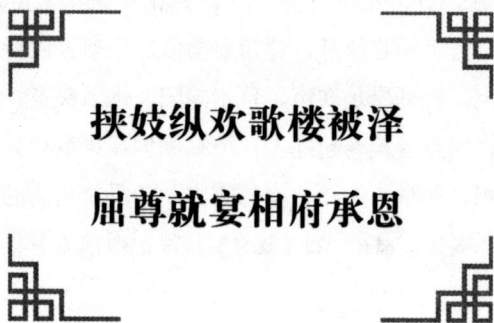

挟妓纵欢歌楼被泽
屈尊就宴相府承恩

却说延福宫左近一带，当放灯时节，歌妓舞娃，争来卖笑。一班坠鞭公子，走马王孙，都去寻花问柳，逐艳评芳。就中有个露台名妓，叫作李师师，生得妖艳绝伦，有目共赏，并且善唱讴，工酬应，至若琴棋书画，诗词歌赋，虽非件件精通，恰也十知四五，因此艳帜高张，喧传都市。这日天缘凑巧，开窗闲眺，正与徽宗打个照面。徽宗低声喝采，那蔡攸、王黼二人俱已闻知，也依着仰视，李师师瞧着王黼，恰对他一笑。原来王黼素美风姿，目光如电，曾与李师师有些认识，所以笑靥相迎。王黼即密白徽宗道："这是名妓李师师家，陛下愿去游幸否？"蔡攸道："这、这恐未便。"王黼道："彼此都是皇上心腹，当不至漏泄风声。况陛下微服出游，有谁相识？若进去游幸一回，亦属无妨。"蔡攸尚知顾忌，王黼更属好导。看官道这王黼是什么人物？他是开封人氏，曾在崇宁年间，登进士第，外结宰辅何执中、蔡京，内交权阉童贯、梁师成，累迁至学士承旨，与蔡攸同直禁中。平素有口辩才，专务迎合，深得徽宗欢心。此时见徽宗赞美李师师，因即导徽宗入幸。徽宗猎艳心浓，巴不得立亲芗泽，便语王黼道："如卿所言，没甚妨碍，朕就进去一游，但须略去君臣名分，毋令他人瞧破机关。"王黼应命，便引徽宗下车，徐步入李师师门。蔡攸亦即随入。李师师已自下楼，出来迎接，让他三人登堂，然后向前行礼，各道万福。徽宗仔细端详，确是非常娇艳。鬓鸦凝翠，鬟凤涵青，秋水为神玉为骨，芙蓉如面柳如眉。还有一抹纤腰，苗条可爱，三寸弓步，瘦窄宜人。师师奉茗肃宾，开筵宴客。徽宗坐了首座，蔡攸、王黼挨次坐下，李师师末坐相陪。席间询及姓氏，徽宗先诌了一个假姓名，蔡攸照例说谎。轮到王黼，也捏造了两字，李师师不禁解颐。王黼与她递个眼色，师师毕竟心灵，已是会意，遂打起精神，伺候徽宗。酒至数巡，更振起娇喉，唱了几出小曲，益觉令人心醉。徽宗目不转睛地看那师师，师师也浅挑微逗，眉目含情。蔡攸、王黼更在旁添入诙谐，渐渐地流至媟亵。**好两个篾片朋友。**寻且谑浪笑傲，毫无避忌，待到了夜静更阑，方才罢席。徽宗尚无归意，王黼已窥破上旨，一面密语李师师，一面又密语徽宗，两下俱已允洽，便邀了蔡攸一同出去。徽宗见两人已出，索性放胆留髡，便去拥了李师师同入罗帏。李师师骤承雨露，明知是皇恩下逮，乐得卖弄风情。这一夜的枕席欢娱，比那妃嫔当夕时，情致加倍。可惜情长宵短，转瞬天明，蔡攸、王黼二人，即入迓徽宗，徽宗没奈何，披衣起床，与李师师叮嘱后期，才抽身告别。

及回宫后，勉勉强强地御殿视朝，朝罢入内，只惦记李师师如何缱绻，如何温柔，不但王、乔诸妃，无可与比，就是最爱的小刘贵妃，也觉逊她一筹。但因身居九重，不能每夕微行，好容易挨过数宵，几乎瘖寐彷徨，辗转反侧。那先承意志的王学士，复导徽宗赴约。天台再到，神女重逢，这番伸续前欢，居然海誓山盟，有情尽吐。徽宗竟自明真迹，李师师也愿媵后宫。可奈折柳章台，究不便移楼禁苑，当由徽宗再四踌躇，只许师师充个外妾，随时临幸。师师装娇撒痴，定欲入宫瞻仰。徽宗不得不允，唯谕待密旨宣召，方得往来。师师才觉欣然，至阳台梦罢，铜漏催归，又互申前约，反复叮咛。

一别数日，李师师倚门怅望，方讶官家愆约，久待不至；直到黄昏月上，忽有内侍入门，递与密简，展览之下，笑逐颜开，当即淡扫蛾眉，入朝至尊，随了内侍，经过许多重门曲院，才抵深宫。内侍也不先通报，竟引师师入室。徽宗早已待着，见了师师，好似得宝一般。及内侍退后，彻夜绸缪，自不消说。嗣是一主一妓，迭相往还，渐渐地无禁无忌。师师竟得与后宫妃嫔，晋接周旋，她本是平康里中的好手，无论何种人情，均被她揣摩纯熟，一经凑合，无不惬心，何况六宫嫔御，统不过一般妇女心肠，更容易体贴入微，日久言欢，相亲相近，非但徽宗格外狎昵，连乔、刘诸贵妃等，亦爱她有说有笑，不愿相离。描摹尽致。

时光易过，转瞬一年，徽宗正在便殿围炉，林灵素自外进谒，由徽宗赐他旁坐，与语仙机，谈至片刻，灵素忽起趋阶下道："九华玉真安妃将到来了，臣当肃谒。"又要捣鬼。徽宗惊问道："哪个是九华仙妃？"灵素道："陛下且不必问，少顷自至。"语毕，拱手兀立。既而果有三五宫女，拥一环珮珊珊的丽姝进来，徽宗亦疑是仙人，不禁起座，及该姝行近，并非别人，就是宠擅专房的小刘贵妃。徽宗禁不住大笑，灵素却恭恭敬敬地再拜殿下，至拜罢起来，又大言道："神霄侍案夫人来了。"言甫毕，又见一丽人，轻移莲步，带着宫婢二三名，冉冉而至。徽宗龙目遥瞩，乃是后宫的崔贵嫔。灵素复道："这位贵人，在仙班中，与臣同列，礼不当拜。"乃鞠躬长揖，仍复上阶就座。原来灵素出入宫禁，已成习惯，所有宫眷，不必避面，因此仍坐左侧。刘、崔二妃，向徽宗行过了礼，自然另有座位。才经坐定，灵素忽聘视殿外道："怪极怪极！"徽宗被他一惊，忙问何故？灵素道："殿外奈何有妖魅气？"一语未已，见有一美妇进来，珠翠盈头，备极秾艳。灵素突然起座，取过御炉火管，大踏步趋至殿门，将击该妇，亏得内侍两旁遮拦，才得免击，那美人儿已吓得目瞪口呆，桃腮变白。徽宗也急唤灵素道："先生不要误瞧，这就是教坊中的李师师。"原来就是此人。灵素道："她是一个妖狐，若将她杀却，尸无狐尾，臣愿坐欺君大罪，立就典刑。"徽宗正爱恋师师，哪里肯依？便带笑带劝地说了数语。灵素道："臣不惯与妖魅并列，愿即告退。"李师师似妖，灵素亦未尝非怪。言讫，拂袖径去。

徽宗疑信参半，到了次日，又召见灵素，问廷臣有无仙侣？灵素答道："蔡太师系左元仙子，王学士黼恰是神霄文华使，郑居中、童贯等，亦皆名厕仙班，所以仍隶帝君陛下。"误国贼臣，岂隶仙籍？就使有点来历，无非是混世妖魔。徽宗道："朕已造玉清和阳宫，供奉仙像，请先生为朕斋醮！"灵素不待说毕，便接入道："玉清和阳宫，似嫌逼仄，乞陛下另行建造，方可奉诏。"徽宗道："这也无有不可，请先生择地经营！"灵素奉命而出，即在延福宫东侧，规度地址，鸠工建筑。由内侍梁师成、杨戬等，协同监造。师成曾为太乙宫使，以善谍得宠，甚至御书号令，多出彼手，就是蔡京父子，亦奉命维谨，王黼且视他如父。此次与灵素督建醮宫，自晨晖门，即延福宫东门。至景龙门，汴京北面中门。迤长数里，密连禁署。宫中山包平地，环绕佳木清流，所筑馆舍台阁，上栋下楹，概用梗楠等木，不施五采，自然成文，亭榭不可胜计。

宫既成，定名为上清宝箓宫，命灵素主斋醮事，王仔昔为副。且就景龙门城上，筑一复道，沟通宫禁，以便徽宗亲临祷祀，且令各路统建神霄万寿宫。灵素遂广招徒党，齐集都中，各请给俸。每设大斋，费缗钱数万，甚至穷民游手，多买青布幅巾，冒称道士，混入宝箓宫内，每日得一饱餐，并制钱三百文，称为施舍。政和七年，设立千道会，不论何处羽流，尽令入都听讲。徽宗亦在旁设幄，恭聆教旨。开会这一日，羽流云集，女士盈门，徽宗亦挈着刘、崔诸妃，入幄列坐。灵素戴道冠，衣法服，昂然登坛，高坐说法，先谈了一回虚无杳渺的妄言，然后令人入问要诀。坛下瞻拜多人，灵素随口荒唐，并无精义，或且杂入滑稽，间参媟语，引得上下哄堂，嘈杂无纪，御幄内亦笑声杂沓，体制荡然。上恬下嬉，安得不亡？罢讲后，御赐斋饭，很是丰盛。徽宗与妃嫔等，亦至斋堂内，吃过了斋，才行返驾。灵素复令吏民诣宝箓宫，授神霄秘录，朝士求他引进，亦往往北面称徒，靡然趋附，但得灵素首肯，无不应效如神。也可称做接引道人。既而道箓院中，忽接得一道密诏，内云：

朕乃上帝元子，为太霄帝君，悯中华被金狄之教，金狄二字，刘定之谓佛身若金色，故称金狄，未知是否？遂恳上帝，愿为人主，令天下归于正道，卿等可册朕为教主道君皇帝。

道箓院当然应诺，即上表册徽宗为教主道君皇帝，想入非非。百官相率称贺。唯这个皇帝加衔，止在道教章疏内应用，余不援例。一面立道学，编道史。什么叫作道学呢？用内经道德经为大经，庄子、列子为小经，自太学辟雍以下，概令肄习，按岁升贡，及三岁大比，必通习道学，方得进阶，这是林先生说出来的。什么叫作道史呢？汇集古今道教事，编成一部大纪志，称为道史，这是蔡太师说出来的。可巧道法有灵，西陲一带，屡报胜仗，徽宗尤信为神佑，越觉堕入迷途。接入西夏事，也似天衣无缝。原来太尉童贯，自督造延福宫后，仍握兵权。适值夏人李讹哆，一译作李额叶。为环州定远军首领，本已降服中朝，暗中却通使夏监军，说是窖粟待师，可亟发大兵，来袭定远。夏监军哆唛，一译作多凌。遂率万人来应。讹哆转运使任谅，诇知讹哆诡谋，募兵潜发窖谷。至哆唛到来，讹哆已失所藏，只好率部众归夏。哆唛无粮可资，还兵藏底河，筑城扼守。任谅驰疏上闻，有诏授童贯为陕西经略使，调兵讨夏。

贯至陕西，檄熙河经略使刘法率兵十五万，出湟州，秦凤经略使刘仲武，率兵五万，出会州，自率中军驻兰州，为两路声援。仲武至清水河，筑城屯守而还。法与夏右厢军相遇，在古骨龙地方，鏖斗一场，大败夏人，斩首三千级。童贯即露布奏捷，诏令贯领六路边事。永兴、鄜延、环庆、秦凤、泾原、熙河。贯复遣王厚、刘仲武等，合泾原、鄜延、环庆、秦凤各路兵马，进攻臧底河城。及为夏人所败，十死四五，贯匿不上闻，再命刘法、刘仲武调熙、秦兵十万，攻夏仁多泉城。城中力孤，待援不至，没奈何出降。法入城后，竟将城内兵民杀得一个不留。如此残忍，宜乎不得善终。捷书再至宋廷，复加贯为陕西、两河宣抚使。已而渭州将种师道复攻克臧底河城，贯又得升官加爵，进开府仪同三司，签书枢密院事。蔡京亦得连带沐恩，一再赐诏，始令他三日一朝，正公相位，总治三省事，继复晋封鲁国公，命五日一赴都堂治事。

寻又将茂德帝姬下嫁京四子絛，帝姬就是公主，由京改制称帝姬。姬本古姓，春秋时女从母姓，故称姬，后世或沿称为姬妾，蔡京乃以称公主，愈觉不通。茂德帝姬，系徽宗第六女，蔡攸兼领各种美差，如上清宝箓宫、秘书省、道箓院、礼制局、道史局等，均有职司。攸弟絛亦官保和殿学士，一门贵显，烜赫无伦。会徽宗立长子桓为皇太子，桓系前后王氏所出，曾封定王，性好节俭。蔡京例外巴结，即将大食国所遗琉璃酒器，献入东宫。太子道："天子大臣，不闻勗我道义，乃把玩具相贻，莫非欲盅我心志么？"太子詹事陈邦光在侧，又添说蔡京许多不是，惹得太子怒起，竟命左右击碎酒器，一律毁掷。这事为蔡京所闻，当然懊恨。讨好跌一交，哪得不恼？一时扳不倒太子，只好将一股毒气，喷在陈邦光身上，当下阴嗾言官，弹击邦光，自己又从旁诋斥，遂传出御笔手诏，窜邦光至陈州。太宰何执中始终与蔡京友善，辅政至十余年，毫无建树，一味唯唯诺诺，赞饰太平。徽宗恩宠不衰，直至年迈龙钟，才命以太傅就第，禄俸如旧，未几病死。郑居中继为太宰，兼少保衔，刘正夫为少宰，邓洵武知枢密院事。换来换去，无非这班庸奴。居中受职后，思改京政，存纪纲，守格令，抑侥幸，振淹滞，颇洽人望，但不过与京立异，并没有什么干济才。正夫随俗浮沉，专务将顺，洵武阿附二蔡，人品学术，更不消说。既而正夫因疾辞职，居中以母丧守制，徽宗又擢余深为少宰。余本蔡家走狗，怎肯背德？一切政务，必禀白蔡公相，唯命是从。蔡氏父子势益滔天。攸妻宋氏系宋庠孙女，颇知文字，出入禁中，累承恩赏。攸子名行，亦得领殿中监。有时徽宗且亲幸京第，略去君臣名分，居然作为儿女亲家，所有蔡家仆妾，均得瞻近天颜。京设宴飨帝，一酌一餐，费至千金，各种看馔，异样精美，往往为御厨所未有，徽宗不以为侈，反说由公相厚爱，自京以下，均命列坐，彼此传觞，如家人礼。徽宗又命茂德帝姬及姑嫜姨姒等，也设席左右，稚儿娇女，均得登堂，合庭开欢宴之图，上寿沐皇王之宠。妾媵俱蒙诰命，厮养亦沐荣封，真所谓帝德汪洋，无微不至了。及徽宗宴罢返宫，翌日京上谢表，有云："主妇上寿，请醮而肯从，稚子牵衣，挽留而不却。"这是实事，并非虚言。可惜蔡太师生平只有这数语是真。小子有诗叹道：

> 误把元凶作宰官，万方皆哭一庭欢。
>
> 试看父子承恩日，国帑民财已两殚。

蔡京贵宠无比，童贯因和夏班师，也得晋爵封公。于是公相以外，又添出一个媪相来。欲知详细，下回再表。

李师师不见正史，而稗乘俱载其事，当非虚诬。蔡攸、王黼为徽宗幸臣，微行之举，必自二人启之。夫身居九重，为社稷所由寄，为人民所由托，乃不惜降尊，与娼妓为耦，以视莫愁天子，犹有甚焉，而攸、黼更不足诛已。林灵素目师师为妖，师师固一妖孽也，君子不以人废言，吾犹取之。下半回述徽宗幸蔡京第，略迹言欢，妇孺列席，与上半回挟妓饮酒事，适成映射。李师师以色迷君，蔡京以佞惑主，迹虽不同，弊实相等。读《鲁论》"远郑声放佞人"二语，足知本回宗旨，亦寓此意。喜郑声者未有不近佞人，吾于徽宗亦云。

第十八回

造雄邦恃强称帝
通远使约金攻辽

却说童贯经略西陲，屡次晋爵，至政和八年，改元重和，貤恩内外文武百官，贯复得升为太保。越年，复改元宣和，贯又欲幸功邀赏，命刘法进取朔方。法不欲行，经贯连日催促，不得已率兵二万，出至统安城。适遇夏主弟察哥，一作察克。引兵到来，法即列阵与战，察哥自领步骑为三队，敌法前军，别遣精骑登山，绕出法军背后。法正与察哥酣斗，不防后队大乱，竟被夏兵杀入。法顾前失后，顾后失前，亟拟收军奔回，怎奈夏兵前后环绕，不肯放行。督战至六七时，累得人马困乏，且部兵多半死亡，料知招架不住，只好弃军潜遁。天色已晚，贪夜奔走，行至黎明，距战地约七十里，地名盖朱嵬，四顾无人，乃下马卸甲，暂图休息。少顷，有数人负担前来，法疑是商贩，向他索食。数人不允，法瞋目道："你等小民，难道不识我刘经略么？"一人答道："将军便是刘经略，我有食物在此，应该奉献。"言讫，便向担中取出一物，跑至刘法身旁。法尚道是什么食物，哪知是一柄亮晃晃的短刀，急切不及躲避，突被杀死，首级也被取去。看官听着！这数人，乃是西夏的负担军，随充军前杂役，可巧碰着刘法，正是冤冤相凑，当即斩首报功。是屠城之报。察哥见了法首，恻然语左右道："这位刘将军，前曾在古骨龙、仁多泉两处，连败我军，我尝谓他天生神将，不敢与他交锋，谁料今日为我小兵所杀，携首而归，这是他恃胜轻出的坏处，我等不可不戒！"察哥有谋有识，却是西夏良将。当下麾军再进，直捣震武。震武在山峡中，熙、秦两路转饷艰难，自筑城三载，知军李明、孟清皆为夏人所杀，至是城又将陷。察哥道："勿破此城，留作南朝病块，也是好的。"遂引军退去。

童贯闻夏人已退，反报称守兵击却，就是刘法败死，也匿不上闻，一面通使辽主，请他出场排解，再与夏人修好。辽正与金构兵，恐得罪中朝，更增一敌，乃转告夏主，令与宋修和。夏主乾顺亦颇厌用兵，乃因辽使进表纳款。贯遂上言，夏主畏威，情愿投诚。徽宗乃饬罢六路兵，加贯太傅，封泾国公，时人称贯为媪相，与公相蔡京齐名。贯班师回朝，刚值蔡京定议图辽，遣武义大夫马政浮海使金，与约夹攻。贯本首倡此议，当然极力怂恿，主张北伐。一时兴高采烈，大有唾手燕云的情景。**全是妄想。**

看官道金是何邦？便是前文所说的女真部。徽宗政和二年时，辽天祚帝延禧赴春州，至混同江钓鱼，女真各部酋长，相率往朝。阿骨打奉兄命，亦出觐辽主，钓罢张宴。饮至半酣，辽主诸酋依次起舞，轮至阿骨打，独辞不能。辽主劝谕再三，始终不肯听命。辽主欲杀阿骨打，经北院枢密使萧奉先谏阻乃止。阿骨打脱归，恐辽主疑有异志，将加讨伐，遂日夕筹防，招兵买马，先并吞附近各族，拓地图强，嗣且建城堡，修戎器，扼险要，以备不虞。至长兄乌雅束病殁，阿骨打袭位，并不向辽告丧，且自称勃都极烈。**一作达贝勒。**辽主遣使诘责，阿骨打道："有丧不能弔，还说我有罪么？"因拒绝来使。先是辽主好猎，每岁至海上市鹰，征使四出，道出女真，往往需求无厌，因此各部亦相继怨辽。独纥石烈部酋阿疏，当盈哥在位时，与盈哥有怨，战败奔辽。盈哥、乌雅束相继索仇，终不见遣。阿骨打又迭使往索，仍属无效，乃召集诸部，约会来流水上，**一作拉林水。**得二千五百人，祷告天地，誓师伐辽，进军辽境，击败辽兵，射死辽将耶律谢十，**谢十一作色锡。**乘势攻克宁江州。辽都统萧嗣先，率兵万人，出援宁江。阿骨打时已引还，嗣先竟追至出河店，**一译作珠赫店。**天晚驻营。翌晨闻阿骨打返兵迎击，急令前队往阻，不到半日，已被阿骨打杀败逃回。嗣先乃整军出迎，甫经交绥，忽大风陡起，飞沙眯目，阿骨打正居上风，麾兵奋击，辽兵不能支持，尽行溃散，将校多半死亡，嗣先踉跄遁归。于是阿骨打弟吴乞买等，劝兄称帝。阿骨打起初不从，旋经将佐等，再行劝进，乃于乙未年正月元日，即宋徽宗政和五年，就按出虎水旁，**按出虎水一译作爱新水。**即皇帝位，国号大金，取金质不坏的意义。建元取国，易名为旻，命吴乞买为谙班勃极烈。从兄撒改，一作萨拉噶，系劾里钵兄劾者子。及弟斜也，一译作舍音。为国论勃极烈。两种官名，均系女真部方言，尊贵的官长，叫作勃极烈，谙班是最尊的意思，国论就是国相。谙班一译作阿木班，国论一作固伦。

辽人尝言女真兵满万，便不可敌，至是已达万人以上，乃厉兵秣马，再议攻辽。辽主遣使僧家奴，一作僧嘉努。赍书往金，令为属国。金主复书，要求辽主送还阿疏，并遣黄龙府至别地，方可议和。辽主再赍书，呼金主名，谕令归降。金主亦复书，呼辽主名，谕令归阵。然是好看。两下里各争尊长，那金主已进兵益州，直捣黄龙府。辽兵屡战屡败，黄龙府竟被夺去。辽主闻报大怒，即下诏亲征，号称七十万，分路出师。金主闻辽兵大举，乃以刀劙面，涕泣语众道："我与汝等起兵，无非苦辽邦残忍，欲自立国，今天祚亲至，恐不可当，看来只有杀我一族，大众出去迎降，或可转祸为福。"遣将不如激将。吴乞买等趋进道："火来水淹，兵来将挡，况天祚淫虐不仁，众心离散，就使来了一二百万，也不过暂时乌合，怕他什么？"金主乃道："你等果能尽死力，须听我号令，同去御敌！"诸将齐声应令，遂调齐人马，倾国而出，行至黄龙府东，遥见辽兵遍野，势如攒蚁，乃下令军中道："敌利速战，我利固守，且深沟高垒，静观敌衅，再行进兵。"将士遵令，择险驻扎，按兵不动。辽兵也不来挑战，越日，竟陆续退去。

原来辽副都统章奴，谋立天祚叔父耶律淳，诱将士亡归上京，遣淳妃萧迪里告淳。淳不愿依议，拘住迪里，会辽主闻章奴谋叛，亟遣使慰淳，淳斩迪里首，取献辽主，孑身待罪。辽主待遇如初。偏章奴入掠上京，至辽太祖庙，数天祚罪恶，移檄州县，将犯行宫。辽主亟从军中退归，军士均无斗志，也随了回去。事被金主察悉，遂拔寨齐起，西追辽主，至护步答冈，护步答一作和斯布达。见前面舆辇甲仗，迤逦行去，他即分开两翼，一鼓而上，自率精兵猛将，专向辽中军杀入。辽主猝不及防，急忙退走，辽兵亦纷纷四散。金主麾杀一阵，斩馘以万计，夺得车马帟幄，兵械军资，不可胜计，乃引兵回国。辽主奔赴上京，适章奴已为熟女真部所败，众皆溃散。逻卒擒住章奴，送至辽主所在，立斩以徇。辽主乃还都。

看官听着！从前辽都临潢，号为上京，自圣宗隆绪，徙都辽西，称为中京，又以辽阳为东京，幽州为南京，云州为西京，共计五京。提出五京，下文金、宋攻辽，庶有眉目可辨。章奴诛死，上京方才告靖。不意东京又闹出乱端。东京留守萧保先，虐待渤海居民，为暴徒所戕，经辽将大公鼎、高清明等，率兵剿捕，乱势少平。偏裨将高永昌收集溃匪，入据辽阳，匝旬间，得八千人，居然僭号，称为隆基元年。辽主遣韩家奴、张林等往征，永昌恐不能敌，向金求救。金主遣胡沙补一译作华沙布。报永昌道："同力攻辽，我愿相助，但须削去僭号，归顺我国，当以王爵相报。"永昌不从。金主遂命大将斡鲁，率诸军攻永昌，巧与辽将张琳相值，两下开仗，张琳败走，斡鲁乘势取沈州，进薄辽阳城下。永昌开城出战，哪里敌得住金军？遂败奔长松。辽阳人挞不野，一作托卜嘉。擒住永昌，献与金主，眼见得一刀两段，于是辽国的东京州县，及南路熟女真部，陆续降金。金主任斡鲁为南路都统，斡伦一作鄂楞。知东京事。辽主闻东京失陷，未免惊慌，乃授耶律淳为都元帅，募辽东人为兵，得二万二千余人，使报怨女真，叫作怨军，以渤海铁州人郭药师等为统领。耶律淳倡议和金，遣耶律奴苛一译作讷格。如金议好，金主要索多端，议不能决。旋由金主最后复书，迫辽以兄礼事金，封册如汉仪，方可如约，否则不必再议。辽主尚不肯许。适遇大饥，人自相食，各地盗贼蜂起，掠民充粮。枢密使萧奉先等，劝辽主暂从金议，乃册金主旻为东怀国皇帝。金主不悦，语册使道："什么叫作东怀国？我国明号大金，应称为大金国便了。且册书中，并无兄事明文，我不能遵约。"当下将册书掷还。金主既迫辽兄事，何必再受辽册封？这也奇怪。看官这东怀国三字，明是辽人暗弄金主，取小邦怀德的意义。他总道金主未达汉文，或可模糊骗过，偏金主要他兄事，要称大金，仍然和议不成，双方决裂。蔡京闻得此信，遂欲约金攻辽，规复燕云。武义大夫马政，航海至金，与金主面议辽事。金主亦令李善庆等赍奉国书，并北珠生金等物，偕马政同至汴都。徽宗即命蔡京与约攻辽，善庆等不加可否，居十余日乃去。徽宗复令马政持诏，及还赐礼物，与善庆等渡海报聘。行至登州，政奉诏止行，乃只遣平海军校呼庆送善庆等归金。金主遣呼庆归，且与语道："归见皇帝，果欲结好，当示国书，若仍用诏命，我不便受，莫怪我却还来使。"呼庆唯唯而还。至童贯入朝，力主京议，请再遣使赍书。中书舍人吴时，独上疏谏阻，又有布衣安尧臣，亦谏止图辽。吴且言不应败盟。安尧臣一疏，却很是剀切详明，略云：

陛下临御之初，尝下诏求言，于是谔士效忠，而憸人乃误陛下，加以讪谤之罪，使陛下负拒谏之谤，比年天下杜口，以言为讳。乃者宦寺交结权臣，共倡北伐，而宰执以下，无一人肯为陛下言者。臣谓燕、云之役兴，则边衅遂开，宦寺之权重，则皇纲不振。昔秦始皇筑长城，汉武帝通西域，隋炀帝辽左之师，唐明皇幽、蓟之寇，其失如彼，周宣王伐猃狁，汉文帝备北边，元帝纳贾捐之议，光武斥臧宫马武之谋，其得如此。艺祖拨乱反正，躬环甲胄，当时将相大臣，皆所与取天下者，岂勇略智力，不能下幽、燕哉？盖以区区之地，契丹所必争，忍使吾民重困锋镝，章圣澶渊之役，与之战而胜，乃听其和，亦欲固本而息民也。今童贯深结蔡京，同纳赵良嗣以为谋主，故建平燕之议，臣恐异时唇亡齿寒，边境有可乘之衅，狼子蓄锐，伺隙以逞其欲，此臣之所以日夜寒心者也。伏望思祖宗积累之艰难，鉴历代君臣之得失，杜塞边衅，务守旧好，无使外夷乘间窥中国。上以安宗庙，下以慰生灵，则国家幸甚！生民幸甚！

　　徽宗连接两疏，正在怀疑，会有二御医自高丽归，入奏徽宗，亦以图燕为非。原来高丽尝通好中国，因国主有疾，向宋求医，徽宗乃遣二医往视，及高丽送二医归国，临歧与语道："闻天子将与女真图契丹，恐非良策。苟存契丹，尚足为中国捍边。女真似虎似狼，不宜与交，可传达天子，预备为是。"高丽人颇有见语。二医遂归白徽宗，徽宗乃以吴时、安尧臣所言，不为无见，拟将联金伐辽的计议，暂从搁置，并拟擢安尧臣为承务郎，借通言路。可奈蔡京、童贯二人，坚执前议，谓天与不取，反致受害；还有学士王黼，时已升任少宰，郑居中乞请终丧，因进余深为太宰，王黼为少宰。与蔡、童一同勾结，斥吴时为腐儒，且以安尧臣越俎进言，目为不法，怎得再给官阶？三人并力奏请，徽宗又不得不从，因遣右文殿修撰赵良嗣，借市马为名，再出使金，申请前约。巧值辽使萧习泥烈一作萧锡里。至金续议册礼，金主仍不惬意，竟兴兵出攻上京，令宋、辽二使，随着军中。辽主方在胡土白山一译作瑚图哩巴里。围猎，闻金主出师，亟命耶律白斯不等，白斯不一作博硕布。简率精兵三千，驰援上京。金主至上京城下，先谕守兵速降，留守挞不野不从，金主乃督兵进攻，且语宋、辽二使道："汝等可看我用兵，以卜去就。"言讫，遂亲击桴鼓，促军猛扑，不避矢石，自辰及午，金将阇母一译作多昂摩。等，鼓勇先登，部众随上，遂克外城。挞不野无法可施，只好出降。耶律白斯不等将至上京，闻城已失守，不战自退。金主入城犒师，置酒欢宴。赵良嗣等捧觞上寿，皆称万岁。丑。越日，金主留兵居守，自偕赵良嗣等还国。良嗣因语金主道："燕本汉地，理应仍归中国，现愿与贵国协力攻辽，贵国可取中京大定府，敝国愿取燕京析津府，南北夹攻，均可得志。"金主道："这事总可如约，但汝主曾给辽岁币，他日还当与我。"良嗣允诺，金主遂付良嗣书，约金兵自平地松林趋古北口，宋兵自白沟夹攻，否则不能如约。并遣勃堇一作贝勒。偕良嗣申述已意，徽宗乃复遣马政报聘，且复致国书道：

> 大宋皇帝，致书于大金皇帝：远承信介，特示函书，致讨契丹，当如来约。已差童贯勒兵相应，彼此兵不得过关，岁币之数同于辽，仍约毋听契丹讲和，特此复告！

马政持书至金，金主答称如约，协议遂成。至马政返报，有诏令童贯整军待发，独郑居中以为未可，特往语蔡京道："公为大臣，不能守两国盟约，致酿事端，恐非妙策。"京答道："皇上厌岁币五十万，所以主张此议。"居中道："公未闻汉朝和亲用兵的耗费么？汉尝岁给单于一亿九十万，西域一千八百八十万，与本朝相较，孰多孰少？今乃贪功启衅，徒使百万生灵，肝脑涂地，首祸唯公，后悔何及！"居中虽非好人，语却可取。京默然不答，但心中总以为可行，且已与金定约，势成骑虎，不能再下，仍与童贯决议兴兵。忽接到两浙警报，睦州人方腊作乱，睦、歙、杭诸州，接连被陷，东南几已糜烂了。徽宗大惊，急召辅臣会议，暂罢北伐，亟拟南征。正是：

> 满望燕云归故土，谁知吴越起妖氛？

欲知南征时命将情形，且至下回续叙。

辽王延禧，淫荒无度，以致女真部崛起东北，僭号称尊，是辽固有败亡之道，而因致敌人之侮辱者也。宋之约金攻辽，议者皆谓其失策，吾以为燕云十六州，久沦左衽，乘隙而图，未始非计。但主议非人，用兵非时，妄启兵端，适以致祸。兵志有言："知己知彼，百战百胜。"试问君如徽宗，臣如蔡京、童贯，能控驭远人否乎？百年无事，将骄卒惰，能战胜外夷否乎？且与女真素未通好，乃无端遣使，自损国威，强弱之形未著，而外人已先轻我矣。拒虎引狼，必为狼噬，此北宋之所以终亡也。

第十九回

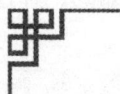

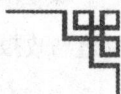

帮源峒方腊揭竿
梁山泊宋江结寨

却说宣和二年，睦州清溪民方腊作乱。方腊世居县堨村，托词左道，妖言惑众，愚夫愚妇，免不得为他所惑。但方腊本意尚不过借此敛钱，并没有什么帝王思想。唯清溪一带，有梓桐、帮源诸峒，山深林密，民物殷阜，凡漆楮杉樟诸木，无不具备，富商巨贾，尝往来境内，购取材料。腊有漆园，每年值价，数达百金，自苏、杭设置应奉局及花石纲，朱勔倚势作威，往往擅取民间，不名一钱，腊亦屡遭损失，漆被取去，无从索价，所以怨恨甚深。当下煽惑百姓，倡议诛勔。百姓正恨勔切骨，巴不得立时捕到，将他碎尸万段，聊快人心。既得方腊为主，当然一唱百和，陆续引集，请他举事。腊尚恐众心未固，乃假托唐袁天罡、李淳风的推背图，编成四语道：

　　十千加一点，冬尽始称尊。纵横过浙水，显迹在吴兴。

　　"十千"是隐寓"万"字，加一点便成"方"字；"冬尽"为腊；"称尊"二字，无非是南面为君的意思。从来童谣图谶，多半由临时捏造，诱惑愚民。纵横二语，更是明白了解，没甚奥义。观此二语，见得方腊本意，不过欲扰乱苏、杭，并无燎原之志。还有睦州遗传，说有什么天子台、万年楼，从前唐高宗永徽年间，曾有女子陈硕真叛据睦州，自称文佳皇帝，后来不成而死。方腊谓这道王气，应在己身方验，*巾帼当不及须眉。*一时信为真话，哄动至数千人，遂削木揭竿，公然造起反来。根据地就是帮源峒，自称圣公，建元永乐，也设官置吏，以头巾为别，自红巾而上，分作六等。急切无弓矢甲胄，专恃拳殴棒击，出峒四扰。又编给符箓，谓有神效，可得冥助。*大约与清季之拳匪相似。*于是毁民庐，掠民财，所有妇人孺子，一律掳至峒中，腊自择美妇娈童，供奉朝夕，余尽赏给党羽，作为仆妾，不到半月，胁从且至数万，乃勒为部伍，出攻清溪。两浙都监蔡遵、颜坦率兵五千人，星夜往讨，到了息坑，正值方腊前队到来，军士望将过去，先不禁惊讶起来。原来方腊前队，并不见有武夫，又不见有利械，只有妇女若干，童稚若干，妇女仍搽脂抹粉，唯服饰多系道装，手中各执拂尘，仿佛是戏剧中的师姑。童子面上统加涂饰，红黄蓝白，无奇不有，或梳发作两丫髻，或鬎发成沙弥圈，遥对官军，嬉笑憨跳，并不像打仗的样子。*恰是奇怪，非特见所未见，并且闻所未闻。*官军面面相觑，还道他有什么妖法，不敢前进。蔡遵恰也惊疑，颜坦本是粗率，便诘蔡遵道："这是惶惑我军的诡计，有何足怕？看我驱军杀尽了他。"言已，便督军进击。兵戈所指，那妇孺吓得倒躲，没命地乱窜了去。*只耐肉战，哪禁兵刃。*

坦放胆杀入，一逃一追，但见前面的妇孺，均穿林越涧，四散奔逸，一行数里，连妇孺都不见了。此外也并无一人，唯剩得空山寂寂，古木阴阴。*争战时，插此二语，倍增趣味。*坦不管好歹，再向前力追，突听得一声号炮，震得木叶战动，不由得毛骨悚然。至举头四顾，又不见什么动静，煞是可怪。*故曲一笔。*大众捏着一把冷汗，足虽急行，面唯四望，不防扑蹋扑蹋的好几声，一大半跌入陷坑，连颜坦也坠了下去。两旁山谷中，跳出许多大汉，手执巨梃，一半乱捣陷阱，一半扫荡余军，可怜颜坦以下千余人，一古脑儿埋死坑谷。后队统领蔡遵闻前军得手，也依次赶上，但与前军相隔已远，未得确实消息，渐渐地行入山谷中，猛闻后面一阵鼓噪，料知不佳，急忙令军士返步，退将出来。还至谷口，顿觉叫苦不迭，那谷口已被木石塞断了。山上几声炮响，即有无数大石，抛掷下来，军士不被击死，也多受伤。蔡遵还督令军士，移徙木石，以便通道，那后面的匪党，已持梃追到，冲杀官军，官军大乱，任他左批右抹，一阵横扫，个个倒毙，遵亦死于乱军之中。

　　腊众夺得甲仗，才有刀械等物，遂乘胜捣入青溪，且进攻睦州，揭示胁诱军民，只称"有天兵相助，赶紧投诚，否则蔡、颜覆辙，即在目前"云云。是时江、浙一带，承平已久，不识兵革，就是郡县守吏，汛地将弁，也只知奉迎钦差，保全禄位，并未尝修浚城濠，整缮兵甲，一闻方腊到来，好似天篷下降，无可与敌，都逃得一个不留。方腊遂破陷睦州，又西攻歙州，守将郭师中，忙调兵御寇，甫经对阵，那匪党里面，忽突出一班披发仗剑的人物，向空一指，即横剑齐向官军，并力冲入。官兵本不知战，更防他有妖法，哪个敢去拦阻？霎时间旗乱辙靡，如鸟兽散。师中禁遏不住，反落得一命呜呼，眼见得歙县被陷。腊复麾众东趋，大掠桐庐、富阳诸县，直抵杭州城下，知州赵霆，登城西望，遥见寇来如樯，已是惊慌得很，蓦地里冲出几个长人，约高丈许，首戴神盔，身披氅衣，左手持矛，右手执旗，面目狰狞可怕，顿吓得魂不附体。其实这种长人，统是大木雕成，中作机关，用人按捺，所以两手活动，远望如生。**方腊算会欺人。** 赵霆胆小如鼷，晓得什么真假，当即下城还署，踌躇一会，三十六着，逃为上着，便收拾细软，挈了一妻一妾，趁着城中惊扰的时候，改装出衙，一溜烟地奔出城外。**恰是见机。** 置制使陈建，廉访使赵约，趋入州署，想与赵霆会商守御，不意署中已空空洞洞，并无一人，慌忙退出署门，那匪党已一拥入城，两人逃避不及，同时被缚。方腊煞是凶狠，既入城中，令党羽遍捕官吏，统共获得若干名，一一绑住州署门前，自己高坐堂上，置酒纵饮，饮一盃，杀一人，最凶的是不令全尸，或脔割肢体，或剜取肺肠，或熬煮膏油，或丛镝乱射，备极惨酷，反说是为民除害，足纾公愤。一面令党徒纵火，满城屠掠，除有姿色的妇女取供淫乐外，多半杀死，六日方止。

　　东南大震，警报与雪片相似，投入京中。太宰王黼因朝廷方整师北伐，无暇顾及小寇，竟将警奏搁起，并不上闻。至淮南发运使陈遘直接奏陈徽宗，乃始知乱事，命童贯为江、淮、荆、浙宣抚使，**满朝只一媪相，愧煞宋臣。** 谭稹为两湖制置使，王禀为统制，分率禁旅，即日南下。又因陈遘疏中，谓浙兵无用，须调集外旅，速平匪乱，乃复飞饬陕西六路精兵，同时南征。于是边将辛兴忠、杨惟忠统熙河兵，刘镇统泾原兵，杨可世、赵明统环庆兵，黄迪统鄜延兵，马公直统秦凤兵，冀景统河东兵，六路兵马，共归都统制刘延庆节制。总计内外各军，调赴东南，约得十五万人。各军陆续南下，免不得费时需日。至童贯等至金陵，已是宣和三年孟春月中。方腊转陷婺州，又陷衢州。衢守彭汝方被执，骂贼遇害，贼屠衢城，未几又陷处州，缙云尉詹良臣率数十人出御，为贼所擒，诱降不屈，也被杀死。嗣又令杭州守贼方七佛引众六万，陷崇德县，转攻秀州，亏得统军王子武号召兵民，登陴力御，斗大的秀州城，兀自守住。**与杭州成一反映。**童贯留偏将刘镇守金陵，进次镇江，闻秀州被围，急檄王禀驰援，可巧熙河将辛兴宗、杨惟忠亦领兵到来，两路夹攻方七佛，七佛支持不住，只好却走，秀州解围。方腊东攻不克，转图西略，连陷宁国、旌德诸县，官军为所牵制，又只得分军西援，一时顾不到浙西。

那时淮南复出一大盗，姓宋名江，纠党三十六人，横行河朔，转掠十郡，京东又复戒严，害得宋廷诸臣，议剿议抚，急切想不出什么法儿。**宋江亦一渠魁，应特笔提醒。**看官曾阅过《水浒传》么？水浒系元朝施耐庵手笔，演成七十回，所说皆关系宋江事，书中多系哄托，并非件件是真，不过笔墨甚佳，更兼金圣叹评注，所以流传至今，脍炙人口，但从正史上考证起来，只有淮南盗宋江，以三十六人横行河朔，由知海州张叔夜击降数语，且并未为宋江立传，可见宋江起事，转瞬即平，并不似《水浒传》中，有什么大势力，大经营。唯旁览稗乘，又见有宋江归降后，曾效力军行，助讨方腊，克复杭州。小子生长古越，距杭州不到百里，时常往来杭地，访问古迹，那城内果有张顺祠，曾封涌金门内的土地，城外又有时迁庙，西子湖边，又有武松墓，想必定有所本，不致虚传。小子演述宋史，凡事多以正史为本，间或羼以稗乘，亦必确有见闻，明知个人识短，不敢自信无遗，但凭空捏造的瞎说，究竟不好妄采，想看官总也俯谅愚衷哩。**插入此段议论，所以祛阅者之疑。**

闲文少表，且说宋江系郓城县人，表字公明，曾充当县中押司，平时性情慷慨，喜交江湖朋友，绰号遂叫作及时雨。嗣因私放盗犯，酿成命案，为了种种罪证，致遭捕系。当有一班江湖好友，救他性命，迫入梁山泊上，做个公道大王。**数语已赅括《水浒传》。**梁山泊在郓城、寿张两县间，山形突兀，路转峰回，周围约二十五里。冈上恰有一方旷地，足容千人居住。冈下有泊，可汲水取饮，虽旱不干。古时本名良山，因汉梁孝王出猎于此，乃改名梁山。宋季朝政不明，吏治废弛，贪官污吏，布满各路，盗贼乘时蜂起，所有淮南、京东一带，无赖亡命之徒，落草为寇，便借这梁山为逋逃薮，只因么么小丑，随聚随散，所以不甚著名。至宋江入居此山，由群盗推为首领，立起什么水浒寨，造起什么忠义堂，托词替天行道，哄动居民，于是梁山泊三大字，遂表现出来。标明梁山泊历史地理，足补《水浒传》之缺。看官试想！这宋公明既没有偌大家私，山上又没有历年积蓄，教他如何替着天，行着道？他无非四出劫掠，夺些金银财宝，作为生计。不过他所往劫的，多是富而不仁的土豪，及多行不义的民贼，尚不似那睦州方腊，一味儿逞妖作怪，恣意淫乱，因此京东一带，还说宋江是个好人。知亳州侯蒙曾上言："宋江横行齐、魏，才必过人，现在清溪盗起，不若赦他前非，令南讨方腊，将功赎罪。"徽宗很以为是，拟调侯蒙任东平府，招降宋江。偏偏诏命甫下，侯蒙病剧，不能赴任，未几身亡，自是招抚一语，又成虚话。京东各军，一再往剿，反被梁山群盗，杀得七零八落，大败而回。宋江势且日盛，趋附的人物，亦因之日多。起初尚只有三十六个头目，连宋江也排列在内，后来又得了七十二人，合成一百零八个大强盗。他却自称上应列星，伪造石碣，把一百八人的姓名，镌刻碑上，三十六人，号为天罡星，七十二人，号为地煞星。每人又各有绰号，《水浒传》中，也曾载着，小子就此誊录一周，分列如下：

天罡星三十六员

天魁星呼保义宋江	天罡星玉麒麟卢俊义
天机星智多星吴用	天闲星入云龙公孙胜
天勇星大刀关胜	天雄星豹子头林冲
天猛星霹雳火秦明	天威星双鞭呼延灼
云英星小李广花荣	天贵星美髯公朱仝
天富星扑天鹏李应	天满星小旋风柴进
天孤星花和尚鲁智深	天伤星行者武松
天立星双枪将董平	天捷星没羽箭张清
天暗星青面兽杨志	天佑星金枪将徐宁
天空星急先锋索超	天异星赤发鬼刘唐
天杀星黑旋风李逵	天速星神行太保戴宗
天微星九纹龙史进	天究星没遮拦穆弘
天退星插翅虎雷横	天寿星混江龙李俊
天剑星立地太岁阮小二	天平星船火儿张横

天罪星短命二郎阮小五　　天损星浪里白条张顺

天败星活阎罗阮小七　　　天牢星病关索杨雄

天慧星拼命三郎石秀　　　天暴星两头蛇解珍

天哭星双尾蝎解宝　　　　天巧星浪子燕青

地煞星七十二员

地魁星神机军师朱武　　　地煞星镇三山黄信

地勇星病尉迟孙立　　　　地杰星丑郡马宣赞

地雄星井木轩郝思文　　　地威星百胜将军韩滔

地英星天目将彭玘　　　　地奇星圣水将军单廷珪

地猛星神火将军魏定国　　地文星圣手书生萧让

地正星铁面孔目裴宣　　　地辟星摩云金翅欧鹏

地阔星火眼狻猊邓飞　　　地强星锦毛虎燕顺

地暗星锦豹子杨林　　　　地辅星轰天雷凌振

地会星神算子蒋敬　　　　地佐星小温侯吕方

地佑星赛仁贵郭盛　　　　地灵星神医安道全

地兽星紫髯伯皇甫端　　　地微星矮脚虎王英

地慧星一丈青扈三娘　　　地暴星丧门神鲍旭

地默星混世魔王樊瑞　　　地猖星毛头星孔明

地狂星独火星孔亮　　　　地飞星八臂哪吒项充

地走星飞天大圣李衮　　　地巧星玉臂匠金大坚

地明星铁笛仙马麟　　　　地进星出洞蛟童威

地退星翻江蜃童猛　　　　地满星玉幡竿孟康

地遂星通臂猿侯健　　　　地周星跳涧虎陈达

地险星白花蛇杨春　　　　地异星白面郎君郑天寿

地理星九尾龟陶宗旺　　　地俊星铁扇子宋清

地乐星铁叫子乐和　　　　地捷星花项虎龚旺

地速星中箭虎丁得孙　　　地镇星小遮拦穆春

地羁星操刀鬼曹正　　　　地魔星云里金刚宋万

地妖星摸着天杜迁　　地幽星病大虫薛永

地伏星金眼彪施恩　　地僻星打虎将李忠

地空星小霸王周通　　地孤星金钱豹子汤隆

地全星鬼脸儿杜兴　　地短星出林龙邹渊

地角星独角龙邹润　　地囚星旱地忽律朱贵

地藏星笑面虎朱富　　地平星铁臂膊蔡福

地损星一枝花蔡庆　　地奴星催命判官李立

地察星青眼虎李云　　地恶星没面目焦挺

地丑星石将军石勇　　地数星小尉迟孙新

地阴星母大虫顾大嫂　　地刑星菜园子张青

地壮星母夜叉孙二娘　　地劣星活阎婆王定六

地健星险道神郁保世　　地耗星白日鼠白胜

地贼星鼓上蚤时迁　　地狗星金毛犬段景住

　　一百八人已经会齐，梁山泊上的气运，要算是全盛了。宋江置酒大会百余人，依次列席，大众商量进行的方法。宋江首先倡议，一是静待招安，一是出图吴会。旋经吴用等酌议，以吴会地方富庶，若攻他无备，去干一番，事情得利，便从此做去，失利亦可还寨，就抚未迟。宋江恰也赞成。嗣又议定航海南行，伺间袭击淮、扬，大家很是同意。席散后，各检点兵械，准备停当，留卢俊义守寨，指日启程。不意海州方面，偏有一位赤胆忠心的贤长官，密伺宋江行径，预先布置，专待宋江等到来。正是：

　　　　军志毋人先薄我，古云有备总无虞。

欲知海州战事，容至下回说明。

　　方腊、宋江，虽皆亡命之徒，而非贪官污吏之有以激之，则必不能为叛逆之举。就令潜图不轨，而附和无人，亦宁能孑身起事？盖自来盗贼蜂起，未有不从官吏所致，苛征横敛，民不聊生，则往往铤而走险，啸聚成群，大则揭竿，小则越货，方腊、宋江，其已事也。唯方腊之为乱大，而宋江之为乱小，方腊之作恶多，而宋江之作恶少。本回分段叙述，于方腊无恕词，于宋江犹有曲笔，而总意则归咎于官吏。皮里阳秋，亶其然乎？

第二十回

知海州收降及时雨
破杭城计出智多星

却说宋江带领党羽数千人，径趋海滨，适有商舶数十艘，停泊岸边，被江党一声吆喝，跳至船上，船中人多已没命，有被杀的，有自溺的，只水手等不遭杀害，仍叫他照常行驶，唯须听宋江指挥，不得有违。一艘被掳，各艘都逃避不及，一古脑儿被他劫住。他遂命水手鼓棹南行，将至海州附近，忽有水上巡卒，各驾小舟，舣集左右，将有盘查大船的意思。宋江瞧着，恐被露出破绽，不如先行动手，遂一声号令，驱逐巡船。巡船慌忙逃开，并作一路，向海滨奔回。宋江率党前进，将至海旁，见四面芦苇丛集，飘飒有声，智多星吴用忙语宋江道："对面恐防有伏，不应前进。"宋江闻言，亟命退回。舟行未几，果见芦苇丛中，突出兵船多艘，前来截击，那巡船亦分作两翼，围裹拢来。江党众抵御，且战且退，不防敌舟里面，搬出许多种火物，对着宋江手下各船，陆续抛来。霎时间，各船火起，烈焰冲霄，宋江连声叫苦，也是无益；还是吴用有些主意，指挥党羽，一面扑火，一面射箭，冲开一条血路，向大海中奔去。《水浒传》中，尝写吴用计谋，所以本书亦特别叙明。此外各船，仓猝中不及施救，船中各盗目，或泅水逃逸，或恃勇杀出，剩着一大半，被官军捉住。宋江航海逃生，约行数十里，见后面已无官军，方敢就海岛下面，暂行停泊。

后来三阮、二童、二张等，陆续寻至，还有武松、柴进一班人物，领着几只七洞八穿的残船，狼狈来会，大家统垂头丧气，不发一言。宋江检点党羽，损失多人，不禁嚎啕大哭。吴用在旁劝道："大哥哭也无益，现在兄弟们多被捉去，须赶紧设法，保他性命为要。"宋江才停住了哭，含泪答道："偌大海州城，能有多少精兵猛将，凶横至此。我当通知卢兄弟，叫他倾寨前来，与他决一死战。"吴用道："不可不可。大哥曾见过官军旗帜，有一斗大的张字否？"宋江道："张字恰有，究系谁人？有这么厉害！"吴用道："怕不是张叔夜么？"宋江道："张叔夜有什么材干？"吴用道："他字嵇仲，素善用兵，前为兰州参军，规画形势，计拒羌人，西陲一带，赖以无恐。兄弟曾闻他调任东南，莫非海州长官，便属此人！"叔夜系宋季忠臣，不得不表明履历，但借吴用口中叙出，又是一种笔法。说至此，有阮小二上前说道："确是这个张叔夜。"吴用道："既系老张在此，我等恐难与战，不若就此归抚罢！"宋江道："难道去投降不成？"吴用道："识时务者为俊杰，且可保全兄弟们性命，请大哥不必再疑！"宋江徐答道："果行此策，亦须有人通使。"吴用道："兄弟愿往。"宋江迟疑不答。吴用道："兄长尽管放心，待弟前去，包管成功。"言已，便另拨一船，向海州去讫。

宋江待了半日，未见吴用回来，心中忐忑不定，转眼间，夕阳已下，天色将昏，乃自登船头，向西遥望。烟波一抹，掩映残霞，隐隐有一舟东来，想是去船已归，心下稍慰。至来舟驶近，果见船中坐着吴用，当下呼声与语，吴用亦应声而起。少顷，两船相并，由吴用踱过了船，与宋江叙谈。宋江问及情形，吴用道："还是恭喜，兄弟们都羁住囚中，明日就要押往汴京，亏得今日先去请降。张知州已一概允诺，并教我等助征方腊，图个进阶，弟已斗胆与约，明晨偕兄长往会便了。"复从吴用口中，叙出请降情形，可省许多的波折。宋江淡淡的答道："事已至此，也只好这般做去。"言为心声，可见宋江本意，未愿招安。随即与同党说明大略。同党也不加可否，但说了"唯命是从"四字。

是夕无话，翌日辰刻，宋江率同吴用，并手下头目数名，乘船至海州。海州虽在海滨，城却距海数里，宋江舍舟登陆，徒步入城，到了州署，吴用首先通报，当有兵役传入，梆声一响，军吏统登堂站立。那仪表堂堂的张知州，由屏后出来，徐步登堂，即命兵役，传召宋江。宋江与吴用等，联步趋入，江向上一瞧，望见这位张知州仪容，不觉心折，便在案前跪禀道："淮南小民宋江谒见。"叔夜正色道："你就是宋江么？今日来降，是否诚心？不妨与本知州明言。如或未肯投诚，本知州也不加强迫，由你去招集徒众，来与本知州决一雌雄。"儒将风流。宋江闻言，越觉愧服，遂叩首道："宋江情愿投效，誓不再抗朝廷。"叔夜道："果愿投诚，不愧壮士。且起来，听我说明！"宋江、吴用等，申谢起立，叔夜乃温颜与语道："你等皆大宋子民，应知朝廷恩德，日前不服吏命，想亦有激使然。但背叛官吏，不啻背叛朝廷，就使有贪官污吏，逞虐一时，终属难逃国法，你等何勿少忍须臾，免为大逆呢！古人有言：'既往不咎。'你等前日为非，今日知悔，本知州何忍追究！现当替你等保奏朝廷，令你等往讨方腊，成功以后，不但可赎前愆，且好算得忠臣义士，生得蒙赏，死亦流芳，岂不是名利两全吗？"大义名言，令人感佩。宋江等听这议论，都觉天良发现，感激涕零。叔夜又将俘虏释出，申诫数言，均叩头泣谢。随由宋江遵依命令，愿仍回梁山泊，调集党徒，同往江南，投效军前。叔夜即给与一札，限期赴军，宋江等拜谢而去。

　　叔夜将招降宋江事，奏闻朝廷，朝议以海州无事，复将叔夜调任济南府，叔夜奉命移节，自不消说。唯宋江回至梁山泊，与卢俊义等说明一切，当即将各寨毁去，并遣散喽啰，只与党徒百余人，同赴江南。刚值熙河前军统领辛兴宗等，在浙西境内的江涨桥，与方七佛等接战。两下相持未决，宋江即麾众杀入，一阵冲荡，即将方军驱退。当下遇着辛兴宗，忙缴呈叔夜手札，兴宗按阅毕，便道："既由张知州令你到此，且留在营中，静候差遣！"宋江道："江等来此投军，愿为朝廷效力，现在浙西一带，久苦寇氛，何不即日南下，规复杭州？杭州得手，便可溯江西上，进攻睦州了。"兴宗瞪视良久，方道："恐没有这般容易。"言下即有妒功忌能的意思。宋江道："江等愿为前锋，往攻杭州。"兴宗又瞋目道："你有多少人马？"宋江道："一百余人。"兴宗反冷笑道："一百多人，也想破杭州城么？"宋江道："这也仗统帅派兵接应呢。"兴宗哼了一声，才答道："照你说来，仍须要我兵出力，何必劳你等前驱？唯你等既要前去，我便拨给弁目，带你同去，看你等能破杭州么？"这等统领，实属可杀。宋江愤懑交迫，急切说不出话来，还是吴用在旁接口，说道："此事全仗统帅威灵，小民等恭听指挥，胜负虽未敢预料，但既在统帅麾下，声威已足夺人，贼众自容易破灭哩。"兴宗听了这番恭维，才觉有些欢容，便召入神将一名，令率所部千人，与宋江等同攻杭州。且语吴用道："你等须要仔细，可攻则攻，否则我

宋公明全伙受招安

即前来接应。须知本统领一视同仁，并没有异心相待呢。"<u>还要掩饰。</u>吴用等唯唯而出。宋江语吴用道："我实不耐受这恶声，若非张知州恩义，我仍返梁山泊去。"吴用道："梁山泊亦非安乐窝，我等且去破了杭州，聊报张州官知遇。此后大家同去埋迹，做个逍遥自在的闲民，可好么？"宋江道："这恰甚是。"言已，即带领百余人，先行登程。兴宗所派的裨将，亦随后进发。将到杭州，方军扼要驻守，均被百余人击退，乘势进薄城下。官军亦随至杭州，唯不敢近城，却在十里外，扎住营寨。

宋江与吴用计议道："看来官军是靠不住的，我等只有百余人，就使个个努力，亦怎能破得掉这座坚城？"吴用也皱起眉来，半晌才道："我等且退，慢慢儿计议罢！"道言未绝，忽见城门大开，方七佛驱众杀出，吴用忙命党徒退去。七佛等追了一程，遥望前面有兵营驻扎，恐防有失，乃回军入城。吴用见贼众已回，方择地安营。当夜编党徒为数队，令他潜往城下，分头探察，如或有隙可乘，速即报知。各人应声去讫。到了夜静更阑，才一起一起地回来，多说是守备甚坚，恐难为力，不如待大军到来，并力攻城。独浪里白条张顺，奋然入报道："我看各处城门，统是关得甚紧，唯涌金门下，恃有深池，与西湖相通，未曾严备，待我跳入池中，乘夜混入，放火为号，斩关纳众，不怕此城不破。"吴用沉思多时，方道："此计甚险，就使张兄弟得入杭城，我等只有百余人，亦不足与守贼对敌，须通知官军，一同接应。"宋江道："这却是最要紧的。"鼓上蚤时迁道："艮山门一带，间有缺堞未修，也可伺黑夜时候，扒入城去。"吴用道："这还是从涌金门进去，较为妥当。"商议已定，遂于次日下午，将密计报闻官军。官军倒也照允，待至夜餐以后，张顺扎束停当，带着利刃，入帐辞行。吴用道："时尚早哩。且只你一人前去，我等也不放心，应教阮家三兄弟，与你同行。"张横闻声趋进道："我亦要去。"<u>兄弟情谊，应该如此。</u>吴用道："这却甚好，但或不能得手，宁可回来再商。"张顺道："我不论好歹，总要进去一探，虽死无恨。"<u>已寓死谶。</u>言已即出。

张横与阮家兄弟，一同随行，趱至涌金门外，时将夜半，远见城楼上面，尚有数人守着。张顺等即脱了上衣，各带短刀，攒入池内，慢慢儿摸到城边。见池底都有铁栅拦定，里面又有水帘护住，张顺用手牵帘，不防帘上系有铜铃，顿时乱鸣。慌忙退了数步，伏住水底。但听城上已喧声道："有贼有贼！"哗噪片时，又听有人说道："城外并无一人，莫非是湖中大鱼，入池来游么？"既而哗声已歇，张顺又欲进去。

张横道："里面有这般守备，想是不易前进，我等还是退归罢。"三阮亦劝阻张顺，顺不肯允，且语道："他已疑是大鱼，何妨乘势进去。"一面说，一面游至栅边，栅密缝窄，全身不能钻入，张顺拔刀砍栅，分毫不动，刀口反成一小缺，他乃用刀挖泥，泥松栅动，好容易扳去二条，便侧身挨入。那悬铃又触动成声，顺正想觅铃摘下，忽上面一声怪响，放下闸板，急切不及退避，竟赤条条被他压死。然是可怜。张横见兄弟毕命，心如刀割，也欲撞死栅旁。亏得阮家兄弟，将他拦住，一齐退出，仍至原处登陆，衣服具在，大家忙穿好了，只有张顺遗衣，由张横携归。物在人亡，倍加酸楚。这时候的宋江、吴用等，已带着官军，静悄悄地绕到湖边，专望城中消息，不防张横等踉跄奔来，见了宋江，且语且泣。张横更哭得凄切，吴用忙从旁劝住，仍转报官军，一齐退去，尚幸城中未曾出追，总算全师而退，仍驻原寨。

越日，中军统制王禀率部到来，宋江等统去谒见。王禀问及一切，由宋江详细陈明。他不禁叹息道："烈士捐躯，传名千古，我当代为申报。唯闻城内贼众，多至数万，辛统领仅拨千人，助壮士们来攻此城，任你力大如虎，也是不能即拔，我所以即来援应。今日且休息一宵，明日协力进攻便了。"与兴宗性质不同。宋江等唯唯而出。

翌日黎明，王禀传命饱餐，约辰刻一同进军，大众遵令而行。未几已至辰牌，便拔寨齐起，直捣城下。方七佛开城搦战，两阵对圆，梁山部中的战士，先奋勇杀出，搅入方七佛阵中。王禀也驱军杀上，方七佛遮拦不住，即麾军倒退。急先锋索超，赤发鬼刘唐等，大声呼道："不乘此抢入城中，报我张兄弟仇恨，尚待何时？"党徒闻言，均猛力追赶。看看贼众，俱已入城，城门将要关闭，刘唐等抢前数步，闯入门中，舞刀杀死三五个门卒，急趋而进。不防里面尚有重闉，已经紧闭，眼见得不能杀入，只好退回。行近门首，城上又坠下闸板，将刘唐等关入城闉，顿时进退无路，被守贼开了内城，一哄杀出。刘唐等料无可逃，拼命与斗，杀死守贼多人，等到力竭声嘶，不是被戕，就是自尽。又是一挫。宋江等留驻城外，无法施救，只眼睁睁地探望城头。不到一时，已将刘唐等首级悬挂出来。可怜宋江以下，统是咬牙切齿，恨不得将城踏破，可奈王禀已传令回军，只好退归原寨。是夕，时迁与同党密约，自去扒城，将到城头，蓦见有一大蛇，长可丈许，昂头吐舌，蜿蜒而来，那时心中大骇，一个失足，坠落城下，脑浆迸裂，死于非命。同党赶紧异回，还算是个全尸，不致身首异处。看官试想！城中正在守御，哪里来的大蛇？相传此蛇是用木制成。夜间特地设着，借吓官军。时迁不知是假，竟为所算。做了一生的窃贼，到此亦遭贼算，可谓果报昭然。

宋江闻时迁又死，越觉愁闷。吴用也急得没法，闷守了一两日，忽由王禀召他入商。宋江偕吴用进见，王禀道："此城只可智取，不可力攻，现有侦卒来报，钱塘江中，有贼粮运到，我想派诸位同去夺粮，若能得手，守贼无粮可依，当不战自溃了。"吴用拍手道："不必夺粮，就此可以夺城。"王禀忙问何计。吴用请屏去左右，密与王禀谈了数语。王禀大喜，宋江、吴用返入本营，即令凌振、杜兴、李云、石秀、邹渊、邹润、李立、穆春、汤隆及三阮、二童等人，扮作梢公，扈三娘、顾大嫂、孙二娘扮作梢婆，并将兵械炮石等物，装入袋中，充作粮米，用军船载运，从内河绕出外江，往随粮船后面。适值城中贼众，开城纳船，各粮船鱼贯而入，假粮船亦尾随进去，城门复闭。贼众正要逐船看验，忽报官军攻城，急忙登陴拒守。官军猛扑至晚，守贼只管抵御，无暇顾及粮船。凌振等乘隙行事，将袋中兵械炮石，潜行运出，弃舟上岸。寻至僻处，放起号炮，霎时间满城鼎沸，方七佛忙下城巡逻。城上守御顿疏，那梁山部中的武松、李逵等人，便架梯登城，守贼纷纷逃窜。王禀亦督众随入，杀毙贼众无数。方七佛料不能支，开了南门，向西逸去。武松见七佛窜出，飞步追赶，也不及招呼同党，只是大胆驰行。七佛手下尚有数十骑，回顾背后有人追来，欺他孑身孤影，便回马与战。武松虽然力大，究竟双手不敌四拳，斗了片刻，左臂忽被砍断，险些儿晕倒地上。七佛跳下了马，招呼从贼，来取武松性命，忽劈面一阵阴风，吹得头眩目迷，竟致倒地。可巧张横等也已赶到，你刀我斧，杀死七佛从骑。武松见有帮手，精神陡振，即将七佛揪住，张横忙替他反缚，牵押而归。俗称武松独手擒方腊，想即由此误传。行了数武，张横问武松道："武二哥！曾见我兄弟么？"武松道："约略看见，可惜未曾瞭明。"张横道："我也这般，想是阴灵未散，来助二哥。"武松道："是了，是了。"及返入城中，余贼已经荡尽，当将方七佛推至军前，由王禀验明属实，遂摆了香案，剥去七佛衣服，作为牺牲。当下剖腹取心，荐祭张顺等一班烈士。小子有诗叹道：

休言草泽乏英雄，效顺王家肯死忠。

香火绵延祠墓在，浙西尚各仰英风。

祭毕，王禀拟论功加赏，忽闻辛兴宗、杨惟忠等到来，免不得出城相迎。欲知后事如何，容至下回再叙。

本回叙宋江归降，及克复杭城诸情形，事虽不见正史，而稗乘中固尝载及。且证诸杭人所言，更属历历可考。张顺也，时迁也，武松也，祠墓犹存，杭人犹尸祝之。倘非立功杭地，谁为之立祠而表墓者？唯俗小说中，有授宋江为平南都总管，令率全部往讨方腊，此乃子虚乌有之谈，不足凭信。即如武松独手擒方腊事，亦属以讹传讹。方腊为韩世忠所擒，正史中曾叙及之。况腊在睦州，不在杭州，其谬可知。作者虽有闻必录，而笔下自有斟酌，固非信手掇拾者所可比也。

第二十一回

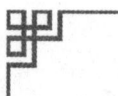

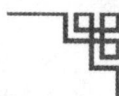

入深岩得擒叛首
征朔方再挫王师

　　却说辛兴宗、杨惟忠等到了杭州，由王禀迎入城内。王禀即与言破城情形，并归功宋江、吴用等人。兴宗道："宋江本是大盗，此次虽破城有功，不过抵赎前罪罢了。"王禀道："他手下已死了多人，应该奏闻朝廷，量加抚恤。"兴宗摇首不答，王禀也不便再议。到了次日，各将拟进攻睦州，宋江等入厅告辞道："江等共百有八人，义同生死，今已多半阵亡，为国捐躯，虽是臣民分内事，但为友谊起见，不免悲悼。且余人亦多疲乏，情愿散归故土，死正首邱，还望各统帅允准！"<small>急流勇退，也是知机。</small>王禀道："你等不愿随攻睦州么？"说着，见武松左臂已殊，裹创上前道："看我已成废人，兄弟们亦多受伤，如何能进攻睦州？"王禀迟疑半晌，方道："壮士等既决计归林，我亦不便强留。"说至此，即令军官携出白镪若干，散给众人，作为路费。武松道："我却不要。我看西湖景色甚佳，我恰要去做和尚了。"言毕，飘然竟去。宋江以下，有取路费的，有不取的，随即告别自去，王禀尚叹息不置。后来宋江等无所表见，想是隐遁终身。或谓康王南渡时，关胜、呼延灼曾在途次保驾，拒金死节，未知确否？唯武松墓留存西湖，想系实迹，这且搁过不提。<small>了却宋江。</small>

　　且说王禀等既定杭州，遂水陆大举，直向睦州进发。方腊闻报，不觉心胆俱落，急急地遁还清溪。看官道是何故？原来方腊部下的精锐，多在杭州，方七佛又是最悍

138

的头目，此次全军陷没，教他如何不惊？就是西路一带，也纷纷懈体。环庆将杨可世，由泾县过石壁隘，斩首三千级，进拔旌德县。泾原将刘镇，败贼乌村湾，进复宁国县。六路都统制刘延庆，又由江东入宣州，与杨可世、刘镇二军会合，同攻歙州。歙州贼闻风宵遁。这时候的杭州军将，也连复富阳、新城、桐庐各县，直捣睦州。睦州贼开城出战，王禀当先驱杀，辛兴宗、杨惟忠等，又分两翼夹击，任他贼众如何强悍，也被杀得落花流水，弃城而逃。各路军陆续得胜，拟会合全师，协攻清溪，总道是马到成功，一鼓可歼了。*前回叙攻克杭城，是用详笔，此回叙攻克诸城，独用简笔，盖因杭城一下，方腊精锐已尽，所以势如破竹。且宋江攻杭城事，只载稗乘，未见正史，不得不格外从详，此即用笔矫变处，善读者自能知之。*

不意霍城一方面，忽闯出一个妖贼，叫作富裘道人，居然响应方腊，甘心奉贼年号，肆行剽掠，迭劫东阳、义乌、武义、浦江、金华及新昌、剡溪、仙居诸县。台、越一带，又复大震。还有衢州余贼，也进逼信州，官军又免不得分援，于是方腊尚得负嵎自固，再作一两月圣公。童贯以各军已逼清溪，不能再退，当拜本再乞调师。徽宗因复遣内官梁昂，监鄜延将刘光世，率兵一千八百余人，讨衢、信贼史珪，监河东将张思正，率兵二千六百余人，讨台、越贼关弼，监泾原将姚平仲，率兵三千九百余人，讨浙东余党。刘光世至衢，贼首郑魔王披发仗剑，出城迎击，手下亦统是五颜六色的怪饰，好像一群妖魔出现。*魔王下应有这般妖魔。*官军却也心惊，渐渐退后。光世毅然下令道："他是假术骗人，毫无艺力，众将士尽可向前杀入。就使他有妖术，本统领自能破他，不必惊惧。"将士闻令，各放胆前进，刀枪并举，冲入贼阵。果然贼众不值一扫，碰着枪就行仆地，受着刀即已断头。郑魔王回马就奔，被刘光世连发二箭，迭中项领，一时忍不住痛，猝然晕倒。官军赶将过去，立刻擒来。余党见魔王受擒，哪里还敢入城？四散逃去。光世遂麾兵入城，嗣是复龙游，复兰溪，复婺州。姚平仲亦复浦江县，张思正又复仙居、剡溪、新昌等县。王禀遂专攻清溪，方腊复自清溪奔回帮源峒。禀径入清溪，檄各军会攻方腊，于是刘镇、杨可世、马公直等，自西路进，王禀、辛兴宗、杨惟忠、黄迪等，自东路进，前后夹攻，戈铤蔽天。腊众据住帮源峒，依岩为屋，分作三窟，各口甚窄，用众守住，居然有一夫当关万夫莫开的形势。诸将一律纵火，烧入峒口，贼众扼守不住，只好退去。各军士鼓噪而进，既入峒中，又似别有一天，豁然开朗。唯路径丛杂，不知所向，就是捕得贼众，也不肯供出方腊住处，情愿受死。当下沿路搜觅，陆续剿杀。斩首至万余级，仍未得方腊下落。有一小校，挺身仗戈，带领同志数人，潜行溪谷间，遇一野妇，问明方腊所在，野妇却指明行径，他竟直前捣入，格杀数十人，大胆进去，见方腊拥着妇女，尚在取乐，<small>纵乐如恐不及，想亦自知要死。</small>不由得大喝道："叛贼速来受缚！"方腊瞧着，方将妇女推开，拔刀来斗，战不数合，被小校用戈刺伤，活擒而出。看官道小校何人？便是后来大名鼎鼎的韩世忠。<small>世忠为南宋名将，应用特笔。</small>世忠擒住方腊，行至窟口，适值辛兴宗领兵到来，便令世忠放下方腊，饬军士将他缚住，自己带兵，再入窟中，搜得腊妻邵氏，腊子亳二太子，并伪将方肥等五十二人，一并絷归。所有被掠妇女，概置不问。后来上表奏捷，只说方腊是自己擒住，把韩世忠的功劳，略去不提。看官你道他刁不刁，奸不奸呢？<small>骂得痛快，并且找足前文。</small>各军复搜荡贼党，总计斩首七万级。还有一班良家妇女，被贼淫掠峒中，自经官军杀入，连衣服都不及穿着，多赤条条地缢死林中。其余胁从诸百姓，尚有四十余万，概令归业。总计方腊作乱，共破六州五十二县，戕平民二百万。官军自出征至凯旋，越四百五十日，用兵至十五万人。方腊解至京师，凌迟处死，妻子皆伏诛。富裳道人旋亦授首。余贼朱言、吴邦、吕师囊、陈十四公等散走两浙，亦先后荡平。有诏改睦州为严州，歙州为徽州，加童贯太师，封楚国公。各路统将，俱封赏有差，相率还镇。

会金主命斜也统师侵辽中京，辽兵弃城遁去。金兵进拔泽州，辽主延禧尚在鸳鸯泺会猎，闻报大惊，即率卫士五千余骑，西走云中。途次恐金兵追至，仓忙得很，连传国玺都遗落桑乾河。金斜也复越青岭，令副将粘没喝，<small>一译作泥吗哈，即撒改子。</small>出瓢岭两路会合，径袭辽主行宫。辽主计无所出，复乘轻骑入夹山。金兵乘胜攻西京，击败大同府援兵，竟将西京城夺去，复派别将娄室分徇东胜诸州，得将阿疏，擒住执送金主。金主数责罪状，阿疏道："我乃是一个破辽鬼，若非我奔至，辽皇帝未必起兵。辽国的上京、中京、西京，怎见得为金所取哩？"<small>虽属强词，却也有理。</small>金主微哂道："你算是一个辩才，我便饶你死罪，活罪却不能宽免呢。"遂将加杖三百，逐出帐外。一面遣使至宋，请速出师攻燕京。是时睦寇初平，徽宗颇有心厌兵，蔡京时已奉诏致仕，独王黼进言道："古人有言：'兼弱攻昧，武之善经。'目前辽已将亡，我若不取，燕、云必为女真所有，中原故地，从此无归还日了。"<small>你想燕、云故土，谁知故土不能重归，反要增他新土呢。</small>徽宗乃决意出师，命童贯为两河宣抚使，蔡攸为副，勒兵十五万，出巡北边，遥应金人。

攸不习戎事，反自谓燕、云诸州，唾手可得，遂趾高气扬地入辞帝阙。可巧徽宗左右有二美嫔侍着，攸望将过去，不觉欲火上炎，馋涎欲滴，便大胆指着二嫔，顾语徽宗道："臣得成功归来，请将二美人赐臣！"侮慢极了。徽宗并不加责，反对他微笑。攸复道："想陛下已经许臣，臣去了。"言毕返身自去。中书舍人宇文虚中上书谏阻，王黼恨他多言，改除集英殿修撰。朝散郎宋昭，乞诛王黼、童贯、赵良嗣等，仍遵辽约，毋构兵端。疏上后，即有诏革除昭名，窜置海南。王黼就三省置经抚房，专治边事，不关枢密，且括全国丁夫，计口出算，得钱六千二百万缗，充作兵费。并贻童贯书道："太师北行，黼愿尽死力。"童贯遂偕蔡攸出师，浩浩荡荡地到了高阳关。途中遇着辽使，谓："奉天锡皇帝新命，愿与中朝，仍修盟好，宁免岁币，毋轻加兵。"童贯不许，辽使乃去。

小子前文所叙，只有辽天祚帝延禧，为什么有夹山天锡皇帝来？析明界限，是著书人惯技。原来辽主延禧走云中，曾留南府宰相张琳，参政李处温，与都元帅耶律淳，同守燕京。即辽南京。至辽主遁入夹山，号令不通，处温与族弟处能，及子奭，外联怨军，内结都统萧干，谋立淳为帝。张琳不能阻，遂与诸大臣耶律大石一译作达什。左弓、虞仲文、曹勇义、康公弼等，集蕃汉诸军，趋至淳府，引唐朝灵武故事，劝淳即位。淳不肯从，李奭竟持入赭袍，披上淳身，令百官就列阶前，拜舞山呼。黄袍加身以后，不谓复见此剧。淳推让再三，终不得辞，乃南面即真，遥降辽主延禧为湘阴王，自称天锡皇帝，建元天福，以妻萧氏为德妃，加封李处温为太尉，张琳为太师，改名怨军为常胜军，军中悉委耶律大石，旋闻宋军来攻燕京。因遣使议和，至得使臣返报，已知和议无成，乃遣达什统军御敌，佐以萧干，迎截宋师。

童贯用知雄州和诜计议，遍张黄榜，晓谕燕民，旗上悬揭"吊民伐罪"四大字。不足示威，反令人笑。且悬赏购求敌士，谓能归献燕京，当除授节度使。哪知辽人相率观望，并没有箪食壶浆，来迎王师。谐谑语。都统制种师道奉命从征，贯令护诸将进兵，师道入谏道："今日出师，譬如盗入邻家，即不能救，又欲与盗分赃，太师尚以为可行么？"贯叱道："天子有命，何人敢违？你怎得妄言惑众？如或违令，当正军法。"师道叹声而出。贯复命两路进兵，东西并发。东路兵，归师道节制，进趋白沟；西路兵，归辛兴宗节制，进趋范村。师道不得已，领兵前行。前军统制杨可世，已至白沟，忽见辽兵鼓噪前来，势如狂风骤雨，锐不可当。可世先已生畏，步步退却，那辽兵竟捣入阵中，来击后队。亏得师道先已预备，令军士各持巨梃，严防冲突，即闻前军溃退，忙督持梃兵出阻，两下混战一场，辽兵器械虽利，屡被巨梃格去，自午至暮，辽兵一些儿没有便宜，方才退去。师道亦退回雄州，辛兴宗到了范村，亦被辽兵击败，踉跄遁归。**师道犹败，何怪兴宗。**

童贯闻两军俱败，正弄得没法摆布，忽闻辽使又至，乃召他入见。辽使语贯道："女真背叛本朝，应亦南朝所嫉视，本朝方拟倚为后援，为什么贪利一时，弃好百年，结豺狼作毗邻，贻他日祸根呢？须知救灾恤邻，古今通义，还望大国统盘筹算，勿忘古礼，勿贻后忧。"看官试想！辽使这番说话，乃是理直气壮，教童贯如何答辩得出？当下支吾对付，但说当奏闻朝廷，再行复告。辽使自归，种师道复请与辽和，贯仍不纳，反密劾师道通虏阻兵。王黼从中阻贯，降师道为左卫将军，勒令致仕。用河阳三城节度使刘延庆代任。嗣按徽宗手诏，暂令班师，贯与攸乃相偕还朝。

既而辽耶律淳病死，萧干等奉萧氏为皇太后，主军国事，遥立天祚帝次子秦王定为帝，改元德兴。天祚帝有六子，长名敖卢干，**一译作阿喏罕。**封晋王，次即秦王定，又次为许王宁，又次为赵王习泥烈，**一译作锡里。《辽史·天祚纪》，谓天祚四子，赵王居长，皇子表乃有六子，晋王第一，赵王第四，今依表叙明。**又次为燕国王挞鲁，梁王雅里。晋王文妃萧氏，小字瑟瑟，才貌双全，尝因天祚帝无道将亡，作歌讽谏，歌只二首，第一首中有云："直须卧薪尝胆兮，激壮士之捐身；可以朝清漠北兮，夕枕燕、云。"这四语，传诵一时，偏天祚帝引为深恨。枢密使萧奉先为秦、许两王母舅，恐秦王不得嗣立，因欲谋害晋王，遂诬文妃与驸马萧昱及妹夫耶律余覩等，有拥立晋王情事。天祚帝遂赐文妃死，并杀萧昱等人。独耶律余覩脱身降金。金兵入辽，曾用余覩为向导。萧奉先又因此入谗，缢杀晋王敖卢干。及天祚帝遁入夹山，始悟奉先不忠，把他驱逐。奉先欲奔金，被辽军擒还，令他自尽。到了耶律淳疾笃，与李处温、萧干商议，欲迎立秦王。处温虽然面允，颇蓄异图。萧德妃称制，闻处温将通使金、宋，卖国求荣，乃将他处死，并置菹醢刑。

自是萧干专政，人心颇贰，消息传至宋廷，王黼又入白徽宗，申行北伐，因复命童贯、蔡攸整军再出。辽常胜军统帅郭药师，留守涿州，闻宋师又至，集众与语道："天祚失国，女政不纲，宋师又复压境，看来燕京以南，必归中国，男儿欲取斗大金印，何必恋恋宗邦，不思变计呢？"后来由宋降金，亦本此意。部众应声道："唯统帅命！"药师遂率所部八千人，及涿、易二州版图，诣童贯处乞降。贯大喜，立即表奏，有诏授药师为恩州节度使，令所部归刘延庆节制。延庆奉童贯军令，出发雄州，用药师为前驱，领兵十万人，渡越白沟。延庆部下，多无纪律，药师入谏延庆道："今大军拔寨启行，多不戒备，若敌人置伏邀击，首尾不相应，不就要望尘奔溃么？"延庆不从。行至良乡，辽萧干率众冲来，宋师略略与战，便即退走，被辽兵驱杀一阵，伤毙甚多。延庆收集败众，闭垒不出。药师又复献计道："萧干兵不过万人，今悉力拒我，燕山必虚，愿得奇兵五千，倍道掩袭，定可得胜。唯请公次子光世策兵援应，万不可误！"药师此计，却是可用。延庆许诺，遂遣大将高世宣、杨可世与药师引兵六千，乘夜渡过芦沟，兼程而进。到了黎明，辽常胜军偏帅甄五臣已得消息，亟率五千骑入燕城，药师等继至，城中已有人守备，经宋军猛攻数次，得入外城，遂遣使促萧后出降。萧后已密报萧干，干急率精兵三千，还燕巷战。药师只望刘光世来援，不意杳无影响。甄五臣又复杀出，害得药师等前后受敌，只好与可世一同弃马，缒城奔回。世宣竟战死城中。刘延庆进驻芦沟，既不派遣光世，复不追蹑萧干，真是没用的饭桶。被萧干出截饷道，擒去护粮将王渊，及汉军二人，用布蔽目，羁留帐中。夜半却假意相语道："我军三倍宋军，明晨当分为三队，出击宋营。最精锐的兵士，可冲他中坚，左右翼为应，举火为号，好杀他片甲不回。"说罢，又阴纵一人出帐，令他还报。果然延庆中计，信为真言，待至明旦，遥见火起，疑是辽兵大至，烧营急遁，士卒自相践踏，死亡过半。萧干即纵兵追至涿水，方才退归。燕人知宋无能为，或作赋，或歌诗，讥讽宋军。延庆却没情没绪的，退保雄州，检查军实，丧失殆尽。小子有诗叹道：

　　痴心只望复燕云，庸帅何堪领六军？
　　一败已羞偏再败，寇氛从此溢河汾。

　　宋师既败，童贯无法可施，没奈何遣使至金，求他夹攻燕京。毕竟燕京为谁所夺？待至下回表明。

　　方腊之乱，虽残破六州，究之小丑跳梁，容易荡平，乃犹调兵至十五万，劳师至四百五十日，方得穷溪荡穴，削平叛逆，原其擒渠之力，实出小校韩世忠之手，而于诸将无与，遑论童贯？贯竟俨为首功，晋爵太师，封公楚国，何其滥赏若此！未几而即有征辽之役，彼殆狃于小胜，而以为无功不可成者？讵知辽虽弩末，敌宋尚且有余，一出即败，再出复溃，不能制辽，安望制金？迨辽亡而宋自随之矣。夫燕本可图，而图者非人，望福而反以徼祸，谁谓功可妄觊乎？君子是以嫉贼臣。

第二十二回

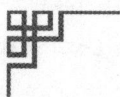 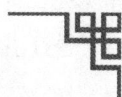

夸功铭石艮岳成山
覆国丧身屝辽绝祀

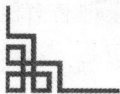 

却说童贯两次失败，无法图燕，又恐徽宗诘责，免不得进退两难，当下想了一策，密遣王瑰如金，请他夹攻燕京。金主也使蒲家奴一译作普嘉努。至宋，以出兵失期相责。徽宗复使赵良嗣往金，金主旻道：旻即阿骨打改名。"汝国约攻燕京，至今尚未成功，反要我国遣兵相助，试思一燕京尚不能下，还想什么十余州？我今发兵攻燕，总可得手，我取应归我有。不过前时有约，我不能忘，灭燕以后，当分给燕京及蓟、景、檀、顺、涿、易六州。"良嗣道："原约许给山前山后十七州，今乃只许六州，未免背约，贵国不应自失信义。"金主道："前约原是有的，但十七州为汝国所取，我应让给。目今除涿、易二州自降汝国外，汝国曾取得一州否？"应该嘲笑。良嗣道："我国曾发兵遥应，牵制辽人，所以贵国得安取四京。"金主勃然道："汝国若不发兵，难道我不能灭辽么？现在汝国攻燕不下，看我遣兵往攻，能取得否？"由他自夸。良嗣尚欲再辩，金主起身道："六州以外，寸土不与。"言至此，返身入内，良嗣怅然退出。

既而金主使李靖伴良嗣归，止许山前六州。徽宗复遣良嗣送还，命于六州以外，求营、平、滦三州。良嗣尚未到金，金已出兵三路，进攻燕京。辽萧后上表金邦，求立秦王定，愿为附庸，金主不许。表至五上，仍然未允。萧后乃遣劲兵守居庸关。金兵到了关下，辽兵正思抵御，不料崖石无故坍下，压死多人，大众哗然退走，金兵遂越关南进。辽统军都监高六等，送款降金，金主闻燕京降顺，也即趋至，率兵从南门入。辽相左企弓，参政虞仲文、康公弼，枢密使曹勇义、张彦忠、刘彦义等，奉表诣金营请罪，金主一律宽免，令守旧职，并遣抚燕京诸州县。独萧德妃与萧干乘夜出奔，自古北口趋天德，于是辽五京均为金有了。**宋人攻辽如此其难，金人破辽如此其易，人事耶？天命耶？**

赵良嗣转至金军，乞界平、营、滦三州。金主哪里肯从？但遣使送良嗣归，且献辽俘。**试问宋知自愧否？**徽宗与王黼还是痴心妄想，令良嗣再去要求，金主非但不允所请，还要将燕京租税，留为己有。良嗣道："有土地必有租税，土地界我，难道租税独不归我么？"粘没喝在旁厉声道："若不归我租税，当还我涿、易诸州。"良嗣只允输粮二十万石。**片语偏种祸根。**金又遣使李靖等，与良嗣至宋，请给岁币，且及租税。王黼议岁币如辽额，唯燕京租税，不能尽与金人。当又命良嗣赴金，先后往还数次，金主定要硬索租税，经良嗣再四力争，尚要每年代税钱一百万缗。粘没喝且只肯让给涿、易二州。降臣左企弓又作诗献金主云："君王莫听捐燕议，一寸山河一寸金。"**你既晓明此意，为何把燕京降金？**还是金主顾念前盟，才定了四条和约：一是将宋给辽岁币四十万，转遗金邦；二是每岁加给燕京代税钱一百万缗；三是彼此贺正旦生辰，置榷场交易；四是燕京及山前六州归宋，所有山后诸州，及西北接连一带山川，概为金有。良嗣不肯承认，返至雄州，着人递奏，自在雄州待命。王黼料难与争，遂怂恿徽宗，勉从金议，遥令良嗣再往允约。金主乃使扬璞，赍了誓书，及让给燕京六州约文，呈入宋廷。有诏令童贯、蔡攸入燕交割，谁料到燕京城内，所有职官富民子女玉帛，统已被金人掠去，单剩了一座空城。余如檀、顺、景、蓟诸州，也与燕京相似。交割既毕，金主旋师。童贯、蔡攸亦奉诏还朝。

贯且奏称："燕城老幼，伏道迎谒，焚香称寿。"徽宗特下赦诏，布告燕、云，命左丞王安中为庆远军节度使，兼河北、河东、燕山路宣抚使，知燕山府。郭药师为检校少保，同知府事。一面召药师入朝，格外优待，并赐他甲第姬妾，与贵戚大臣，更互设宴。又命至后园延春殿觐见，药师且拜且泣道："臣在虏中，闻赵皇如在天上，不意今日得觐龙颜。"徽宗闻言喜甚，极加褒奖，并谕他捍守燕京，作为外蔽。药师忙答道："愿效死力。"徽宗又命他追取天祚帝，药师竟变色道："天祚帝系臣故主，臣不敢受诏，请转命他人。"言下涕泣如雨。所谓小信固人之意，小忠动人之心。徽宗称为忠臣，自解所御珠袍，及二金盆，赏给药师。狼子野心，岂小恩所足要结？药师拜领出殿，即将金盆颁给部众，且语众道："此非我功，乃是汝等劳力至此，我怎得坐享厚赐呢？"无非做作。越日，又加封少傅，遣他还镇。童贯、蔡攸等，还都复命，徽宗进封贯为徐豫国公，攸为少师，赵良嗣为延康殿学士，并命王黼为太傅，总治三省事，特赐玉带，郑居中为太保。居中自陈无功，不愿受命，未几入朝遇疾，数日而卒。几做郑康国第二。

是年适万岁山成，改名艮岳，遂将朱勔载归的大石，运至山顶，兀然峙立。因新得燕地，特赐嘉名，号为昭功敷庆神运石。看官记着！这万岁山的经营，自政和七年创造，至宣和四年乃成，其间六易寒暑，工役至千万人，耗费且不可胜计，地址在上清宝篆宫东隅，周围十余里。初名万岁山，嗣因山在国都的艮位，因改号艮岳。看不完的台榭宫室，说不尽的靡丽纷华。曾由徽宗自作《艮岳记》，标明大略。看官试拭目览观，容小子录述出来。记曰：

尔乃按图度地，庀徒僝工，累土积石，设洞庭、湖口、丝溪、仇池之深渊，与泗滨、林虑、灵壁、芙蓉之诸山。最瑰奇特异瑶琨之石，即姑苏、武林、明越之壤，荆、楚、江、湘、南粤之野。移枇杷橙柚橘柑栟桔荔枝之木，金蛾玉羞虎耳凤尾素馨渠那茉莉含笑之草，不以土地之殊，风气之异，悉生成长养于雕栏曲槛，而穿石出罅。冈连阜属，东西相望，前后相续。左山而右水，沿溪而傍陇，连绵弥满，吞山怀谷。其东则高峰峙立，其下植梅以万数，绿萼承趺，芬芳馥郁，结构山根，号绿萼华堂。又旁有承岚昆云之亭，有屋内方，外圆如半月，是名书馆。又有八仙馆，屋圆如规。又有紫石之岩，祈真之磴，揽秀之轩，龙吟之堂。其南则寿山嵯峨，两峰并峙，列嶂如屏。瀑布下入雁池，池水清泚涟漪，凫雁浮泳水面，栖息石间，不可胜计。其上亭曰噰噰，北直绛霄楼，峰峦特起，千叠万复，不知其几十里，而方广兼数十里。其西则参术杞菊，黄精芎劳，被山弥坞，中号药寮。又禾麻菽麦，黍豆秔秫，筑室若农家，故名西庄。有亭曰巢云，高出峰岫，下视群岭，若在掌上。自南徂北，行冈脊两石间，绵亘数里，与东山相望，水出石口，喷薄飞注如兽面，名之曰白龙渊，濯龙峡，蟠秀练光，跨云亭，罗汉岩。又西半山间，楼曰倚翠，青松蔽密，布于前后，号万松岭。上下设两关，出关下平地，有大方沼，中有两洲，东为芦渚，亭曰浮阳；西为梅渚，亭曰雪浪。沼水西流为凤池，东出为研池，中分二馆，东曰流碧，西曰环山。馆有阁曰巢凤，堂曰三秀，以奉九华玉真安妃圣像。一宠妃耳，为之立像，又称为圣，徽宗之昏谬可知。刘妃卒于宣和三年，追赠皇后。东池后结栋山，下曰挥云厅。复由磴道盘行萦曲，扪石而上。既而山绝路隔，继之以木栈，倚石排空，周环曲折，如蜀道之难跻攀。至介亭最高诸山，前列巨石，凡三丈许，号排衙。巧怪巉岩，藤萝蔓衍，若龙若凤，不可殚穷。丽云半山居右，极目萧森居左，北俯景龙江，长波远岸，弥十余里。其上流注山涧，西行潺湲，为漱玉轩，又行石间，为炼丹亭，凝观圙山亭。下视水际，见高阳酒肆清渐阁。北岸万竹，苍翠翁郁，仰不见天。有胜筠庵，蹑云台，消闲馆，飞岑亭，无杂花异木，四面皆竹也。又支流为山庄，为回溪，自山溪石罅寨条下平陆，中立而四顾，则岩峡洞穴，亭阁楼观，乔木茂草，或高或下，或远或近，一出一入，一荣一雕，四面周匝，徘徊而仰顾，若在重山大壑深谷幽崖之底，不知京邑空旷，坦荡而平夷也。又不知郛郭寰会，纷萃而填委也。真天造地设，人谋鬼化，非人力所能为者，此举其梗概焉。

看官阅视此文，已可知是穷工极巧，光怪陆离。还有神运石旁，植立两桧，一因枝条天矫，名为朝日升龙之桧；一因枝干偃蹇，名为卧云伏龙之桧。俱用金牌金字，悬挂树上。徽宗又亲题一诗云：

拔翠琪树林，双桧植灵囿。上梢蟠木枝，下拂龙髯茂。撑拿天半分，连卷虹两负。为栋复为梁，夹辅我皇构。

后人谓徽宗此诗，已寓隐谶，桧即后来的秦桧，半分两负，便是南渡的预兆。着末一构字，又是康王的名讳，岂不是一种诗谶么？未免附会。当时各宦官争出新意，土木已极宏丽，只有巧禽罗列，未能尽驯，免不得引为深虑。适有市人薛翁，善豢禽兽，即请诸童贯，愿至艮岳山值役。贯许他入值，他即日集舆卫，鸣驺张盖，随处游行。一面用巨盘，盛肉炙粱米，自效禽言，呼鸟集食。群鸟遂渐与狎昵，不复畏人，遂自命局所曰来仪所。一日，徽宗往游，闻清道声，翔禽毕集，作欢迎状。薛翁先用牙牌奏道："旁道万岁山瑞禽迎驾。"徽宗大喜，赐给官阶，赉予加厚。又就山间辟两复道，一通茂德帝姬宅，一通李师师家。徽宗游幸艮岳，辄乘便至两家宴饮。嗣因万寿峰产生金芝，复更名寿岳。唯徽宗喜怒无常，嗜好不一，土木神仙，声色狗马，无不中意。但往往喜新厌故，就是待遇侍臣，也忽然加膝，忽然坠渊。最宠用的是蔡京，然尝三进三退，其次莫如道流。王仔昔初甚邀宠，政和七年，林灵素将他排斥，与内侍冯浩进谗，即把仔昔下狱处死；灵素得宠数年，至宣和二年春季，因他不礼太子，也斥还故里；就是童贯、蔡攸收燕归来，当时是一一加封，备极恩遇，未几又嫌他骄恣，渐有后言。王黼、梁师成共荐内侍谭稹，才足任边，可代童贯。乃令贯致仕。授谭稹两河、燕山路宣抚使，稹至太原，招朔、应、蔚诸州降人，为朔宁军，威福自恣，遂又酿出宋、金失和的衅隙来了。都是这班阉人，摇动宋室江山。

先是辽天祚帝延禧遁入夹山，接前回。复为金兵所袭，转奔讹莎烈，一译作郭索勒。且向夏主李乾顺处求援。夏师统军李良辅率兵三万往援辽主，到了宜水，被金将干鲁、娄室等，娄室一译作洛索。一阵杀败，匆匆逃归。经过野谷，又遇涧水暴发，漂没多人。夏兵不敢再发，辽主越觉穷蹙。金将干离不，一译作干喇布。复与降将余睹，追袭辽主至石辇驿。金兵不过千人，辽兵却有二万五千，辽兵以我众彼寡，定可获胜，遂命副统军萧特烈与战，自率妃嫔等登山遥观。不意余睹指示金兵上山掩击，辽主猝不及防，慌忙遁走，辽兵亦因此大溃，所有辎重，尽被金兵夺去。及辽主奔至四部族，萧德妃亦自天德趋至，与辽主相见。辽主竟将萧德妃杀死，追降耶律淳为庶人。独萧干别奔卢龙镇，招集旧时奚人及渤海军，自立为奚国皇帝，改元天复。奚本契丹旧部，与辽主世为婚姻，本姓舒噜氏，后改萧氏，所以契丹初兴，史官或称他为奚契丹。萧干既自称奚帝，当然与辽主反对，《通鉴辑览》中，改萧干名为和勒博，本书仍称萧干，免乱人目。辽主方命都统耶律马哥往讨萧干，哪知金将干鲁、干离不等，又统兵追蹑前来。辽主闻着金兵，好似犬羊遇虎一般，未曾相见，早已胆落，急忙逃往应州。干鲁等掳得辽将耶律大石，用绳牵住，令为向导，穷追辽主。途中被他赶着，把秦王定、许王宁、赵王习泥烈及诸妃公主并从臣等，尽行拿住。唯辽主尚在前队，抱头窜去。季子梁王雅里，及长女特里，幸有太保特母哥一译作特默格。护着，乘乱走脱。辽主尽失属从，凄惶万状，还恐金兵在后追赶，乃遣人持兔纽金印，向金军前乞降，自己亟西走云内。旋得去使持还复书，援石晋北迁事，待遇辽主。契丹曾虏晋出帝。**降为负义侯，置黄龙府。**辽主又答称乞为子弟，量赐土地，干离不不许。辽主欲奔依西夏，萧特烈谏阻不从，遂渡河西行。特烈竟劫梁王雅里走西北部，拥立为帝，改元神历。不到数月，雅里竟死，有辽宗室耶律术烈**辽兴宗宗真孙。**随着，又由特烈等辅立。阅二十余日，竟遭兵乱，术烈被弑，特烈亦死于乱军中。

萧干自为奚帝后，恰驱众出卢龙岭，攻破景州，继陷蓟州，前锋直逼燕城。郭药师麾众出战，大败萧干，乘胜追越卢龙岭，杀伤大半。萧干败遁，其下耶律阿古哲把他杀死，将首级献与药师。药师函首送京，得加封太尉。

那时辽地尽失，仅存一天祚帝，奔走穷荒，满望至西夏安身，免为俘虏。偏金人厉害得很，先遣使贻书夏主，令执送天祚帝，当割地相赠。夏主乾顺拒绝辽主，且遥奉誓表，愿以事辽礼事金，金遂如约界地，令粘没喝割下寨以北，阴山以南，及乙室邪剌部，**一译作伊锡伊喇部。**吐禄、**一译作图噜。**泺西地与夏。夏与金自此通好，信使不绝。唯辽主不得往夏，再渡河东还，适值耶律大石自金逃归，辽主责大石道："我尚未死，你何敢立淳？"大石答道："陛下据有全国，不能一次拒敌，乃弃国远逃，就是臣立十淳，均是太祖子孙，比诸乞怜他族，不较好么？"辽主不能答，反赐他酒食，仍令随驾。会有乌古迪里部谟葛失**一译作玛克锡。**迎辽主至部，奉承唯谨。辽主再出兵，收复东胜诸州，到了武州，与金人接战，败走山阴。徽宗欲诱致延禧，令番僧赍书往迎，许以帝礼相待。辽主初欲南来，继思宋不可恃，拟奔党项。途次复遇金兵，恐为所见，忙弃马窜免。途穷日暮，竟至绝粮，沿途啮冰饮雪，聊充饥渴，好容易到了应州东鄙，被金将娄室追及，活捉而去。金废他为海滨王，未几将他杀死，用万马践尸。辽亡。总计辽自太祖阿保机称帝，共历八主，凡二百有十年。唯耶律大石西走可敦城，**可敦一译作哈吞。**会集西鄙七州十八部，战胜西域，至起儿漫**一译作克将木。**地方，自称天祐皇帝，改元延庆。妻萧氏为昭德皇后，又绵延了三世，历史上号为西辽。小子有诗叹天祚帝道：

> 朔漠纵横二百年，后人失德祀难延。
> 从知兴替皆人事，莫向虚空问昊天。

辽亡以后，金欲恃强南下，正苦无词可借，偏宋人自去寻衅，引他进来，看官试阅下回，自知详情。

　　费无数心力，劳无数兵民，仅得七空城，反欲铭功勒石，何其侈也？艮岳山之成，需时六年，内恣佚乐，外矜挞伐，天下有如是淫昏之主，而能长保国祚耶？夫辽天祚亦一淫昏主耳，弃国远奔，流离沙漠，卒之身为金虏，万马践尸，徽宗苟有人心，应知借鉴不远。况国势孱弱，比辽为甚，辽不能敌金，宋且不能敌辽，燕、云之约，金敢背之，其蔑宋之心，已可概见。此时励精图治，犹且不遑，遑敢恣肆乎？故吾谓北有辽天祚，南有宋徽宗，天生两昏君，相继亡国，实足为后来之鉴。后人鉴之而不知惩，亦使后人而复哀后人也。

第二十三回

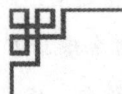

启外衅胡人南下
定内禅上皇东奔

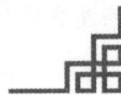

却说宣和五年六月，金平州留守张毂或作觉。或作珏。归宋，大书特书为宋、金启衅张本。毂本仕辽，为辽兴军节度副使，辽主走山西，平州军乱，毂入抚州民，因知州事。金既灭辽，仍令毂知平州，寻改平州为南京，命毂留守。会金驱辽相左企弓、虞仲文、曹勇义、康公弼等，及燕京大家富民，悉行东徙。道出平州，燕民不胜困苦，入语毂道："左企弓等不能守燕，害得我等百姓流离道旁，今公仍拥巨镇，握强兵，何不为辽尽忠，令我等重归乡土，勉图恢复呢？"毂闻言不禁心动，遂召诸将商议。诸将如燕民言，且谓："复辽未成，亦可归宋。"毂乃至滦河西岸，召左企弓等数人，数他十罪，一一绞死，掷尸河中，仍守辽正朔，榜谕燕民复业，燕民大悦。毂恐金人来讨，乃遣张钧、张敦固持书至燕山府，愿以平州归宋，宣抚使王安中，喜出望外，立即奏闻。王黼亦以为奇遇，劝徽宗招纳降臣。但管目前，不顾日后。赵良嗣进谏道："国家新与金盟，若纳降张毂，必失金欢，后不可悔。"徽宗不从，反斥责良嗣，坐削五阶。即诏安中妥加安抚，并蠲免平州三年常赋。

看官！你想金邦方当新造，强盛无比，怎肯令张毂叛逆，不加讨伐？当即遣干离不、阇母等，督兵攻平州。阇母率三千骑，先至城下，见城上守备颇严，暂行退去。毂即捏报胜仗，有诏建平州为泰宁军，授毂节度使，犒赏银绢数万。朝使将至平州，毂出城远迎，不料干离不乘虚掩击，设伏诱毂。毂闻警还援，遇伏败走，宵奔燕山。平州都统张忠嗣及张敦固开城出降，干离不令敦固还谕城中，并遣使偕入。城中人杀死金使，推敦固为都统，闭门固守。干离不大怒，遂督众围城，一面向燕山府，索交张毂。王安中见毂奔至，匿留不遣，偏金使屡来索取，安中没法，只好将貌与毂相似的军民，杀了一个，枭首畀金。**妄杀平民，成何体制？** 金使持去，既而又来，把首掷还，定要索张毂真首级，否则移兵攻燕。安中又惊惧异常，奏请杀毂畀金，免启兵端。徽宗不得已，准奏。安中遂缢杀张毂，割了首级，并执毂二子送金。

燕降将及常胜军，动了兔死狐悲的观念，相率泣下。郭药师忿然道："金人索毂，即与毂首，倘来索药师，亦将与药师首么？"于是潜蓄异图，讹言百出。安中大恐，力请罢职，诏召为上清宝箓宫使，别简蔡靖知燕山府事。会金主旻病殂，立弟吴乞买，易名为晟，谥阿骨打为武元皇帝，庙号太祖，改元天会。宋遣使往贺，并求山后诸州，金主晟以新即大位，不欲拒宋，颇有允意。粘没喝自云中驰还，入阻金主。金主乃止许割让武、朔二州，唯索赵良嗣所许粮米二十万石。谭稹答道："良嗣口许，岂足为凭？"因拒绝金使。金人遂怒宋无礼，决意南侵，会阇母攻克平州，杀张敦固，移兵应蔚，势将及燕。宋廷以谭稹措置乖方，勒令致仕，仍起童贯领枢密院事，出为两河燕山路宣抚使。**定要令他拱送河山。**

时国库余积，早已用罄，当童贯伐辽时，已命宦官李彦，括京东西路民田，增收租赋。又命陈遘，经制江淮七路，量加税率，号经制钱。至是又因燕地需饷，用王黼议，令京西、淮南、两浙、江南、福建、荆湖、广南诸路，编置役夫各数十万，民不即役，令纳免夫钱，每人三十贯。委漕臣定限督缴，所得不到二万缗，人民已痛苦不堪，怨声载道。

徽宗尚荒耽如故，每夕微行。王黼奏称宅中生芝，徽宗以为奇异，夜往游观。见堂柱果有玉芝，信为瑞征，倍加喜慰。**芝生堂柱，就使非伪，亦是不祥。** 黼设宴款待，并邀梁师成列席。师成自便门进来，谒见徽宗。原来师成私第，与王黼毗邻，黼事师成如父，尝称为恩府先生，因此开户相通，借便往来。经徽宗问明底细，也欲过去临幸，命从便门越入。师成当然备宴，一呼百诺，厨役立集，不到半时，居然搬出盛肴，宴飨徽宗。徽宗高兴得很，连举巨觥，痛饮至醉。嗣复再至黼宅，继续开宴，酒后进酒，醉上加醉，竟饮得昏昏沉沉，不省人事。**若就此醉死，也省得囚死五国城。** 待至五更，方由内侍十余人，拥至艮岳山旁的龙德宫，开复道小门，引还大内。翌日尚不能御殿，人情汹汹，禁军齐集教场，严备不虞。及徽宗酒醒，强起视朝，已是日影过午，将要西斜，唯人心赖以少定。退朝后，适尚书右丞李邦彦，入内请安，徽宗与语被酒事。邦彦道："王黼、梁师成交宴陛下，敢是欲请陛下作酒仙么？"徽宗默然不答，看官道邦彦为何等人物？他本是银工李浦子，风姿秀美，质性聪悟，为文敏而且工；初补太学生，旋以上舍及第，授秘书省校书郎，好讴善谑，尤长蹴踘，每将街市俚语，集成俚曲，靡靡动人。徽宗喜弄文翰，因目为异才，累擢至尚书右丞，很加宠眷。邦彦自号李浪子，时人称他为浪子宰相。专用这等人物，如何治国？此次入见，轻轻一语，便引起徽宗疑心。太子桓尝私嫉王黼，黼欲援立徽宗三子郓王楷，与谋夺嫡。事尚未成，偏彼邦彦探悉，即行密奏，蔡攸又从旁作证。中丞何㮚，复论黼专权误国十五事，乃勒黼致仕，擢白时中为太宰，李邦彦为少宰，张邦昌已任中书侍郎，守职如旧。赵野、宇文粹中为尚书左右丞。再起蔡京，领三省事。始终不忘此贼。京自是已四次当国，两目昏眊，不能视事，胡不遄死？一切裁判，均命季子绦取决。绦擅权用事，肆行无忌，白时中、李邦彦等尚畏他如虎，就是他胞兄蔡攸，亦屡讦绦罪，劝徽宗诛绦。好一个大阿哥，竟想大义灭亲。徽宗因勒停侍养，不得干政。攸意尚未释，必欲加罪季弟，且怨及乃父。看官阅过前文，应早知蔡攸父子，统是奸臣，蔡京夙爱季子，早为攸所怀恨，至攸得受封少师，权力与京相等，遂与京分党，父子几成仇敌。父既不忠，子自不孝。由是益加媒孽，接连下诏，褫绦官，复勒京致仕，且复元丰官制，命三公毋领三省事，唯晋封童贯为广阳郡王，令治兵燕山，加意防金。

是时天狗星陨，有声若雷；黑眚现禁中，状如龟，长约丈余，腥风四洒，兵刃不能加，后复出入人家，掠食小儿，二年乃息；都中有酒保朱氏女生髭，长六七寸，疏秀若男人；又有卖青果男子，怀孕诞儿，有狐升御榻高坐；又有都门外的卖菜夫，至宣德门下，忽若痴迷，释去荷担，戟手詈道："太祖皇帝，神宗皇帝，使我来言，宜速改为要！"逻卒捕他下开封狱，一夕省悟，并不自知前事，狱吏竟将他处死。他若京师、河东、陕西、熙河、兰州等地，相继震动，陵谷易处，仓库皆没。种种天变人异，杂沓而来。宋廷君臣，尚是侈语承平，恬不知惧。

至金使来汴，置酒相待，每将尚方珍宝，移陈座隅，夸示富盛，哪知金人已眈眈逐逐，虎视南方，闻得汴都繁盛，恨不得即日并吞，囊括而去。宣和七年十月，金命斜也为都元帅，坐镇京师，调度军事。粘没喝为左副元帅，偕右监军谷神，一译作固新。右都监耶律余覩，自云中趋太原，挞懒一译作达赉，系盈哥子。为六部路都统，率南京路都统阇母，汉军都统刘彦宗，自平州入燕山。两路分道南侵，那宋徽宗尚昏头磕脑，令童贯往议索地事宜。实是做梦。先是金使至汴，徽宗向索山后诸州，金使不允，嗣经往复筹商，才有割让蔚、应二州，及飞狐、灵邱二县的允议。至是贯往受地，到了太原，闻粘没喝领兵南下，料知有变，遂遣马扩、辛兴宗赴金军问明来意，并请如约交地。粘没喝严装高坐，胁扩等庭参，如见金主礼。礼毕，扩问及交地事，粘没喝怒目道："尔还想我两州两县么？山前山后，俱我家地，何必多言！尔纳我叛人，背我前盟，当另割数城界我，还可赎罪！"扩不敢再说，与兴宗同还，复告童贯，且请速自备御。贯尚泰然道："金初立国，能有多少兵马，敢来窥伺我朝？"道言未毕，忽报有金使王介儒、撒离拇持书到来，当由贯传令入见，两使昂然趋入，递上书函。贯展阅后，不禁气慑，便支吾道："贵国谓我纳叛渝盟，何不先来告我？"撒离拇道："已经兴兵，何必再告。如欲我退兵，速割河东、河北，以大河为界，聊存宋朝宗社。"贯闻言，舌挢不能下，半晌才道："贵国不肯交地，还要我国割让两河，真是奇极！"撒离拇作色道："你不肯割地，且与你一战何如？"言已，竟偕王介儒自去。

童贯心怀畏怯，即欲借赴阙禀议为名，遁还京师。知太原府张孝纯劝阻道："金人败盟，大王应会集诸路将士，勉力支持，若大王一去，人心摇动，万一河东有失，河北尚保得住么？"童贯怒叱道："我受命宣抚，并无守土的责任，必欲留我，试问置守臣做什么？"要你做什么郡王？遂整装径行。孝纯自叹道："平日童太师作许多威望，今乃临敌畏缩，捧头鼠窜，有何面目见天子么？"他本不要什么脸面。既而闻金兵攻克朔、代二州，直下太原，遂誓众登城，悉力固守。金兵进攻不下，才行退去。河东路已失二州，燕山路又遭兵祸，干离不等入攻燕山府，知府事蔡靖与郭药师商议，令带兵出御。药师早蓄异心，因蔡靖坦怀相待，不忍遽发，至是与部将张令徽、刘舜仁等，率兵四万五千名迎战北河，金兵尽锐前来。药师料不可当，未战先却，被金兵驱杀一阵，败还燕山。至金兵追至城下，他竟劫靖出降。干离不既得药师，燕山州县当然归命，遂用药师为向导，长驱南下，直逼大河。

警报与雪片相似，飞达宋廷，徽宗急命内侍梁方平率领禁军，往扼黎阳。又用一个阉人。出皇太子桓为开封牧，且饬罢花石纲，及内外制造局，并诏天下勤王。宇文虚中入对道：“今日事情危急，应先降诏罪己，改革弊端，或可挽回人心，协力对外。”徽宗忙道：“卿即为朕草起罪己诏来。”虚中受命，就在殿上草诏，略云：

朕以寡昧之姿，借盈成之业，言路壅蔽，面谀日闻，恩幸持权，贪饕得志，搢绅贤能，陷于党籍，政事兴废，拘于纪年，赋敛竭生民之财，戍役困军旅之力，多作无益，侈靡成风。利源酤榷已尽，而牟利者尚肆诛求。诸军衣粮不时，而冗食者坐享富贵。灾异迭见，而朕不悟，众庶怨怼，而朕不知，追维已愆，悔之何及！思得奇策，庶解大纷。望四海勤王之师，宣二边御敌之略，永念累圣仁厚之德，涵养天下百年之余。岂无四方忠义之人，来徇国家一日之急，应天下方镇郡县守令，各率众勤王，能立奇功者，并优加奖异。草泽异材，能为国家建大计，或出使疆外者，并不次任用。中外臣庶，并许直言极谏，推诚以待，咸使闻知！

草诏既成，呈与徽宗。徽宗略阅一周，便道：“朕已不吝改过，可将此诏颁行。”虚中又请出宫人，罢道官，及大晟府行幸局，暨诸局务，徽宗一一照准。并命虚中为河北、河东路宣谕使，召诸军入援。急时抱佛脚，已来不及了。虚中乃檄熙河经略使姚古，秦凤经略使种师中，领兵入卫。怎奈远水难救近火，宫廷内外，时闻寇警，一日数惊。金兵尚未过河，宋廷已经自乱，如何拒敌？徽宗意欲东奔，令太子留守。太常少卿李纲，语给事中吴敏道：“诸君出牧，想是为留守起见，但敌势猖獗，两河危急，非把大位传与太子，恐不足号召四方。”也是下策。敏答道：“内禅恐非易事，不如奏请太子监国罢！”纲又道：“唐肃宗灵武事，不建号不足复邦，唯当时不由父命，因致贻讥。今上聪明仁恕，公何不入内奏闻？”敏欣然允诺。翌日，即将纲言入奏。徽宗召纲面议，纲刺臂流血，书成数语，进呈徽宗。徽宗看是血书，不禁感动，但见书中写道：

皇太子监国，礼之常也。今大敌入攻，安危存亡，在呼吸间，犹守常礼可乎？名分不正而当大权，何以号召天下，期成功于万一哉？若假皇太子以位号，使为陛下守宗社，收将士心，以死悍敌，则天下可保矣。臣李纲刺血上言。

　　阅毕，徽宗已决意内禅，越日视朝，亲书"传位东宫"四字，付与蔡攸。攸不便多言，便令学士草诏，禅位太子桓，自称道君皇帝。退朝后，诏太子入禁中。太子进见，涕泣固辞。徽宗不许，乃即位，御垂拱殿，是为钦宗。礼成，命少宰李邦彦为龙德宫使，进蔡攸为太保，吴敏为门下侍郎，俱兼龙德宫副使。尊奉徽宗为教主道君太上皇帝，退居龙德宫。皇后郑氏为道君太上皇后，迁居宁德宫，称宁德太后。立皇后朱氏。后系武康军节度使朱伯材女，曾册为皇太子妃，至是正位中宫，追封后父伯材为恩平郡王，授李纲兵部侍郎，耿南签书枢密院事。遣给事中李邺赴金军，报告内禅，且请修好。干离不遣还李邺，即欲北归，郭药师道："南朝未必有备，何妨进行！"坏尽天良。干离不从药师议，遂进陷信德府，驱军而南，寇氛为之益炽。太学生陈东率诸生上书，大略说是：

　　今日之事，蔡京坏乱于前，梁师成阴贼于内，李彦敛怨于西北，朱勔聚怨于东南，王黼、童贯又从而结怨于辽金，创开边隙，使天下大势，危如丝发。此六贼者，异名同罪，伏愿陛下禽此六贼，肆诸市朝，传首四方，以谢天下。

　　是书呈入，时已残腊，钦宗正准备改元，一时无暇计及。去恶不急，已知钦宗之无能为。越年，为靖康元年正月朔日，受群臣朝贺，退诣龙德宫，朝贺太上皇。国且不保，还要什么礼仪？诏中外臣庶，直言得失。李邦彦从中主事，遇有急报，方准群臣进言，稍缓即阴加沮抑。当时有"城门闭，言路开，城门开，言路闭"的传闻。忽闻金干离不攻克相、浚二州，梁方平所领禁军，大溃黎阳，河北、河东制置副使何灌，退保滑州，宋廷惶急得很。那班误国奸臣，先捆载行李，收拾私财，载运娇妻美妾，爱子宠孙，一古脑儿出走。第一个要算王黼，逃得最快；第二个就是蔡京，尽室南行。连太上皇也准备行囊，要想东奔了。搅得这副田地，想走到哪里去？

　　吴敏、李纲请诛王黼等，以申国法，钦宗乃贬黼官，窜置永州，潜命开封府聂昌，遣武士杀黼。黼至雍邱南，借宿民家，被武士追及，枭首而归。李彦赐死，籍没家产。朱勔放归田里。在钦宗的意思，也算从谏如流，惩恶劝善，无如人心已去，无可挽回。金兵驰至河滨，河南守桥的兵士，望见金兵旗帜，即毁桥远飏。金兵取小舟

任用六贼

渡河，无复队伍，骑卒渡了五日，又渡步兵，并不见有南军，前去拦截。金兵俱大笑道："南朝可谓无人。若用一二千人守河，我等怎得安渡哩？"至渡河已毕，遂进攻滑州，何灌又望风奔还。这消息传入宫廷，太上皇急命东行，当命蔡攸为上皇行宫使，宇文粹中为副，奉上皇出都，童贯率胜捷军随去。看官道什么叫作胜捷军？贯在陕西时，曾募长大少年，作为亲军，数达万人，锡名胜捷军。**可改名败逃军。** 至是随上皇东行，名为护跸，实是自护。上皇过浮桥，卫士攀望悲号，贯唯恐前行不速，为寇所及，遂命胜捷军射退卫士，向亳州进发。还有徽宗幸臣高俅，亦随了同去。正是：

　　祸已临头犹作恶，法当肆市岂能逃？

　　上皇既去，都中尚留着钦宗，顿时议守议走，纷纷不一。究竟如何处置，请试阅下回续详。

　　狃小利而忘大祸，常人且不可，况一国之主乎？张毅请降，即宋未与金通和，犹不宜纳，传所谓得一夫，失一国，与恶而弃好，非谋也。徽宗乃贪小失大，即行纳降，至责言既至，仍函毅首以畀金，既失邻国之欢，复慊降人之体，祸已兆矣。迫索粮不与，更激金怒。此时不亟筹守御，尚且观芝醉酒，沉湎不治。甚至天变儆于上，人异现于下，而彼昏不知，酣嬉如故，是欲不亡得乎？金兵南下，两河遽失，转欲卸责于其子，而东奔避敌，天下恐未有骄奢淫纵，而可幸免祸难者也。故亡北宋者，实为徽宗，而钦宗犹可恕云。

第二十四回

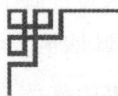

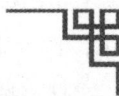

遵敌约城下乞盟
满恶贯途中授首

　　却说钦宗送上皇出都，白时中、李邦彦等亦劝钦宗出幸襄邓，暂避敌锋。独李纲再三谏阻，钦宗乃以纲为尚书右丞，兼东京留守。会内侍奏中宫已行，钦宗又不禁变色，猝降御座道："朕不能再留了。"纲泣拜道："陛下万不可去，臣愿死守京城。"钦宗嗫嚅道："朕今为卿留京，治兵御敌，一以委卿，幸勿疏虞！"**试问为谁家天下，乃作此语？**纲涕泣受命。次日，纲复入朝，忽见禁卫环甲，乘舆已驾，将有出幸的情状，因急呼禁卫道："尔等愿守宗社呢，抑愿从幸呢？"卫士齐声道："愿死守社稷。"纲乃入奏道："陛下已许臣留，奈何复欲成行？试思六军亲属，均在都城，万一中道散归，何人保护陛下？且寇骑已近，倘侦知乘舆未远，驱马疾追，陛下将如何御敌？这岂非欲安反危吗？"钦宗感悟，乃召中宫还都，亲御宣德楼，宣谕六军。军士皆拜伏门下，山呼万岁。随又命纲为亲征行营使，许便宜从事。纲急治都城四壁，缮修战具，草草告竣，金兵已抵城下，据牟驼冈，夺去马二万匹。

　　白时中畏惧辞官，李邦彦为太宰，张邦昌为少宰。钦宗召群臣议和战事宜，李纲主战，李邦彦主和。钦宗从邦彦计，竟命员外郎郑望之，防御使高世则，出使金军。途遇金使吴孝民，正来议和，遂与偕还。哪知孝民未曾入见，金兵先已攻城，亏得李纲事前预备，运蔡京家山石叠门，坚不可破。到了夜间，潜募敢死士千人，缒城而

160

下，杀入金营，斫死酋长十余人，兵士百余人。干离不也疑惧起来，勒兵暂退。

越日，金使吴孝民入见，问纳张觳事，要索交童贯、谭稹等人。钦宗道："这是先朝事，朕未曾开罪邻邦。"孝民道："既云先朝事，不必再计，应重立誓书修好，愿遣亲王宰相，赴我军议和。"钦宗允诺，乃命同知枢密院事李棁，偕孝民同行。李纲入谏道："国家安危，在此一举，臣恐李棁怯懦，转误国事，不若臣代一行。"钦宗不许。李棁入金营，但见干离不南面坐着，两旁站列兵士，都带杀气，不觉胆战心惊，慌忙再拜帐下，膝行而前。*我亦腼颜*。干离不厉声道："汝家京城，且夕可破，我为少帝情面，欲存赵氏宗社，停兵不攻，汝须知我大恩，速自改悔，遵我条约数款，我方退兵，否则立即屠城，毋贻后悔！"说毕，即取出一纸，掷付李棁道："这便是议和约款，你取去罢！"棁吓得冷汗直流，接纸一观，也不辨是何语，只是喏喏连声，捧纸而出。干离不又遣萧三宝奴、耶律中、王汭三人，与李棁入城，候取复旨。翌旦，金兵又攻天津、景阳等门，李纲亲自督御，仍命敢死士，缒城出战，用何灌为统领，自卯至酉，与金兵奋斗数十百合，斩首千级。何灌也身中数创，大呼而亡。金兵又复退去。李纲入内议事，见钦宗正与李邦彦等，商及和约，案上摆着一纸，就是金人要索的条款，由李纲瞧将过去，共列四条：

（一）要输金五百万两，银五千万两，牛马万头，表缎万匹，为犒赏费；（二）要割让中山、太原、河间三镇地；（三）宋帝当以伯父礼事金；（四）须以宰相及亲王各一人为质。

纲既看完条款，便抗声道："这是金人的要索么？如何可从？"邦彦道："敌临城下，宫庙震惊，如要退敌，只可勉从和议。"纲奋然道："第一款，是要许多金银牛马，就是搜括全国，尚恐不敷；难道都城里面，能一时取得出么？第二款，是要割让三镇地，三镇是国家屏藩，屏藩已失，如何立国？第三款，更不值一辩，两国平等，如何有伯侄称呼？第四款，是要遣质，就使宰相当往，亲王不当往。"*此语亦未免存私，转令奸相借口*。钦宗道："据卿说来，无一可从，倘若京城失陷，如何是好？"纲答道："为目前计，且遣辩士，与他磋商，迁延数日，俟四方勤王兵，齐集都下，不怕敌人不退。那时再与议和，自不致有种种要求了。"邦彦道："敌人狡诈，怎肯令我迁延？现在都城且不保，还论什么三镇？至若金币牛马，更不足计较了。" *设或要你的头颅，你肯与他否？* 张邦昌亦随声附和，赞同和议。纲尚欲再辩，钦宗道："卿且出治兵事，朕自有主张。"纲乃退出，自去巡城。谁料李、张二人，竟遣沈晦与金使偕去，一一如约。待纲闻知，已不及阻，只自愤懑满胸，嗟叹不已。

钦宗避殿减膳，括借都城金银，甚及倡优家财，只得金二十万两，银四百万两，民间已空，远不及金人要求的数目，第一款不能如约，只好陆续措缴。第二款先奉送三镇地图，第三款赍交誓书，第四款是遣质问题，当派张邦昌为计议使，奉康王构往金军为质。构系徽宗第九子，系韦贤妃所出，曾封康王，邦昌初与邦彦力主和议，至身自为质，无法推诿，正似哑子吃黄连，说不出的苦。*谁叫你主和？* 临行时，请钦宗亲署御批，无变割地议。钦宗不肯照署，但说了"不忘"二字。邦昌流泪而出，硬着头皮，与康王构开城渡濠，往抵金营。

会统制官马忠，自京西募兵入卫，见金兵游掠顺天门外，竟麾众进击，把他驱退，西路稍通，援兵得达。种师道时已奉命，起为两河制置使，闻京城被困，即调泾原、秦凤两路兵马，倍道进援。都人因师道年高，称他老种，闻他率兵到来，私相庆贺道："好了好了！老种来了！"钦宗也喜出望外，即命李纲开安上门，迎他入朝。师道谒见钦宗，行过了礼，钦宗问道："今日事出万难，卿意如何？"师道答道："女真不知兵，宁有孤军深入，久持不疲么？"钦宗道："已与他讲好了。"师道又道："臣只知治兵，不知他事。"钦宗道："都中正缺一统帅，卿来还有何言！"遂命为同知枢密院事，充京畿、河北、河东宣抚使，统四方勤王兵及前后军。既而姚古子平仲，亦领熙河兵到来，诏命他为都统制。金干离不因金币未足，仍驻兵城下，日肆要求，且逞兵屠掠，幸勤王兵渐渐四至，稍杀寇氛。李纲因献议道："金人贪惏无厌，凶悖日甚，势非用兵不可。且敌兵只六万人，我勤王兵已到二十万，若扼河津，截敌饷，分兵复畿北诸邑，我且用重兵压敌，坚壁勿战，待他食尽力疲，然后用一檄，取誓书，废和议，纵使北归，半路邀击，定可取胜。"师道亦赞成此计。钦宗遂饬令各路兵马，约日举事。偏姚平仲谓："和不必战，战应从速。"弄得钦宗又无把握，转语李纲。纲闻士利速战，也不便坚持前议。*智者千虑，必有一失。* 因与师道熟商，为速战计。师道欲俟弟师中到来，然后开战。平仲进言道："敌气甚骄，必不设备，我乘今夜出城，斫入虏营，不特可取还康王，就是敌酋干离不，也可擒来。"师道摇首道："恐未必这般容易。"*究竟师道慎重。*平仲道："如若不胜，愿当军令。"李纲接口道："且去一试！我等去援他便了。"*未免太急。*

计议已定，待至夜半，平仲率步骑万人，出城劫敌，专向中营斫入。不意冲将进去，竟是一座空营，急忙退还，已经伏兵四出，干离不亲麾各队，来围宋军。平仲拼命夺路，才得走脱，自恐回城被诛，竟尔遁去。李纲率诸将出援，至幕天坡，刚值金兵乘胜杀来，急忙令兵士用神臂弓射住，金兵才退。纲收军入城，师道等接着。纲未免叹悔，师道语纲道："今夕发兵劫寨，原是失策，唯明夕却不妨再往，这是兵家出其不意的奇谋。如再不胜，可每夕用数千人分道往攻，但求扰敌，不必胜敌，我料不出十日，寇必遁去。"*此计甚妙。*纲称为善策。次日奏闻钦宗，钦宗默然无语。李邦彦等，谓昨已失败，何可再举？遂将师道语搁过一边。*浪子宰相，何知大计？*

干离不回营后，自幸有备，得获胜仗，且召康王构、张邦昌入帐，责以用兵违誓，大肆咆哮。邦昌骇极，竟至涕泣。康王独挺立不动，神色自若。*此时尚肯舍命。*干离不瞧着，因命二人退出，私语王汭道："我看这宋朝亲王，恐是将门子孙，来此假冒，否则如何有这般大胆？你且往宋都，诘他何故劫营，并令易他王为质。"汭即奉令入都，如言告李邦彦。邦彦道："用兵劫寨，乃李纲、姚平仲主意，并非出自朝廷。"*明明教他反诘。*汭便道："李纲等如此擅专，为何不加罪责？"邦彦道："平仲已畏罪远窜，只李纲尚在，我当奏闻皇上，即日罢免。"汭乃去。邦彦入内数刻，即有旨罢李纲职，废亲征行营使。并遣宇文虚中至金营谢过。*越是胆小，越是招祸。*虚中方出，忽宣德门前，军民杂集，喧声大起。内廷急命吴敏往视，敏移时即还，手持太学生陈东奏牍，呈与钦宗。钦宗匆匆展阅，其词略云：

李纲奋身不顾，以身任天下之重，所谓社稷之臣也。李邦彦、白时中、张邦昌、李棁之徒，庸谬不才，忌嫉贤能，动为身谋，不恤国计，所谓社稷之贼也。陛下拔纲，中外相庆，而邦昌等嫉如仇雠，恐其成功，因缘沮败。且邦彦等必欲割地，曾不知无三关四镇，是弃河北也。弃河北，朝廷能复都大梁乎？又不知邦昌等能保金人不复败盟否也？邦彦等不顾国家长久之计，徒欲沮李纲成谋，以快私愤，李纲罢命一传，兵民骚动，至于流涕，咸谓不日为虏擒矣。罢纲非特堕邦彦计中，又堕虏计中也。乞复用纲而斥邦彦等，且以阃外付种师道，宗社存亡，在此一举，伏乞睿鉴！

吴敏俟钦宗阅毕，便奏道："兵民有万余人，齐集宣德门，请陛下仍用李纲，臣无术遣散，恐防生变，望陛下详察。"钦宗皱了一回眉，命召李邦彦入商。邦彦应召入朝，被兵民等瞧见，齐声痛詈，且追且骂，并用乱石飞掷。邦彦面色如土，疾驱乃免。至入见时，尚自抖着，不能出声。殿前都指挥王宗濋，请钦宗仍用李纲，钦宗没法，乃传旨召纲，内侍朱拱之奉旨出召，徐徐后行，被大众乱拳交挥，顿时殴死，踏成肉饼，并捶杀内侍数十人。知开封府王时雍麾众使退，众不肯从，至户部尚书聂昌传出谕旨，仍复纲官，兼充京城四壁防御使，众始欢声呼万岁。嗣又求见种老相公，当由聂昌转奏，促师道入城弹压。师道乘车驰至，众褰帘审视道："这果是我种老相公呢。"乃欣然散去。

越日诏下，饬捕擅杀内侍的首恶，并禁伏阙上书。王时雍且欲尽罪太学诸生，于是士民又复大哗。钦宗又遣聂昌宣谕，令静心求学，毋干朝政。且言将用杨时为国子监祭酒，即有所陈，亦可由时代奏。诸生都大喜道："龟山先生到来，尚有何说！我等自然奉命承教了。"看官道龟山先生为谁？原来杨时别号叫作龟山，他是南剑州人氏，与谢良佐、游酢、吕大临三人，同为程门高弟。程颢殁后，时又师事程颐，冬夜与游酢进谒，颐偶瞑坐，时与酢侍立不去。至颐醒，觉门外已雪深三尺，颐很为嘉叹，尽传所学。及颐于大观初年病逝，世称伊川先生，并谓伊川学术，唯谢、游、吕、杨四子，最得真传，因亦称为程门四先生。*不特补叙程伊川，并及谢、游、吕诸人。*宣和元年，蔡京闻时名，荐为秘书郎，*京非知贤，为沽名计耳。*寻进迩英殿说书。至京城围急，时又请黜内侍，修战备，钦宗命为右谏议大夫，兼官侍讲。此次太学生等请留李纲，朝议以为暴动，时复上言："诸生忠事朝廷，非有他意，但择老成硕望的士人，命为监督，自不致轶出范围。"钦宗因有意用时，至聂昌复旨，并为陈述太学生情状，随即命时兼国子监祭酒。并除元祐党籍学术诸禁，令追封范仲淹、司马光、张商英等人。

会金营遣宇文虚中还都，并令王汭复来催割三镇地，及易质亲王。钦宗遂命徽宗第五子肃王枢代质，并诏割三镇畀金。王汭返报斡离不，斡离不不接见肃王，乃将康王、张邦昌放还。且闻李纲复用，守备严固，遂不待金币数足，遣使告辞，以肃王北

程门立雪

去，京城解严。御史中丞吕好问进谏道："金人得志，益轻中国，秋冬必倾国而来，当速讲求军备，毋再贻误。"钦宗不从，唯颁诏大赦，除一切弊政。贼出尚不知关门。李邦彦为言路所劾，出知邓州。张邦昌进任太宰，吴敏为少宰，李纲知枢密院事，耿南仲、李梲为尚书左右丞。会姚古、种师中及府州将折彦质引兵入援，凡十余万人，至汴城下，李纲请诏古等追敌，乘间掩击。张邦昌以为不可，遣令还镇，且罢种师道官。未几有金使自云中来，言奉粘没喝军令，来索金币。辅臣说他要索无礼，拘住来使。粘没喝即分兵向南北关。平阳府叛卒，竟引入关中。粘没喝见关城坚固，非常雄踞，不禁叹息道："关险如此，令我军得安然度越，南朝可谓无人了。"水陆皆然，反令外人窃叹。知威胜军李植，闻金兵过关，急忙迎降。金兵遂攻下隆德府，知府张确自尽。嗣闻泽州一带，守备尚固，乃仍退还云中，围攻太原。钦宗以金兵未归，召群臣会议，三镇应否当割。中书侍郎徐处仁道："敌已败盟，奈何还要割三镇？"吴敏亦言："三镇决不可弃。"且荐处仁可相。于是钦宗又复变计。因张邦昌、李梲二人凤主和议，将他免职，擢处仁为太宰，唐恪为中书侍郎，何㮚为尚书右丞，许翰同知枢密院事，并下诏道：

　　金人要盟，终不可保。今粘没喝深入，南陷隆德，先败盟约。朕凤夜追咎，已黜罢原主议和之臣。其太原、中山、河间三镇，保塞陵寝所在，誓当固守。

诏既下，起种师道为河东、河北宣抚使，出屯渭州。姚古为河北制置使，率兵援太原。种师中为副使，率兵援中山、河间。师中渡河，追干离不出北鄙，乃令还师。姚古亦克复隆德府，及威胜军，扼守南北关。钦宗闻得捷报，心下顿慰，遂拟迎还太上皇。时太上皇至南京，与都中消息久已不通，因此讹言百出，不是说上皇复辟，就是说童贯谋变。钦宗也觉疑惧，授聂昌为东南发运使，往讨阴谋。亏得李纲从旁谏止，自请往迎，钦宗乃命纲迎归上皇。上皇以久绝音信，并纷更旧政为诘问，经纲一一解释，才无异辞，当即启驾还都。钦宗迎奉如仪，立皇子谌为太子。谌系皇后朱氏所生，素得徽宗钟爱，赐号嫡皇孙，所以上皇还朝，特立为储贰，以便侍奉上皇。未必为此，殆所以杜复辟之谋。右谏议大夫杨时，奏劾童贯、梁师成等罪状，侍御史孙觌等复极论蔡京父子罪恶，乃贬梁师成为彰化军节度副使，蔡京为秘书监，童贯为左卫上将军，蔡攸为大中大夫。已而太学生陈东，布衣张炳，又力陈梁师成等罪恶，遂遣开封吏追杀师成，并籍没家产，再贬蔡京为崇信军节度副使，童贯为昭化军节度副使。京天姿凶谲，四握政权，流毒四方，天下共恨。贯握兵二十年，与京表里为奸，且专结后宫嫔妃，馈遗不绝，左右妇寺，交口称誉，因此大得主眷，权倾一时。内外百官，多出贯门，穷奸稔恶，擢发难数。都门早有歌谣道："打破筒，拔了菜，便是人间好世界。"筒与菜，暗寓二姓，自有诏再贬，言官乐得弹劾，就是京、贯私党，亦唯恐祸及己身，交章攻讦，乃复窜京儋州，赐京子攸、翛自尽。翛平时稍持正论，闻命后，恰慨然道："误国如此，死亦何憾！"遂服毒而死。攸尚犹豫未决，左右授以绳，乃自缢。京不日道死。季子绦亦窜死白州。唯翛以尚主免流，余子及诸孙，皆分徙远方，遇赦不赦。童贯亦被窜吉阳军。贯行至南雄州，忽有京吏到来，向他拜谒，谓："有旨赐大王茶药，将宣召赴阙，命为河北宣抚，小吏因先来驰贺，明日中使可到了。"贯拈须笑道："又却是少我不得。"随令京吏留着，亻装以待。次日上午，果来了御史张澂。贯亻出相迎，澂命他跪听诏书，诏中数他十罪，将要宣毕，那京吏从外驰入，拔出快刀，竟枭贯首。看官道这京吏为谁？乃是张澂的随行官。澂恐贯多诡计，且握兵已久，未肯受刑，因先遣随吏驰往，伪言给贯，免得生变。奉旨诛恶，尚须用计，贯之势焰可知。相传贯状貌魁梧，颐下生须十数，皮骨劲如铁，不类阉人。受诛后，澂即函首驰归。还有梁方平、赵良嗣等，亦次第诛死，朱勔亦伏诛，唯高俅善终，但追削太尉官衔罢了。

只是旧贼虽去，新贼又生，耿南仲、唐恪等并起用事，杨时在谏垣仅九十日，以被劾致仕。种师道荐用河南人尹焞，也是程门高弟，焞奉召至京，因见朝局未定，仍然乞归。王安石《字说》，虽已禁用，但尚从祀文庙，只罢他配享孔子。最失策的一着，是战备未修，边防不固，反欲守三镇，逐强寇，日促姚古、种师中等进军太原。有分教：

老将丧躯灰众志，强邻增焰敢重来。

太原一战，宋军败绩，种师中阵亡，金兵遂又分道进攻了。欲知详细情形，再看下回。

金兵南下，围攻汴都，此时尚欲议和，其何能及？《礼》曰："天子死社稷。"与其偷生以苟活，何若拼死以求存？况文有李纲，武有种师道，并有勤王兵一二十万，接踵而至，试问长驱深入，后无援应之金军，能久顿城下否乎？陈东一疏，最中要害，果能依议而行，则寇必失望而去，不敢再来，而宋以李纲为相，种师道为将，诛贼臣，斥群奸，缮甲兵，搜卒乘，虽有十金，犹足御之，惜乎钦宗之不悟也。惟其不悟，故寇临城下，谋无一断，寇去而猜疑如故，即举京、贯等而诛黜之，仍不足振士气，快人心。矧尚有耿南仲、唐恪、何㮚诸人，其误国与六贼相等耶？读此回已令人愤惋不置。

第二十五回

议和议战朝局纷争
误国误家京城失守

  却说金将粘没喝围攻太原，姚古、种师中两军，奉命往援。古复隆德府威胜军，师中亦迭复寿阳榆次等县，进屯真定。朝议以两军得胜，屡促进兵。师中老成持重，不欲急进，有诏责他逗挠。师中叹道："逗挠系兵家大戮，我自结发从军，从未退怯，今老了，还忍受此罪名么？"随即麾兵径进，并约姚古等夹攻，所有辎重犒赏各物，概未随行。未免疏卤。到了寿阳，遇着金兵，五战三胜，转趋杀熊岭，距太原约百里，静待姚古等会师。不意姚古等失期不至，金兵恰摇旗呐喊，四面赶来。师中部下，已经饥馁，骤遇大敌，还是上前死战，不肯退步，自卯至巳，师中令士卒发神臂弓，射退金兵，怎奈无米为炊，有功乏赏，士卒多愤怨散去，只留师中亲卒百余人。金兵又复驰还，把他围住，师中死战不退，身被四创，力竭身亡。死不瞑目。

  金兵乘胜杀入，至盘陀驿，与姚古兵相遇，古兵稍战即溃，退保隆德。种师道闻弟战死，悲伤致疾，遂称病乞归。耿南仲接着败报，又惊惧万分，谓不如弃去三镇。李纲独力持不可，钦宗遂命纲为宣抚使，刘鞈为副，往代师道。纲受命出发，查得姚古失期，系为统制焦安节所误，遂将安节召至，数罪正法，并奏请谪姚恤种，乃赠种师中少师，谪戍姚古至广州，另授解潜为置制副使，代姚古职。纲留河阳十余日，练士卒，修器械，进次怀州，大造战车，誓师御敌。遣解潜屯威胜军，刘鞈屯辽州，幕官王以宁与都统制折可求、张思正等屯汾州，范琼屯南北关，约三道并进，共援太原。偏耿南仲、唐恪等，阴忌李纲，复倡和议，令解潜、刘韐诸将，仍受朝廷指挥，不必遵纲约束。徐处仁、许翰等，又主张速战，促诸将速援太原。寇氛日恶，朝局尚自相水火，真令人不解。刘韐恃勇先进，金人并力与战，韐不能敌，当即败还。解潜继进，师抵南关，亦被金人击败。张思正等领兵十七万，与张孝纯子张灏，宵至文水，袭击金娄室营，小得胜仗。次日再战，竟至败溃，丧兵数万人。折可求一军亦溃，退子夏山，所有威胜、隆德、汾、晋、泽、绛诸民，都闻风惊避，渡河南奔，州县皆空。李纲奏言"节制不专，致有此败，此后应合成大军，由一路进，当有把握"等语。这疏上后，方拟召湖南统制范世雄，并招集溃军，亲率击敌。不意朝旨到来，召他还京，仍命种师道接任。最可笑的是宋廷宰臣，不务择将练兵，反欲诱结亡国旧臣，阴图金人，于是摇动强邻，兴兵压境，赵宋一百六七十年的锦绣江山，要送去一大半了。好笔力。

　　先是肃王枢往金为质，宋廷亦留住金使萧仲恭，及副使赵伦。萧、赵统辽室旧臣，降金得官，赵伦恐久留不遣，乃给馆伴邢倞道："我等不得已降金，意中恰深恨金人，倘有机会可图，也极思恢复故土。若贵国肯少助臂力，我当回去，联络耶律余睹，除去干离不、粘没喝两人。那时贵国可安枕无忧，即我等也可兴灭继绝了。"邢倞信为真情，忙去报知吴敏等人。吴敏等也以为真，遂将蜡书付与赵伦，令偕萧仲恭回金，转致余睹，令为内应。余睹首先叛辽，遑图兴复。就使果有此情，也不足恃宋廷辅臣，实是痴想。两人还见干离不，即将蜡书献出。干离不转达金主，金主大怒，遂令粘没喝为左副元帅，干离不为右副元帅，分道南侵。粘没喝遂急攻太原，城中久已粮尽，军民十死七八，哪里固守得住？知府张孝纯不能再支，城遂被陷，孝纯被执。粘没喝以为忠臣，劝令降金，仍为城守副都总管。王禀负太宗御容赴汾水死。通判方笈，转运使韩揆等三十人，一并遇害。金兵遂分队破汾州，知州张克戬阖门死难。宋廷诸辅臣，接连闻警，又惹起一番议论。你言战，我主和，徐处仁、许翰是主战派，耿南仲、唐恪是主和派，就是吴敏，也附入耿、唐，与处仁等反对。处仁以吴敏向来主战，此次忽又主和，情迹反复，殊属可恨，遂与他面质大廷。小人皆然，何足深责。吴敏不肯服气，断断力争。处仁愤极，把案上的墨笔，作为斗械，提掷过去。凑巧碰在吴敏鼻上，画成了一道墨痕。实在都是倒脸朋友，不止吴敏一人。耿南仲、唐恪等，从旁窃笑。吴敏愈忿不可遏，竟要与处仁打架。还是钦宗把他喝住，才算罢休。退朝后，便有中丞李回奏劾徐处仁、吴敏，连许翰也拦入在内。**分明是耿、唐二人唆使，所以将许翰列入。**钦宗遂将徐处仁、吴敏、许翰等，一并罢斥，用唐恪为少宰，何㮚为中书侍郎，陈过庭为尚书右丞，聂昌同知枢密院事，李回签书枢密院事。当下决意主和，派著作佐郎刘岑，太常博士李若水，分使金军，请他缓师。及岑等还朝，述及干离不止索所欠金银，粘没喝定要割与三镇。钦宗不得已，再遣刑部尚书王云出使金军，许他三镇岁入的赋税。适值李纲回京，耿、唐二人，复恐他再来主战，即唆言官，交章论纲。说他劳师费财，有损无益，因即罢纲知扬州。中书舍人刘珏、胡安国，并言纲忠心报国，不应外调，谁知竟得罪辅臣，谪书迭下。珏坐贬提举亳州明道宫，安国也出知通州。

是时寇警日闻，朝议不一，何㮚请分天下二十三路为四道，各设总管，事得专决，财得专用，官得辟置，兵得诛赏，如京都有警，即可檄令入卫，云云。钦宗依议，即命知大名府赵野总北道，知河南府王襄总西道，知邓州张叔夜总南道，知应天府胡直孺总东道。又在邓州置都总管府，总辖四道兵马，当简李回为大河守御使，折彦质为河北宣抚副使。南道总管张叔夜，闻得都城空虚，请统兵入卫，陕西置制使钱益，亦欲统兵前来，偏是唐恪、耿南仲一意言和，竟函檄飞驰，令他驻守原镇，无故不得移师。一面遣给事中黄锷，由海道至金都，请罢战修和。看官！你想此时的金兵，已是分道扬镳，乘锐南下，还有什么和议可言？况且前时所许金币，未曾如额，所允三镇，未曾割界，并且羁留金使，诱结辽臣，种种措置乖方，多被金人作为话柄，除非宋朝有几员大将，有几支精兵，杀他一个下马威，还好论力不论理，与他赌个雌雄。**明明曲在宋人。**若要低首下心，向他乞和，你道金人是依不依呢？果然宋臣只管主和，金兵只管前进。干离不自井陉进军，杀败宋将种师闵，长驱入天威军，攻破真定。守将都钤辖刘翊**音诩**。自缢，知府李邈被执北去，复进捣中山，河北大震。

宋廷诸臣，至此尚坚持和议，接连遣使讲解。干离不因遣杨天吉、王汭等来京，即持宋廷与耶律余睹原书，入见钦宗，抗声说道："陛下不肯割界三镇，倒也罢了，为什么还要规复契丹？"**应该诘责。**钦宗嗫嚅道："这乃奸人所为，朕并不与闻呢。"王汭冷笑道："中朝素尚信义，奈何无信若此？现唯速割三镇，并加我主徽号，献纳金帛车辂仪物，尚可言和。"钦宗迟疑半晌方道："且俟与大臣商议。"王讷道："商议商议，恐我兵已要渡河了。"言已欲行。钦宗尚欲挽留，王讷道："可遣亲王至我军前，自行陈请，我等却无暇久留。"随即扬长自去。**强国使臣，如是如是。**钦宗惶急万分，乃下哀痛诏，征兵四方。种师道料京城难恃，亟上疏请幸长安，暂避敌锋。辅臣等反说他怯懦，传旨召还，令范讷往代。师道到京，见沿途毫无准备，愤激得了不得，自念老病侵寻，不如速死，过了数日，果然病重身亡。看官阅过上文，前次汴京被围，全仗李、种二人主持，此时师道又死，李纲早出知扬州，耿南仲等尚咎纲启衅，贬纲为保静军节度副使，安置建昌军。

会王云自金营归来，谓金人必欲得三镇，否则进兵取汴都。宋廷大骇，诏集百官，至尚书省，会议三镇弃守。唐恪、耿南仲力主割地，何㮚却进言道："三镇系国家根本，奈何割弃？"唐恪道："不割三镇，怎能退敌？"何㮚道："金人无信，割地亦来，不割亦来。"两下争议多时，仍无结果。那金帅粘没喝已自太原，统兵南下，陷平阳，降威胜军隆德府，进破泽州。官吏弃城逃走，远近相望。宋宣抚副使折彦质领兵十二万，沿河驻扎，守御使李回，也率万骑防河。偏是金兵到来，夹河敲了一夜的战鼓，已把折彦质军吓得溃退。李回孤掌难鸣，也即逃还京师。**胆小如鼷。**金兵测视河流，见孟津以下，可以徒涉，遂引军径渡。知河阳燕瑛，河南留守西道都总管王襄，闻风遁去。永安军郑州悉降金军，汴京又复戒严。

粘没喝且遣使索割两河，廷臣统面面相觑，不敢发言。独王云谓："前时至金，曾由干离不索割三镇，且请康王往谢，现若依他前议，当可讲和。万一金人不从，亦不过如王讷所言，加金主徽号，赠送冕辂罢了。"钦宗没法，乃进云为资政殿学士，命偕康王赴金军，许割三镇，并奉衮冕玉辂，尊金主为皇叔，加上徽号至十八字。云受命后，即与康王构出都，由滑、浚至磁州。知州宗泽迎谒道："肃王一去不回，难道大王尚欲蹈前辙么？况敌兵已迫，去亦何益？请勿再行！"**幸有此着，尚得保全半壁。**康王乃留次磁州。王云犹再三催迫，康王不从。会康王出谒嘉应神祠，云亦随着，州民亦遮道谏王切勿北去。云厉声呵叱，激动众怒，齐声呼道："奸贼奸贼！"云不知进退，尚欲恃威恐吓，怎禁得众怒难犯，汹汹上前，你一脚，我一拳，霎时间打倒地上，双足一伸，呜呼哀哉。**该死的贼。**康王也不便动怒，只好带劝带谕，解散众民。**其实也怨恨王云。**及返入州署，接到知相州汪伯彦帛书，请他赴相。康王乃转趋相州，伯彦身服橐鞬，带着步兵，出城迎谒。康王下马慰劳道："他日见上，当首以京兆荐公。"伯彦拜谢。又招了一个贼臣。康王遂留寓相州。

当下来了一位壮士，入城谒王。康王见他英姿凛凛，相貌堂堂，倒也暗中喝采。及问他姓氏，他却报明大略。看官听着！这人曾充过真定部校，姓岳名飞，表字鹏举，系相州汤阴县人。但叙略迹，已是烨烨生光。相传岳飞生时，曾有大鸟，飞鸣室上，因以为名。家世业农，父名和，母姚氏。飞生未弥月，河决内黄，洪水暴至，家庐漂没，飞赖母抱坐大缸中，随水流去，达岸得生。好容易养至成人，竟生就一种神力，能挽强弓三百斤，弩八石。因闻周同善射，遂投拜为师，尽心习艺，悉得所传。适刘韐宣抚真定，招募战士，飞即往投效，并乞百骑，至相州扫平土匪陶俊、贾进和。至是家居无事，乃入见康王。王问明来历，留为护卫。嗣闻相州尚有剧贼，叫作吉倩，遂命飞前去招抚。飞单骑驰入倩寨，与倩角艺。倩屡斗屡败，情愿率众三百八十人，悔过投降。飞引见康王，王嘉飞功，授为承信郎。

飞因请康王募兵御寇，康王因未接朝命，尚在踌躇。忽有一人踉跄奔来，遥见康王，便呼道："大王不好了！快快募集河北兵士，入卫京师。"康王闻声，急瞧来人非别，就是尚书左丞耿南仲。当下不及邀座，便问道："金兵已到京城么？"南仲道："自从大王出都，金使连日到来，定要割让两河，皇上命聂昌赴河东粘没喝军，要南仲赴河北干离不军，分头磋商和议。南仲虽已年老，不敢违命，只得与金使王汭一同登途。不意到了卫州，兵民争欲杀汭。南仲忙替他解释，他得脱身逃去。偏兵民与南仲为难，幸亏南仲命不该绝，才能逃免，来见大王。"从南仲口中，叙出宋廷情事，免与上文笔意重复。康王道："聂昌到河东去，未识如何？"南仲道："不要说起，他一至绛州，便已被什么钤辖赵子清抉目脔割了。"康王不禁搓手道："奈何奈何？"南仲道："现在只仗大王募兵入卫，或尚可保全京师。"何不要康王同去议和？康王乃与耿南仲联名署榜，招募士卒。相州一带，人情少安。唯宋廷尚遣侍郎冯澥、李若水往粘没喝军议和，到了怀州，正值粘没喝破怀州城，掳住知州霍安国等，胁降不屈，共杀死十三人。此时气焰甚盛，还有什么礼貌待遇宋使！可怜冯、李两人，进退两难，没奈何入申和议。被粘没喝诘责数语，驱使退还。粘没喝遂与干离不会师，直至汴京城下。干离不屯刘家寺，粘没喝屯青城，汴京里面，只有卫士及弓箭手七万人，分作五军，命姚友仲、辛永宗为统领，登陴守御。兵部尚书孙傅，调任同知枢密院事，保举了一个市井游民姓郭名京，说他能施六甲法，可以退敌。钦宗遂宣京入朝。京叩见毕，大言道："陛下若果信臣，臣只用七千七百七十七人，便可生擒敌帅。"钦宗大喜，便道："若能如此，朕尚何忧？"*要他来送命了。*遂授京成忠郎，赐金帛数万，令他自行召募。京不问技艺能否，但择年命，配合六甲，即可充选。所得市井无赖，旬日即足。又有市民刘孝竭，亦借御敌为名，效京募兵，或称六丁力士，或称北斗神兵，或称天阙大将，整日里谈神说鬼，自谓能捍城破敌。*越发希奇。*钦宗也恐难恃，遣使持蜡书夜出，约康王及河北守将入援。行至城外，多为金营逻兵所获。唐恪密白钦宗，请即西幸洛阳，何㮚引苏轼论"周朝失计，莫如东迁"二语，劝阻钦宗。钦宗用足顿地道："朕今日当死守社稷，决不远避了。"*能如此语，倒也是个好汉。*随即被甲登城，用御膳犒赏将士。时值仲冬，连日雨雪，士卒冒雪执兵，多至僵仆。钦宗目不忍睹，因徒跣求晴。复亲至宣化门，乘马行泥淖中，民多感泣。独唐恪随御驾后，被都人遮击，策马得脱，乃卧家求去。*误国至此，还想去么？*钦宗准奏，命何㮚继任。且诏复元丰三省官名，不称何㮚为少宰，仍用尚书右仆射名号。*换官不换人，有何益处？*冯澥还朝，受职尚书右丞，南道总管张叔夜率兵勤王，令长子伯奋将前军，次子仲熊将后军，自将中军，合三万余人，转战至南薰门外。钦宗召他入对，叔夜请驾幸襄阳。钦宗不从，但命他统军入城，令签书枢密院事。*又是失着。*殿前指挥使王宗濋愿出城对仗，当即拨调卫兵万人，开城出战，哪知他到了城外，略略交锋，便即遁去。金兵即扑攻南壁，张叔夜及都巡检范琼，极力备御，才将金兵击退。粘没喝复遣萧庆入城，要钦宗亲自出盟，钦宗颇有难色，但遣冯澥与宗室仲温等赴敌请和。粘没喝立刻遣还，不与交一语。东道总管胡直孺，率兵入卫，被金人击败，擒住直孺，缚示城下，都人益惧。范琼以千人出击，渡河冰裂，溺死五百人，又不免挫丧士气。何㮚屡促郭京出师，京初言非至危急，我兵不出，及诏令迭下，乃尽令守兵下城，毋得窃视。六甲兵大启宣化门，出攻金兵。金人分张四翼，鼓噪而前，六甲兵慌忙退走，多半堕死护龙河，城门亟闭。京语叔夜道："金兵如此猖獗，待我出城作法，包管退敌。"叔夜又放他去出，京带领余众，出了城门，竟一溜烟地逃去了。*总算享了几日威福。*城中尚未知胜负，那金兵已四面登城，眼见得抵御不及，全城被陷。统制姚友仲、何庆言、陈克礼、中书舍人高振皆战死。内侍监军黄金国赴火自尽，守御使刘延庆夺门出奔，为追骑所杀。张叔夜父子力战受创，也只好退回。钦宗闻报大恸道："朕悔不用种师道言，今无及了。"*何止此着。*小子有诗叹道：

不信仁贤国已虚，如何守备又终疏？

前车未远应知鉴，覆辙胡堪及后车。

钦宗恸哭未终，忽闻门外大哗，越吓得魂不附体，究竟何人哗噪，待至下回表明。

读此回而不痛心者非人，读此回而不切齿者亦非人。三镇许割而不割，犹谓要盟无质，不妨食言，然亦必慎择将帅，大修武备，惩前日之游移，定后来之果断，方可挽回危局，勉遏寇氛。乃忽而议战，忽而议和。议和之误，固不待言，而议战者亦始终无保国之方，御敌之法，甚且堕敌使之计，愈致挑动强邻，至于金人日逼，朝议益棼，谋幸谋和，更无定见。李纲罢矣，师道死矣，将相非人，游手且进握兵柄，其失可胜道乎？钦宗谓悔不用师道言，吾料其所悔者，在西幸之不果，非在前时却敌诸谋，是仍一畏懦怯弱而已。呜呼钦宗！呜呼赵宋！

第二十六回

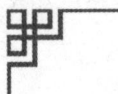

堕奸谋阖宫被劫

立异姓二帝蒙尘

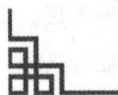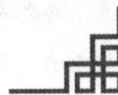

　　却说钦宗闻京城已陷，恸哭未休，忽卫士等鼓噪进来，求见钦宗，钦宗只好登楼慰遣。凑巧卫士长蒋宣到来，麾众使退，并拟拥护乘舆，突围出走。孙傅、吕好问在旁，以为未可。宣抗声道："宰相误信奸臣，害得这般局面，尚有何说！"孙傅又欲与争，还是吕好问劝解道："汝等欲翼主出围，原是忠义，但此时敌兵四逼，如何可轻动呢？"宣乃道："尚书算知军情！"言讫乃退。何㮚欲亲率都人巷战，会得金使进来，仍宣言议和退师。还是欺骗宋人。钦宗乃命何㮚与济王栩，徽宗第六子。至金军请成。及还，述及粘没喝、干离不等，要上皇出去订盟。钦宗鸣咽道："上皇已惊忧成疾，何可出盟？必不得已，由朕亲往。"何㮚、孙傅、陈过庭等，均束手无策。钦宗顿足涕泗道："罢！罢！事已至此，也顾不得什么了。"还是一死，免得出丑。遂命何㮚等草了降表，由钦宗亲自赍至金营乞降。丢脸已极。粘没喝、干离不高据胡床，传令入见。钦宗进营，向他长揖，递上降表。粘没喝道："我国本不愿兴兵，只因汝国君臣昏庸已极，所以特来问罪，现拟另立贤君，主持中国，我等便即退师了。"又进一步。钦宗默然不答。何㮚、陈过庭、孙傅等随驾同往，因齐声抗议道："贵国欲割地纳金，均可依从，唯易主一层，请毋庸议及！"粘没喝只是摇首，干离不狞笑道："你等既愿割地，快去割让两河，讲到金帛一层，最少要金千万锭，银二千万锭，帛一千万匹。"何㮚等听到此层，不禁咋舌，一时不好承认。粘没喝竟将钦宗留着，并拘住何㮚等人，硬行胁迫。过了两日，钦宗与何㮚等，无术求免，只好允议，乃释令还朝，限日办齐。

钦宗自金营出来，已是涕泪满颐，仿佛如人女子。道旁见士民迎谒，不禁掩面大哭道："宰相误我父子。"谁叫你误用奸相？士民等也流涕不止。及钦宗还宫，即遣刘鞈、陈过庭、折彦质等为割地使，分赴河东、河北割地畀金。又遣欧阳珣等二十人，往谕各州县降金。珣尝知盐官县，曾与僚友九人，上书极言："祖宗土地，尺寸不应与人。"及入为将作监丞，正值京师危极，又奏称："战败失地，他日取还，不失为直。不战割地，他日即可取还，也不免理曲。"数语触怒宰辅，因此命他出使，往割深州。到此时光还想借刀杀人，这等辅臣，罪不容死。各路使臣，统有金兵随押。欧阳珣至深州城下，呼城上守兵，涕泣与语道："朝廷为奸人所误，丧师割地，我特拼死来此，奉劝汝等，宜勉为忠义，守土报国。"道言未绝，即被金人絷送燕京。珣痛詈不屈，竟被焚死。不肯略过忠臣，无非阐扬名教。此外两河军民，恰也不肯降金，多半闭门拒使，谢绝诏命。

陕西宣抚使范致虚集兵十万人入援，至颍昌，闻汴都已破，西道总管王襄先遁。致虚尚率副总管孙昭远，环庆帅王似，熙河帅王倚，同出武关，至邓州千秋镇，遇金将娄室军，不战皆溃。金帅在汴，越觉骄横，一切供应，俱向宋廷索取。今日要刍粮，明日要骡马，甚且索少女一千五百人，充当侍役。可怜一班宫娥彩女，闻这消息，只恐出去应命，供那鞑子糟蹋，稍知节烈的淑媛，便投入池中，陆续毙命。未几，已至除夕，宫廷里面，啼哭都来不及，还有何心贺年？翌日，为靖康二年元旦，钦宗朝上皇于崇福宫，金帅粘没喝也遣子真珠率偏将八人入贺，钦宗命济王栩如金营报谢。才阅两三日，金人即来索金币。宋廷已悉索敝赋，哪里取得出许多金帛？偏敌使连番催促，到了初十这一日，竟遣人入宫坐索。否则仍邀钦宗至军，自行面议。钦宗至此，自知凶多吉少，不欲再行，何㮚、李若水进言道："圣驾前已去过，没有意外情事，今日再往，料亦无妨。"钦宗乃命孙傅辅太子监国，自与何㮚、李若水等，复如青城。

阁门宣赞舍人吴革，语何㮚道："天文帝座甚倾，车驾若出，必堕虏计。"㮚不听，仍拥帝出郊。张叔夜叩马谏阻，钦宗道："朕为人民起见，不得不再往。"

叔夜号恸再拜，钦宗亦流泪道："嵇仲努力！"说至此，竟哽咽不能成声。此时满城皆虏，宋廷上下，都似瓮中之鳖，钦宗若要不去，除非死殉社稷。或谓此次不行，当不致被虏，其然岂其然乎？原来嵇仲即叔夜表字，钦宗以字称臣，也是重托的意思。及往抵金营，粘没喝即将钦宗留住，作为索交金帛的押券。太学生徐揆，至金营投书，请车驾还阙。粘没喝召他进去，怒言诘难。揆亦厉声抗论，竟为所害。割地使刘韐，返至金营，粘没喝颇重刘韐，遣仆射韩正，馆待僧舍。正语韐道："国相知君，将加重用。"韐答道："偷生以事二姓，宁死不为。"正又道："军中正议立异姓，国相欲令君代正，与其徒死无益，何若北去享受富贵？"韐仰天大呼道："苍天苍天！大宋臣子刘韐，乃听敌迫胁么？"随即走入耳室，觅得片纸，啮指出血，写了几句绝命辞。辞云：

> 贞女不事二夫，忠臣不事两君，况主忧臣辱，主辱臣死，以顺为正者，妾妇之道也，此予所以必死也。

写毕，折成方胜，令亲信持归，报明家属。自己沐浴更衣，酌饮卮酒，投缳自尽。金人也悯他忠节，瘗诸寺西冈上，且遍题窗壁，载明瘗所。越八十日，始得就殓，颜色如生，后来得褒谥忠显。

是时汴都一带，连日大风，阴霾四塞。钦宗留金营中，日望还宫，传令廷臣等搜括金银，无论戚里宗室、内侍僧道、伎术倡优等家，概行罗掘。共计八日，得金三十八万两，银六百万两，衣缎一百万匹，赍送金营。粘没喝以为未足，再由开封府立赏征求，凡十八日，复得金七万两，银一百十四万两，衣缎四万匹，仍然献纳。粘没喝反怒道："宽限多日，只有这些金银，显见得是欺我呢。"提举官梅执礼等，但答称搜括已尽，即被金人杀害，余官各杖数百下，再令续缴。一面宣布金主命令，废上皇及钦宗为庶人。知枢密院事刘彦宗，请复立赵氏，粘没喝不许，且设堑南薰门，杜绝内城出入，人心大恐。嗣复迫令翰林承旨吴开，吏部尚书莫俦入城，令城中推立异姓，且逼上皇、太后等出城。上皇将行，张叔夜入谏道："皇上一出不返，上皇不应再出，臣当率励将士，护驾突围。万一天不佑宋，死在封疆，比诸生陷夷狄，也较为光荣哩。"此言却是。上皇嗟叹数声，竟欲觅药自殉。药方觅得，不意都巡检范琼趋入，劈手夺去，即劫上皇、太后乘犊车出宫，并逼郓王楷徽宗第三子。及诸妃公主驸马，与六宫已有位号的嫔御，一概从行。唯元祐皇后孟氏，因废居私第，竟得幸免。是谓祸中得福。

先是内侍邓述，随钦宗至金营，由金人威怵利诱，令具诸王皇孙妃各名。金人遂檄开封尹徐秉哲，尽行交出。秉哲令坊巷五家为保，毋得藏匿，先后得三千余人，各令衣袂联属，牵诣金军。为丛驱雀，令人发指。粘没喝既得上皇，即令与钦宗同易胡服。李若水抱住钦宗，放声大哭，诋金人为狗辈。金兵将若水曳出，捶击交下，血流满面，气结仆地。粘没喝忙喝住兵士，且令铁骑十余人守视，严嘱道："必使李侍郎无恙，违令处死！"若水绝粒不食，金人一再劝降，若水叹道："天无二日，若水岂有二主么？"粘没喝又胁二帝召皇后太子，孙傅留太子不遣，且欲设法保全。偏是卖主求荣的吴开、莫俦，定要太子出宫，范琼更凶恶得很，竟胁令卫士，牵住皇后太子共车而出。比金还要凶悍。孙傅大恸道："我为太子傅，义当与太子共死生。"当下将留守职务，交付王时雍，因从太子出宫。百官军吏，奔随太子号哭。太子亦泣呼道："百姓救我！"哭声震天，至南薰门。范琼请孙傅还朝，守门的金人，亦语傅道："我军但欲得太子，与留守何干？"傅答道："我乃宋朝大臣，兼为太子太傅，誓当死从。"乃寄宿门下，再待后命。

李若水留金营数日，粘没喝召他入问，议立异姓。若水不与多辩，但骂他为剧贼。粘没喝尚不欲加害，挥令退去，若水仍骂不绝口，恼动一班金将，用铁挝击若水唇，唇破血流，且喷且骂，甚至颈被裂，舌被断，方才气绝。粘没喝也不禁赞叹道："好一个忠臣！"部众亦相语道："辽国亡时，有十数人死义，南朝只李侍郎一人，好算是血性男儿。"蛮貊也知忠信。粘没喝又令吴开、莫俦召集宋臣，议立异姓。众官莫敢发言，留守王时雍密问开、俦，开、俦并答道："金人的意思，欲立前太宰张邦昌。"时雍道："张邦昌么，恐众心未服。"说至此，适尚书员外郎宋齐愈，自金营到来，传示敌意，用片纸书就张邦昌三字，且云："不立邦昌，金军未必肯退。"时雍乃决，遂将张邦昌姓名，列入议状，令百官署印。孙傅、张叔夜均不肯署，由吴开、莫俦报知粘没喝，粘没喝遂派兵拘去孙、张，分羁营中，且召叔夜入，绐道："孙傅不肯署名，已将他杀毙，公老成硕望，岂可与傅同死？"叔夜道："世受国恩，义当与国存亡，今日宁死不署名。"粘没喝不禁点首，仍令还絷。太常寺簿张浚，开封士曹赵鼎，司门员外郎胡寅，皆不肯书名，逃入太学。唐恪已经署名，不知如何良心发现，竟仰药自杀。既不惜死，何必署状。王时雍复集百官，诣秘书省，阖门胁署，外环兵士，近时胁迫选举，想亦由此处抄来。令范琼晓谕大众，拥立邦昌，大众唯唯听命。唯御史马伸、吴给，约中丞秦桧，自为议状，愿迎还钦宗，严斥邦昌。秦桧此时，尚有天良。事为粘没喝所闻，又将秦桧拿去。吴开、莫俦遂持议状诣金营，一面邀张邦昌入居尚书省。此时邦昌初欲自尽，吴开遣人与语道："相公前日不效死城外，今乃欲涂炭一城么？"邦昌遂安然居住，静听金命。阖门宣赞舍人吴革，不肯屈节异姓，密结内亲事官数百人，谋诛邦昌，夺还二帝，约期三月八日举事。前期二日，闻报邦昌于七日受册，遂不暇延伫，即于三月六日，各焚居庐，杀妻子，起义金水门外。革披甲上马，率众夺门，适值范琼出来，问明来意，佯表同情，当即给革入门，一声呼喝，琼党毕集，竟将吴革拿下。革极口痛骂，即被杀害。革有一子从军，亦同时受刃。麾下百人，俱遭擒戮。越日，金人赍到册宝，立张邦昌为楚帝。邦昌北向拜舞，受册即位，遂升文德殿，设位御座旁，受百官庆贺，遣阖门传令勿拜。王时雍竟首先拜倒，百官也一律跪地。无耻之至。邦昌自觉不安，但东面伫立罢了。

是日风霾日晕，白昼无光，百官虽然行礼，总不免有些凄楚。邦昌亦变色不宁，唯王时雍、吴开、莫俦、范琼四人，欣欣然有得色。邦昌命王时雍知枢密院事，吴开同知枢密院事，莫俦签书院事，吕好问领门下省，徐秉哲领中书省，职衔上俱加一权字。邦昌自称为予，命令称手书，百官文移，虽未改元，已撤去靖康字样。唯吕好问所行文书，尚署靖康二年，王时雍入殿，对着邦昌，尝自言臣启陛下，且劝他坐紫宸垂拱殿，接见金使。赖好问力争，乃不果行。上皇在金营，闻邦昌僭位，泫然下泪道："邦昌若能死节，社稷亦有光荣，今既俨然为君，还有什么希望呢？"你要用这班贼臣，应该受此痛苦。金人也恐久居生变，遂于四月初旬，将二帝以下，分作二起，押解北行。张邦昌服柘袍，张红盖，亲诣金营饯行。干离不劫上皇、太后，与亲王、驸马、妃嫔，及康王母韦贤妃、康王夫人邢氏，向滑州北行。粘没喝劫帝后太子妃嫔宗室，及何㮚、孙傅、张叔夜、陈过庭、司马朴、秦桧等，由郑州北行。将要启程，张邦昌复带领百官，至南薰门外，遥送二帝，二帝相望大恸。忽有一半老徐娘，素服而来，装饰与女道士相似，竟不顾戎马厉害，欲闯入金营，来与上皇诀别。看官道此妇为谁？原来就是李师师。相违久了。师师自徽宗内禅，乞为女冠子，隐迹尼庵。

金人凤闻艳名，早欲寻她取乐，因一时搜获无着，只好搁置，偏她自行送来，正是喜出望外，当下问明姓氏，将她拥住。师师道："乞与我见上皇一面，当随同北去。"金人遂导见上皇，两人会短离长，说不尽的苦楚，只把那一掬泪珠儿，做了赠别的纪念。金人不许多叙，就将她扯开一旁，但听她说了"上皇保重"四字，仿佛是出塞琵琶，凄音激越。粘没喝子真珠素性渔色，看她似带雨梨花，倍加怜惜，当即令同乘一车，好言抚慰。偏偏行未数里，那李师师竟柳眉紧蹙，桃靥损娇，口中模模糊糊地念了上皇几声，竟仰仆车上，奄然长逝了。师师虽误国尤物，较诸张邦昌等，不啻霄壤，特揭之以愧奸臣。真珠尚欲施救，哪里救得转来？及仔细查验，乃是折断金簪，吞食自殉。真珠非常叹惜，便令在青城附近，择地埋香，自己亲奠一卮，方才登程。

沿途带去物件，数不胜数，所有宋帝法驾卤簿，皇后以下，车辂卤簿、冠服礼器、法物大乐、教坊乐器、祭器八宝九鼎、圭璧浑天仪、铜人刻漏古器、景灵宫供器、太清楼秘阁三馆书、天下府州县图及一切珍玩宝物，都向汴京城内括去，攒送金邦。钦宗每过一城，辄掩面号泣，到了白沟，已是前时宋、金的界河。张叔夜在途，早经不食，但饮水为生，既度白沟，闻车夫相语道："过界河了。"他竟矍然起立，仰天大呼，嗣是遂不复言，扼吭竟死。及将到燕山，金军两路相会，真珠转白干离不，欲有所求，干离不微笑允诺。看官道是何事？原来徽宗身旁有婉容王氏及一个帝姬，生得美丽无双，为真珠所艳羡。他因徽宗一部分，由干离不监押，只好向干离不请求。干离不转白徽宗，徽宗此时，连性命都不可保，哪里还顾及妻女？没奈何，割爱许给。干离不遂命真珠取纳，真珠即带进来，把这两个似花似玉的佳人，拥至马上，载归营中，朝夕受用去了。昏庸之害，一至于此，真是自作自受。未几，由燕山至金都，粘没喝、干离不奉金主命，先令徽、钦二帝穿着素服，谒见金太祖阿骨打庙，明是献俘。随后引见金主于乾元殿。两朝天子，同作俘囚，只因不肯舍命，屈膝虏廷，直把那黄帝以来的汉族，都丢尽了脸，真正可羞！真正可叹！金主晟封徽宗为昏德公，钦宗为重昏侯，徙锢韩州。后来复迁居五国城，事见后文。何㮚、孙傅在燕山时，已相继毕命。总计北宋自太祖开国，传至钦宗，共历九主凡一百六十七年而亡。小子有诗叹道：

父子甘心作虏囚，汴京王气一朝收。

当年艺祖开邦日，哪识云礽被此羞？

北宋已亡，南宋开始，帝位属诸康王构，张邦昌当然要退让了。事详下回，请看官续阅。

北宋之亡，非金人亡之，自亡之也。徽、钦之失无论已，试观金人陷汴，在靖康元年十一月，而掳劫二主，自汴启行，则在靖康二年之四月。此四五月间，盘桓大梁，不愿遽发，窥其来意，非必欲掳劫二帝，不过欲索金割地，饱载而归耳。不然，宋都已破，宋帝已掳，何必再立张邦昌乎？乃何㮚、吴开、莫俦、范琼为虎作伥，既送钦宗于虎口，复劫上皇、太后及诸王妃嫔公主驸马等，尽入虎穴，是虎尚未欲噬人，而导虎者驱之使噬也，彼亦何惮而不受耶？唯是黜陟之权，操诸君主，谁尸帝位，乃误用匪人至此？且都城失守，大势已去，何不一死以谢社稷，而顾步青衣行酒之后尘，蒙羞忍辱，吾不意怀、愍之后，复有此徽、钦二主也。名为天子，不及一妓，虽决黄河之水，恐亦未足洗耻云。

第二十七回

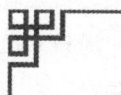

承遗祚藩王登极
发逆案奸贼伏诛

却说金兵既退，张邦昌尚尸位如故，吕好问语邦昌道："相公真欲为帝么？还是权宜行事，徐图他策么？"邦昌失色道："这是何说？"好问道："相公阅历已久，应晓得中国人情。彼时金兵压境，无可奈何，今强虏北去，何人肯拥戴相公？为相公计，当即日还政，内迎元祐皇后入宫，外请康王早正大位，庶可保全。"监察御史马伸亦贻书邦昌，极陈顺逆厉害，请速迎康王入京。邦昌乃迎元祐皇后孟氏入居延福宫，尊为宋太后，<small>太后上加一宋字，邦昌亦欲效太祖耶？</small>所上册文，有"尚念宋氏之初，首崇西宫之礼"等语。知淮宁府子崧系燕王德昭五世孙，闻二帝北迁，即与江、淮经制使翁彦国等，登坛誓众，同奖王室；并移书诃斥邦昌，令他反正。邦昌乃遣谢克家往迎康王。

康王当汴京危急时，已受命为天下兵马大元帅，佐以陈遘、汪伯彦、宗泽，由相州出发，进次大名。金兵沿河驻扎，约有数十营。宗泽前驱猛进，力破金人三十余寨，履冰渡河。知信德府梁扬祖率三千人来会，麾下有张俊、苗傅、杨沂中、田师中等人，俱有勇力，威势颇振。宗泽请即日援汴，康王恰也愿从，偏来了朝使曹辅，赍到蜡诏，内云："金人登城不下，方议和好，可屯兵近甸，勿遽来京！"宗泽道："此乃金人狡谋，欲缓我师，愚以为君父有难，理应急援，请大王督军，直趋澶渊，

183

次第进垒。万一敌有异图，我军已到城下了。"<u>如用此计，徽、钦或不致被掳。</u>汪伯彦道："明诏令我暂驻，如何可违？"宗泽道："将在外，君命不受，况这道诏命，安知非由敌胁迫么？"康王竟信伯彦言，但遣泽先趋澶渊。泽遂自大名赴开德，连战皆捷，一面奉书康王，请檄诸道兵会京城，一面移书北道总管赵野，河东北路宣抚使范讷，知兴仁府曾楙，会兵入援，不料数路都杳无影响。泽只率孤军，进趋卫南，转战而东，忽见金兵四集，险些儿被他围住。裨将王孝忠阵亡。泽下令死战，军士都以一当百，斩首数千级。金人败走。到了夜间，金人复进袭泽营，亏得泽预先迁徙，只剩了一座空寨，反使金兵骇退。泽复过河追击，又得胜仗。陆续报闻康王，并催他火速进军。康王已有众八万，并召集高阳关路安抚使黄潜善，及总管杨维忠，移师东平，分屯济、濮诸州。旋得金人假传宋诏，令康王所有部众，交付副元帅，自己即日还京。幸张俊觑破诈谋，谏止康王。康王乃进次济州，静候消息。<u>救兵如救火，无故逗留中道，已见康王之心。</u>

宗泽屡催无效，且闻二帝已经北去，即提孤军回趋大名，传檄河北，拟邀截金人归路，夺还二帝。怎奈勤王兵无一到来，眼见得独力难支，不便轻进。康王尚安居济州，至谢克家由京到济，方得京城确报。克家当即劝进，康王不允。既而汴使蒋思愈又至，代呈张邦昌书，无非自为解免，请康王归汴正位云云。康王复书慰勉。独宗泽以邦昌篡逆，乞康王声罪致讨，兴复社稷。康王正在迟疑，既而吕好问赍书康王谓："大王不自立，恐有不当立的人，起据神器，应亟定大计为是。"张邦昌又遣原使谢克家及康王舅忠州防御使韦渊，奉大宋受命宝，诣济州劝进。孟后亦派冯澥等为奉迎使，同至济州。康王乃恸哭受宝，遂遣克家还京，办理即位仪物。时孟后已由邦昌尊奉，垂帘听政，乃命太常少卿汪藻，代草手书，谕告中外道：

比以敌国兴师，都城失守，祲缠宫阙，既二帝之蒙尘，祸及宗祊，谓三灵之改卜。众恐中原之无主，姑令旧弼以临朝。虽义形于色，而以死为辞，然事迫于危，而非权莫济。内以拯黔首将亡之命，外以纾邻国见逼之威，遂成九庙之安，坐免一城之酷。乃以衰癃之质，起于闲废之中，迎置宫闱，进加位号，举钦圣已还之典，成靖康欲复之心，永言运数之屯，坐视邦家之覆。抚躬犹在，流涕何从？缅维艺祖之开基，实自高穹之眷命，历年二百，人不知兵，传序九君，世无失德。虽举族有北辕之衅，而敷天同左袒之心。乃眷贤王，越居近服，已徇群情之请，俾膺神器之归。缫康邸之旧藩，嗣宋朝之大统。汉家之厄十世，宜光武之中兴，献公之子九人，唯重耳之尚在。兹唯天意，夫岂人谋？尚期中外之协心，同定安危之至计，庶臻小愒，渐底丕平，用敷告于多方，其深明于吾志！

这道手书，传到济州。济州父老，争诣军门上言，州城四面，红光烛天，明是上苍瑞应，请即城内即皇帝位。康王慰谕父老，令散归听命。权应天府朱胜非自任所进谒，愿迎康王至应天，谓："南京即宋州。为艺祖兴王地，四方所向，且便漕运，请即日启行。"宗泽亦以为可。康王乃决趋应天府。临行时，鄜延副总管刘光世，自陕州来会，康王命他为五军都提举。既而西道总管王襄，宣抚使统制官韩世忠，亦陆续到来，均随康王至应天府。于是就府门左首，筑受命坛，定期五月朔即位。张邦昌先日趋至，伏地请死，继以恸哭，亏他做作。康王仍慰抚有加。王时雍等也奉乘舆服御，齐集应天。转瞬间，就是五月朔日，康王登坛受命，礼毕后，遥谢二帝，北向悲号。旋经百官劝止，乃就府治，即位受百官拜谒，改元建炎，颁诏大赦。所有张邦昌以下，及供应金军等人，概置不问。唯童贯、蔡京、朱勔、李彦、梁师成等子孙，不得收叙。遥上靖康帝尊号，曰孝慈渊圣皇帝，尊元祐皇后孟氏为元祐太后。遥尊生母韦氏为宣和皇后。遥立夫人邢氏为皇后。孟后即日在东京撤帘，一切政治，归新皇专决。历史上称为南宋。且因康王后来庙号，叫作高宗皇帝，遂也沿称高宗。

小子尚有一段遗闻，未经见诸正史，只有神乘上间或载及，因亦采入，聊供看官参阅。相传徽宗是江南李主煜后身，神宗曾梦李主来谒，因生徽宗，所以性情学术，均与李主相似。至被掳入金，金主亦仿用宋太祖见李主故事。独高宗生时，徽宗与郑后俱梦见钱王镠索还两浙，次日即报韦妃生男。钱王寿至八十一，高宗寿数，后来与钱王适合，所以世称为钱王后身。宣和年间，禁中赐宴诸王，高宗酒醉欲眠，退卧幄次。徽宗入幄揭帘，但见金龙丈余，蜿蜒榻上，当即骇退。及高宗往质金军，粘没喝疑为将家子，遣还换质，未几访问得实，遣使急追。高宗尚在途次，倦憩崔府君庙中，忽梦神人大呼道："快行快行！敌兵要追来了。"高宗惊醒，见有一马在侧，忙上马飞驰。既渡河，马不复动，视之乃是泥马，因此有泥马渡康王的遗传。此说恐未必确，彼时有张邦昌同行，且金兵已围攻汴都，往返甚近，亦不致有倦憩等事。这数种轶闻，是真是假，小子亦未敢臆断，不过人云亦云罢了。

且说高宗即位后，命黄潜善为中书侍郎，汪伯彦同知枢密院事，授张邦昌太保，封同安郡王，五日一赴都堂，参决大事，寻复加爵太傅。开手即用三大奸臣，后事可知。罢尚书左丞耿南仲，右丞冯澥，用吕好问为尚书右丞，召李纲为尚书右仆射，兼中书侍郎。置御营司，总齐军政。即令黄潜善为御营使，汪伯彦兼副使。王渊为都统制，刘光世为提举，韩世忠为左军统制，张俊为前军统制，杨维忠主管殿前公事，窜误国罪臣李邦彦至浔州，吴敏至柳州，蔡懋至英州，李棁、宇文虚中、郑望之、李邺等，均安置广南诸州。宇文虚中似不应同罪。又以宣仁太后高氏，从前保护哲宗，曾立大功，令国史馆改正诬谤，播告天下。追贬蔡确、蔡卞、邢恕等人。御史中丞张澄，复论耿南仲主和罪状，因将南仲窜死南雄州。宗泽入见高宗，慨陈兴复大计，适李纲亦应召而至，两人敷陈国事，统是志同道合，涕泣而谈，高宗亦为动容，偏汪、黄两人，阴忌宗泽，不欲令他内用，但说襄阳为江防要口，应令泽镇守。高宗因命泽知襄阳府。汪、黄又忌李纲，复加谗间。纲稍有所闻，力辞相位。高宗面语纲道："朕知卿忠义，幸勿固辞！"纲顿首泣谢道："今日欲内修外攘，还二圣，抚四方，责在陛下与宰相。臣自知愚陋，不能仰副委任，必欲臣暂掌政柄，臣愿仿唐姚崇入相故例，首陈十事，仰干天听。如蒙陛下采择施行，臣方敢受命。"高宗道："卿尽管直陈，可行即行。"纲乃逐条说出，由小子表述如下：

（一）议国是；注意在守。能守而后可战，能战而后可和。（二）议巡幸；请高宗至汴都谒见宗庙，若汴不可居，上策宜都长安，次都襄阳，又次都建康，均当先事预备。（三）议赦令；祖宗登极，赦令皆有常式，不应赦及恶逆，及罪废官，尽复官职。（四）议僭逆；张邦昌挟金图逆，易姓改号，宜正典刑，垂戒万世。（五）议伪命；邦昌僭号，百官多受伪命，应做唐肃宗故事，以六等治罪。（六）议战宜；修明军律，信赏必罚，籍作士气。（七）议守；宜于沿河、江、淮措置控御，严扼敌冲。（八）议本政；宜整饬纲纪，一归中书以尊朝廷。（九）议久任；戒靖康间任官不久之弊，令百官各专责成。（十）议修德。劝高宗益修孝悌恭俭，副民望而致中兴。

高宗闻此十事，不加可否，但言明日当颁议施行。纲乃退出。待至次日，颁出八议，唯僭逆伪命二事，留中不发。纲又剀切上书，略云：

僭逆伪命二事，乃今日政刑之大者，所关甚重。张邦昌在政府十年，渊圣即位，首擢为相，方国家祸难，金人为易姓之谋，邦昌如能以死守节，推明天下戴宋之义，以感动其心，敌人未必不悔祸而存赵氏。而邦昌方以为得计，偃然正位号，处宫禁，擅降伪诏，以止四方勤王之师。及知天下之不与，乃不得已请元祐太后垂帘听政，而议奉迎。邦昌僭逆，始末如此，而议者不同，臣请以春秋之法断之。夫春秋之法，人臣无将，将则必诛。赵盾不讨贼，则书以弑君。今邦昌已僭位号，故退而止勤王之师，非特将与不讨贼而已。刘盆子以汉宗室，为赤眉所立，其后以十万众降。光武但待之以不死。邦昌以臣易君，罪大于盆子，不得已而自归，朝廷既不正其罪，又尊崇之，此何礼也？陛下欲建中兴之业，而尊崇僭逆之臣，以示四方，其谁不解体？又伪命臣僚，一切置而不问，何以厉天下士大夫之节乎？伏乞陛下立申睿断，毋瞻徇以失民望！

高宗览书后，召汪、黄二人与商。黄潜善代为邦昌剖辨，营救甚力。高宗因召问吕好问道："卿前在围城中，必知邦昌情形。"好问道："邦昌僭窃位号，人所共知，业已自归，唯求陛下裁处。"首鼠两端。高宗闻言，愈加踌躇。李纲复入谏道："邦昌为逆，仍使在朝，百姓将目为二天子，臣不愿与贼臣同居。如必欲用邦昌，宁罢臣职！"言下泣拜不已，高宗颇为感动。伯彦乃接口道："李纲气直，为臣等所不及。"高宗乃出纲奏议，揭邦昌罪状，贬为昭化军节度副使，安置潭州，并将王时雍、徐秉哲、吴开、莫俦、李耀、孙觌等，尽行贬谪，分窜高、梅、永、全、柳、归诸州。

先是邦昌僭居禁中，曾有华国靖恭夫人李氏，屡持果实，赠遗邦昌。邦昌也厚礼答馈。一夕，李氏邀邦昌夜饮，特将养女陈氏装饰停当，令她侍宴。邦昌见了陈女，身子已酥了半边，更兼她殷勤斟酒，目逗眉挑，不由得心神俱醉。饮了数杯，便假寐席上，佯作醉状。李氏见邦昌已醉，即与陈女掖他起座，且与语道："大家事已至此，尚复何言？"当下持赭色半臂，披邦昌身上，拥入福宁殿，令他小睡，且令陈女侍着。邦昌本是有心陈女，故作此态，既见李氏出去，即跃然而起，立把陈女搂住。

陈女半推半就，一任邦昌所为，宽衣解带，成就好事，嗣是邦昌遂封陈女为伪妃。及邦昌还居东府，李氏私下相送，并有怨谤高宗等语。天下事若要不知，除非莫为，邦昌既贬潭州，威势尽失，当有人传达高宗，高宗即饬拘李氏下狱，命御史审讯。李氏无可抵赖，只好直供。于是邦昌罪上加罪，由马申奉诏至潭，勒令自尽，并诛王时雍等。李氏杖脊三百，发配车营。尝阅《说岳全传》，谓邦昌被兀术祭旗，充作猪羊，证诸史乘，全属不符，可见俗小说之难信。

吕好问曾受伪命，为侍御史王宾所劾，自请解职，因有诏出知宣州。宋齐愈阿附金人，首书张邦昌姓名，坐罪下狱，受戮东市。同是一死，何不死于前日。追赠李若水、刘韐、霍安国等官。高宗方向用李纲，既任为右仆射，并命兼御营使。纲亦力图报称，知无不言，言无不尽。总计纲所规画，共有数则，无一非当时至计，小子复汇述如下：

（一）请置河北招抚司，河东经制司，特荐张所、傅亮二人充任。高宗乃命张所为河北招抚使，王璀为河东经制使，傅亮为副使。

（二）因高宗登极时，赦诏未及两河，建炎元年六月，适潘贤妃生子旉，应援例大赦，特请遍赦两河，广示德义。

（三）请调宗泽留守汴京，规复两河。泽因奉命为东京留守，兼知开封府事。

（四）请立沿河、江、淮帅府，凡置府十有九，下列要郡三十九，次要郡三十八，府置帅，兼都总管。郡置守，兼钤辖都监。总置军九十六万七千五百人，别置水军七十七将，帅府置水兵二军，要郡一军，立军号曰凌波楼船军。造舟江、淮诸州。前此四道都总管，一并取消。

（五）修明军法，定伍、甲、队、部、军各制。五人为伍，二十五人为甲，百人为队，五百人为部，二千五百人为军。上下相维，不乱统系。所有招置新军，及御营司兵，俱用新法团结。且诏陕西、山东诸路帅臣，并依此法，互相应援。

（六）令诸路募兵买马，劝民出财，并制造战车，颁行京东西路。

（七）议车驾巡幸，首关中，次襄阳，又次在邓州，不当株守应天。高宗特命范致虚知邓州，修城池，缮宫室，实钱谷，以为巡幸之备。

（八）遣宣义郎傅雱使金军，但云通问二圣，不言祈请，俾上下枕戈尝胆，誓报国耻，徐使敌人生畏，自归二帝。

（九）请还元祐党籍，及元符上书人官爵。

高宗此时，总算言听计从，无不施行。偏黄潜善、汪伯彦两人，同忌李纲，复倡和议。适值金娄室率领重兵，进攻河中，权知府事郝仲连阖门死义。娄室入河中府城，复连陷解、绛、慈、隰诸州。汪、黄二人闻警，密请高宗转幸东南，高宗也觉胆怯，竟有巡幸东南的诏命。当时恼动了一位忠臣，接连上表，请帝还汴，正是：

庸主偷安甘避敌，直臣报国独输忱。

欲知何人上表，俟至下回报明。

观康王构之留次济州，与即位应天，而已知其不足有为矣。当汴京危迫之时，能亟援君父之难，即早尽臣子之心。况宗泽连败金人，先声已振，各路兵亦陆续到来，有众至九万人，正可临城一战，力解汴围，胡为逍遥东土，但求自全，坐视君父之困乎？既而汴使来迎，一再劝进，亦应即日赴汴。先诛逆贼，继承帝祚，北向以御强虏，定两河，迎还二帝，期雪前耻，胡乃转趋应天，即位偏隅，预作避敌之计乎？且一经登极，首任汪、黄，已足为中兴之累，至僭逆如张邦昌，犹且锡以王爵，尊礼备至。微李纲之力请惩奸，则功罪不明，纪纲益紊，恐小朝廷且无自立矣。朱子谓李纲入相，方成朝廷，证以纲之谋议，其言益信。然有直臣，必贵有明主，主德不明，必有直道难容之虑，宜乎李纲之即遭摈斥也。

第二十八回

宗留守力疾捐躯
信王榛败亡失迹

　　却说高宗欲巡幸东南，偏有一人，接连上表，请他还汴。这人非别，就是东京留守宗泽。泽受命至汴，见汴京城楼隳废，盗贼纵横，即首先下令，无论赃物轻重，概以盗论，悉从军法，当下捕诛盗贼数人，匪徒为之敛迹。嗣是抚循军民，修治楼橹，阖城乃安。会闻河东巨寇王善，拥众七十万，欲夺汴城，泽单骑驰入善营，涕泣慰谕道：“朝廷当危急时候，倘有一二人如公，亦不至有敌患。现在嗣皇受命，力图中兴，大丈夫建立功业，正在今日，为什么甘心自弃呢？”善素重泽名，至是越加感动，遂率众泣拜道：“敢不效力。”泽既收降王善，又遣招谕杨进、田再兴、李贵、王大郎等，各遵约束。京西、淮南、河南北一带，已无盗踪。乃就京城四壁，各置统领，管辖降卒，并造战车千二百乘，以资军用。又在城外相度形势，立坚壁二十四所，沿河遍筑连珠寨，联结河东、河北山水民兵，一面渡河，约集诸将，共议恢复事宜。且开凿五丈河，通西北商旅，百货骈集，物价渐平。乃上疏请高宗还汴，高宗尚优诏慰答，唯不及还汴日期。既而金使至开封，只说是通好伪楚，泽将来使拘住，表请正法，有诏反令他延置别馆。斩使或未免太甚，延使实可不必。他复申奏行在，不肯奉诏。旋得高宗手札，命他遣还，因不得已纵遣来使。会闻金人将入攻汜水，正拟遣将往援，巧值岳飞到汴，误犯军令，坐罪当刑。泽见他相貌非常，不忍加罪，及问他

190

战略，所答悉如泽意。泽许为将材，遂拨兵五百骑，令援汜水，将功补过。飞大败金兵而还，因擢飞为统制，飞由是知名。泽又申疏请高宗还汴，哪知此次拜表，竟不答复，反遣使至汴，迎太庙神主，奉诣行在；且连元祐太后及六宫与卫士家属，统行接去。泽复剀切上书，极言汴京不应舍弃，仍不见报。既而闻李纲转任左仆射，正拟向纲致书，并力请高宗还汴，不意书尚未发，那左仆射李纲，竟罢为观文殿大学士，提举洞霄宫了。未几，又闻太学生陈东，布衣欧阳澈，请复用李纲，罢斥黄潜善、汪伯彦，竟致激怒高宗，同处死刑。看官你想！这赤胆忠心的宗留守，能不唏嘘太息么？

原来汪、黄两人，常劝高宗巡幸扬州，李纲独欲以去就相争。高宗初意尚信任李纲，因汪、黄在侧，时进谗言，渐渐地变了初见，将李纲撇在脑后。纲有所陈，常留中不报。嗣欲进黄潜善为右相，不得已调李纲为左相。仅过数日，潜善即促傅亮渡河。亮以措置未就，暂从缓进，纲亦代为申请。偏潜善不以为然，竟责他有意逗留，召还行在。亮本李纲所荐，遂上言朝廷罢亮，臣亦愿乞身归田。高宗虽慰留李纲，竟罢亮职。纲再疏求去，因罢为观文殿大学士，提举洞霄宫。统计纲在相位，仅七十七日，所建一切规模，粗有头绪，自罢纲后，尽反前政，决意巡幸东南。**不务争存，何处得安乐窝？**陈东、欧阳澈本未识纲，因为忠义所激，乃请任贤斥奸。潜善奏高宗道："陈东等尝纠众伏阙，若不严惩，恐又有骚动情事，为患匪轻。"高宗遂将原书交与潜善，令他核罪照办，潜善领书而出。尚书右丞许翰，问潜善道："公当办二人何罪？"潜善道："按法当斩。"许翰道："国家中兴，不应严杜言路，须下大臣等会议！"潜善佯为点首，暗中恰嘱开封府尹孟庚竟将二人处斩。东字少阳，镇江人，欧阳澈字德明，抚州人。两人以忠义杀身，无论识与不识，均为流涕。四明李猷赎尸瘗埋。越三年，汪、黄得罪，乃追赠二人为承事郎，各官亲属一人，令州县抚恤其家属。绍兴四年，又并加朝奉郎，秘阁修撰官。**阐扬忠义，不惮从详。**唯许翰闻二人处斩，代著哀辞，且八上章求罢，因亦免职。

会河北州郡陆续被金军破陷，黄潜善、汪伯彦二人，力劝高宗幸扬州。高宗从二人言，指日启跸。隆祐太后以下，先期出行。看官道隆祐太后是何人？原来就是元祐太后。元祐的元字，因犯太祖讳，所以改为隆祐，这是高宗启跸以前，新经改定。**不肯模糊一笔。**及高宗到了扬州，还道是避敌较远，可以无虞。且把故相李纲，寄置鄂州，并遣朝奉郎王伦，及阁门舍人朱弁，同赴金邦，请休战议和，一心一意地讨好金人，想做个小朝廷罢了。哪知宋愈示弱，金益逞强，王伦等到了云中，反被粘没喝羁住，将他软禁起来，还要起燕京八路民兵，分三路来侵南宋。看官你想！一个国家，可不图自强，专想偷安么？大声棒喝，后人听着。先是金将干离不闻高宗即位，拟送归二帝，重修和好，独粘没喝以为未可。未几，干离不死，粘没喝独握兵权，仍拟侵宋，及见王伦到来请和，料知高宗是个没用的主子，况且不向北进，反从南退，畏缩情形，不问可知，此时不乘机南下，还待何时？当下报告金主，分道南侵，自率所部兵下太行，由河阳渡河，直攻河南，分遣银术可—译作尼楚赫。攻汉上，讹里呆、一译作鄂尔多，系金太祖子。兀术一译作乌珠，金太祖四子。自燕山由沧州渡河，进攻山东。分阿里蒲卢浑一译作阿里富埒绰。军趋淮南，娄室与撒离喝、一译作萨思干。黑锋一译作哈富。自同州渡河，转攻陕西。各路金兵，分头攻入。粘没喝至汜水关，留守孙昭远走死。娄室至河中，见西岸有宋军扼守，不敢径渡，乃绕道韩城，履冰涉河，连陷同州、华州。沿河安抚使郑骧力战不支，赴井自尽。娄室遂破潼关，经制使王燮弃了陕州，竟奔入蜀，中原大震。唯兀术欲渡河窥汴，幸得宗泽预遣将士，保护河梁，兀术乃暂行退去。

转眼间，已是建炎二年了，一出正月，银术可即进陷邓州。知州范致虚遁去，安抚使刘汲战死，所备巡幸储峙，均被劫去，且分兵四陷襄阳、均、房、唐、陈、蔡、汝、郑州、颍昌府。通判郑州赵伯振，知颍昌府孙默，知汝阳县郭赞，皆不屈遇害。兀术又自郑州抵白沙，去汴甚近。宗泽尚对客围棋，谈笑自若，属僚忙入内问计，泽怡然道："我已有准备了。"既而兵报到来，果得胜仗。原来宗泽先遣部将刘衍趋滑州，刘达趋郑州，牵制敌势。至是又选精锐数千骑，令绕出敌后，邀击金兵归路。金兵方与衍战，不料后面又有宋军，前后夹攻，竟致败溃。宗泽既得捷报，料知金人势盛，不肯一败即退，乃复遣部将阎中立、郭俊民、李景良等，率兵趋郑。途中果遇粘没喝大军，两下对垒，中立战死，景良遁去，俊民竟解甲降金。泽闻败警，即捕到景良，将他斩首。嗣因俊民引金使来汴，持粘没喝书，招降宗泽。泽撕毁来书，复喝令左右，将两人杀了一双。是司马穰苴一流人物。既而刘衍还汴，金兵乘虚入滑，泽部将张㧑往援，㧑手下不过一二千人，金兵却有一二万。或请㧑少避敌锋，㧑叹道："避敌偷生，有何面目还见宗公？"因力战而死。泽闻执急，忙遣王宣驰救，至已不及。宣率部兵与金人力战，竟破金兵。金兵复弃城遁去。宣入滑后，报知宗泽，泽令宣知滑州。

忽有河上屯将，获住金将王策，由泽询问原委，乃系辽室旧臣，遂亲与解缚，邀他旁坐，道及辽亡遗事，及金人虚实，尽得详情，乃召诸将泣谕道："汝等皆心存忠义，当协谋剿敌，期还二圣，共立大功。"众将闻言，皆感激思奋，誓以死报。泽遂决意大举，募兵储粮，并约前时招抚各盗魁，共集城下，指日渡河。因再上疏，请高宗还汴，一面檄召都统制王彦，还屯滑州。彦性颇忠勇，曾与张所、宗泽等，共图恢复，泽尝遣岳飞助所，所待以国士，更派令随彦渡河。彦率师至新乡，遥见金兵数万前来，气势甚盛。彦部下不过七千人，将校十一员，飞亦在列。他将均有惧色，不敢进战，飞独持丈八铁枪，冲入敌阵，左挑右拨，无人敢当，遂夺得大纛一面，向空掷去。诸将见岳飞得手，也奋勇杀上，顿时击退金人，克复新乡。越日，再战侯兆川，飞身被十余创，士皆死战，又将金人击退。会粮食将罄，诣彦营乞粮，彦不许，飞自行措粮，转战至太行山，擒金将拓跋耶乌。金骁帅黑风大王，自恃枭悍，来与飞交锋，战未数合，又被飞一枪刺死，金人骇退。插入此段，实为岳飞写生。飞因彦不给粮，不便再进，仍率所部复归宗泽。

彦骤失良将，乏人御敌，寻被金人围住，彦溃围出走，退保西山，即太行山。潜结两河豪杰，勉图再举。部下各相率刺面，涅成"赤心报国誓杀金贼"八字。既而两河响应，众至十万，金将不敢近垒，转截彦军饷道。彦勒兵待敌，斩获甚众，至接得泽檄，乃陆续拔至滑州。泽闻彦已还滑，即将所定规划，奏报行在，略云：

臣欲乘此暑月，是时当靖康二年夏月。遣王彦等自滑州渡河，取怀、卫、浚、相等州，王再兴等自郑州直护西京陵寝，马扩等自大名取洛相、真定，杨进、王善、丁进等各以所领兵，分路并进。河北山寨忠义之民，臣已与约响应，众至百万。愿陛下早还京师，臣当躬冒矢石，为诸将先，中兴之业，必可立致。如有虚言，愿斩臣首以谢军民！

这疏上后，未接复诏，各处消息，反且日恶。永兴军潍州、淮宁、中山等府相继失陷。经略使唐重，知潍州韩浩，知淮宁府向子韶，知中山府陈遘，俱死难。泽忠愤交迫，又复上疏，大略说是：

祖宗基业，弃之可惜。陛下父母兄弟，蒙尘沙漠，日望救兵，西京陵寝，为贼所占，今年寒食节，未有祭享之地。而两河、二京、陕石、淮甸百万生灵，陷于涂炭，乃欲南幸湖外，盖奸邪之臣，一为贼房方便之计，二为奸邪亲属，皆已津置在南故也。今京城已增固，兵械已足备，人气已勇锐，望陛下毋沮万民敌忾之气，而循东晋既覆之辙！

高宗看到此奏，也不觉怦然心动，拟择日还京。偏黄潜善、汪伯彦二人，阴恨宗泽所陈，牵连自己，遂百端阻难，不令高宗还汴，且戒泽毋得轻动。奸臣当道，老将徒劳，可怜泽忧愤成疾，致生背疽。诸将相率问疾，泽矍然起床道："我因二帝蒙尘，积愤至此，汝等若能歼敌，我死亦无恨了。"诸将相率流涕，齐声道："敢不尽力！"及大众退出，泽复吟唐人诗道："出师未捷身先死，长使英雄泪满襟。"*不亚五丈原遗恨。*越宿，风雨如晦，泽病已垂危，尚无一语及家事。到了临终的时候，唯三呼"过河"罢了。*到死不忘此念。*泽字汝霖，义乌人，元祐中登进士第，具文武才，累任州县，迭著政绩，尚未以将略闻。至调知磁州，修城浚池，誓师固守，金人不敢犯。嗣佐高宗为副元帅，渡河逐寇，连败金人，于是威名渐著。既守东京，金人屡战屡却，益加敬畏，各呼为宗爷爷。殁时已年七十，远近号恸。讣闻于朝，赠观文殿学士谏议大夫，予谥忠简。泽子名颖，襄父戎幕，素得士心。汴人请以颖继父任，偏有诏令北京留守杜充移任，但命颖为判官。充至汴，酷虐寡谋，大失众望。颖屡谏不从，乞归守制。所有将士，及抚降诸盗，统行散去。一座宅中驭外的汴京城，要从此不保了。

是时金兵所至，类多残破，娄室既陷永兴，鼓众西行，秦州帅臣李绩出降，复引兵犯熙河。都监刘惟辅率精骑二千，夜趋新店。翌晨，遇着金兵，前驱大将为黑锋，由惟辅一马突出，舞槊直刺。黑锋不及防备，一槊洞胸，堕马竟死，余众败退。都护张严锐意击贼，追至五里坡，骤遇娄室伏兵，被围败亡。粘没喝方占踞西京，*即河南府。*闻黑锋战殁，遂毁去西京庐舍，往援娄室，留兀术屯驻河阳。河南统制官翟进得入西京，复用兵袭击兀术，兀术先已预备，设伏以待进。子亮为先行，中伏殉节，进亦几殆。适御营统制韩世忠，奉诏援西京，路过河阳，可巧遇着翟进败军，遂击鼓进兵，救了翟进。嗣与兀术相持数日，未得胜仗，不意兀术恰竟走了。看官道为何事？原来粘没喝引兵西进，闻娄室已转败为胜，乃自平陆渡河，径还云中。兀术得知信息，所以也有归志。唯娄室入侵泾原，由制置使曲端，遣副将吴玠迎击，至青溪岭，一鼓击退金兵。石壕尉李彦仙亦用计克复陕州，及绛、解诸县。会徽宗第十八子信王榛，本随二帝北行，至庆源，亡匿真定境中。适和州防御使马扩与赵邦杰，聚兵五马山，从民间得榛，奉以为王，总制诸寨。两河遗民，闻风响应，榛遂手书奏牍，令马扩赍赴行在，呈上高宗。高宗展视，见上面写着：

马扩、赵邦杰忠义之心，坚若金石，臣自陷城中，颇知其虚实。贼今稍惰，皆怀归心。今山西诸寨乡兵，约十余万，力与贼抗，但皆苦乏粮，兼阙戎器，臣多方存恤，唯望朝廷遣兵来援，否则不能支持，恐反为贼用。臣于陛下，以礼言则君臣，以义言则兄弟，其忧国念亲之心无异。愿委臣总大军，与诸寨乡兵，约日大举，决见成功。臣翘切待命之至！

高宗览毕，正值黄潜善、汪伯彦在侧，便递与阅看。潜善不待看完，便问高宗道："这可是信王亲笔么？恐未免有假。"妒心如揭。高宗道："确是信王手书。他的笔迹，朕素认得的。"伯彦道："陛下亦须仔细。"一唱一和。高完乃召见马扩，问明一切，已经确凿无疑，当即授信王榛为河外兵马都元帅，并令马扩为河北应援使，还报信王。扩退朝后，潜善与语道："信王已经北去，如何还在真定？汝此去须要小心窥伺，毋堕奸人狡谋，致陷欺君大罪！"似乎还替马扩着想。马扩一再辩论，潜善便提出"密旨"二字，兜头一盖。且云密旨中，亦令汝听诸路节制，不得有违。扩乃不与多争，怏怏而去。既至大名，料知此事难成，逗留了好几日。上文宗泽疏中，言令马扩自大名取洛相、真定，使在此时。金将讹里朵探知此事，恐扩请兵援榛，亟攻五马山诸寨，并遣人约粘没喝军，速来接应。信王榛闻金兵到来，连忙督兵守御，哪知汲道被金兵截断，寨众无水可汲，顿时溃乱。讹里朵乘乱杀入，诸寨悉陷。信王榛亡走，不知所终。小子有诗叹道：

不共戴天君父仇，枕戈有志愿同仇。

如何孱主昏庸甚，甘弃同胞忍国羞！

马扩得知警报，募兵驰援，已是不及，反被金兵截击清平，吃了一个大败仗，也只好仍往和州去了。欲知后事，且看下回。

靖康之世，若信用李纲、种师道，则不致北狩。建炎之时，若信用李纲、宗泽，则不致南迁。李纲之效忠于高宗，犹钦宗时也。宗泽之忠勇，较师道尤过之，史称泽请高宗还汴，前后约二十余奏，均为黄潜善、汪伯彦所阻抑，抱诸葛之忧，婴亚夫之疾，高宗之不明，殆视蜀后主为更下乎？信王榛避匿真定，得马扩、赵邦杰等，奉以为主，一成一旅，犹思规复，高宗拥数路大兵，尚误听汪、黄之言，避敌东南，甘任二奸播弄。盖至宗泽殁，信王榛亡，而两河中原，乃俱沦没矣。本回于宗泽、信王榛，叙述独详，此外则均从略，下笔固自有斟酌，非徒录前史已也。

第二十九回

招寇侮惊驰御驾
胁禅位激动义师

却说金娄室为吴玠所败，退至咸阳，因见渭南义兵满野，未敢遽渡；却沿流而东。时河东经制使为王庶，连檄环庆帅王似，泾原帅席贡，追蹑娄室。两人不欲受庶节制，均不发兵。就是陕西制置使曲端，亦不欲属庶。三将离心，适招寇虏。娄室并力攻鄜延，庶调兵扼守，那金兵恰转犯晋宁，侵丹州，渡清水河，复破潼关。庶日移文，促曲端进兵，端不肯从，但遣吴玠复华州，自引兵迂道至襄乐，与玠会师。及庶自往御敌，偏娄室从间道出攻延安，庶急忙回援，延安已破，害得庶无处可归。适知兴元府王璪率兵来会，庶乃把部兵付璪，自率官属等，赴襄乐劳军，还想借重曲端，恢复威力。*真是痴想。* 及和端相晤，端反责他失守延安，意欲将他谋死。幸庶自知不妙，将经制使印，交与曲端，复拜表自劾。有诏降为京兆守，方得脱身自去。端尚欲拘住王璪，令统制张中孚往召，且与语道："璪若不听，可持头来。"中孚到了庆阳，璪已回兴元去了。*曲端为人，曲则有之，端则未也。*

娄室复返寇晋宁军，知军事徐徽言，函约知府州折可求，夹攻金人。可求子彦文赍书往复可求，偏被金兵遇着，拘絷而去。娄室胁令作书招降可求，可求重子轻君，竟将所属麟府三州，投降金军。徽言曾与可求联姻，娄室又使可求至城下，呼徽言与语，诱令降金。徽言不与多谈，但引弓注射，可求急走。徽言乘势出击，掩他不备，大败金兵，娄室退走十里下寨，其子竟死乱军中。唯娄室痛子情深，恨不把晋宁军吞下肚去，随即搜补卒乘，仍复进攻。相持至三月余，粮尽援绝，城遂被陷。徽言方欲自刎，金人猝至，拥挟以去。娄室尚欲胁降，徽言大骂，乃被杀死。统制孙昂以下，一概殉难。**不肯埋没忠臣，是作者本心。**娄室又进破鄜、坊二州，未几复破巩州。秦、陇一带，几已无干净土了。

那时粘没喝已与讹里朵相会，**接应前回。**合攻濮州，知州杨粹中登陴固守，夜命部将姚端潜劫金营。粘没喝未曾预防，跣足走脱。嗣是攻城益急，月余城陷，粹中被执不屈遇害。粘没喝遂遣讹里朵攻大名，并檄兀术再下河南。兀术连陷开德府及相州，守臣王棣、赵不试相继死节。讹里朵兵至大名城下，守臣张益谦欲遁。提刑郭永入阻道：“北京**即指大名府。**所以遮梁宋，敌或得志，朝廷危了。”益谦默然。郭永退出，急率兵守城，且募死士缒城南行，至行在告急。会大雾四塞，守卒迷茫，金兵缘梯登城，益谦慌忙迎降。讹里朵责他迟延，吓得益谦跪求，归咎郭永。可巧永亦被执，推至帐前，讹里朵问道：“你敢阻降么？”永直认不讳。讹里朵道：“你若肯降，不失富贵。”永怒骂道：“无知狗彘，恨不能醢尔报国，尚欲我投降吗？”讹里朵大愤，亲拔剑杀死郭永，并令捕永家属，一并屠害。

各处警报，接连传到扬州，黄潜善多匿不上闻。高宗还道是金瓯无缺，安享太平，且令潜善与伯彦为尚书左右仆射，兼门下中书侍郎。两人入谢，高宗面谕道：“黄卿作左相，汪卿作右相，何患国事不济？”**仿佛梦境。**两人听了，好似吃雪的凉，非常爽快。退朝后，毫无谋议，整日里与娇妻美妾饮酒欢谈。有时且至寺院中，听老僧谈经说法。蹉跎到建炎三年正月，忽屯兵滑州的王彦入觐高宗，先至汪、黄二相处叙谈。甫经见面，即抗声道：“寇势日迫，未闻二公调将派兵，莫不是待敌自毙么？”潜善沉着脸道：“有何祸事？”王彦禁不住冷笑道：“敌酋娄室扰秦、陇，讹里朵陷北京，兀术下河南，想已早有军报，近日粘没喝又破延庆府，前锋将及徐州，**是事前未叙过，特借王彦说明，以省笔墨。**二公也有耳目，难道痴聋不成？”伯彦插嘴道：“敌兵入境，全仗汝等守御，为何只责备宰臣？”王彦道：“两河义士，常延颈以望王师，我王彦日思北渡，无如各处将士，未必人人如彦，全仗二公辅导皇上，剀切下诏，会师北伐，庶有以作军心，慰士望。今二公寂然不动，皇上因此无闻，从此过去，恐不特中原陆沉，连江南也不能保守呢。”汪、黄二人语塞，唯心下已忿恨得很，待王彦退后，即入奏高宗，说是王彦病狂，请降旨免对。高宗率尔准奏，即免令入觐，只命充御营平寇统领。彦遂称疾辞官，奉诏致仕。

不到数日，粘没喝已陷徐州，知州事王复一家遇害。韩世忠率师救濮，被粘没喝回军截击，又遭败衄，走保盐城。粘没喝遂取彭城，间道趋淮东，入泗州。高宗才闻警报，亟遣江、淮制置使刘光世，率兵守淮。敌尚未至，兵已先溃。粘没喝长驱至楚州，守城朱琳出降，复乘胜南进，破天长军，距扬州只数十里。内侍邝询闻警，忙入报高宗道："寇已来了。"高宗也不及问明，急披甲乘马，驰出城外。到了瓜州，得小舟渡江，随行唯王渊、张俊，及内侍康履，并护圣军卒数人，日暮始至镇江府。**都是汪、黄二相的功劳。**黄潜善、汪伯彦尚率同僚，听浮屠说法，听罢返食。堂吏大呼道："御驾已行了。"两人相顾仓皇，不及会食，忙策马南驰。隆祐太后及六宫妃嫔，幸有卫士护着，相继出奔。居民各夺门逃走，互相蹴踏，死亡载道。司农卿黄锷趋至江上，军士误作黄潜善，均戟指痛詈道："误国误民，都出自汝，汝也有今日。"锷方欲辩白姓名，谁知语未出口，头已被断了。**同姓竟至受累。**

时事起仓猝，朝廷仪物，多半委弃，太常少卿季陵亟取九庙神主以行，出城未数里，回望城中，已经烟焰冲天，令人可怖。暮闻后面喊声大起，恐有金兵追来，急急向前逃窜，竟把那太祖神主，遗失道中。驰至镇江，时已天明，见车驾又要启行，探息缘由，才知高宗要奔向杭州了。原来高宗到了镇江，权宿一宵，翌晨，召群臣商议去留。吏部尚书吕颐浩乞请留跸，为江北声援，王渊独言镇江止可捍一面，若金人自通州渡江，占据姑苏，镇江即不可保，不如钱塘有重江险阻，尚可无虞。**你想保全性命，谁知天不容汝。**高宗遂决意趋杭，留中书侍郎朱胜非驻守镇江。江、淮制置使刘光世充行在五军制置使，控扼江口。是夕即发镇江，越四日次平江，又命朱胜非节制平江、秀州军马，张浚为副，留王渊守平江。又二日进次崇德，拜吕颐浩为同签书枢密院事，兼江、淮、两浙制置使，还屯京口。又命张浚率兵八千守吴江。嗣是一直到杭，就州治为行宫，下诏罪己，求直言，赦死罪以下，放还窜逐诸罪臣，独李纲不赦。看官不必细问，便可知是汪、黄二人的计画，想籍此以谢金人。**自以为智，实是呆鸟。**一面录用张邦昌家属，令阁门祗候刘俊民，持邦昌与金人约和书稿，赴金军议和。**专想此策。**嗣接吕颐浩奏报，据言"金人焚掠扬州，今已退去，臣已遣陈彦渡江收复扬州，借慰上意"云云。高宗稍稍放心。

中丞张澄，因劾汪、黄二人，有二十大罪。二人尚联名具疏，但说是国家艰难，臣等不敢具文求退。高宗方觉二人奸伪，乃罢潜善知江宁府，伯彦知洪州，进朱胜非为尚书右仆射兼中书侍郎，王渊同签书枢密院事。渊无甚威望，骤迁显职，人怀不平。苗傅自负世将，刘正彦因招降剧盗，功大赏薄，每怀怨望。至是见王渊入任枢要，更愤恨得了不得，且疑他与内侍康履、蓝珪勾通，因得此位。于是两人密谋，先杀王渊，次杀履、珪。中大夫王世修，亦恨内侍专横，与苗、刘联络一气，协商既定，俟衅乃动。会召刘光世为殿前指挥使，百官入听宣制，苗傅以为时机已至，遂与刘正彦定议，令王世修伏兵城北桥下，专待王渊退朝，就好动手。王渊全未知晓，惘惘然进去，又惘惘然出来，甫经乘马出城，那桥下的伏兵，顿时齐起，一拥上前，将王渊拖落马下。刘正彦拔剑出鞘，立即砍死。当下与苗傅拥兵入城，直抵行宫门外，枭了渊首，号令行阙，且分头搜捕内侍，擒斩了百余人。康履闻变，飞报高宗，高宗吓得满身发抖，一些儿没有摆布。挖苦得很。朱胜非正入直行宫，忙趋至楼上，诘问傅等擅杀罪状。傅抗声道："我当面奏皇上。"语未毕，中军统制吴湛从内开门，引傅等进来。但听得一片哗声，统说是要见驾。知杭州康永之，见事起急迫，无法拦阻，只好请高宗御楼慰谕。高宗不得已登楼，傅等望见黄盖，还是山呼下拜。高宗凭栏问故，想此时尚在抖着。傅厉声道："陛下信任中官，赏罚不公，军士有功，不闻加赏，内侍所主，尽可得官。黄潜善、汪伯彦误国至此，尚未远窜，王渊遇贼不战，首先渡江，结交康履，乃除枢密，臣自陛下即位以来，功多赏薄，共抱不平，现已将王渊斩首，在宫外的中官，亦多诛讫，唯康履等犹在君侧，乞缚付臣等，将他正法，聊谢三军。"迹虽跋扈，语却爽快。高宗亟语道："潜善、伯彦已经罢斥，康履等即当重谴，卿等可还营听命！"傅又道："天下生灵无罪，乃害得肝脑涂地，这统由中官擅权的缘故。若不斩康履等人，臣等决不还营。"高宗沉吟不决。过了片时，傅等噪声愈盛，没奈何命湛执履，缚送楼下。傅手起刀落，将履砍成两段，脔尸枭首，并悬阙门。高宗仍命他还营，傅等尚是不依，且进言道："陛下不当即大位，试思渊圣皇帝归来，将若何处置？"高宗被他一诘，自觉无词可对，只得命朱胜非缒至楼下，委曲晓谕。并授傅为承宣御营使都统制，刘正彦为副。傅乃请隆祐太后听政，及遣人赴金议和。高宗准如所请，即下诏请隆祐太后垂帘。傅等闻诏，又复变卦，仍抗议道："皇太子何妨嗣立，况道君皇帝，已有故事。"得步进步，乃成叛贼。胜非复缒城而上，还白高宗。高宗嗫嚅道：“朕当退避，但须得太后手诏，方可举行。”乃遣门下侍郎颜岐入内，请太后御楼。太后已至，高宗起立槛侧，从官请高宗还坐，高宗不禁呜咽道：“恐朕已无坐处了。”谁叫你信用匪人。太后见危急万分，乃弃肩舆下楼，出门面谕道：“自道君皇帝误信奸臣，致酿大祸，并非关今上皇帝事。况今上初无失德，不过为汪、黄两人所误，今已窜逐，统制宁有不知么？”傅答道：“臣等必欲太后听政，奉皇子为帝。”太后道：“目今强敌当前，我一妇人，抱三岁儿决事，如何号令天下？且转召敌人轻侮，此事未便率行。”恰是达理之言。傅等仍固执不从，太后顾胜非道：“今日正须大臣果断，相公何寂无一言？”应该责备。胜非遂退，还白高宗道：“傅等腹心中有一王钧甫，适语臣云：‘二将忠心有余，学识不足。’臣请陛下，静图将来，目下且权宜禅位。”高宗乃即提笔作诏，禅位皇子旉，请太后训政。胜非奉诏出宣，傅等乃麾众退去。

皇子旉即日嗣位，太后垂帘决事，尊高宗为睿圣仁孝皇帝，以显宁寺为睿圣宫，颁诏大赦，改元明受，加苗傅为武当军节度使，刘正彦为武成军节度使，分窜内侍蓝珪、曾泽等于岭南诸州。傅遣人追还，一律杀毙，且欲挟太后幼主等转幸徽、越，赖胜非婉谕祸福，才得罢议。越二日改元，赦书已达平江，留守张浚，秘不宣布。既而得苗傅等所传檄文，乃召守臣汤东野，及提刑赵哲，共谋讨逆。巧值张俊引所部八千人，至平江来会张浚，两张官名，音同字异，看官不要误阅。浚与语朝事，涕洟交下。俊答道：“现有旨，令俊赴秦凤，只准率三百人，余众分属他将，想此必系叛贼忌俊，伪传此诏，故特来此，与公一决。”浚即道：“诚如君言，我等已拟兴兵问罪了。”俊拜泣道：“这是目前要计，但亦须由公济以权变，免致惊动乘舆。”浚一再点首。正商议间，忽由江宁传到一函，由张浚启阅，乃是吕颐浩来问消息。且言“禅位一事，必有叛臣胁迫，应共图入讨”等语。这一书，适中张浚心坎，随即作书答复，约共起兵，并贻书刘光世，请他率师来会。嗣又恐傅等居中，或生他变，因特遣辩士冯幡，往说苗、刘不如反正。刘正彦乃令幡归，约浚至杭面商。浚闻吕颐浩已誓师出发，且疏请复辟，遂也令张俊扼吴江上流，一面上复辟书，一面复告正彦，只托言张俊骤回，人情震惧，不可不少留泛地，抚慰俊军。会韩世忠自盐城出海道，将赴行在，既至常熟，为张俊所闻，大喜道：“世忠到来，事无不济了。”当下转达张浚，招致世忠。世忠得浚书，用酒酹地，慨然道：

"吾誓不与二贼共戴天。"随即驰赴平江,入见张浚,带哭带语道:"今日举义,世忠愿与张浚共当此任,请公无虑!"浚亦泪下道:"得两君力任艰难,自可无他患了。"遂大犒张俊、韩世忠两军,晓以大义,众皆感愤。世忠因辞别张浚,率兵赴阙,浚戒世忠道:"投鼠忌器,此行不可过急,急转生变,宜趋秀州据粮道,静俟各军到齐,方可偕行。"世忠受命而去。

到了秀州,称疾不行,暗中恰大修战具,苗傅等闻世忠南来,颇怀疑惧,欲拘他妻子为质。朱胜非忙语傅道:"世忠逗留秀州,还是首鼠两端,若拘他妻孥,转恐激成变衅。为今日计,不如令他妻子出迎世忠,好言慰抚。世忠能为公用,平江诸人,都无能为了。"欺之以方,易令叛贼中计。傅喜道:"相公所言甚是。"当即入白太后,封世忠妻梁氏为安国夫人,令往迓世忠。看官道梁氏为何等人物?就是那巾帼英雄,著名南宋的梁红玉。标明奇女,应用特笔。红玉本京口娼家女,具有胆力,能挽弓注射,且通文墨。平素见少年子弟,类多白眼相待。自世忠在延安入伍,从军南征方腊,还至京口,与红玉相见,红玉知非常人,殷勤款待。两口儿语及战技,差不多是文君逢司马,红拂遇药师。为红玉幸,亦为世忠幸。先是红玉曾梦见黑虎,一同卧着,惊醒后,很自惊异。及既见世忠,觉与梦兆相应。且因世忠尚无妻室,当即以终身相托。世忠也喜得佳偶,竟与联姻。伉俪相谐,自不消说。未几生下一子,取名彦直。至高宗即位应天,召世忠为左军统制,世忠乃挈着妻孥,入备宿卫。嗣复外出御寇,留妻子居南京。高宗迁扬州,奔杭州,梁氏母子,当然随帝南行。及受安国夫人的封诰,且命往迓世忠,梁氏巴不得有此一着,匆匆驰入宫中,谢过太后,即回家携子,上马疾驱出城。一日夜,趋至秀州,世忠大喜道:"天赐成功,令我妻子重聚,我更好安心讨逆了。"未几有诏促归,年号列着明受二字。世忠怒道:"我知有建炎,不知有明受。"遂将来诏撕毁,并把来使斩讫。随即通报张浚,指日进兵。

张浚因遣书苗、刘,声斥罪状。傅等得书,且怒且惧,乃遣弟翊、翊及马柔吉等,率重兵,扼临平,并除张俊、韩世忠为节度使,独谪张浚为黄州团练副使,安置郴州。浚等皆不受命,且草起讨逆檄文,传达远迩,吕颐浩、刘光世亦相继来会,遂以韩世忠为前军,张俊为辅,刘光世为游击,自与吕颐浩总领中军,浩浩荡荡,由平江启行。途次接太后手诏,命睿圣皇帝处分兵马重事,张浚同知枢密院事,李邴、郑毅并同签书枢密院事。各军闻命,愈加踊跃,陆续南下。苗、刘闻报,均惊慌失措,朱胜非暗地窃笑道："这两凶真无能为。"你也非真大有为。苗、刘情急，只好与胜非熟商。胜非道："为二公计，速自反正，否则各军到来，同请复辟，公等将置身何地？"苗傅、刘正彦想了多时，委实没法，不得已从胜非言，即召李邴、张守等，作百官奏章，及太后诏书，仍请睿圣皇帝复位。傅等且率百官朝睿圣宫，高宗漫言抚慰，苗、刘各用手加额道："圣天子度量，原不可及呢。"越日，太后下诏还政，朱胜非等迎高宗还行宫，御前殿，朝见百官。太后尚垂帘内坐，有诏复建炎年号，以苗傅为淮西制置使，刘正彦为副，进张浚知枢密院事。又越四日，太后撤帘，诏令张浚、吕颐浩入朝。张、吕等已至秀州，闻知此信，免不得集众会议，商酌善后事宜，再定行止。正是：

复辟虽曾闻诏下，锄奸非即罢兵时。

究竟行止如何，且看下回续表。

汪、黄佞臣也，而高宗信之。苗、刘逆臣也，而高宗用之。信佞臣适以召外侮，用逆臣适以酿内变。即位未几，而外侮猝乘，内变又起，当乘马疾驰之日，登楼慰谕之时，呼吸存亡，间不容发，高宗曾亦自悔否耶？夫汪、黄无莽、懿之智，刘、苗无操、裕之权。驾驭有方，则四子皆仆隶耳，宁能误人家国，肇祸萧墙哉？唯倚佞臣为左右手，而后直臣退，外侮得以乘之。置逆臣于肘腋间，而后忠臣疏，内变得而胁之。假使天已弃宋，则高宗不死于外寇，必死于内讧，东南半壁，盖早已糜烂矣。观于此而知高宗之不死，盖犹有天幸存焉。

第三十回

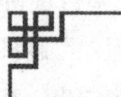

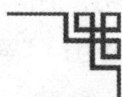

韩世忠力平首逆
金兀术大举南侵

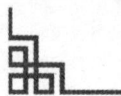

　　却说张浚、吕颐浩集众会议，颐浩仍主张进兵，且语诸将道："今朝廷虽已复辟，二贼犹握兵居内，事若不济，必反加我等恶名。汉翟义、唐徐敬业故事，非即前鉴么？"诸将齐声道："公言甚是，我等非入清君侧，决不还师。"议既定，复驱军直进，径抵临平。遥见苗翊、马柔吉等，沿河扼守，负山面水，扎就好几座营盘，中流密布鹿角，阻住行舟。韩世忠舍舟登陆，跨马先驱，张俊、刘光世继进，统是大刀阔斧地杀上前去。翊等见来势甚猛，麾众却退，世忠复舍马徒步，操戈誓师道："今日当效死报国，将士如不用命，一概处斩！"于是人人奋勇，个个舍生，霎时间，驰入敌阵。翊引神臂弓，持满待着，世忠瞋目大呼，万众辟易，连箭杆都不及发，相率奔窜。苗翊、马柔吉禁遏不住，统行反走。各军乘胜追入北关，苗傅、刘正彦方受赏铁券，闻勤王兵杀至，急趋入都堂，将铁券取出，拥精兵二千，夜开涌金门遁去。王世修正拟出奔，劈头遇见韩世忠，被他一把抓住，牵付狱吏。张浚、吕颐浩并马入城，即进谒高宗，伏地待罪。高宗问劳再三，且语浚道："日前居睿圣宫，两宫隔绝，一日啜羹，忽闻贬卿，不觉覆手。默念卿若被谪，何人能当此任？"言毕，即解下所佩玉带，赐给张浚。浚当然拜谢，韩世忠已剿除逆党，随即进见，高宗不待行礼，便下座握世忠手，涕泣与语道："中军统制吴湛，首先助逆，现尚在朕肘腋间，能替朕捕诛么？"一逆都不能除，做什么皇帝！世忠忙称遵旨，待高宗释手，即自去寻湛，巧适湛趋过阙下，世忠佯与相见，趁势牵住湛手。湛情急欲遁，怎禁得世忠力大，彼牵此扯，但听得扑的一声，吴湛中指已被折断。湛痛不可耐，缩做一团，当被世忠擒付刑官，与王世修俱斩于市。逆党王元佐、马瑗、范仲容、时希孟等，贬谪有差。

高宗拟大加褒赏，朱胜非独入见道："臣昔遇变，义当即死，偷生至此，正为今日。现幸圣驾已安，臣情愿退职。"高宗道："朕知卿心，卿无庸告辞。"胜非一再固辞，高宗道："卿去，何人可代？"胜非道："吕颐浩、张浚均可继任。"高宗又问二人优劣如何？胜非道："颐浩练事而暴，浚喜事而疏。"照此说来，都不及你。高宗复道："浚年太少。"胜非道："臣向被召，军旅钱谷，都付诸浚，就是今日勤王，也是由浚创议，陛下莫谓浚年少呢。"高宗点首。待胜非退后，乃召吕颐浩为尚书右仆射，免胜非职，李邴为尚书右丞，郑毅签书枢密院事，韩世忠、张浚为御前左右军都统制，刘光世为御营副使，凡勤王僚属将佐，各加秩进官，且禁内侍干预朝政，重正三省官名，诏左右仆射，并同中书门下平章事，改中书门下侍郎为参知政事、省尚书左右丞。录此数语，似无关轻重，但后文除官拜爵，非经此揭出，不足画清眉目。

张浚等请高宗还跸，高宗乃自杭州启行，向江宁进发。临行时，命韩世忠为浙江制置使，与刘光世追讨苗、刘。及到了江宁，改江宁为建康府，暂行驻跸，立子旉为皇太子，赦傅党马柔吉等罪名，许他自新。唯苗傅、刘正彦及傅弟谞、翊不赦。韩世忠既受命追讨，即由杭州西进，道出衢信，南下至浦城县内的鱼梁驿，巧与苗傅、刘正彦遇着。世忠徒步直前，仗着一支戈矛，刺入贼垒，把贼众划开两旁。贼众望见世忠，统咋舌道："这是韩将军，我等快逃生罢！"当下左右分窜，辙乱旗靡。刘正彦尚不知死活，仗剑来敌世忠，两人步战数合，但听世忠大喝一声，已将正彦刺倒。苗翊连忙趋救，已是不及，眼见正彦被他擒去。世忠见了苗翊，哪里还肯罢手，乘势用戈刺去。翊从旁一闪，那腰带已被世忠牵着，顺手一扯，翊已跌入世忠怀中，好似小儿吃奶一般，正好拿下。还有苗谞，见兄弟被执，舞着大刀，来与世忠搏战。世忠正欲与他交锋，忽后面闪出一人道："主帅少憩！这功劳且让与末将罢。"道言未绝，已趋至世忠前面，往斗苗谞。世忠视之，乃是神将王德。德与谞交战十合，也卖个破绽，将嵩擒住；又杀将进去，斫死了马柔吉。苗傅见不可敌，早已三脚两步地跑走了去。世忠追赶不上，择地驻营，复传檄各州县，悬赏缉傅。不到数日，果有建阳县人詹剽，将傅拿获，解到军前。世忠依着赏格，给付詹剽，遂把傅等押送行在。兄弟三人，同时正法。高宗亲书"忠勇"二字，悬揭旗上，颁赐世忠。**叙功从详，亦无非表彰勋绩。**

天下事祸福相倚，忧喜交乘，首逆方庆骈诛，储君偏遭夭逝。太子旉尚在保抱，从幸建康，途中免不得受了寒暑，致生疟疾。偏宫人误蹴地上金锣，突然发响，惊动太子，遂致抽搐成痉，越宿而亡。高宗悲愤交加，谥旉为元懿太子，随命将宫人杖毙，连保母也一并置死。**宜乎后来无子。**正怆悼间，忽由张浚入宫劝慰，乘便禀白密谋。高宗屏去左右，与浚谈了多时，浚方辞出。看官道是何因？原来高宗即位，命惩僭伪，张邦昌等已伏罪，唯都巡检范琼，恃有部众，出驻洪州。苗傅押送行在时，琼自洪州入朝，乞贷苗傅死罪。高宗不从，把傅正法。琼复入诘高宗，面色很是倨傲。高宗不禁色沮，只好卖他欢心，权授御营司提举，暗中却召张浚密议，嘱令设法除奸。浚乃与枢密检详文字刘子羽商定秘计，潜命张俊率千人渡江，伪称备御他盗，均执械前来。浚即密报高宗，请召张俊、范琼、刘光世等，同至都堂议事，就此执琼。高宗遂命浚草诏召入，且预备罪琼敕书，付浚携出。浚先传会议的诏旨，约翌日午前入议。到了次日，张俊、刘子羽先至，浚亦趋入，百官等相继到来，范琼恰慢腾腾地至晌午方到，**该死的囚徒。**都堂中特备午餐，大众会食已毕，待议政务。忽由刘子羽持出黄纸，趋至琼前道："有敕下来，令将军诣大理寺置对！"琼惊愕道："你说什么？"语未毕，张俊已召卫士进来，将琼拥挟出门，送至狱中。刘光世又出抚琼部，略言："琼前时居围城中，甘心附虏，劫二帝北狩，罪迹昭著，现奉御敕诛琼，不及他人。汝等同受皇家俸禄，并非由琼豢养，概不连坐，各应还营待命！"大众齐声应诺，投刃而去。琼下狱具服，即日赐死。子弟俱流岭南。并有旨令琼属旧部，分隶御营各军。**琼为罪魁，早应伏法，特志之以快人心。**

张浚既除了范琼，又上书言中兴要计，当自关、陕为始。关、陕尽失，东南亦不可保，臣愿为陛下前驱，肃清关、陕，陛下可与吕颐浩同来武昌，以便相机趋陕云云。高宗点首称善，遂命浚为川、陕、京、湖宣抚处置使，得便宜黜陟。浚既拜命，即与吕颐浩接洽，克日启行。谁料边警复来，金兀术大举南侵，连破磁、单、密诸州，并陷入兴仁府城了。高宗又不免惊惧，迭遣二使往金，一是徽猷阁待制洪皓，一是工部尚书崔纵。皓临行，高宗令赍书赆粘没喝，愿去尊号，用金正朔，比诸藩卫。**何甘心忍辱乃尔？**及粘没喝与皓相见，粘没喝却胁皓使降，皓不少屈，被流至冷山。崔纵至金请和，并通问二帝，金人傲不为礼。纵以大义相责，且欲将二帝迎还，遂至激怒金人，徙居穷荒。后来纵竟病死，皓至绍兴十二年方归，这且慢表。

单说吕颐浩送别张浚，本拟扈跸至武昌，适闻金兵南来，遂变易前议，谓："武昌道远，馈饷难继，不如留都东南。"滕康、张守等且言："武昌有十害，决不可往。"高宗乃仍拟都杭，命升杭州为临安府，先授李邴、滕康二人，权知三省枢密院事，奉隆裕太后往洪州。时东京留守杜充，因粮食将尽，即欲离任南行。岳飞入阻道："中原土地，尺寸不应弃置，今一举足，此地恐非我有，他日再欲取还，非劳师数十万，不易得手了。"充不肯从，竟擅归行在。高宗并未加罪，反令他入副枢密，**失刑若是，何以驭将。**另命郭仲荀、程昌㝢、上官悟等，相继代充，徒拥虚名，毫无能力。且复遣京东转运判官杜时亮及修武郎宋汝为，同赴金都，申请缓兵，并再赍粘没喝书，书中所陈，无一非哀求语，几令人不忍寓目。小子但录大略，已知高宗是没有志节了。书云：

古之有国家而迫于危亡者，不过守与奔而已。今以守则无人，以奔则无地，所以鳃鳃然，唯冀阁下之见哀而已。故前者连奉书，愿削去旧号，是天地之间，皆大金之国，而尊无二上，亦何必劳师远涉而后快哉！闻此书，令人作三日呕。

看官试想！从前太祖的时候，江南尝乞请罢兵，太祖不许，且谓卧榻旁不容他人鼾睡，难道高宗不闻祖训么？况戎、狄、蛮、夷，唯力是视，有力足以制彼，无力必为彼制，徒欲痛哭虏廷，乞怜再四，他岂肯格外体恤，就此恩宥？这叫作妾妇行为，只可行于床第，不能行于国际间呢。**议论透彻。**果然宋使屡次求和，金兵只管南下。起居郎胡寅，见高宗这般畏缩，竟放胆直陈，极言高宗从前的过失，并胪列七策，上请施行：

（一）罢和议而修战略；（二）置行台以区别缓急之务；（三）务实效，去虚文；（四）大起天下之兵以图自强；（五）都荆、襄以定根本；（六）选宗室贤才以备任使；（七）存纪纲以立国体。

统计一篇奏牍，约有数千言，直说得淋漓透彻，慷慨激昂。偏高宗不以为然，吕颐浩亦恨他切直，竟将胡寅外谪，免得多言。既而寇警益迫，风鹤惊心，高宗召集文武诸臣，会议驻跸的地方。张浚、辛企宗请自鄂、岳幸长沙。韩世忠道："国家已失河北、山东，若又弃江、淮，还有何地可以驻跸？"吕颐浩道："近来金人的谋画，专伺皇上所至，为必争地。今当且战且避，奉皇上移就乐土，臣愿留常润死守。"**且战且避，试问将避至何地方为乐土？**高宗道："朕左右不可无相。吕卿应随朕同行。江、淮一带，付诸杜卿便了。"遂命杜充兼江、淮宣抚使，留守建康，王璪为副。**又用错两人。**韩世忠为浙西制置使，守镇江，刘光世为江东宣抚使，守太平、池州，皆听杜充节制，自启跸向临安去了。

金兀术闻高宗趋向临安，遂大治舟师，将由海道窥浙，一面檄降将刘豫，攻宋南京。豫本宋臣，曾授知济南府，金将挞懒一作达赉。陷东平，进攻济南，豫遣子麟出战，为敌所围，幸郡倅张东引兵来援，方将金兵击退。挞懒招降刘豫，啖以富贵，豫竟举城降金。挞懒令豫知东平府，豫子麟知济南府，并令金界旧河以南，悉归豫统辖，豫甚为得意。及接兀术檄书，遂进破应天，知府凌唐佐被执，唐佐伪称降金，由豫仍使为守。唐佐阴欲图豫，用蜡书奏达朝廷，乞兵为援。不幸事机被泄，竟被豫捕戮境上，连家属一并遇害。高宗得唐佐蜡书，还想去通好挞懒，令阻刘豫南来。**故臣尚不可保，还欲望诸房帅，真是愚不可及。**遂派直龙图阁张邵，赴挞懒军，邵至潍州，与挞懒相遇，挞懒令邵拜谒，邵毅然道："监军与郡，同为南北使臣，彼此平等，哪有拜礼？况用兵不论强弱，须论曲直，天未厌宋，贵国乃纳我叛臣刘豫，裂地分封，还要穷兵不已，若论起理来，何国为直，何国为曲，请监军自思！"**慨当以慷，南宋之不亡，还赖有三数直臣。**挞懒语塞，但仗着强横势力，将邵押送密州，囚住祚山寨。还有故真定守臣李邈，被金人掳去，软禁三年，金欲令知沧州，邈不从命。及是，由金主下诏，凡所有留金的宋臣，均易冠服。邈非但不从，反加诋骂。金人挝击邈口，尚吮血四喷，旋为所害。**总不肯漏一忠臣。**高宗虽有所闻，心目中都只存着两个字儿，一个是"和"字，一个是"避"字。先因兀术有窥浙消息，诏韩世忠出守圌山、福山，并令兵部尚书周望，为两浙、荆、湖宣抚使，统兵守平江。旋闻兀术分两路入寇，一路自滁、和入江东，一路自蕲、黄入江西，他恐隆裕太后在洪州受惊，又命刘光世移屯江州，作为屏蔽，自己却带着吕颐浩等，竟至临安。留居七日，寇警愈逼愈紧，复渡钱塘江至越州。你越逃得远，寇越追得急。

那金兀术接得探报，知高宗越去越远，一时飞不到浙东，不如向江西进兵，去逼隆裕太后。当下取寿春，掠光州，复陷黄州，杀死知州赵令岁，长驱过江，直薄江州城下。江州有刘光世移守，整日里置酒高会，绝不注意兵事。至金兵已经薄城，方才觉着，他竟无心守御，匆匆忙忙地开了后门，向南康遁去。知州韩相也乐得弃城出走，追步刘光世的后尘。金人入城，劫掠一空，再由大冶趋洪州，滕康、刘珏闻金兵趋至，亟奉太后出城。江西制置使王子献，也弃城遁去。洪、抚、袁三州，相继被陷。太后行次吉州，暮闻金兵又复追至，忙雇舟夜行。翌晨至太和县，舟子景信又起了歹心，劫夺许多货物，竟尔叛去。都指挥使杨维忠，本受命扈卫太后，部兵不下数千，亦顿时溃变。宫女或骇奔，或被劫，失去约二百名。滕康、刘珏二人也逃得无影无踪。可怜太后身旁卫卒，不过数十，还算存些良心，保着太后及元懿太子母潘贵妃，自万安陆行至虔州。也是他两人命不该死。土豪陈新又率众围城，还亏杨维忠部将胡友自外来援，击退陈新，太后才得少安。

金人入破吉州，还屠洪州。转犯庐州、和州、无为军。守臣非遁即降，势如破竹。唯知徐州赵立方率兵三万，拟趋行在勤王。杜充独留他知楚州，道过淮阴，适遇金兵大队，蜂拥前来。立部下劝还徐州，立奋怒道："回顾者斩！"遂率众径进与金人死斗，转战四十里，得达楚州城下。立两颊俱中流矢，口不能言，但用手指挥，忍痛不辍。及入城休息，然后拔镞，金人颇惮他忠勇，不敢进逼，却改道掠真州，破溧水县，再从马家渡过江，攻入太平。杜充职守江、淮，一任金人入寇，并未尝发兵往援，统制岳飞泣谏不从。至太平失守，与建康相去不远，乃遣副使王璞，都统制陈淬，与岳飞等截击金人。甫经交绥，璞军先遁，陈淬、岳飞相继突入敌垒，淬竟战死，独岳飞挺枪跃马，奋力冲突，金人不敢近身，只好听他驰骤。无如各军已经败溃，单靠岳飞一军，究恐众寡不敌，没奈何麾众杀出，择险立营，为自保计。写岳飞不肯下一直笔。杜充闻诸军败溃，竟弃了建康，逃往真州。诸将怨充苛刻，拟乘机害充，充闻知消息，不敢还营，独寓居长芦寺。会接金兀术来书，劝他降顺，且言：

"当封以中原，如张邦昌故事。"充大喜过望，遂潜还建康。巧值兀术驰至城下，即与守臣陈邦光，户部尚书李梲，开城迎降，拜谒道旁。兀术既入城，官属皆降，唯通判杨邦乂用指血大书襟上，有"宁作赵氏鬼，不为他邦臣"十字。金兵牵他至兀术前，兀术见他血书，心下恰是敬佩，唯婉言劝使归降，不失官位。邦又大骂求死，兀术不得已，将他杀害，事后尚嘉叹不置。杀身成仁，也足怵强房之胆。

高宗往还杭、越。忽拟亲征，忽思他去。至闻杜充降金，不禁魂飞天外，忙召吕颐浩入议道："奈何奈何？"颐浩道："万不得已，莫如航海。敌善乘马，不惯乘舟，俟他退去，再还两浙。彼出我入，彼入我出，也是兵家的奇计呢。"这还称是奇计，果将谁欺？高宗即东奔明州。兀术乘胜南驱，自建康趋广德，发守臣周烈，驰越独松关，见关内外并无一人，遂笑语部众道："南朝但用羸兵数百，扼守此关，我等即不能遽度了。"当下直抵临安，寺臣康允之遁去。钱塘县令朱跸自尽。兀术安心入城，即遣阿里蒲卢浑率兵渡浙，往追高宗。那时高宗无可抵敌，真个是要航海了。小子有诗叹道：

> 未能战守漫言和，大敌南来竞弃戈。
> 不是庙谟输一着，乘舆宁至涉洪波。

欲知高宗航海情形，且至下回再阅。

　　苗、刘之平，虽尚易事，然非韩世忠之奋往直前，则前此未必即能驱逆，后此亦未必即能擒渠。高宗既已知其忠勇，则镇守江、淮之举，曷不付诸世忠，而乃嘱诸擅离东京，未战先逃之杜充，果奚为者？况令韩世忠、刘光世诸人，均受杜充节制，置庸驽于天闲之内，良骥固未肯屈服，即老马亦岂肯低首乎？彼江、淮诸将之闻风而逃，安知不怨高宗之未知任帅，而预为解体也？若夫吕颐浩、张浚同入勤王，颐浩之心术胆量，不逮张浚远甚，而高宗又专相之。武昌之巡幸未成，而奔杭，而奔越，而奔明州，甚且以航海之说进，亦思我能往，寇亦能往，岂一经入海，便得为安乐窝乎？以颐浩为相，以杜充为将，此高宗之所以再三播越也。

第三十一回

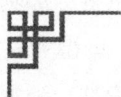

巾帼英雄桴鼓助战
须眉豪气舞剑吟词

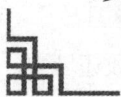

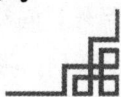

却说高宗闻金兵追至，亟乘楼船入海，留参知政事范宗尹，及御史中丞赵鼎，居守明州。适值张俊自越州到来，亦奉命为明州留守，且亲付手札，内有"捍敌成功，当加王爵"等语。吕颐浩奏令从官以下，行止听便。高宗道："士大夫当知义理，岂可不扈朕同行？否则朕所到处，几与盗寇相似了。"于是郎官以下，多半从卫。还有嫔御吴氏，亦戎服随行。吴氏籍隶开封，父名近，尝梦至一亭，匾额上有侍康二字，两旁遍植芍药，独放一花，妍丽可爱，醒后未解何兆。至吴女生年十四，秀外慧中，高宗在康邸时，选充下陈，颇加爱宠。吴近亦得任官武翼郎，才识侍康的梦兆，确有征验。及高宗奔波江、浙，唯吴氏不离左右，居然介胄而驰，而且知书识字，过目不忘，好算是一个才貌双全的淑女。至是随高宗航海，先至定海县，继至昌国县，途次有白鱼入舟，吴氏指鱼称贺道："这是周人白鱼的祥瑞呢。"高宗大悦，面封吴氏为和义郡夫人。*无非喜谀，但宫女中有此雅人，却也难得。百忙中插叙此文，为后文立后张本。*未几已是残腊，接到越州被陷消息，不敢登陆，只好移避温、台，闷坐在舟中过年。到了建炎四年正月，复得张俊捷报，才敢移舟拢岸，暂泊台州境内的章安镇。过了十余日，忽闻明州又被攻陷，急得高宗非常惊慌，连忙令水手启椗，直向烟波浩渺间，飞逃去了。*果得安乐否？*

　　小子叙到此处，不得不将越州、明州陷没情形，略略表明。自金将阿里蒲芦浑带领精骑，南追高宗，行至越州。宣抚使郭仲荀奔温州，知府李邺出降。蒲芦浑留偏将琶八守城，自率兵再进。琶八送师出行，将要回城，忽有一大石飞来，与头颅相距尺许。他急忙躲闪，幸免击中。当下喝令军士，拿住刺客。那刺客大声呼道："我大宋卫士唐琦也。<small>如闻其声。</small>恨不能击碎尔首，我今死，仍得为赵氏鬼。"琶八叹道："使人人似彼，赵氏何致如此？"嗣又问道："李邺为帅，尚举城迎降，汝为何人，敢下毒手？"琦厉声道："邺为臣不忠，应碎尸万段。"说至此，见邺在旁，便怒目视邺道："我月受石米，不肯悖主，汝享国厚恩，甘心隆虏，尚算得是人类么？"琶八令牵出斩首。琦至死，尚骂不绝口，<small>不没唐琦。</small>这且按下。唯阿里蒲芦浑既离越州，渡曹娥江，至明州西门，张俊使统制刘保出战，败还城中。再遣统制杨沂中，及知州刘洪道，水陆并击，众殊死战，杀死金人数千名。是日正当除夕，沂中等既杀退敌兵，方入城会饮，聊赏残年。翌日为元旦，西风大作，金兵又来攻城，仍不能下。次日，益兵猛扑，张俊、刘洪道登城督守，且遣兵掩击，杀伤大半，余兵败窜余姚，遣人向兀术乞师。越四日，兀术兵继至，仍由阿里蒲芦浑督率进攻。张俊竟胆怯起来，出城趋台州，刘洪道亦遁，城中无主，当然被金兵攻入，大肆屠掠。又乘胜进破昌国县，闻高宗在章安镇，亟用舟师力追。行至三百余里，未见高宗踪迹，偏来了大舶数艘，趁着上风，来击金兵。金兵舟小力弱，眼见得不能取胜，只好回舟逃逸，倒被那大舶中的宋军，痛击了一阵。看官欲问那舶中主帅，乃是提领海舟张公裕。公裕既击退金兵，返报高宗，高宗始回泊温州港口。

　　翰林学士汪藻，以诸将无功，请先斩王瓒，以作士气，此外量罪加贬，令他将功赎罪，高宗不从。幸兀术已经饱欲，引兵还临安，复纵火焚掠，将所有金帛财物，装载了数百车，取道秀州，经过平江。留守周望奔入太湖，知府汤东野亦遁，兀术大掠而去，径趋常州、镇江府。巧值浙西制置使韩世忠，在镇江候着，专截兀术归路。兀术见江上布满战船，料知不便径渡，遂遣使至世忠处通问，且约战期。世忠批准来书，即于明日决战。是时梁夫人也在军中，闻决战有期，向世忠献计道："我兵不过八千人，敌兵却不下十万，若与他认真交战，就是以一当十，也恐抵敌不住。妾身却有一法，未知将军肯见用否？"世忠道："夫人如有妙计，如何不从？"梁夫人道："来朝交战时，由妾管领中军，专任守御，只用炮弩等射住敌人，不与交锋。将军可领前后二队，四面截杀，敌往东可向东截住，敌往西可向西截住，但看中军旗鼓为号。妾愿在楼橹上面，竖旗击鼓，将军视旗所向，闻鼓进兵，若得就此扫荡敌兵，免得他再窥江南了。"写梁夫人。世忠道："此计甚妙，但我也有一计在此。此间形势，无过金山，山上有龙王庙，想兀术必登山俯望，窥我虚实。我今日即遣将埋伏，如兀术果中我计，便可将他擒来，不怕金兵不败。"写韩世忠。梁夫人喜道："何不急行！"世忠遂召偏将苏德，令带了健卒二百名，登龙王庙，百人伏庙中，百人伏庙下岸侧。俟闻江中鼓声，岸兵先入，庙兵继出，见敌即擒，不得有误。苏德领命去讫。世忠便亲登船楼，置鼓坐旁，眼睁睁地望着山上。不消数时，果见有五骑登山，驰入庙中。他急用力挝鼓，声应山谷。庙中伏兵先行杀出，敌骑忙即返驰，岸兵稍迟了一步，不及兜头拦截，只好与庙兵一同追赶。五骑中仅获二骑，余三骑飞马奔逃。一骑急奔被蹶，坠而复起，竟得逃脱。世忠望将过去，见此人穿着红袍，系着玉带，料知定是兀术，唯见他脱身而去，不禁长叹道："可惜可惜！"至苏德将二骑牵来，果然是兀术逃窜，愈觉叹惜不止，唯婉责苏德数语，便即罢事。

　　是夕，即依着梁夫人计议，安排停当，专待厮杀。诘朝由梁夫人统领中军，自坐楼橹，准备击鼓。但见她头戴雉尾，足踏蛮靴，满身裹着金甲，好似出塞的昭君，投梭的龙女。然是好看。兀术领兵杀至，遥望中军楼船，坐着一位女钗裙，也不知她是何等人物，已先惊诧得很。辗转一想，管不得什么好歹，且先杀将过去，再作计较。当下传令攻击，专从中军杀入。哪知梆声一响，万道强弩，注射出来，又有轰天大炮，接连发声，数十百斤的巨石，似飞而至，触着处不是毙人，就是碎船，任你如何强兵锐卒，一些儿都用不着。兀术忙下令转船，从斜刺里东走，又听得鼓声大震，一彪水师突出中流，为首一员统帅，不是别人，正是威风凛凛的韩世忠。兀术令他舰敌着，自己又转舵西向，拟从西路过江。偏偏到了西边，复有一员大将，领兵拦住，仔细一瞧，仍是那位韩元帅。用笔神妙。兀术暗想道："我今日见鬼了。那边已派兵敌住了他，为何此处他又到来？"正在凝思的时候，旁边闪出一人，大呼杀敌，仗着胆跃上船头，去与世忠对仗。兀术瞧着，乃是爱婿龙虎大王，忙欲叫他转来，已是两不相闻。霎时间对面敌兵，统用长矛刺击，带戳带钩，把这位龙虎大王钩下水去。兀术急呼水手捞救，水手尚未泅江，那边的水卒早已跳下水中，擒住龙虎大王，登船报功去了。兀术又惊又愤，自欲督兵突路，哪禁得敌矛齐集，部众纷纷落水，眼见得无隙

梁红玉桴鼓助战

可钻，只好麾众退去。

韩世忠追杀数里，听鼓声已经中止，才行收军。返至楼船，见梁夫人已经下楼，不禁与她握手道："夫人辛苦了！"梁夫人道："为国忘劳，有什么辛苦！唯有无敌酋拿住？"世忠道："拿住一个。"夫人道："将军快去发落，妾身略去休息，恐兀术复来，再要动兵。"有备无患，的是行军要诀。言毕，自去船后。世忠即命将龙虎大王牵到，问了数语，知是兀术爱婿，便将他一刀两段，结果性命。只难为兀术爱女。此外检查军士，没甚死亡，不过伤了数名，统令他安心调治。忽有兀术遣使致书，情愿尽归所掠，放他一条归路。世忠不许，叱退来使。来使临行时，又请添送名马，世忠仍不许，来使只好自去。兀术因世忠不肯假道，遂自镇江泝流而上，世忠也赶紧开船。金兵沿南岸，宋军沿北岸，夹江相对，一些儿不肯放松。就是夜间亦这般对驶，击柝声互相应和。到了黎明，金兵已入黄天荡。这黄天荡，是个断港，只有进路，并无出路。兀术不知路径，掠得两三个渔父，问明原委，才觉叫苦不迭，再四踌躇，只有悬赏求计。俗语说得好："重赏之下，必有勇夫。"就是得一谋士，也藉千金招致。当下果然有一士人献策道："此间望北十余里，有老鹳河故道，不过日久淤塞，因此不通。若发兵开掘，便好通道秦、淮了。"此人贪金助虏，亦属可恨。兀术大喜，立畀千金，即令兵士往凿。兵士都想逃命，一齐动手，即夕成渠，长约三十余里，遂移船趋建康。薄暮到了牛头山，忽然鼓角齐鸣，一彪军拦住去路，兀术还道是留驻的金兵，前来相接，因即拍马当先，自去探望。遥见前面列着黑衣军，又当天色苍茫，辨不出是金军，是宋军。正迟疑间，突有铁甲银鍪的大将，挺枪跃马，带着百骑，如旋风般杀来。兀术忙回入阵中，大呼道："来将是宋人，须小心对敌。"部众亟持械迎斗，那大将已驰突入阵，凭着一杆丈八金枪，盘旋飞舞，几似神出鬼没，无人可当。金人被刺死无数，并因日色愈昏，弄得自相攻击，伏尸满途。兀术忙策马返奔，一口气跑至新城，才敢转身回顾，见逃来的统是本部败兵，后面却没有宋军追着，心下稍稍宽慰，便问部众道："来将是什么人？有这等厉害！"有一卒脱口应道："就是岳爷爷。"兀术道："莫非就是岳飞吗？果然名不虚传。"从金人口中，叙出岳飞，力避常套。是晚在新城扎营，命逻卒留心防守。兀术也不敢安寝，待到夜静更阑，方觉朦胧欲睡，梦中闻小校急报道："岳家军来了！"当即霍然跃起，披甲上马，弃营急走。金兵也跟着奔溃。怎奈岳家军力追不舍，慢一步的，都做了刀下鬼。唯脚生得长，腿跑得快，还算侥幸脱网，随兀术逃至龙湾。兀术见岳军已返，检点兵士，十成中已伤亡三五成，忍不住长叹道："我军在建康时，只防这岳飞截我后路，所以令偏将王权等，留驻广德境内，倚作后援。难道王权等已经失败么？现在此路不得过去，如何是好？"将士等进言道："我等不如回趋黄天荡，再向原路渡江，想韩世忠疑我已去，不致照前预备哩。"兀术沉吟半晌，方道："除了此策，也没有他法了。"遂自龙湾乘舟，再至黄天荡。

小子须补叙数语，表明岳飞行踪。岳飞自兀术南行，曾令部军在后追蹑，行至广德境内，可巧遇着金将王权，两下交战数次，王权哪里敌得过岳飞，活活地被他拿去。还有首领四十余，一并受擒。岳飞将王权斩首，余众杀了一半，留了一半；复纵火毁尽敌营，进军钟村。本思南下勤王，只因军无现粮，不便远涉，且料得兀术不能持久，得了辎重，总要退归原路，于是移驻牛头山，专等兀术回来，杀他一场爽快。至兀术既经受创，仍逼近黄天荡，又想江中有韩世忠守着，自己又带着陆师，未合水战，不如回攻建康，俟建康收复，再截兀术未迟，于是自引兵向建康去了。是承上起下之笔，万不可少。

且说兀术回走黄天荡，只望韩世忠已经解严，好教他渡江北归。好容易驶了数里，将出荡口，不意口外仍泊着一字儿战船，旗纛上面，统是斗大的韩字，又忍不住叫起苦来。将士等恰都切齿道："殿下不要过忧，我等拼命杀去，总可获殿下过江，难道他们都不怕死吗？"兀术道："但愿如此，尚可生还，今且休息一宵，养足锐气，明日并力杀出便了。"是夕两军相持不动，到了翌晨，金兵饱食一餐，便磨拳擦掌，鼓噪而出。那口外的战船，果被冲开，分作两道。金兵乘势驶去，不料驶了一程，各战船忽自绕旋涡，一艘一艘地沉向江底去了。怪极。看官道是何故？原来世忠知兀术此来，必拼命争道，他却预备铁绠，贯着大钩，分授舟中壮士，但俟敌舟冲出，便用铁钩搭住敌舟，每一牵动，舟便沉下。金兵怎知此计，就是溺死以后，魂入水晶宫，还不晓得是若何致死。兀术见前船被沉，急命后船退回，还得保全了好几十艘，但心中已焦急得了不得，只好请韩元帅答话。世忠即登楼与语，兀术哀求假道，誓不再犯。也有此日。世忠朗声道："还我两宫，复我疆土，我当宽汝一线，令汝逃生。"兀术语塞，转舵退去。

会闻金将孛堇太——译作贝勒搭叶。由挞懒遣来，率兵驻扎江北，援应兀术，兀术遥见金帜，胆稍放壮，再求与韩元帅会叙。两下答话时，兀术仍请假道，世忠当然不从。兀术道："韩将军你不要太轻视我！我总要设法渡江。他日整军再来，当灭尽你宋室人民。"世忠不答，就从背后拈弓注矢欲射，毕竟兀术乖巧，返入船内，连忙返棹。世忠一箭射去，只中着船篷罢了。兀术退至黄天荡，与诸将语道："我看敌船甚大，恰来往如飞，差不多似使马一般，奈何奈何？"诸将道："前日凿通老鹳河，是从悬赏得来，殿下何不再用此法？"兀术道："说得甚是。"遂又悬赏购募，求计破韩世忠。适有闽人王姓，登舟献策，谓："应舟中载土，上铺平板，并就船板凿穴，当作划桨，俟风息乃出。海舟无风不能动，可用火箭射他篷篷，当不攻自破了。"又是一个汉奸。兀术大喜，依计而行。韩世忠恰未曾预防，反与梁夫人坐船赏月，酌酒谈心。两下里饮了数巡，梁夫人忽颦眉叹道："将军不可因一时小胜，忘了大敌，我想兀术是著名敌帅，倘若被他逃去，必来复仇，将军未得成功，反致纵敌，岂不是转功为罪么？"世忠摇首道："夫人也太多心了。兀术已入死地，还有什么生理？待他粮尽道穷，管教他授首与我哩。"梁夫人道："江南、江北统是金营，将军总应小心。"一再戒慎，是金玉良言。世忠道："江北的金兵，乃是陆师，不能入江，有何可虑？"言讫乘着三分酒兴，拔剑起舞，*将军有骄色了*。口吟满江红一阕，词曰：

　　万里长江，淘不尽壮怀秋色。漫说道秦宫汉帐，瑶台银阙，长剑倚天氛雾外。宝光挂日烟尘侧，向星辰拍袖整乾坤，消息歇。龙虎啸，凤江泣，千古恨，凭谁说？对山河耿耿，泪沾襟血。汴水夜吹羌管笛，鸾舆步老辽阳幄。把唾壶敲碎，问蟾蜍，圆何缺？*此词曾载《说岳全传》。他书亦间或录及，语语沉雄，确是好词，因不忍割爱，故亦录之。*

　　吟罢，梁夫人见他已饶酒兴，即请返寝，自语诸将道："今夜月明如昼，想敌虏不敢来犯，但宁可谨慎为是。汝等应多备小舟，彻夜巡逻，以防不测。"诸将听命。梁夫人乃自还寝处去了。谁料金兵一方面已用了闽人计，安排妥当，由兀术刑牲祭天，竟乘着参横月落，浪息风平的时候，驱众杀来。正是：

瞬息军机生巨变，由来败事出骄情。

毕竟胜负如何，且至下回续叙。

余少时阅《说岳全传》，尝喜其叙事之热闹。及长，得览《宋史》，乃知《岳传》中所载诸事，多半出诸臆造，并无确据。然犹谓小说性质，本与正史不同，非意外渲染，固不足醒阅者之目。迨阅及是编，载韩世忠、夫人与金兀术交战黄天荡事，与《说岳全传》中相类。第彼则犹有增饰之词，此则全从正史演出，而笔力之矫悍，独出《说岳全传》之上。乃知编著小说，不在伪饰，但能靠着一支笔力，纵横鼓舞，即实事亦固具大观也。人亦何苦为凭空架饰之小说，以愚人耳目乎？

第三十二回

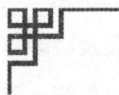

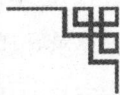

赵立中炮失楚州
刘豫降虏称齐帝

却说金兀术驱众杀出，时已天晓，韩世忠夫妇，早已起来，忙即戎装披挂，准备迎敌。世忠已轻视兀术，不甚注意，唯饬令各舟将士，照常截击，看那敌舟往来，却比前轻捷，才觉有些惊异。蓦闻一声胡哨，敌舟里面，都跳出弓弩手，更迭注射。正想用盾遮蔽，怎奈射来的都是火箭，所有篷帆上面，一被射中，即哔哔剥剥的燃烧起来。此时防不胜防，救不胜救，更兼江上无风，各舟都不能行动，坐见得烟焰蔽天，欲逃无路。*智者千虑，必有一失。*亏得巡江各小舟，统已舣集，梁夫人忙语世忠道："事急了，快下小船退走罢！"世忠也无法可施，只好依着妻言，跳下小舟，梁夫人亦柳腰一扭，蹿入小舟中央，*百忙中尚用风韵语。*又有几十个亲兵，陆续跳下，你划桨，我鼓棹，向镇江逃去。其余将弁以下，有烧死的，有溺毙的，只有一小半得驾小舟，仓皇走脱。兀术得了胜仗，自然安安稳稳地渡江北去。*虽是人谋，恰寓天意。*唯世忠奔至镇江，懊怅欲绝，等到败卒逃回，又知战死了两员副将，一是孙世询，一是严允。看官你想！世忠到了此际，能不恨上加恨，闷上加闷么？还是梁夫人从旁劝慰道："事已如此，追悔也无及了。"世忠道："连日接奉谕札，备极褒奖，此次骤然失败，教我如何复奏？"梁夫人道："妾身得受封安国时，曾入谢太后，见太后仁慈得很，对着妾身，已加宠眷。后来苗贼乱平，妾随将军同至建康，亦入谒数次，极蒙褒宠。现闻皇上已还越州，且向虔州迎还太后，妾当陈一密奏，形式上似弹劾将军，实际上却求免将军，想太后顾念前功，当辅语皇上，豁免新罪哩。"此为高宗及太后俱还越州，特借梁氏口中叙过。且稿乘中曾称梁氏劾奏世忠，夫妇间宁有互劾之理，得此数语，方为情理兼到。世忠道："这却甚好，但我亦须上章自劾哩。"当下命文牍员草了两奏，由夫妇亲加校正，遂录好加封，遣使赍去。过了数天，即有钦使奉诏到来，诏中谓"世忠仅八千人，拒金兵十万众，相持至四十八日，数胜一败，不足为罪。特拜检校少保，兼武成感德诏节度使，以示劝勉"云云。世忠拜受诏命，即送使南归，夫妇同一欢慰，不必细表。

且说金兀术渡江北行，趋向建康，还道建康由金兵守住，徐徐地到了静安镇。甫到镇上，遥见有旗帜飘扬，中书岳字，他不觉大惊，亟令退兵。兵未退尽，后面已连珠炮响，岳飞领大队杀到，吓得兀术策马飞奔，驰过宣化镇，望六合县遁去。到了六合，收集残兵，又失去了许多辎重，及许多士卒，当下顿足叹道："前日遇着岳飞，被他杀败；今日又遇着他，莫非建康已失去不成？"言甫毕，即接得挞懒军报，说是"建康被岳飞夺去，所有前时守兵，幸由孛堇太一救回。现我军围攻楚州，请乘便夹击"等语。了过孛堇太一及建康事，简而不漏。兀术想了一会，又问来人道："楚州城果容易攻入否？"来人道："楚州城不甚坚固，唯守将赵立很是能耐，所以屡攻不下。"兀术道："我现在急欲北归，运还辎重，赵立欲许我假道，我也没工夫击他，否则就往去夹攻便了。"遂备了一角文书，遣使至楚州投递，问他假道。待了三日，未见回来。还是挞懒着人走报，方闻去使已被斩讫，枭示城头。统用简文叙过。兀术不禁大怒道："什么赵立？敢斩我使人？此仇不可不报！"随即遣还挞懒来使，并与语道："欲破楚州，须先截他的粮道，我愿担当此任。城内无粮，不战自溃，请转告汝主帅便了。"来使领命自去。兀术遂设南北两屯，专截楚州饷道。楚州既被挞懒围攻，又由兀术截饷，当然危急万分，任你守将赵立如何坚忍，也有些支持不住，不得不向行在告急。时御史中丞赵鼎，正与吕颐浩作死对头，屡劾颐浩专权自恣，颐浩亦言鼎阻挠国政。诏改任鼎为翰林学士，鼎不拜，复改吏部尚书，又不拜，且极论颐浩过失至数千言。颐浩因求去，有诏罢颐浩为镇南军节度使，兼醴泉观使，仍命鼎为中丞。寻又令鼎签书枢密院事。鼎得赵立急报，拟遣张俊往援。俊与颐浩友善，不愿受鼎派遣，遂固辞不行。乃改派刘光世，调集淮南诸镇，往援楚州。看官阅过上文，应亦晓得刘光世的人品，他本不足胜方面的重任，除因人成事外，毫无能力。**品评确当。**部将如王德、郦琼等皆不服命，就使奉命赴援，也未必足恃，况又闻得张俊不行，乐得看人模样，逍遥江西。**任用这等将军，如何规复中原？**高宗迭次下札，催促就道，他却一味逗留，始终不进。那时楚州日围日急，赵立尚昼夜防守，未尝灰心。挞懒料他援绝粮穷，再四猛攻，立撤城内沿墙废屋，掘一深坎，燃起火来。城上广募壮士，令持长矛待着，每遇金人缘梯登城，即饬用矛钩入，投掷火中，金人却死了无数。挞懒又选死士穴城而入，亦被缚住，一一枭首。惹得挞懒性起，誓破此城，遂命兵士运到飞炮，向城轰击。立随缺随补，仍然无隙可乘。又相持了数日，立闻东城炮声隆隆，亟上登磴道，督兵防守。不意一石飞来，不偏不倚，正中立首。立血流满面，尚是站着，左右忙去救他，立慨然道："我已伤重，终不能为国殄贼了。"言讫而逝，唯身仍未倒。**不愧其名。**经左右舁下城中，与他殓葬。金兵疑立诈死，尚不敢登城，守兵亦感立忠勇，仍然照旧守御。又越十日，粮食已尽，城始被陷。赵立，徐州人，性强毅，素不知书，忠义出自天性。恨金人切骨，所俘金人，立刻处死，未尝献馘计功。及死事后，为高宗所闻，追赠奉国节度使，赐谥忠烈。

岳飞方引兵赴援，至泰州，闻楚州已陷，不得已还军。金兀术闻楚州得手，北路已通，便整装欲归。忽闻京、湖、川、陕宣抚使张浚，自同州、鄜延出兵，将袭击中途。因又变了归计，拟转趋陕西，为先发制人的计策。**兀术固是能军。**可巧金主亦有命令，调他入陕，遂自六合引兵西行。到了陕西，与娄室相会。娄室谈及攻下各城，多被张浚派兵夺去，心实不甘，所以请命主子，邀一臂助。兀术道："张浚也这般厉害吗？待我军与决一战，再作区处。"原来张浚自建康启行，直抵兴元，适当金娄室攻陷鄜延及永兴军，关陇大震。浚招揽豪俊，修缮城隍，用刘子羽为参议，赵开为随军转运使，曲端为都统制，吴璘、吴玠为副将，整军防敌，日有起色。既而娄室攻陕州，知州李彦仙向浚求救。浚遣曲端往援，端不奉命，彦仙日战金兵，卒因援师不至，城陷自杀。娄室入关攻环庆，吴玠迎击得胜，且约端援应，端又不往。玠再战败绩，退还兴元，极言端失。浚本欲倚端自重，至是始疑端不忠；及闻兀术入寇江、淮，意欲治军入卫，偏端又从中作梗，但诿称西北兵士，不习水战。浚乃因疑生怒，罢端兵柄，再贬为海州团练副使，安置万安军，**端实不端，加贬已迟。**自督兵至房州，指日南下。一面遣赵哲复鄜州，吴玠复永兴军，复移檄被陷各州县，劝令反正。各州县颇多响应，再归宋有。

至兀术北归，浚自还关、陕，调合五路大军，分道出同州、鄜延，东拒娄室，南击兀术。是段补接六十六回中语。兀术因此赴陕，会娄室军相偕西进。浚亟召集熙河经略刘锡，秦凤经略孙偓，泾原经略刘锜，环庆经略赵哲，并及统制吴玠，合五路大兵，共四十万人，马七万匹，与金兵决一大战。当令刘锡为统帅，先驱出发，自率各军为后应。统制王彦入谏道："陕西兵将，不相联络，未便合作一气，倘或并出，一有挫失，五路俱殆。不若令各路分屯要害，待敌入境，檄令来援，万一不捷，尚未为大失哩。"浚未以为然。刘子羽又力言未可，浚慨然道："我岂不知此理？但东南事尚在危急，不得已而出此。若此处击退狡虏，将来西顾无忧，东南可专力御寇了。"志固可嘉，势却不合。吴玠、郭浩又皆入谏，浚仍然不从，遂麾军启行。前队进次富平，刘锡会集诸将，共议出战方法。吴玠道："兵以利动，此间一带平原，容易为敌所乘，恐有害无利，应先据高阜，凭险为营，方保万全。"各将多目为迂论，齐声道："我众彼寡，又前阻苇泽，纵有铁骑前来，也无从驰骋，何必转徙高阜哩！"刘锡因众议不同，亦未能定夺。诸将各是其是，统帅又胸无定见，安得不败？偏娄室引兵骤至，部下皆舆柴囊土，搬投泽中，霎时间泥淖俱满，与平地相似。胡马纵辔而过，进逼宋将各营，兀术也率众趋到，与娄室为左右翼，列阵待战。刘锡见敌已逼近，当命开营接仗。吴玠、刘锜等敌左，孙偓、赵哲等敌右，左翼为兀术军，经刘锜、吴玠两人，身先士卒，鼓勇驰突，前披后靡。兀术部众，虽经过百战，也不免少怯，渐渐退后，兀术也捏了一把冷汗。唯娄室领着右翼，与孙偓、赵哲两军厮杀，孙偓尚亲自指挥，不少退缩，偏赵哲胆小如鼷，躲在军后，适被娄室看出破绽，竟领铁骑直奔赵哲军，哲慌忙驰去，部众随奔，孙军也被牵动，不能支持，顿时俱溃。刘锜、吴玠两军，望见右边尘起，已是惊心，怎禁得娄室杀败孙、赵，又来援应兀术，并力攻击。于是刘锜、吴玠亦招架不住，纷纷败北。统帅刘锡见四路俱败，还有何心恋战？当然退走了。一发牵动全局，故师克在和，不在众。

张浚驻节邠州，专听消息，忽见败兵陆续逃回，料知邠州亦立足不住，只好退保秦州，及会见刘锡，痛加责备。刘锡归罪赵哲，乃召哲到来，数罪正法，并将锡谪窜，安置合州，饬刘锜等各还本镇，上书行在，自请待罪。旋接高宗手诏，尚多慰勉语，浚益加愤激。怎奈各军新败，寇焰日张，泾原诸州军，多被金兵攻陷，还有叛将慕洧，导金兵入环庆路，破德顺军，浚自顾手下，只有亲兵一二千人，哪里还好再战？且警耗日至，连秦州也难保守，没奈何再退至兴州。或谓兴州也是危地，不如徙入蜀境，就夔州驻节，才有险阻可恃，永保无虞。浚与刘子羽商议，子羽勃然道："谁创此议，罪当斩首！四川全境，向称富庶，金人非不垂涎，徒以川口有铁山，有栈道，未易入窥，且因陕西一带，尚有我军驻扎，更不能飞越入蜀。今弃陕不守，纵敌深入，我却避居夔峡，与关中声援两不相闻，他时进退失计，悔将何及？今幸敌方肆掠，未逼近郡，宣司但当留驻兴州，外系关中人望，内安全蜀民心，并急遣官属出关，呼召诸将，收集散亡，分布险要，坚壁以待，俟衅而动，庶尚可挽救前失，收效将来。"侃侃而谈，无一非扼要语。浚起座道："参军所言甚是，我当立刻施行。"言下，即召诸参佐，命出关慰谕诸路将士。参佐均有难色，子羽竟挺身自请道："子羽不才，愿当此任。"浚大喜，令子羽速往。子羽单骑径行，驰至秦州，檄召散亡各将士，将士因富平败后，惧罪而逸，几不知张浚所在。及奉命赦罪，仍复原职，自然接踵到来。不消数日，便集得十余万人，军势复振。子羽返报张浚，即请遣吴玠至凤翔，扼守大散关东的和尚原；关师古等聚熙河兵，扼守岷州的大潭县；孙偓、贾世方等，集泾原、凤翔兵，扼守阶、成、凤三州。三路分屯，断敌来路，金兵始不敢轻进。且因娄室病死，兀术自觉势孤，暂且择地屯兵，俟养足锐气，再图进步，这且待后再表。

且说金挞懒略地山东，进陷楚州，且分兵攻破汴京，汴守上官悟出奔，为盗所杀。汴京系北宋都城，旧称东京，河南府称西京，大名府称北京，应天府称南京，至是尽为金有。金主晟本无意中原，从前遣粘没喝等南侵，曾面谕诸将道："若此去得平宋室，须援立藩辅，如张邦昌故事。中原地由中原人自治，较为妥当。"粘没喝奉谕而出。及四京相继入金，复提及前议。刘豫闻这消息，亟用重金馈献挞懒，求他代为荐举。挞懒得了重赂，颇也乐从，遂转告粘没喝，请立刘豫为藩王。粘没喝不答。挞懒再致书高庆裔，令替刘豫作说客，庆裔受金命为大同尹，即就近至云中，谒见粘没喝道："我朝举兵，只欲取两河，所以汴京既得，仍立张邦昌。今河南州郡，已归我朝，官制尚是照旧，岂非欲仿张邦昌故事么？元帅不早建议，乃令恩归他人，窃为元帅不取呢。"粘没喝听了此言，不由得被他哄动，遂转达金主。金主即遣使至东平府，就刘豫部内，咨问军民，应立何人？大众俱未及对。独豫同乡人张浃，首请立豫。众亦随声附和，因即定议，使人返报金主。挞懒亦据情上闻，金主遂遣大同尹高庆裔，及知制诰韩昉，备玺绶宝册，立刘豫为齐帝。豫拜受册印，居然在大名府中，耀武扬威地做起大齐皇帝来了。

高宗建炎四年九月，即金主晟天会八年，大名府中，也筑坛建幄，请出那位卖国求荣的刘豫，穿戴了不宋不金的衣冠，郊过天，祭过地，南面称尊，即伪皇帝位。用张孝纯为丞相，李孝扬为左丞，张柬为右丞，李俦为监察御史，郑亿为工部侍郎，王琼为汴京留守，子麟为大中大夫，提领诸路兵马，兼知济南府事。张孝纯尝坚守太原，颇怀忠义，后因粘没喝劝降，遂致失节。粘没喝遣他助豫，豫因拜为丞相。豫升东平府为东京，改东京为汴京，降南京为归德府，唯大名府仍称北京，命弟益为北京留守。且自以为生长景州，出守济南，节制东平，称帝大名，就四郡间募集丁壮，得数千人，号为云从子弟。尊母瞿氏为太后，妾钱氏为皇后。钱氏本宣和宫人，颇有姿色，并习知宫掖礼节。豫乃舍妻立妾，格外加宠。**君国可背，遑问妻室！** 即位时，奉金正朔，沿称天会八年，且向金廷奉上誓表，世修子礼。嗣因金主许他改元，乃改次年为阜昌元年。嗣是事金甚恭，赠遗挞懒，岁时不绝。挞懒心下甚欢，寻又想了一法，特将一个军府参谋，纵使南归，令他主持和议，计害忠良，作了金邦的陪臣，宋朝的国贼。这人非别，就是遗臭万年的秦桧。**大忠大奸，必用特笔。** 自徽、钦二帝被掳，桧亦从行，二帝辗转迁徙，至韩州时，桧尚随着。徽宗闻康王即位，作书贻粘没喝，与约和议，曾命桧润色书词。桧本擅长词学，删易数语，遂觉情文凄婉，词致缠绵。及粘没喝得了此书，转献金主，金主晟也加赞赏，因召桧入见，交与挞懒任用。挞懒本金主晟弟，颇握重权，及奉命南侵，遂任桧参谋军事，兼随军转运使。桧妻王氏，曾被金军掠去，同桧北行。桧既得挞懒宠任，王氏自然随侍军中。或说王氏与挞懒私通，小子未得确证，不愿形诸楮墨，《说岳全传》中谓王氏与兀术私通，尤属大谬。**秦桧夫妇，并不在兀术军中，何从与私？** 后人恨他们同害岳飞，姑作快论，但究不免虚诬耳。唯制造军衣，充当厨役，王氏亦尝在列。挞懒因秦桧夫妇，勤劳王事，格外优待。桧夫妇亦誓愿报效，所以将前此拒立异姓的天良，已在幽、燕地方，抛弃得干干净净。挞懒相处已久，熟悉他两口儿的性情，遂与他密约，纵使还南。桧遂挈妻王氏航海至越州，诈言杀死监守，夺舟回来。廷臣多半滋疑，谓桧自北至南，约数千里，途中岂无讥察？就使从军挞懒纵令来归，亦必拘质妻属，怎得与王氏偕行？于是你推我测，莫名其妙。独参知政事范宗尹，同知枢密院事李回，素与桧善，力为析疑，并荐桧忠诚可任。高宗乃召桧入对，桧即首奏所草与挞懒求和书，并劝高宗屈从和议，为迎还二帝，安息万民地步。高宗甚喜，顾谓辅臣道："桧朴忠过人，朕得桧很是欣慰。既得二帝母后消息，又得一佳士，岂非是一大幸事么？"要他来误国家，原是幸事。遂拜桧为礼部尚书，未几即擢为参知政事。小子有诗叹道：

> 围城守义本成名，何意归来志已更。
> 假使北迁身便死，有谁识是假忠贞？

桧既邀宠用，因请高宗定位东南。高宗升越州为绍兴府，且诏令次年改元绍兴，一切后事，详见下回。

赵立为知州，而忠义若此，刘豫为知府，而僭逆若彼，两相比较，愈见立之忠，与豫之逆。若张浚，若秦桧，亦足为比较之资。浚与赵立，名位不同，原其心，犹之立也，不得因其丧师，而遂目为不忠。桧与刘豫，行迹不同，原其心，犹之豫也，不得因无叛迹，而遂谓其非逆。故立与豫固本回之主也，而浚与桧亦本回之宾中主耳。一薰一莸，十年尚犹有臭，不期于此回两见之。

第三十三回

破剧盗将帅齐驱
败强虏弟兄著绩

却说建炎四年冬季，下诏改元，即以建炎五年，改为绍兴元年。高宗因秦桧南归，得知二帝消息，因于元旦清晨，率百官遥拜二帝，免朝贺礼。自从金人南下，骚扰中原，兵民困苦流离，多啸聚为盗，迭经各路将帅，剿抚兼施，盗稍敛迹。唯尚有著名盗目，忽降忽叛，为地方患，宋廷复设法羁縻，令为各路镇抚使，如翟兴、薛庆、陈求道、李彦先等，既食宋禄，颇知效力王事，甘为国死。独襄阳盗桑仲、江、淮盗戚方、刘忠、邵青，襄、汉盗张用，建州盗范汝为，未曾剿平。又有叛贼李成，本为江东捉杀使，建炎二年，叛据宿州，为刘光世所破，窜迹江、淮、湖、湘，横行十数郡，势最强横，且多造符谶，煽惑中外。高宗特命吕颐浩为江东安抚制置使，令讨李成，反为成部马进所败，且将江州夺去。**颐浩实属无能**。时王彦破桑仲，岳飞破戚方，戚至张俊处乞降，俊拜表奏闻，高宗乃授俊江、淮招讨使，岳飞为副，往讨李成。俊遂约飞会师，飞尚未至，忽得筠州急报，州城被马进破陷了。俊奋然道："江、筠迭失，豫章危了，我不可不先往。"遂麾兵急赴，驰入豫章，自喜道："我得入洪州，破贼不难了。"当下令军士，坚壁清野，固守勿动。一面檄飞到洪州。马进领着党羽，乘胜进犯，连营南昌山，声势锐甚。俊并不发兵，但饬军固守。相持旬余，进致书约战，书中字迹，写得很大。俊偏用着蝇头小楷，约略答复，也未尝说明战期。进以为怯，殊不设备。可巧岳飞领兵到来，入城见俊，问及战守情状。俊与言大略，飞接口道："现在却不妨出战了。贼势虽众，只顾前不顾后，若用奇兵，沿着江流截住生米渡，再用重兵潜出贼右，攻他无备，定可破贼。"俊极口称善。飞因自请为先锋，俊益大喜，遂令杨沂中带精骑数千，往截生米渡，更遣飞自率所部，掩击贼寨。

　　飞重铠跃马，直趋西山，行近贼营，便当先突入，部众一齐随上。马进急出营抵敌，甫至门首，见岳飞已挺枪刺来，慌忙用刀招架，战不数合，即被飞杀败，拖刀逃走。飞率众追杀，但见得人仰马翻，血飞尸积，不到一时，已将各座营盘，一律扫净，化为平地。极写岳飞。进奔还筠州。飞赶至城下，扎营城东，料进未敢出战，遂想了一个诱敌的法儿，用红罗为帜，中刺岳字，选骑兵二百人，拥帜巡行，自己却伏在城隅，令骑兵诱进来追，然后杀出。进在城楼了望，见骑兵拥着岳字旗帜，往来城东，军中又未见岳飞，还疑飞未曾亲到，但遣骑兵扬旗示威，恐吓城中，随即引兵杀出。骑兵见进出城，立刻返奔，进策马力追，驰过城隅，背后忽大呼道："狗强盗往哪里去？"进勒马回顾，大呼的不是别人，正是岳飞。他已与飞交过了手，自知不敌，又因飞拦住归路，不能回城，便弃城东走。飞复大呼道："不愿从贼的，快快坐着，我不杀汝。"贼众闻言，多半弃械就坐，由飞按名录簿，共得八万人，好言慰谕，遣归乡里。复率军追赶马进。进拼命奔驰，不意张俊、杨沂中也领兵杀到，前后夹击，把进困在垓心。进用尽气力，才杀开一条血路，向南康急奔。张、杨两军刚欲追赶，乃值岳飞驰到，自愿前驱，乃让飞先行，两军随后策应。飞霎夜追进，到了朱家山，与进后队相遇，刺死贼目赵万成，余贼四窜。飞趁势再追，到了楼子主，遥见尘头大起，李成引贼十余万，蜂拥而来。飞毫不畏怯，但舞动一杆长枪，迎头乱刺。霎时间，戳倒了数十人。贼众从未见过这般猛将，都各顾生命，倒退下去，反致冲动自己的后队，互相践踏，乱个不休。李成见部众捣乱，亟上前弹压，恰巧碰着岳飞杀入，便抖擞精神，舞刀接仗。谁料岳飞这支枪杆，与寻常大不相同，仅三五合，杀得李成一身臭汗。看看要败将下去，旁边闪出一骑，竟抢刀相助，双战岳飞。飞左挑右拨，纯任自然，三匹马盘旋片时，那来骑手下略松，竟被飞刺落马下。看官道是谁人？原来就是马进。不肯使一直笔。进坠马后，身尚未死，偏李成见他下马，纵辔返奔，岳家军随着主帅，一拥而上，马蹄杂沓，顿将马进踏得稀烂，名足副实。复追奔

227

至十里外，斩馘至数千级，方下营待着后军。

张俊与杨沂中驰到，见飞已得胜，自然欢慰。俊语飞道："岳先锋天生神力，无患不胜，但部众未免劳苦，应休息为佳。待我等追杀一阵，何如？"飞乃让两军前进，自就险要处驻营。俊与沂中引兵追成，约行十余里，为河所阻，对岸恰遍立贼营，蚁屯蜂集。杨沂中语俊道："贼势尚众，不应力敌，须用智取，今夜由沂中从上流渡河，绕系贼后，制使可绝流径渡，腹背夹攻，必胜无疑。"俊称为妙计，当令沂中乘夜潜渡，越一二时，料知沂中已达对岸，也击鼓渡河。李成闻有鼓声，忙呼众迎敌。正在交锋，不防后面由沂中杀到。那贼众多半乌合，统是胜不相让，败不相救，一遇危急时候，便四面乱窜；其实是窜得越慌，死得越快。看似俚语，实是名言。十多万强盗，被张、杨二军，首尾截杀，伤毙了三四万，招降了两三万，逃去了一二万。可怜李成数年的积聚，一旦抛尽，单剩了三五千人，越江遁去。张俊也逾江穷追，至蕲州、黄梅县，得及李成。成众看见张字旗号，好似老鼠遇猫，吓得魂不附体，且走且呼道："张铁山到了！张铁山到了！"俊面目黧黑，因呼他为张铁山。成复经此创，已是不能成军，只好走降刘豫。俊等乃还取江、筠诸州城，兴国军等处，伏盗闻风远遁。

唯张用自襄、汉东下，再袭江西，被岳飞探悉。飞与用同籍相州，即致书谕用道："我与汝同里，能战即来，不能战即降。"用得书，知飞不可敌，即复书愿降。飞亲往慰抚，用等皆喜服。自是江、淮悉平。俊表奏飞功第一，有诏进飞为右军都统制，令屯洪州，弹压余贼。既而邵青为刘光世部将王德所擒，献诣行在，奉旨特赦，编入御前忠锐军。范汝为由韩世忠往剿，五日破灭，汝为自焚死，东南少定。可巧江东、陕西两处，亦陆续有捷报到来，江、浙益安。

金挞懒自攻陷楚州，进窥通、泰诸州，适有武功大夫张荣，在兴化缩头湖畔，联舟作寨，为自守计。挞懒欲渡江南侵，拟先破荣寨，荣遂率舟师迎战，见敌舰不多，但用小舟出击。会值天旱水涸，敌舰为泥淖所阻，不能前进，荣分军为二，一半用舟，一半登陆。舟师大呼前进，奋击敌舰。敌舰不能行驶，禁不住荣兵四至，只好从舟中跃出，襄裳登岸，急不暇择，脚忙手乱，往往溺毙水中，或陷入泥淖，不能自拔，即遭杀死。幸而得达彼岸，又被荣兵截住，乱杀乱剁，经挞懒指麾健卒，冲开血路，方才走脱。荣收军回营，检点俘馘，约五千余人，遂奉表告捷。荣本梁山泺渔人，聚舟数百，专劫金人。杜充驻师江、淮，曾借补荣为武功大夫。金人屡攻不克，至是以杀敌报功，遂擢荣知泰州。

挞懒奔至楚州，闻刘光世引兵来攻，遂不敢逗留，退屯宿迁，未几北去，光世遂进复楚州。**正好去凑现成。**高宗又欲起用汪伯彦，命为江东安抚大使，旋经侍御史沈与求论劾，才将他褫职，勒令回籍。江东已无金人，只有陕西一带，尚为金兀术所盘踞，连破巩、河、乐、兰、郭、积石、西宁诸州。熙河副总管刘惟辅被执，骂敌遇害。兀术又进陷福津，蹂躏同谷，入逼兴州。宣抚使张浚退保阆州，令张深为四川制置使，刘子羽同趋益、昌，王庶为利、夔制置使，节制陕西诸路，兼知兴元府。寻复用吴玠为陕西都统制，且召曲端至阆州，仍欲重用。端与吴玠、王庶，均有宿嫌，**逸见前文。**玠遂入白张浚，谓端再起用，必与公不利。且在手中写着"曲端谋反"四字，密示张浚。王庶亦上言谮端，谓端尝作诗题柱，有"不向关中争事业，却来江上泛渔舟"两语，意在指斥乘舆。浚乃逮端下恭州狱。适夔路提刑康健，曾因事忤端，被端鞭背，至此正好因公报私，命狱吏把端絷住，用纸糊端口，外爇以火。端口渴求饮，给以烧酒，遂致七窍流血，死于狱中。端有马名铁象，日驰四百里，豢爱如子息。及被逮下狱，闻康健提刑，呼天长叹，自知必死，又连称铁象可惜。及端死，铁象亦毙。**端早有可诛之罪，唯浚不杀之于前时，独杀之于此日，殊为非法。**

时关、陇六路尽破，止余阶、成、岷、凤、洪五州，及凤翔境内的和尚原，陇州山内的方山原罢了。吴玠扼守和尚原，积粟缮兵，列栅固垒，为死守计。金兀术遣部将没立，**一译作默呼。**自凤翔出兵，乌勒折合**一译作额勒济格。**自大散关出兵，约会和尚原，夹攻吴玠。或劝玠退屯汉中，玠慨然道："我在此，寇不敢越，保此地就是保蜀呢。"随即搜集兵甲，预备出师。旋有侦骑来报，金将乌勒折合已到北山，玠整军出发，严阵以待。乌勒折合贻书请战，玠不慌不忙，分军为前后二队，径逼北山。金兵沿山列阵。见玠军逼近，便麾众出战，玠怒马突出，劈头遇着金将，手起刀落，砍落马下，金兵为之夺气。玠率前队军杀入，与金兵鏖斗一场，自巳至午，杀伤过当。两军俱回阵午餐，餐毕复战。玠令前队休息，将后队抽出，与敌再斗。金兵已觉力乏，怎禁得一支生力军，杀将过来，顿时遮拦不住，逐步退后。玠督兵进逼，乌勒折合料难抵挡，就回马奔驰。主将一逃，无人不走，被吴玠驱杀数里，丧失无数。没立方攻箭筈关，玠复遣将往击，杀败没立。两军终不得合，急忙报知兀术。兀术大愤，刘子羽调知兴元府，闻王彦败退，急命田晟守饶凤关，并遣人召吴玠入援。玠自河池驰救，日夜趋三百里，至饶凤关，用黄柑遗金将，且致书道："大军远来，聊用止渴。"撒离喝大惊，用杖击地道："尔来何速，真令人不解呢。"当下督军仰攻，一人先登，二人拥后，前仆后继，更番迭上。玠军弓弩乱发，兼用大石推压，相持至六昼夜，尸如山积，关仍如旧。撒离喝更募死士，由间道出祖溪关，绕至玠后，乘高瞰饶凤关，诸军支持不住，相继溃去。金兵入洋州，玠邀子羽同去，子羽恰留玠同守定军山。玠以为难守，竟退保西县。子羽亦不得已，焚去兴元积贮，退屯三泉。撒离喝遂驰入兴元，进兵金牛镇，四川大震。子羽从兵不满三百，粮食复尽，但与士卒取草芽木甲，权作充饥，一面遗玠书，誓死诀别。<u>子羽系刘韐长子，韐为国殉忠，应有是跨灶儿。</u>玠已往仙人关，得子羽书，尚无行意，爱将杨政大呼道："节使不可负刘待制，否则政等亦舍去节使，自去逃生了。"<u>义声直达。</u>玠乃从间道往会子羽，子羽因留玠共守三泉。玠答道："关外为西蜀门户，不应轻弃。"乃留兵千人，助刘子羽守三泉，自己仍回守仙人关。

子羽既与玠别，即巡阅形势，设计保守。望见附近有潭毒山，峭壁斗绝，上面却宽平有水，乃督兵建设营垒。垒方筑就，金兵大至，相隔只数里。子羽据着胡床，危坐垒口，并没有慌张情状。诸将俱泣告道："这非待制坐处。"子羽道："死生有命，子羽命中该死，就死在这里，汝等不必惊慌，要死同死，或者倒未必死哩。"道言未绝，金兵蚁附而来，但仰见子羽戎服雍容，安然坐着，反令金人莫名其妙。撒离喝亲出觇视，也疑子羽是诱敌计，不敢近前。况又山势陡绝，不便援登，就使用箭上射，也万分吃力，未必能及，因即挥兵退去。子羽见金兵已退，方起兵回营。诸将均服他胆识，益加敬佩。撒离喝返至凤翔，复遣使十人，往招子羽。子羽将九人斩首，独放一人归去，且明谕道："归语尔帅，欲来即来，我愿与死战，岂肯降汝？"使人吓得心胆俱裂，抱头驰还。撒离喝终不敢再进，并因饷运不继，杀马以食。子羽与玠复屡用游兵四扰，弄得撒离喝寝食不安，只好还军。子羽复约玠出师掩击，金兵统有归志，无心返战，徒落得堕溪坠涧，丧毙无算，所有辎重，尽行弃去。王彦乘势复金、均、房三州。

越年，金兀术、撒离喝及刘豫部将刘夔，三路连合，攻破和尚原，转趋仙人关。吴玠先命弟璘设寨关右，号为杀金平。金兵凿崖开道，循岭东下，誓破此关。吴玠守

黄柑遗敌

会集诸将及兵卒十余万，亲自督领，就渭水上筑起浮梁，陆续渡兵，进抵宝鸡。当从宝鸡县起，结连珠寨，垒石为城，夹涧与玠军相拒，进薄和尚原。

玠闻金兵大至，恐部下骇愕，遂召齐将士，勉以忠义，并啮臂出血，与众设誓。众皆感泣，愿尽死力。玠弟名璘，亦在军中，玠与语道："今日是我兄弟报国的日子，万一兵败，宁我兄弟先死，决不使将士先亡。"璘奋然应诺，诸将亦齐声道："主将兄弟报国，我等亦愿报主将。"可见用兵全在主帅，主帅致命，将士自然随奋。玠大喜，遂与璘挑选劲弩，与诸将分番迭射，连发不绝，势如雨注，号为驻队矢，金兵少却。玠又分遣诸将，从间道绕出，断敌粮道，且令璘带弓弩手三千，往伏神岔沟，自度敌众，粮尽且走，竟纵兵夜击，连破敌营十余座，兀术仓皇败走，奔至神岔，一声炮响，箭如飞蝗。兀术抱头前窜，身上还中了两箭，耳中且听得有人呼道："兀术休走！"此时天色未明，不辨左右，兀术恐被敌认识，亟把须髯剃尽，飞马遁去。

嗣是知陕西地不易攻守，竟命归刘豫统辖，中原尽为豫有。豫遂于绍兴二年，徙居汴京，尊祖考为帝，就宋太庙立主。忽然间，暴风卷入，屋瓦皆振。豫所悬大齐旗帜，尽被狂飙卷去，竿亦吹折，宋祖有灵，胡不威吓金人，而独威吓刘豫耶？士民大惧，豫亦未免扫兴。时襄阳盗桑仲已就抚为襄阳镇抚使，上疏行在，请合诸镇兵复中原。吕颐浩正败贼饶州，进拜少保，入为尚书左仆射，见了仲奏，遂乞高宗准议，命仲节制军马，规复刘豫所置州郡，且令翟兴、解潜、王彦、陈规、孔彦舟、王亨等诸镇抚使，互为应援。仲受命后，至郢州调兵。知郢州霍明，疑仲有逆谋，诱他入门，击碎仲首。仲将李横，方任襄、邓统制，闻仲死耗，便起兵击明。明败走，横入郢州。既而河南镇抚使翟兴为裨将杨伟所戕，伟受豫重赂，因此杀兴，携首奔豫。横承仲志，闻这消息，即进兵阳石，破刘豫军，乘胜下汝州，破颍顺军，攻入颍昌府。豫接颍昌警报，遣降盗李成，率兵二万往援，并向金乞援。金调兀术救豫，两军同至牟驰冈，夹攻李横。横寡不敌众，只好退走，颍昌复失。

先是兀术在陕，因和尚原败退，不敢再行问津，诸将群以为怯。至兀术往援刘豫，吴玠闻信，留弟璘守和尚原，自率军驻河池，一面檄熙河总管关师古收复熙、巩诸州。金将撒离喝得报大怒，即命降将李彦琪驻秦州，窥仙人关，牵制吴玠，复令游骑出熙河，牵制关师古，自统兵从商、於进发，直捣上津，攻金州。金、均、房三州镇抚使王彦，迎战败绩，退保石泉，三州均被陷没。撒离喝乘胜而进，直趋洋汉。时第一隘，吴璘守第二隘，金人用云梯，用铙钩，用火箭，想尽攻关的法儿，始终不能破入，反死了若干士卒。玠与璘且带领诸将，分紫白旗，捣入金营，金阵大乱。金将韩常被射中目，金人始宵遁。玠又遣王浚等埋伏河池，扼敌归路，复得一回胜仗。那兀术、撒离喝、刘夔等人，都垂头丧气，奔还凤翔去了。小子有诗咏吴玠兄弟道：

> 一门竟出两名臣，伯仲同心拒敌人。
> 莫怪蜀民崇食报，迄今庙貌尚如新。仙人关下有吴氏庙。

吴氏兄弟，名扬陇蜀、金、齐诸军，始不敢再犯，有诏授玠为川、陕宣抚副使，璘为定国军承宣使，此外一切详情，容至下回续陈。

史称南渡诸将，莫如张、韩、刘、岳。张即张俊，非张浚也。俊与岳飞，同剿李成，遇事与商，言必听，计必从，同心破贼，让功与飞，告捷之时，推为第一。向使不变成心，协图恢复，无后来附桧之失，则名将之称，尚属无愧，惜乎其晚节不终也。韩世忠功虽逊岳，犹足副名。刘光世一庸将耳，毫不足道。或谓以刘锜当之，理或然欤？锜事见后。唯吴玠兄弟，保守陇蜀，选建奇功，乃不与韩、岳并称，殊令后人无从索解。尽信书则不如无书，春秋以后，岂尚有董狐哉？